柯希璐 著

在大小传统之间

——鸳鸯蝴蝶派研究论稿

上海三联书店

自　序

　　近年来中国现代通俗文学研究颇为多产,作家作品的发掘丰富了文学史的细节,体现了"重写文学史"的实绩。倘说不足,我以为有一部分研究落入了"翻案"一途,将"重写"等同于"翻案",将原本宽阔的"重写"空间自行缩小,其逻辑与话语模式又常与所翻之案无异。比如,我们不满于给鸳鸯蝴蝶派贴上"游戏"与"艳情"的标签,就往往力证其严肃而写实;我们一面抗议新文学以启蒙的姿态宣布鸳蝴文学为非法,一面却也在搜罗后者曾经启蒙过的证据,以令其堪与新文学比肩。如此,我们仍根本上服膺于一元史观。如何不让"重写"沦为简单的翻案,让"多元"不仅仅停留在大家分享"现代性"的荣耀,而具有丰富的内容,就需要在"现代性"这杆标尺之外,增添新的维度。

　　本书对重要的通俗文学流派鸳鸯蝴蝶派予以特别关注,试图抛弃翻案的思路,关注鸳蝴文化的传承方式及其所承担的功能。上世纪五十年代,美国人类学家罗伯特·雷德菲尔德(Robert Redfield)提出"大传统"(great tradition)和"小传统"(little tradition)的概念,用以区分社会文化传统的两个层次:大传统指培植于经院、由知识分子建设并传承的文化传统;小传统指广布于乡村社会的民间文化传统。大小传统理论为文化研究提供了有效的二元框架,"精英文化—大众文化"、"雅文化—俗文化"等二元范畴被广泛运用。但用此二元框架来描述鸳蝴派的文化实践仍然是困难的:它们亲近小传统,却经常流露出启蒙的姿态;它们有时看似走出了精英文化的步调,却又不曾脱离小传统的接受轨道。①

即是在这样一种总体认识下,本书试图通过个案来描述鸳蝴文化介于大小传统之间的独特的发声位置。六个个案大致依时间顺序展开,各自呈现了鸳蝴派发展的某一个瞬间,并尽可能对应近现代文学史的几个关键节点——晚清科举废除和报人群体的形成、民初写情小说的理论建设与创作实践、"五四"围绕文学期刊展开的新旧之争、1930年代鸳蝴文学的新变、1940年代抗战背景下雅俗文学的合流等。上编三章带综论性质,侧重揭示鸳蝴文人的文化身份。鸳蝴文化虽带有强烈的游戏色彩,却不止于游戏。鸳蝴文人纂县志、办教育、办白话、为本地代言等种种行为,均体现了强烈的原籍意识和下层绅士的角色感。与精英文化大传统相比,他们距离民间更近,并天然地混入小传统的延续、传承中,将精英价值简化、俗化,容纳到礼乐教化的框架内,实现更为温和、有效的启蒙。下编三章具体围绕三个文本的传播和接受过程展开,依照作品各自的情况,又分别侧重小说、电影、弹词、戏剧几种形式。本书最后落脚在二十世纪四十年代,雅俗合流的局面为我们观察鸳蝴文学提供了很好的视野。四十年代话剧在在文明戏与爱美剧之间的来回摇摆,体现了精

---

① 二十世纪九十年代,民俗学家钟敬文先生提出"文化分层"的理论,以三层文化取代了大小传统二元框架,参见本书导论第二节。

英文化追寻"民族形式"的内在动力。此时横空出世的《秋海棠》,以其民间故事的逻辑,准确地呈现了民族创伤,意外地成为沦陷区最引人注目的"民族形式"。李健吾们的探索,体现了精英文化对鸳蝴文化的主动吸纳,现代话剧将从爱美剧的高高在上与文明戏的粗糙简陋中突围,获得他们梦寐以求的中国味道。这个过程里,鸳蝴文化在大小传统之间发挥的中介作用前所未有地显现。

以上是本书总体的写作思路。多年前,我在《中国现代文学研究丛刊》上发表了本书第三章的部分文字。父亲看后说,文章写得很安全,处处提防着可能的质疑。此番整理书稿,感到这个圈外人士的意见还是准确的,因此删去了许多稳妥却累赘枝蔓的表述。然而仅仅语言的调整并不能改变某些立论的先天不足和内容的单薄,重读书稿最大的感受就是,它让我看见自己:对读书写作的专注、耐心、犹疑、懒惰、不安,在这本书里全都清晰可辨。有时读到其中一句话,会想起当初写出它时的或得意、或不得已。遗憾的是,得意之处再读往往已经无味,不得已处却依旧权宜。所以,它只能是现在这个样子。

感谢我在北京师范大学文学院求学时的导师杨联芬教授。多年来老师以她正直纯真的学人品质影响我,对我的治学态度严格要求,对我的学术能力却每每宽容,并总能从我芜杂的叙述中发现我自己都忽略的闪光点;感谢福建师范大学文学院庄浩然教授、辜也平教授。庄老师多年似老父般关爱,辜老师则屡屡鞭策,催我进取;感谢上海三联书店钱震华老师对我这个寂寂无名的作者提供无私、专业的帮助;感谢我的同学罗小洁,事无巨细、鼎力相助,没有她,这本书无法最终完成和出版。感谢父母家人为我分忧,让我得享读书写作的宁静。

　　最后,特别感谢那位圈外人士,我的父亲柯衍辉先生。近日翻书,发现了夹在书里的一页十几年前的剪报,是他当年剪下推荐我的选题。这本书希望他能看得到。

2023 年 7 月

目　　录

上　　编

第一章　"士"传统的终结与鸳鸯蝴蝶派的生成
——以包天笑为中心

第二章　"纸上山歌永世勿会停"
——民初至"五四"歌谣运动考

小说,它就代表了当时中国小说的总体水平。另一方面,新文学的俗化在三十、四十年代也是显而易见的。可能出于此种考虑,《中国近现代通俗文学史》回避了"雅",而以"纯文学"和"新文学"这两个概念与"通俗文学"对应,或以"借鉴革新派"和"继承改良派"对举,但这无疑陷入了更大的尴尬,"新文学"与"纯文学"如何能画等号?"借鉴革新"和"继承改良"内涵和外延都过于模糊。① 由此可以看出,试图给"鸳鸯蝴蝶派"重新命名是很困难的。与其为它寻找替代物,不如保留其原有的历史感,然后关注这个名称的建构过程以及这个群体实际的构成情况。

其次是鸳蝶派与"现代性"问题。九十年代中期开始,"现代性"一度成为学术研究的中心话语。"现代性"视野下的鸳蝶派研究主要从作品文本的思想内容、语言、叙事方式等方面展开。如王德威《被压抑的现代性——晚清小说新论》,② 质疑了现代文学中的"五四"起源论,认为"五四"压抑了包括早期鸳蝶派小说在内的晚清小说业已显露的多元现代性,并从文本层面阐释了狭邪、公安、谴责、科幻四种晚清小说样式中包含的现代性议题。汤哲声《鸳鸯蝴蝶派与现代文学的发生》③认为《玉梨魂》提出的"寡妇能否再嫁"是现代文学的一个重要议题,而在语言方面,包天笑几乎和胡适同时提出了"以白话为正宗"的文学观念。张光芒《从"鸳蝶派"小说看中国启蒙文学思潮的民族性》④关注的是现代性的"启

---

① 此外,汤哲声还提出"市民文学"概念,见汤哲声《新文学对市民小说的三次批判及其反思》。

② 王德威《被压抑的现代性——晚清小说新论》,北京:北京大学出版社 2005 年版。

③ 汤哲声《鸳鸯蝴蝶派与现代文学的发生》,《中国现代文学研究丛刊》2006 年第 1 期。

④ 张光芒《从"鸳蝶派"小说看中国启蒙文学思潮的民族性》,《学术界》总第 89 期,2001 年 4 月。

导论　鸳鸯蝴蝶派研究的一种路径

第一节　鸳鸯蝴蝶何以成派

　　"鸳鸯蝴蝶派"从某种程度上说是"五四"新文学建构出来的一个概念,因此"五四"新文化人即是鸳蝴派最早的研究者。1918年周作人在北京大学做题为《日本近三十年小说之发达》①的演讲时,以"《玉梨魂》派的鸳鸯蝴蝶体"来形容民初哀情小说,这被学界认定为"鸳鸯蝴蝶"命名的源头。钱玄同于1919年发表的《"黑幕"书》②使用了"鸳鸯蝴蝶派的小说"概念。此后围绕《新青年》《新潮》等杂志,新文化人对鸳鸯蝴蝶派展开了一系列批判,志希(罗家伦)的《今日中国之小说界》③、周作人的《论"黑幕"》④《再论黑幕》⑤等均为此中重要文章。1921年,沈雁冰接手并革新《小说月报》,郑振铎组建文学研究会,而停刊数年的鸳鸯蝴蝶派重要刊物

---

　　①　周作人《日本近三十年小说之发达》,《新青年》第 5 卷第 1 号,1918 年 7 月 15 日。

　　②　钱玄同《"黑幕"书》,《新青年》第 6 卷第 1 号,1919 年 1 月 15 日。

　　③　志希(罗家伦)《今日中国之小说界》,《新潮》第 1 卷第 1 号,1919 年 1 月。

　　④　仲密《论"黑幕"》,《每周评论》第 4 号,1919 年 1 月。

　　⑤　仲密《再论"黑幕"》,《新青年》第 6 卷第 2 号,1919 年 2 月 15 日。

《礼拜六》也恰在此时复刊,随即以文学研究会的《文学旬刊》为主要阵地,新文学对鸳鸯蝴蝶派(彼时又称"《礼拜六》派")展开了第二轮批判。代表文字有沈雁冰的《自然主义与中国现代小说》①《"写实小说之流弊"?》②《反动》③,西谛(郑振铎)的《思想的反流》④《新旧文学的调和》⑤等。比较"五四"前后新文化人对鸳蝴派的这两次批判,第一次较为缓和,所持的立场是对整个文学传统劣性的批判,并不明显针对某个文学群体;第二次则激烈得多,且主要针对以《礼拜六》为代表的鸳蝴刊物(参见本书第三章)。两次批判给鸳蝴文学的定位是,将文学当做游戏与消遣的封建、落后的小市民文艺,日后主流文学史对鸳蝴派的态度自此定下基调。1930年代,新文学对于鸳蝴派的态度基本没有变化,对于民族危机中鸳蝴文学表现出的新质,阿英的《上海事变与鸳鸯蝴蝶派文艺》并未肯定,指其为"国难小说",反映了"封建余孽以及一部分小市民层的'自我陶醉'的本色"。⑥ 鲁迅的《上海文艺之一瞥》⑦以极具概括力的简笔,勾画了洋场才子文学的流脉。1935 年,《中国新文学大系》问世,在这项新文学为自身修史的工程中,二十年代对鸳蝴文学的批判被作为重要的一役写入。郑振铎撰写的《文学论争集》导言在宣布新文学获得决定性胜利的同时,亦指出:"在各日报的副刊上,他们的势力还相当的大。他们的精灵也还复活在所谓'海

---

① 沈雁冰《自然主义与中国现代小说》,《小说月报》第 13 卷第 7 号,1922 年 7 月。

② 沈雁冰《"写实小说之流弊"?》,《文学旬刊》第 54 号,1922 年 11 月 1 日。

③ 沈雁冰《反动?》,《小说月报》第 13 卷第 11 号,1922 年 11 月 10 日。

④ 西谛《思想的反流》,《文学旬刊》第 4 号,1921 年 6 月 10 日。

⑤ 西谛《新旧文学的调和》,《文学旬刊》第 4 号,1921 年 6 月 10 日。

⑥ 阿英《上海事变与鸳鸯蝴蝶派文艺》,《北斗》1932 年第 2 期。

⑦ 鲁迅《上海文艺之一瞥》,收入《二心集》,见《鲁迅全集》第 4 卷,北京:人民文学出版社 2005 年版,原刊《文艺新闻》1931 年 7 月 27 日、8 月 3 日。

派'者的躯壳里,直到于今而未全灭。"①这个著名的论断确认了鸳蝴派与海派的源流关系,代表了三十年代新文学的立场。

1949年至八十年代以前,主流文学史延续了此前新文学对鸳蝴派的总体评价。1962年上海文艺出版社出版、魏绍昌主编的《鸳鸯蝴蝶派研究资料》②作为第一部系统呈现鸳蝴派面貌的史料汇编,虽仍多意识形态语汇,但在收录新文化人的观点的同时,也收录了此前较少为人关注的鸳蝴派文人的"夫子自道",从而提供了更为丰富、真实的历史情境,并启发人们关注"鸳鸯蝴蝶派"这一名称的建构过程。该书还提供了细致的鸳蝴派人物、刊物、作品索引,至今仍是鸳蝴派研究必备的资料。1981年,由江苏师院现代文学教研室集体研究,范伯群执笔的《试论鸳鸯蝴蝶派》③发表,第一次对鸳鸯蝴蝶派的源流及其与新文学各个时期的交锋做了学术史的梳理,重写鸳蝴历史的立场已经呼之欲出。稍后,刘扬体的《病态文学的盛衰——鸳鸯蝴蝶派初探》、《关于认识与划分鸳鸯蝴蝶派的几个问题》两篇文章也表现出类似的倾向。④ 1984年另一本鸳蝴派资料汇编《鸳鸯蝴蝶派文学资料》⑤出版,该书在材料上对1962年的《鸳鸯蝴蝶派研究资料》有

---

① 郑振铎编选《中国新文学大系·文学论争集》(影印本)第14页,上海良友图书公司1935年版,上海:上海文艺出版社2003年版。

② 此书另有1980年三联书店(香港)版,系根据1962年版重印,除增附一篇"出版说明"外,内容与1962年版完全一致。

③ 江苏师院现代文学教研室集体研究,范伯群执笔《试论鸳鸯蝴蝶派》,《中国现代文学研究丛刊》1981年第2期。

④ 刘扬体《病态文学的盛衰——鸳鸯蝴蝶派初探》,《中国现代文学研究丛刊》1982年第1期。刘扬体《关于认识与划分鸳鸯蝴蝶派的几个问题》,《中国现代文学研究丛刊》1983年第2期。这两篇文章后来收入他的专著《流变中的流派——"鸳鸯蝴蝶派"新论》,中国文联出版公司1997年版。

⑤ 芮和师、范伯群主编《鸳鸯蝴蝶派文学资料》,福州:福建人民出版社1984年版。

所补充。二十世纪八十年代最重要的鸳蝴派研究成果是两部专著:一部是范伯群的《礼拜六的蝴蝶梦》①,另一部是魏绍昌的《我看鸳鸯蝴蝶派》②。范著由一系列鸳蝴派作家作品论构成,正是从这部专著起,范伯群开始以鸳蝴派为基石建构他的"通俗文学"大厦,与樊骏《关于通俗文学的通信(代后记)》亦透露了他欲促成"通俗文学"与"新文学"双峰并峙的学术蓝图。魏著则因作者与鸳蝴文人的交往,得以将学术考证与文坛掌故融合在一起。两部专著一改以往对鸳蝴派的简单定性,而注意考其成因,溯其源流,范著中的《论鸳鸯蝴蝶派》《再论鸳鸯蝴蝶派》,魏著中的《美丽的帽子》《上限与下限》等文对鸳蝴派之"名"与"实",鸳蝴派自身之流变都做了较为详细的梳理,只是在涉及价值判断的时候,受制于主流文学史的框架,仍表现出态度的犹疑。

　　进入九十年代以后,在"重写文学史"的背景下,鸳蝴派研究在资料汇编、文学史研究、鸳蝴派综论、作家作品个案研究、报刊研究、文集与作品选等方面取得一系列成果。重要作家作品研究及资料汇编日益完善,如张恨水、周瘦鹃、李涵秋、包天笑的相关研究。③ 综论方面较有影响的两部专著是袁进的《鸳鸯蝴蝶派》④和张元卿的《民国北派通俗小说论丛》,⑤尤其后者第一次详细讨论了鸳蝴文学中的"北派"问题,且对《大公报》副刊

　　① 范伯群《礼拜六的蝴蝶梦》,北京:人民文学出版社1989年版。

　　② 魏绍昌《我看鸳鸯蝴蝶派》,中华书局(香港)有限公司1990年版。

　　③ 如张占国、魏守忠编《张恨水研究资料》(天津人民出版社1986年版)、王智毅编《周瘦鹃研究资料》(天津人民出版社1993年版)、袁进《张恨水评传》(长沙:湖南文艺出版社1988年版)、栾梅健《通俗文学之王包天笑》(上海书店1999年版)等。论文方面石娟的张恨水研究、陈建华的周瘦鹃研究都较有新意。

　　④ 袁进《鸳鸯蝴蝶派》,上海:上海书店1994年版。

　　⑤ 张元卿《民国北派通俗小说论丛》,太原:山西古籍出版社2001年版。

《小公园》,《益世报》副刊《益智粽》以及《新民小说报》《星期小说》《南金》《三六九画报》《一四七画报》《星期六画报》等北派通俗期刊做了一定的描述。此外还有胡安定的博士论文《鸳鸯蝴蝶派的群体想象与自我认同》对鸳蝴派的身份谱系做了梳理。作品选方面较有特色的是季进主编的《鸳鸯蝴蝶派散文大系(1909～1949)》(8 册)①,在研究普遍关注鸳蝴小说的时候,它率先关注散文,这也是鸳蝴研究至今有待深入的领域。最能体现"重写文学史"以来鸳蝴派研究成果的是通俗文学史的编纂,这部分工作主要由范伯群领衔的"苏州学派"完成。此前的文学史,要么未涉及"新文学"外的作家作品,要么如陈平原所说,"在原有小说史框架中容纳个别通俗小说家"②,而范伯群主编的《中国近现代通俗文学史》③第一次为"通俗文学"单独修史。为了摆脱新文学史的叙述框架,也为了强调通俗文学自身的流变,《中国近现代通俗文学史》抛弃了现代文学"三个十年"的研究格局和以政治史为线索来结构文学史的方式,代之以"类型中心"的"板块式"叙述,将各种类型小说分门别类地来叙述,同时注意揭示其各自演变的轨迹。如"社会言情编"中,除了介绍作家作品,作者还着重强调了"社会"与"言情"的合流、晚清"狭邪"与民国"倡门"的渊源,"谴责"与"黑幕"的现代变身这三条线索。范伯群的另一部文学史《中国现代通俗文学史》④带有更多史论的性质,并且有意识地围绕近现代文艺期刊来呈现"通俗

---

①　季进主编《鸳鸯蝴蝶派散文大系(1909～1949)》(8 册),上海:东方出版中心1997 年版。

②　陈平原《"通俗小说"在中国》,舒乙、傅光明主编《在文学馆听讲座:生命的对话》第 187 页,北京:中国社会科学出版社 2002 年版。

③　范伯群主编《中国近现代通俗文学史》,南京:江苏教育出版社 1999 年版。

④　范伯群《中国现代通俗文学史》,北京:北京大学出版社 2007 年版。

文学"盛衰变化的周期。由于鸳蝴派与近现代报刊的紧密联系，报刊研究自然成为鸳蝴派研究的重要领域。除上述文学史中涉及的部分外，尚有一些专论报刊的研究成果：汤哲声的《中国近现代通俗文学期刊史论》①较早地对鸳蝴派期刊做了系统梳理，李楠的《晚清民国时期上海小报》②对晚清至民国时期的上海小报做了全面清理。另有针对《申报·自由谈》《小说月报》《礼拜六》《紫罗兰》《红玫瑰》《万象》《良友》等刊物的专门研究，此处不一一罗列。

海外方面，林培瑞的 *Mandarin Ducks and Butterflies：Popular Fiction in Early Twentieth-Century Chinese Cities*（《鸳鸯蝴蝶派：20 世纪初中国城市里的通俗小说》，美国加利福尼亚大学出版社 1981 年版）③是英语世界第一本关于鸳蝴派小说的研究专著。它十分关注鸳蝴派小说的"文献"功能，且按照不同的主导类型，将鸳蝴小说划分为几次"浪潮"（waves）分别加以论述，将小说与历史对看，从小说中看到它身处的时代。稍后，夏志清从审美角度重新肯定了《玉梨魂》的价值。④ 他将《玉梨魂》放入中国小说"感伤—情欲"的传统中，认为其代表了鸳蝴派小说的最高成就。

---

① 汤哲声《中国近现代通俗文学期刊史论》，苏州大学博士论文，1997 年。
② 李楠《晚清民国时期上海小报》，北京：人民文学出版社 2006 年版。
③ E. Perry Link, Jr., Mandarin Ducks and Butterflies：Popular Fiction in Early Twentieth-Century Chinese Cities（Berkeley Los Angeles，London：University of California Press，1981）
④ 1981 年夏志清发表 Hsü Chen-ya's *Yü-li hun*：An Essay in Literary History and Criticism（《徐枕亚的〈玉梨魂〉：一篇关于文学史和文学批评的文章》），该文收入 C. T. *Hsia on Chinese literature*（2004 Columbia University Press）一书。1985 年夏志清又在香港《明报》月刊 1985 年第 9、10、11 期发表《〈玉梨魂〉新论》，基本上可视为前文的中文版。香港中文大学出版社 2017 年出版的夏志清《中国文学纵横》一书收入《〈玉梨魂〉新论》，另见《中国文学纵横》上海人民出版社 2019 年版。

林、夏二人的研究恰好代了海外鸳蝴派研究的两条路径,前者是社会学式的解读,后者是文学式的。周蕾在《鸳鸯蝴蝶派:通俗文学阅读一例》①中,对这两种阅读传统进行了比较和反思,认为夏志清文学式解读的目的在于重新肯定传统,林培瑞社会学式的解读则为了肯定"知识";前者带有本质化的评价倾向,而后者则忽视了文学文本自身的建构性和模糊性。② 因此,她尝试从女性角度对鸳蝴派做重新的解读。此外龚程鹏③、陈建华④、赵孝萱⑤等人的研究也值得关注。

以上是鸳蝴派研究的大致脉络,其中有三个问题需要关注。首先是鸳鸯蝴蝶派的名称问题。

较早对"鸳鸯蝴蝶派"这一概念的形成过程进行梳理的是1989年的一篇博士论文——余斌《鸳鸯蝴蝶派小说概论》⑥,此前人们几乎将鸳鸯蝴蝶派作为一个不言自明的概念使用。对于"鸳鸯蝴蝶派"概念的形成,多数研究者认为它经历了一个内涵、外延不断扩大的过程:最初,它专指民初《民权报》(包括《民权素》《小说丛报》)系统的一批文人及其以四六骈体创作的"哀情小说"。后

---

① 收入周蕾《妇女与中国现代性》(蔡青松译),上海:上海三联书店2008年版。
② 相关论述见周蕾《妇女与中国现代性》74~78页。
③ 龚鹏程《民初的大众通俗文学鸳鸯蝴蝶派》,台湾《文讯月刊》1986年10月第26期;龚鹏程《论鸳鸯蝴蝶派》,收入《文化、文学与美学》,台北:时报出版公司1988年版。
④ 陈建华《"诗的小说"与抒情传统的回归——周瘦鹃在〈紫罗兰〉中的小说创作》(《苏州教育学院学报》2011年第2期)、《民国初期周瘦鹃的心理小说——兼论"礼拜六派"与"鸳鸯蝴蝶派"之别》(《现代中文学刊》2011年第2期)、《抒情传统的上海杂交——周瘦鹃言情小说与欧美现代文学文化》(《中山大学学报》社会科学版2011年第6期)
⑤ 赵孝萱《"鸳鸯蝴蝶派"新论》,宜兰:佛光人文社会学院,2002年版;兰州:兰州大学出版社2004年版。
⑥ 余斌《鸳鸯蝴蝶派小说概论》,叶子铭指导,南京大学博士论文1989年。对鸳蝴派名称的讨论见"鸳鸯蝴蝶派的名与实"一章。

来，人们把《礼拜六》及其后在二十年代通俗期刊潮中涌现的《半月》《紫罗兰》《红杂志》《红玫瑰》等刊物和相关作家作品也归入"鸳鸯蝴蝶派"。由于《礼拜六》影响最大，故又称"礼拜六派"。题材和文体也不限于"哀情小说"和"骈体"，而是包括了黑幕、武侠、侦探等，且不分文白。而到了三十年代，"鸳鸯蝴蝶派"又与"海派"纠结在一起。在梳理的过程中，研究者发现一个问题，新文学叙事常把不属于新文学系统的，带有消闲倾向的笼统称之为"鸳鸯蝴蝶派"。[1] 鉴于此，加上当事人的自我撇清[2]，有研究者试图提出新的"替代性"的概念。比如有研究者主张用"民国旧派"[3]，大概受了范烟桥《民国旧派小说史略》、郑逸梅《民国旧派文艺期刊丛话》的影响。1927 年范烟桥曾写过一部《中国小说史》，其中"最近之十五年"一节着重介绍鸳蝴派作家作品。六十年代魏绍昌主编《鸳鸯蝴蝶派研究资料》时欲收入此稿，但以什么题目示人呢？历来被视为鸳鸯蝴蝶派的范烟桥，断然不能接受这个称谓，于是有了"民国旧派"的提法，得到魏绍昌的认可，郑逸梅和严芙孙的另两篇史话遂一并冠以"民国旧派"之名。可见，这是一个折中的命名，它的缺点首先在于范围过大，用它替换"鸳鸯蝴蝶派"，只怕会扯进更多成员；其次，内涵较"鸳鸯蝴蝶派"更为模糊，如果说"鸳鸯蝴蝶派"构

---

[1] 例如，范伯群认为，新文学史叙事带有一种"非我族类"的思维，"凡非我族类就'请君入瓮'"，归入鸳鸯蝴蝶派。见范伯群《中国近现代通俗文学史》上卷，绪论第 13 页，南京：江苏教育出版社 1999 年版；又如赵孝萱认为，"目前'鸳蝴派'定义的真正内涵，其实是 1912 年至 1949 年间'非新文学'之所有文学文本与作家"，见赵孝萱《"鸳鸯蝴蝶派"新论》，兰州：兰州大学出版社 2004 年版。

[2] 包天笑对于自己被归入鸳鸯蝴蝶派表示不满，参见本章第 3 节。此外，周瘦鹃、郑逸梅、陈蝶衣等人也有类似表述。

[3] 如王进庄《二十年代旧派文人的上海书写——以〈礼拜六〉、〈紫罗兰〉、〈红杂志〉为中心》，华东师范大学 2007 年博士论文，陈思和指导；胡晓真《新理想、旧体例与不可思议之社会——清末民初上海文人的弹词创作初探》也主要使用"旧派文人"的称呼，收入李孝悌编《中国的城市生活》，台北：联经出版公司 2005 年版。

不成一个流派的话,它显然更不能。

又比如"苏州学派"曾主张用"鸳鸯蝴蝶—《礼拜六》派",①以顾及"名"与"实"的一致性,倒不失为一种方法,不过没能深入人心。原因有二,一是较为繁琐,不及"鸳鸯蝴蝶派"或"《礼拜六》派"简洁生动;二是提出者并没有始终如一地坚持这一提法,而更倾向于"通俗文学"这个涵盖面更大的概念:《中国近现代通俗文学史》"将'鸳鸯蝴蝶—《礼拜六》派'作为民国都市通俗文学中的一个重要的流派",②而到了《中国现代通俗文学史》中,作者完全放弃了对"鸳鸯蝴蝶派""《礼拜六》派""鸳鸯蝴蝶—《礼拜六》派"等概念的辨证,直接使用"现代通俗文学"的概念。于是出现了一个问题:"鸳鸯蝴蝶—《礼拜六》派"与"现代通俗文学"之间究竟是什么关系? 前者是属于还是等于后者? 如果是"属于",那么还有哪些"现代通俗文学"流派,他们与"鸳鸯蝴蝶—《礼拜六》派"在人员构成、作品风格样式上有怎样的分别? 从两部通俗文学史考察的范围来看,前者大体上就"等于"后者,也就是说只是做了概念的置换,把原先的"鸳鸯蝴蝶派"换成了"通俗文学"。随即就产生了新的问题,"通俗文学"是否比"鸳鸯蝴蝶派"更加有效?"俗"的反面是什么? 最直接的对应是"雅",但显然雅与俗并不能成为新文学和鸳蝴派的分水岭,新文学与鸳蝴文学各自都包含了雅和俗的因子。就鸳蝴文学而言,它经历了一个由雅向俗的过程。在这一点上,我十分认同袁进在《试论晚清小说读者的变化》③一文中的观点,民初文坛雅俗对立并不明显,民初鸳蝴派小说并不能完全归入通俗

---

① 见范伯群《中国近现代通俗文学史》上卷绪论,南京:江苏教育出版社 1999年版。

② 范伯群《中国近现代通俗文学史》上卷绪论第 18 页。

③ 袁进《试论晚清小说读者的变化》,《明清小说研究》第 1 期,总第 59 期。

蒙"内涵,但他认为,鸳蝴派身上体现的启蒙现代性,并非完全是西方文化横向移植的结果,而是晚明以来"以情抗理"思潮的隔代回响。旷新年《现代文学发生中的现代性问题》①认为黑幕小说与鸳蝴派小说体现了封建制度和礼教崩塌后出现的一种"解神秘"和"稗史"的现代倾向。从叙事学角度研究鸳蝴派小说的灵感,最初来自于陈平原《中国小说叙事模式的转变》的启发。在该书及其后来的《小说史:理论与实践》《中国现代小说的起点:清末民初小说研究》等多部著作中,陈平原探讨了包括鸳蝴派小说在内的清末民初小说较之传统小说在叙事方式上的变化。对于鸳蝴派小说在此间承担的功能,陈平原认为,它们的艺术质量固然参差不齐,但由于市场化、类型化等因素,它们将早期新小说家零星介绍、却不及全面实践的西洋小说技巧,比如"日记体""书信体"等,以批量生产的方式迅速地普及开来。此外,黄丽珍《鸳鸯蝴蝶派小说叙事模式的新变》②、姚玳玫《极致"言情":鸳鸯蝴蝶派小说的叙事策略与修辞效应》③、杨剑龙《论鸳鸯蝴蝶派侦探小说的叙事探索》④等都从不同角度分析了鸳蝴派叙事的现代特征。上述研究主要从文本内部着眼,除此之外,还有一些研究着眼于文本外部,关注文学生产方式、传播机制、都市文化等层面。如韩毓海《春花秋月何时了——鸳鸯蝴蝶派与文化生产的近代兴起》⑤、陈建华《〈申报·自由谈话会〉:民初政治与文

---

①　旷新年《现代文学发生中的现代性问题》,《中国现代文学研究丛刊》1996 年第 1 期。

②　黄丽珍《鸳鸯蝴蝶派小说叙事模式的新变》,《理论学刊》2002 年第 2 期。

③　姚玳玫《极致"言情":鸳鸯蝴蝶派小说的叙事策略与修辞效应》,《广东社会科学》2004 年第 1 期。

④　杨剑龙《论鸳鸯蝴蝶派侦探小说的叙事探索》,《中国现代文学研究丛刊》2005 年第 4 期。

⑤　韩毓海《春花秋月何时了——鸳鸯蝴蝶派与文化生产的近代兴起》,收入韩毓海《从"红玫瑰"到"红旗"》,上海:上海远东出版社 1998 年版。

学批评功能》①、曾佩琳《完美图像——晚清小说中的摄影、欲望与都市现代性》②等。需要指出一点，研究者在直接从内部考察鸳蝴派文本时，大多肯定其思想内容和审美中的现代因素；而在进行外部考察，尤其是都市文化研究时，他们往往更关注三十年代海派崛起后的上海书写。如果"都市现代性"暗含着一种价值肯定的话，海派似乎更具备与这座工业化进程中的城市合观共视的资格，作为海派参照系的鸳蝴派，往往又被作为"前现代"的因素来处理。

再者，鸳蝴派与海派的关系也是鸳蝴研究涉及较多的问题。由于地缘关系的密切、时间上的前后接续以及相似的商业化运作等因素，人们在梳理海派的时候，总是自然而然地追根溯源到鸳蝴派。其实这种思路早在上世纪三十年代就埋下了伏笔，前述鲁迅的《上海文艺之一瞥》和郑振铎为《中国新文学大戏·文学论争集》撰写的导言都体现了这一点。当年沈从文写《文学者的态度》③《论"海派"》④，或许无意于一网打尽，但"名士才情"与"商业竞卖"两顶帽子却容量可观，足以让彼时的海上文人纷纷起来或撇清干系或反戈一击。究竟沈从文批评的海派针对的是哪几路人马，他当然没有指明，但鸳蝴派这一支却是可以坐实的。在《论"海派"》中他说："过去的'海派'与'礼拜六派'不能分开。那是一样东西的两种称呼。'名士才情'与'商业竞卖'相结合，便成立了吾人今日对于海派这个名词的概念。"这种源与流的思路影响了后来的学术界。但也有一些学者主张将二者"划清界限"，以吴福辉为代表。他认为，"鸳鸯蝴

　　① 陈建华《〈申报·自由谈话会〉:民初政治与文学批评功能》,《二十一世纪》第81期,2004年2月。
　　② 曾佩琳《完美图像——晚清小说中的摄影、欲望与都市现代性》,收入李孝悌编《中国的城市生活》,台北:联经出版公司2005年版。
　　③ 沈从文《文学者的态度》,《大公报·文艺》1933年10月18日。
　　④ 沈从文《论"海派"》,《大公报·文艺》1934年1月10日。

蝶派文学同海派文学，不是源与流的关系。鸳鸯蝴蝶派和海派在很长时间里是两股文学流。海派自产生之日起便是'现代性'文学的一部分，鸳鸯蝴蝶派则有一个较长的获得'现代性'的演变过程。"①他认为海派"只能在二十年代末期以后发生。就是叶灵凤、刘呐鸥、穆时英、张爱玲、苏青、予且诸人"。至于包括鸳蝴派在内的二十年代末之前的沪上旧式文学，他称之为"不具备现代质的前洋场文学"。②李楠通过清理晚清民国小报，进一步对鸳蝴派和海派做了区分。她将海派分为"纯文学海派"与"通俗海派"，前者包括通常归入新文学阵营的"新感觉派"或"现代派"的一批作家，后者包括王小逸、冯蘅、金小春、唐大郎等在小报上十分活跃的作家。李楠认为，鸳蝴派与海派有各自不同的来源和文化背景，如果说二者有所联结的话，只是到了四十年代，鸳蝴派与海派中的通俗海派在小报上才有某种程度的合流。至于海派中的"纯文学"一脉，与鸳蝴派完全不是一个系统，小报上的鸳蝴派文人甚至对"纯文学海派"非常反感。

第二节　立场与概念

以鸳鸯蝴蝶派为研究对象，不是因其曾被遮蔽，而是因为，它由早年被遮蔽，到近些年身价倍涨，由"文坛逆流"一跃而为现代文学之"一翼"。

自"重写文学史"以来，"重写"几乎成了现代文学研究最基本

---

①　吴福辉《海派的文化位置及与中国现代通俗文学之关系》，《苏州科技学院学报》（社会科学版），第 20 卷第 1 期，2003 年 2 月。

②　吴福辉《都市漩流中的海派小说·导言》，第 3～4 页，长沙：湖南教育出版社 1995 年版。

的立场和诉求,而"翻案"又似乎成了"重写"的核心内容。这些年来的鸳蝴派研究,翻案文章太多了,需有所警惕。当我们推翻了既有的结论,顺利到达它的反面时,我们是否也只是到达了它的反面而已?我们一面质疑单一维度的文学史叙事,一面是否又结构性地陷入了与之相似的话语模式,与其共享同样的理论预设和思维逻辑?在多元史观早已成为共识的今天,应当给予鸳鸯蝴蝶派一个文学史上的正当位置,但与其执着于翻案,我以为倒不如考虑应以何种态度和方法处理这一曾经被遮蔽的文学现象。

近年来鸳蝴派研究的成果主要体现在对作家作品的发掘和阐释。但从个人的阅读感受出发,鸳蝴派作品除少数作家外,总体上缺乏足够的审美阐释空间。这其中有趣味、才力的问题,也有生产方式的因素。印刷时代对类型化的需求,刺激着鸳蝴派创作的同时也限制着它所能达到的高度,正如研究者所言:"读一本《玉梨魂》或者《孽冤镜》,你会觉得作家不无才气;可如果读十本二十本此类小说,你则可能为作家的粗制滥造和重复生产感到愤怒。"①另一方面,"连载"的方式增加了创作的不稳定因素,尤其是报纸连载,它比期刊周期更短,对创作的制约更大,时局、报纸自身的经营状况、读者对于连载小说的反馈等都影响着作品的面貌。当然"连载"并非鸳蝴派的专属,许多新文学作品也是先在报刊连载而后集结成单行本的,最著名的莫过于巴金的《家》。1930 年 3 月至 12 月,张恨水《啼笑因缘》在《新闻报》连载,1931 年《新闻报》又大造声势推出单行本,一时之间《啼笑因缘》成为海上第一畅销小说。不知是否出于同业竞争的关系,同为上海三大报之一的《时报》(另

---

① 陈平原《中国现代小说的起点——清末民初小说研究》第 119 页,北京:北京大学出版社 2005 年版。

一为《申报》），此前已经很久不刊连载小说了，也于1931年4月推出巴金的小说《家》，彼时名为《激流》。然而当年10月，《时报》在未做任何说明的情况下，在《激流》刊完第186回时突然停止连载。三个月后的1932年1月26日又恢复，直至1932年5月22日连载完毕。恢复连载当日的《时报》上，编者做了一个解释：

> 《时报》发表巴金先生底创作小说《激流》，在去年已有六个月，因为'九一八'事变发生，多登国难新闻，没有地位续刊下去，空了近两个月，实在对不住读者和作者。①

国难新闻占据版面究竟是不是真实的原因，难以考证，巴金本人也从未提及此事。但可以确知的是，巴金在与《时报》的协商中提出放弃剩余稿费，于是连载得以恢复，因此有学者认为所谓国难时局的说法是事后的一番辞令而已。② 回想连载之前，《时报》为巴金打出的广告语中有这样几句话：

> 巴金先生的小说，笔墨冷隽而意味深远，在新文坛上已有相当权威，向除文艺刊物及单行本外，不易读得其作品，此次慨允为本报担任长期撰述、得以天天见面，实出望外，我们应代读者十二分的表示感谢。③

问题可能恰恰出在原本应在文艺刊物上出现或以单行本问世的《家》，被放在了每日一期的日报上和读者"天天见面"。就写作方

---

① 《关于小说》，转引自吴福辉《〈家〉初刊为何险遭腰斩》，《书城》2008年第2期。
② 参见吴福辉《〈家〉初刊为何险遭腰斩》。
③ 《时报》1931年4月14日第2张第5版广告《巴金先生新著长篇小说》。

式而言,单行本写作或为出版周期相对较长的文艺刊物写作,与排日连载是大不一样的,后者篇幅短,但又要求情节时时有推进,每日有玄机。民国报纸连载小说每日排定的字数平均在五六百字左右,比《家》稍早的《啼笑因缘》、与《家》同期的顾明道之《荒江女侠续集》均按此例,但这样的篇幅在巴金可能还不够完成一次心理刻画或情感抒发。不知是否出于这个原因,《家》在《时报》连载时每日字数达到1500字左右,大大超过了同期的其他连载小说。但即便如此,觉民和觉慧雪地行走的段落仍连载了三天才告完毕,这对于日报的一般读者来说是很难接受的。此外,综合性报纸对小说往往不太重视,排版时常常不考虑每一回的完整性,这就需要小说作家心中有一套应对报纸连载的技术,写出来的文字方便编辑剪裁。

但巴金显然没有也不愿对文字做技术性的处理,于是《时报》连载《家》之粗糙到了难以想象的地步,常常一句话未了便戛然而止。例如第一章"兄弟俩"分三回刊完,其中有"……还掉过头看后面,圆圆的脸冻得通红"一句,第一回刊至"圆圆的",第二回从"脸冻得通红"开始;又如"墙头和屋顶上都积了很厚的雪,在黑暗的暮色里闪闪的发光"一句,前一回刊至"很厚的",后一回从"雪"开始,类似的情况比比皆是,真令人匪夷所思。这样的连载无疑对《家》是一种严重的损伤。所以我认为,不合适的传播介质影响了传播效果,使这部小说远没能造成预期的轰动效应,可能才是《家》险些横遭腰斩的真实原因;此后巴金主动放弃剩余稿酬使小说得以善终也就顺理成章了。

相比之下,一些鸳蝴派作家对于如何适应报纸连载则颇有心得。据张友鸾回忆,张恨水每晚临发稿时在报馆作文,随写随刊,且笔下有数,写到够发排即停止,往往自成起讫,再在稿子上多写两行,方便第二天接着写。又如当年包天笑在《时报》撰《空谷兰》,某日连载到关键情节生母与继母争抢救命药瓶时,包天笑家中遇丧须回家料理,遂请陈冷血临时代笔。至次日包天笑翻开《时报》一看,大惊,陈冷血竟不顾后续,自作主张让药瓶掉在地上摔碎了。包天笑找陈冷血理论,此乃救命药瓶,如何将其摔碎了?情急之下包天笑想出补救之策,再续时把摔碎的药瓶说成假的,真解药还在生母手中,对此包天笑很为得意,以为"反而多了一个曲折"。① 无独有偶,叶楚伧创办《民国日报》时,姚鹓雏为其副刊撰长篇。一日姚鹓雏大醉,未能属稿,叶楚伧临时代笔却起了顽劣之心,将主人公置于死地,且丧事办理停当,欲令姚鹓雏无从下笔。翌日姚鹓雏酒醒再续,见此恶作剧却不以为意,以"一梦醒来"四字,将叶楚伧续文一笔勾销。如是等等,令人发噱的同时也不免让人怀疑此类创作的完整性。便是其中佼佼者如张恨水,也竟然发生过写了前面忘了后面,将笔下人物张冠李戴的事件;又如北派最优秀的作家刘云若,被郑振铎认为才情远在张恨水之上,却几乎所有的作品都没有完稿。

　　李欧梵先生有一个判断,认为"'五四'新文化运动的内涵之一就是建立一种作家的'主体性'"②。他所说的"主体性"主要指"启蒙大众"的主体意识,此外我认为"主体性"也应该包括作家身份的自觉和对艺术个性的坚守。从这个意义上说,巴金拒绝讨巧、放弃稿费保全了作品的完整,而许多名噪一时的鸳蝴派作家则屡屡发生未完稿、仓促完稿或中途由他人代笔的现象。这固然可解释为对媒介运作的被动反应,但很多时候也是趣味与积习使然。当鸳蝴文人在各式副刊上,并不费力地调遣自身的文字技能,炫耀并分享有限的才情时,他们实际上失去了建构属于自己的艺术序列的

----

① 包天笑《钏影楼回忆录》第 550 页,北京:中国大百科全书出版社 2009 年版。
② 李欧梵《中国现代通俗文学史》序二,北京:北京大学出版社 2007 年版。

机会,也失落了文人最可贵的主体性。鸳鸯蝴蝶派文学无论其青睐者如何不愿意承认,它作为一种被近现代报刊深度捆绑的文学,与严肃文学之间终究存在着一道或深或浅的沟壑。

既如此,我们又为什么要研究鸳蝴派,又该以何种姿态来研究它呢? 周作人早就给了我们答案:

> 文学史如果不是个人的爱读书目提要,只选中意的诗文来评论一番,却是以叙述文学潮流之变迁为主,那么正如近代文学史不能无视八股文一样,现代中国文学史也就不能拒绝鸳鸯蝴蝶派,不给他一个正当的位置。①

鸳蝴文学是中国现代文学史上重要的文学现象。鸳鸯蝴蝶不仅仅是一个"派",它是近代社会一个结构性的存在,是新文化崛起前文坛最普遍的现实。它与新文化人拥有共同的根源,它所暴露的既是自成一派的趣味,也未尝不是普遍的文人积习,好比刘半农,北上多时依旧脚着"鱼皮鞋"、心怀"红袖添香夜读书"的思想。无论刘半农"跳出鸳蝴派"、跻身新青年,或是胡适告别中国公学一班"浪漫的朋友",或叶绍钧痛下决心不做"红男绿女小说",既是主体价值选择的结果,又包含一定的机缘巧合;鸳蝴的趣味、创作模式,是陈旧的,也是顽固的、稳定的,它不需要也难以有革命性的变化,只需在固定的类型中进行有限的翻新、变奏,便总能搔准市民生活的痒处,往往也点缀一些现代价值。因此,无论是将鸳蝴派看作现代文学的过去形态,还是将其视为现代文学雅俗纠缠中始终

---

① 周作人《答芸深先生》,《周作人自编文集·谈龙集》第 93 页,石家庄:河北教育出版社 2002 年版。

不曾缺席的势力，我们都应当对其做更为细致的清理描摹。本书的研究试图摆脱翻案文章的思路，不再预设鸳蝴派在何种意义上可与新文学比肩或超越后者，而是将其放回近代文人现代转型的历史脉络里，置于与新文化人互为参照的文化实践中，力求更清晰、生动地勾画这个群体的轮廓，揭示其"文化身份"，更准确地评估它在现代文学史、文化史中的位置。

"文化身份"（cultural identity）是本书的核心概念之一，另两个常见的中译名是"文化认同"和"身份认同"，但其中有一定理解和使用上的差异。"identity"有三个主要义项：一是"相同，共性"；二是"身份"；三是"个性"。有意思的是，国内学者往往更喜欢用"认同"这个看上去并不存在的义项。原因可能在于，"身份"这个词本身呼吁着人们对于"认同"的关注，或者说"身份"问题内在地包含了"认同"问题，这一点从"身份认同"这个译法中即可看出。而"认同"由于与现代民族国家、后现代、全球化、族群问题、性别问题等议题都有很强的结合能力，因而被广泛使用。受限于英文水平，我无法细考 cultural identity 在英文表述中的各种涵义，不知道名词 identity 是否也暗含了向动词 identify（确认身份、认同）意义滑动的冲动；但是该理论最重要的一部著作 *Question of cultural identity*（《文化身份问题》）一书中，作者同时使用了"identity"和"identification"两个名词概念，后者才是 identify 的名词形式，很显然，作者是把身份和认同区分开来表述的。① 塞缪尔·亨

---

① 作者是这样定义 identification 的："In common sense language, identification is constructed on the back of a recognition of some common origin or shared characteristics with another person or group, or with an idea, and with the natural closure of solidarity and allegiance established on this foundation." 可知作者确是以 identification 来表达认同的意思。参见 Stuart Hall，Paul Du Gay，*Question of cultural identity*（Sage Publications Ltd，1996）第 2 页。

廷顿(Samuel P. Huntington)的 *The Clash of Civilizations and The Remaking Of World Order*(《文明的冲突与世界秩序的重建》)一书亦有多处论及 cultural identity,该书中译本全部译为文化认同,对此有学者认为该书的主题是探讨文化个性,identity 应取其第三个义项作个性解,与"认同"的意义差距很大。① 如果我们只是借助西文语汇来表达自身的理论问题,那我觉得使用"文化认同"问题不大,但是如果在理论转换的过程中出现,则必须细加甄别。对于本书借用"文化身份"这一概念,需要做如下说明:"身份"和"认同"在本书中不是对等的概念。本书不在总体上使用"认同"这一表述,因为我更偏重于考察名词性的"身份"特性而非动词性的"认同"过程(当然也涉及到后者);虽然也关注鸳蝴文人身份的自我确认,但更强调我对于他们文化身份的一种认识。西方理论中的"identity"常常用于表述现代(后现代)进程中民族(或社群、性别)"经验"和"符码"与异质文化交汇时所显现的特征,②国内学界使用"认同"概念更是多见于讨论民族(社群)议题,但是本书无意于此,而是试图通过鸳蝴文人的文学实践,揭示这个群体在近现代文化中

---

①　河清《文化个性与"文化认同"》,《读书》1999 年第 9 期。

②　关于这一概念最常被援引的表述来自于斯图亚特·霍尔,他的 *Cultural Identity and Diaspora*(《文化身份与族裔散居》)一文以加勒比黑人移民为研究对象,在阐释"加勒比性"时他提出了 cultural identity 概念。他将其定义为一个民族共有的"历史经验"和"文化符码",认为这种经验和符码为其在现实语境中的各种外在表现提供了相对稳定的"意义框架"。同时他也强调这种身份处于不断的变化、建构之中。该文收入罗钢、刘象愚主编《文化研究读本》,北京:中国社会科学出版社 2000 年版。此外,Charles Taylor(查尔斯·泰勒)和 Anthony Giddens(安东尼·吉登斯)也是 identity 概念的重要阐释者,他们都着眼于现代性视角。前者 *Sources of the self: The making of the modern identity*(《自我的根源:现代认同的形成》,韩震等译,南京:译林出版社 2001 年版)试图追溯现代认同的起源;后者 *Modernity and self-identity*(《现代性与自我认同》,赵旭东、方文译,北京:生活、读书、新知三联书店 1998 年版)关注"现代性制度"和"自我认同"的互相塑造。

的发言位置,及其所发挥的功能。如此则"身份"较"认同"更为适宜。

"身份"这个词在我看来暗含着一种"关系"的思维和"比较"的前提。因为之所以能够确定身份,或者,之所以需要身份,就是因为承认了文化差异这个前提,并设置了参照系——确认一种身份的同时,也就确认了与之互为参照的另一种身份。考察鸳蝴文学,新文学是应该引入的一个参照:首先"鸳鸯蝴蝶"这个身份即是由新文学建构出来的,新文学在建构异己的同时,完成着自身,又在确立自身身份的同时,改变了鸳蝴文学在现代文学中的位置。其次,鸳蝴文人与新文化人不乏相似的背景和底色,无论私人往来或公开的文学实践,都颇有交集;第三,整个现代文学的发展进程,鸳蝴文学始终不曾缺席,它亦在实现经验的自我更新和身份的自我建构。第四,"重写文学史"之所以容易陷入"翻案"的单一思维,恰恰在于我们只关注某个研究对象,不为其设置参照系,或下意识地屏蔽不利于肯定其价值的信息。正如以往我们对新文学的关注,缺乏来自新文学以外的参照一样,今天当我们致力于恢复鸳蝴文学合法席位的时候,也可能犯同样的错误,把新文学这一维度轻易取消,而陶醉在"通俗文学"的神话中。基于这样的考虑,我在各章中都试图旁及与之相关的新文学现象或问题,虽无力做深度的刻画,却是一种努力的尝试。正是在将鸳蝴文学与新文学合观共视的过程中,我对于二者在民国文化实践中所扮演的角色、所承担的功能形成了"文化分层"的总体观察。

国内外涉及"文化分层"的研究不少,但是"文化分层"不似"文化身份"那样有明确的理论来源和相对固定的理论内涵,不同的研究者基于各自的立场和角度往往赋予其不同的所指。同样冠以"文化分层",讨论的问题常常大相径庭。例如李泽厚、王德胜认为一个社会中有精英文化,有大众文化;有商业文化有学院文化;精英文化和大众文化内部又各有不同的层次,彼此应该"各安其业,各得其所",不应歧视或排斥某一个层次。他们着眼的其实是文化的多元化问题。① 又如文化分层研究中经常被援引的霍夫斯塔德(Geert Hofstede)的"洋葱理论"(onion theory),把文化比作层层包裹的洋葱,最外一层是可见的象征物(symbols),如语言、衣着、建筑等;剥去最外层,显露的是英雄人物性格(Heroes),它反映的是一个民族、一种文化中大多数人所认同的性格;第三层是日常生活礼仪(Rituals);最内的一层是价值观(Values)。显然,洋葱理论所揭示的是文化的内涵和外延,与李泽厚的角度完全不同。本书所着眼的文化分层,意不在强调平面的多样态、多元化,而更关注垂直的多层次。

二十世纪五十年代,美国人类学家罗伯特·雷德菲尔德(Robert Redfield)提出了"大传统"(great tradition)和"小传统"(little tradition)概念。他认为大传统是经过哲学家、神学家、文学家等少数知识分子有意识地建设并传承的文化传统;而小传统则广布于乡村社会,它的产生和存续有自己的一套机制,甚至不需要借助书写,也未经知识分子改造。② 大小传统一经提出即得到学界普遍认同(尽管具体问题上观点不一),它的意义首先在于,凸显

---

① 李泽厚、王德胜《文化分层、文化重建及后现代问题的对话》,《学术月刊》1994年第 11 期。

② 参见雷德菲尔德 *Peasant Society and Culture* 一书。其中第三章"The Social Organization of Tradition"对大小传统有一段简要的解说:"In a civilization there is a great tradition of the reflective few, and there is a little tradition of the largely unreflective many. The great tradition is cultivated in schools or temples; the little tradition works itself out and keeps itself going in the lives of the unlettered in their village communities. The tradition of the philosopher, theologian, and literary man is a tradition consciously cultivated and handed down; that of the little people is for the most part taken for granted and not submitted to much scrutiny or considered refinement and improvement", *Peasant Society and Culture*, p. 70, University of Chicago Press, 1956。

了社会文化的两个层次,较早地确立了文化研究的二元框架。如今更为常见的诸如"精英文化—大众文化"、"雅文化—俗文化"等概念,虽然没有证据直接表明其与大小传统的理论渊源,但亦显示了文化研究领域二分法阐释的有效性。中国现当代文学研究由于始终关注知识分子和大众化问题,因而对于大小传统理论亦多有应用,陈思和于上世纪 90 年代提出的"民间"概念,就直接来源于此。① 钟敬文先生同样在九十年代提出了中国传统文化的三层次说,他认为,中国传统文化有三个干流,封建地主阶级所创造的上层文化,商业市民创造的中层文化和广大农民创造和传承的底层文化。② 这一描述拓展了大小传统的二元框架,极具启发性。

如何更准确地评估这个鸳蝴文人在文化中的位置,本书第一章做了一种假设和分析,如果没有废科举,如果没有上海近代报业的召唤,鸳蝴文人最可能、最体面的归宿是什么? 或许是取得最低层级的功名,成为下层绅士,在地方事务中发挥作用。绅士的职责多种多样,功名高的或富裕的乡绅往往参与兴建本地公共工程、组织团练、慈善事业等,下层绅士则承担一些具体琐碎的职责,如负责乡里的教育事务、书写事务,主持乡约,主持乡里的婚丧嫁娶、衣

---

① 陈思和等国内学者对大小传统理论的借鉴主要是通过余英时《汉代循吏与文化传播》的介绍,该文收入《士与中国文化》。陈思和《民间的浮沉——对抗战到文革文学史的一个尝试性解释》一文(《上海文学》1994 年第 1 期)提出了民间概念,并指出雷德菲尔德的大小传统理论是其理论来源,文后注释又提及对于该理论的表述引自《内在超越之路》一书所收录的《中国文化的大传统与小传统》一文,此文正是余英时《汉代循吏与文化传播》的第一节。陈思和的"民间"概念从位置上看似乎对应"小传统"无疑,但二者却有显著的不同:小传统专指未经知识分子改造的乡村机制,而陈思和的"民间"则包括被官方压抑的知识分子传统。关于二者的辨析,李丹《一个关键词的前世今生——陈思和的"民间"概念的理论旅行与变异》(《文艺争鸣》2009 年第 7 期)一文有很好的论述。

② 参见钟敬文《话说民间文化》,北京:人民日报出版社 1990 年版。另参见黄国益《钟敬文的文化分层理论研究》,《民间文化论坛》2005 年第 3 期。

冠跪拜等。绅士独立于政府之外,其履行职责的动力不来自于统治秩序内部的规范,这是中国乡土社会自我运转、传承机制的重要部分。绅士的身份和立场可以从两方面来看:一方面他们是地方知识分子,在为地方政府分担公共事务的同时,也在当地推广儒学社会的主流价值观,发挥教化功能;另一方面,他们又有非常浓厚的本土意识,关心本地民生,在与政府意志的博弈、冲突中,维护本地利益。如果借助雷德菲尔德的二分视野,绅士实际上在大传统与小传统之间扮演了一个中介性的角色。需要指出的是,雷德菲尔德对大传统的定义较为含混,那些培植于经院、依赖神学家建设的传统,既包括知识分子传统,也与统治阶级意识形态不无纠缠,而这恰好也非常适用于观察中国的情况:绅士在民间所从事的"礼乐教化",当然是统治阶级意识形态的一部分,但也包含了儒教社会知识分子自身的理想和诉求。因而绅士的这种中介性,既体现于地方政府与平民之间,也体现于精英文化与大众之间。这种中介性与我对鸳蝴文人文化身份与功能的认识是一致的。

清末民初,鸳蝴文人从周边省市流入上海,虽然已逐渐从乡土剥离,但与故土的联系依旧紧密。如果说大小传统暗含了都市与乡村的分野,①那么鸳蝴文人则可进可退,进则融入上海都市,退则返归故土。无论是他们的创作或自身的文化活动都常围绕原籍展开,如扬州之于李涵秋,常熟之于吴双热,吴江之于范烟桥……体现出一种都市原乡文化的特色。他们的原籍意识非常强烈,关心原籍地区的文化传播和民生状况(参见本书第一章第三节),依赖原籍地区的民间艺术形式(参见本书第二章、第五章),体现出对民间小传统

---

① 参见余英时《汉代循吏与文化传播》一文,收入《士与中国文化》,上海:上海人民出版社 2003 年版。

的亲近。另一方面,他们的文学创作在呈现出游戏作风的同时,往往也不自觉地流露出教化的冲动,体现出与大传统的联结。包天笑曾作短篇小说《一缕麻》,小说中的苏州某官宦之女,系接受新式教育的新女性,无奈尚在母腹中时即与他人指腹为婚,抗争无效,嫁与先天智障夫君。婚后女子染白喉,家人无不躲避,唯呆傻新郎尽心服侍,女子竟起死回生,醒时发现家人为自己头戴一缕麻,方知新郎因为服侍自己染疾而亡,新女性从此为夫守节。据包天笑说他从家中梳头女佣口中听得《一缕麻》本事,乃本县的真人真事,遂将其演绎成篇。包天笑此举或体现了为节妇立传的绅士意识——明清乡绅常负责修纂本地方志,除介绍地理风物外,也为本地杰出人士立传,其中既包括为本地做出重要贡献的人物,也包括一些体现了父慈子孝、守节等传统"美德"的平民事迹。"节妇传"即是其中之一,由绅士遴选本地节妇事迹编入。晚清民初鸳蝴文人创作中经常可见此类教化意识的印迹。值得注意的是,无论《一缕麻》中为夫守节的"新女性",还是周瘦鹃《父子》中所谓"割开总血管"救父的孝子,或是徐枕亚《玉梨魂》中服从包办婚姻的筠倩,作者都在刻画其恪守旧道德的同时,赋予其接受新思想的"新青年"身份,同时展示了角色周旋于二者间的痛苦,反映了作者在面对现代价值时的选择。此类作品曾遭新文化人的批判,不过它们在民间的传播却显示出生命力,不时也产生好的效果。《一缕麻》发表后,引起了梅兰芳的注意,将其改编为京剧上演,在京津两地轰动一时。梅兰芳版本的《一缕麻》较小说做了改动,将结局由女子决心守节,改为女子刺破喉管殉情,一时间赚取眼泪无数。这本是一个封建训教气息更为浓重的结局,等于完全肯定了包办婚姻的合理性,然而现实中却产生了始料未及的效果。当时天津有万宗石、易举轩两望族,世代通好,竟与《一缕麻》中的情形颇为相似——万家女与易家儿自幼订下婚约,而易家公子患有精神病。多年来两家均感婚约不妥却又不做改变。偏巧《一缕麻》在津上演，万宗石前去观看，见戏中女子殉情大为震动，不免思及女儿的终身，随即与易家交涉，最终多年婚约一笔勾销，此事亦在当时传为佳话。① 戏与人生的比附交织，愈加使这出戏具有了时代感与现实性；在传统剧目主导的民初京剧市场，《一缕麻》以"时装新戏"引人注目，梅兰芳也凭借此剧走红。

余英时曾引刘献廷《广阳杂记》中一段话，"余观世之小人，未有不好唱歌看戏者，此性天中之诗与乐也；未有不看小说听说书者，此性天中之书与春秋也；未有不信占卜祀鬼神者，此性天中易与礼也。圣人六经之教，原本人情"。② 余英时认为，刘献廷以前，没有人如此明确地将六经分别对应小说、戏曲、占卜、祭祀，经由他的"点破"，"儒家大传统和民间小传统之间的关系便非常生动地显露出来了。"③刘献廷发言的年代，正值通俗文化的勃兴，小说和戏曲在当时社会文化中的位置恰与晚清、民国非常相似，而小说和戏曲是鸳鸯蝴蝶派最擅长的两种文学形式，也是民初通俗教育最倚重的两种方式。通过这两种文学形式，鸳蝴文学屡屡将精英文化简化、俗化，将其转化为大众所习惯和乐于接受的价值，在"启蒙"、"审美"、"救亡"等现代文学议题中，扮演了精英与大众之间的中介角色。与精英文化大传统相比，鸳蝴文学距离民间小传统更近，对于大传统向小传统的渗透，他们贡献了温和的助力，甚至在一些环节，他们比精英文化更务实更具现实关怀；面对民间小传统，他们

---

① 此事见梅兰芳口述、许姬传笔记《缀玉轩回忆录（二）》，《大众》1943 年 2 月。另见包天笑《〈一缕麻〉重写前言》，《大众》1944 年 10 月、范伯群《包天笑文言短篇〈一缕麻〉百岁寿诞记》，《书城》2005 年 4 月。

② 余英时《士与中国文化》第 123 页，上海：上海人民出版社 2003 年版。

③ 余英时《士与中国文化》第 124 页。

又带有知识分子的启蒙色彩,只是这种启蒙往往不脱传统地方绅士的"教化"特征,也不免与统治阶级意识形态多有纠缠,因而其实质与精英文化大传统又不能等同。因此我将其视为大小传统外的一种中介性传统。

　　鸳鸯蝴蝶派名称的辨证前文已论及,关于本书使用这一概念,尚有两点需要说明。首先,由于本书意在发掘鸳蝴派作为一个阶层的文化身份,探索其作为中介性传统的文化功能,故而在大多数情况下仍然将其作为一个同质的概念使用,以此与新文学为代表的精英文化大传统互为参照。基于这样的考虑,也由于对复杂现象把握能力的不足,本书对于鸳蝴派内部各种层次的梳理显得非常不够。其次,由于鸳蝴派本身指称的含混,为了尽可能避免概念的争议,本书所选择的个案均为多年来学界公认的最知名的鸳蝴作家、作品、报刊。当年鸳蝴派研究专家魏绍昌将包天笑、李涵秋、徐枕亚、张恨水、秦瘦鸥并称鸳蝴派的"五虎上将",五位中本书论及其四,李涵秋仅做穿插,未做专论。这样做也是试图从最经典的作家、文本进入鸳蝴派,力求在平常的论题中开掘出新意。虽然如包天笑、张恨水者,亦有学者出于保护之心,为其摘帽正名,但所正所摘,"名"而已,与我们所要关注之"实"并无影响。况且鸳蝴派在本书中只是一个历史性的概念,并不带价值上的褒贬。鸳蝴派作为新文学建构出来的概念,当然要对其正本清源,明晰其最初的所指;然而我始终认为,在现代文学的发展中,以及现代文学史的书写过程中,"鸳蝴"早已从对几个文人的命名变成了对一种趣味的概括,那么我们也应从其最初的命名情境中跳脱出来,凡与此种趣味相关的因素都不妨参差对照,连类而及。包天笑和张恨水之于鸳蝴派,恰一源一流,具有一定的代表性。

第三节 论题与方法

本书分上下两编共六章,分别呈现了鸳蝴文学发展中的某一个侧面或瞬间,前三章带综论性质,侧重揭示鸳蝴文人作为中介性传统的文化身份,后三章皆围绕一个文本展开,并着重将研究对象置于其传播与接受的过程中来呈现。

第一章以包天笑为中心,以其《钏影楼回忆录》为线索,描述鸳蝴文人的形成和文化身份。包天笑(1876~1973)是晚清至民国的著名报人、作家,是公认的鸳鸯蝴蝶派代表人物。对于自己的这个身份,包天笑本人是很介意的,晚年曾自述身世兼及质问史家:

> 实在我之写小说,乃出于偶然。第一部翻译小说《迦因小传》,与杨君合作。(后林琴南亦译之)嗣后,有友人自日本归,赠我几部日人所译西方小说,如科学小说《铁世界》等等,均译出由文明书局出版,以后为商务印书馆写教育小说,又为《时报》上写连载小说以及编辑小说杂志等。至于《礼拜六》,我从未投过稿。徐枕亚直至到他死,未识其人。我所不了解者,不知哪部我所写的小说是属于鸳鸯蝴蝶派。①

《迦因小传》系英国作家哈葛德(H. Rider Haggard)的 *Joan Haste*,最初由包天笑和杨紫麟合作翻译,但只译了半部,先连载

---

① 包天笑《我与鸳鸯蝴蝶派》,原载 1960 年 7 月 27 日香港《文汇报》,转引自魏绍昌编《鸳鸯蝴蝶派研究资料》第 126 页,香港:生活·读书·新知三联书店香港分店 1980 年版。此版依据上海文艺出版社 1962 年版重印。本书所有出自《鸳鸯蝴蝶派研究资料》的引文皆依据三联书店重印版。

于 1901 年至 1902 年的《励学译编》，后由上海文明书局出版。后来林纾看到了包天笑的译本，"读而奇之"，随即"觅得全文，补译成书"，①为区别于包译，取名为《迦茵小传》。林纾为彼时译界巨擘，能得到林纾的认可，甚至引起了他重译的兴趣，自然是值得夸耀的；《铁世界》是法国著名科幻作家儒勒·凡尔纳的作品，1903 年由包天笑译为中文，较早地呼应了梁启超提出的"哲理科学小说"类型，与稍早薛绍徽的《八十日环游记》、梁启超的《十五小豪杰》，稍晚鲁迅的《月界旅行》共同掀起了凡尔纳作品在晚清的译介潮流；为商务印书馆写的教育小说主要指的是他的"教育三记"——《馨儿就学记》《弃儿埋石记》《苦儿流浪记》，在当时销量很好，包天笑因此得过教育部的嘉奖。尤其是《馨儿就学记》，其中的一些片段被选进了中学教科书。最后说到编辑报刊，《时报》创刊于 1904 年，由康有为、梁启超部分出资筹办，很快成为与《申报》《新闻报》三足鼎立的大报。包天笑当年主持的文艺栏"余兴"，是中国近代文艺副张的先声，彼时《申报·自由谈》和《新闻报·快活林》都尚未问世。胡适当年也是《时报》的忠实读者，对于文艺栏"余兴"上的小说非常推崇：

> 那时的几个大报大概都是很干燥枯寂的，他们至多不过能做一两篇合于古文义法的长篇论说罢了。《时报》出世以后每日登载"冷"或"笑"译著的小说，有时每日有两种冷血先生的白话小说，在当时译界中确要算很好的译笔。②

---

① 参见包天笑《钏影楼回忆录》第 458 页。关于包天笑半部《迦因小传》及林纾足本的争议，另参见本书第一章相关注释。

② 胡适《十七年的回顾》，《胡适文集》第 3 册第 282 页，北京：北京大学出版社 2013 年版。

　　胡适说的"冷"即陈冷血(景韩),"笑"即包天笑,二人轮流承担《时报》小说译著,遂有前文提及的"续笔"事件。包天笑所列上述事实,在当时确是开风气之先的。此外他更从反面"举证",一不曾给《礼拜六》投稿——《礼拜六》被视为鸳蝴派的大本营;二终生不识徐枕亚其人——徐枕亚被公认为鸳蝴派的鼻祖。然而包天笑这段独白,并没有为他摘掉鸳蝴派的帽子。姚民哀写过一篇文章《说林濡染谭》,其中谈到包天笑有这样一段话:

> 吴门包天笑(朗生)。廿余年来,所汲引之人才,虽不过徐卓呆、毕倚虹、张毅汉、江红蕉等三数人,而皆成小说巨子,即周瘦鹃之名震一时,虽首得天虚我生、王钝根之助,而天笑生亦与有力焉。今海内作手,宗周者实夥,而朱鸳雏、张舍我、张枕绿、程小青诸君,又得周之表章……盖有嬗变替承之辙迹可按也。至若迩来东南作者,几尽法瘦鹃或倚虹,余则私衷仍皆认为包门之再传衣钵……①

　　这段话典型地反映了鸳蝴派——其实也是文坛普遍的文人生产机制。包天笑进入出版业较早,经他提携的周瘦鹃、毕倚虹、徐卓呆、程小青等人又逐渐积累了更多资源,成为新的主干,发展出更多分枝。如果照这一脉梳理下来,包天笑的分枝俨然构成鸳蝴文人的半壁江山。如果说徐枕亚是鸳蝴"鼻祖"的话,包天笑是当之无愧的鸳蝴"盟主"。所以,顾不得包天笑万分的不乐意,我们还是大胆将其归入鸳蝴派无妨。由此我又想起周作人对于苏曼殊的

---

　　①　姚民哀《说林濡染谭》,转引自魏绍昌编《鸳鸯蝴蝶派研究资料》第149页,原载《红玫瑰》第2卷第40期,1926年7月28日出版。

评价，称其是鸳蝴派里的大师，"却如儒教里的孔仲尼，给他的徒弟们带累了，容易被埋没了他的本色。"①包天笑又何妨也借此聊以自慰呢。

1949 年包天笑迁往台湾，1950 年移居香港，《钏影楼回忆录》的写作即始于此间，作者时年已 73 岁。回忆文字先零星刊载于香港《大华》半月刊和《晶报》，后于 1971 年包天笑 95 岁高龄时集结为《钏影楼回忆录》，由香港大华出版社出版。但回忆录所述止于包天笑 30 岁左右初到上海时，故无论他本人或出版方都不满足。随后老人再度笔耕，忆述辛亥革命后人事，所得篇什集结为《钏影楼回忆录续编》，并附其 1949 年日记，仍由大华出版社于 1973 年出版，同年老人离世。由于鸳蝴文人传记史料极度缺乏，故可以说包天笑老人以 97 岁行将垂尽之年，为后人"抢救"出了这份宝贵的记忆，真真体现了生命不息，笔耕不辍的文人本色。本书第一章从两个方面运用这部材料：一方面以回忆录为史料线索，勾勒鸳蝴文人从科举时代到报刊时代的人生轨迹，其间穿插胡适、刘半农、叶绍钧等新文化人事迹互为佐证和对照；另一方面又以回忆录本身为研究对象，通过作者在回忆录中所"彰"、所"隐"来呈现其身份的自我建构。

第二章关注民初和"五四"的两次歌谣征集事件。1918 年刘半农、沈尹默、周作人等以北京大学的名义向社会征集民间歌谣，此举成为现代白话诗发展史和民俗学发展史上的重要事件。不过在此前四年，1914 年的鸳蝴派期刊《余兴》就发起了类似的活动，对此，无论五四新文化人或后来的研究者都未予以关注。新文化人为白话文学、平民文学找到了"歌谣"这一妥帖的对应物并为之

---

① 周作人《答芸深先生》，《周作人自编文集·谈龙集》第 93 页。

振奋,又因为西方的歌谣采集行为而备受鼓舞,却忽略了在这一点上,我们其实并不直接从外来资源获取灵感,因为中国自古就有"采风"的传统,新文化人采集歌谣的原始冲动或许正源自于此。这一传统既体现为历代统治者旨在"观风俗、知薄厚"的策略性举动,亦体现为历代文人对于民间价值的发现和欣赏。"采风"体现了两种大传统——统治阶级意识形态和知识分子传统对民间小传统的吸收,亦体现了两种大传统的纠缠,这一点无论在《余兴》或北大的歌谣征集中都有所体现,但当年的新文化人并未自觉。本章关注《余兴》歌谣意不在借此抬高鸳蝴派的地位,而意在说明,《余兴》歌谣的存在,为北大的征集行为提供了根据,提醒我们在传统中寻找文人采集歌谣的线索。另一方面,《余兴》的"采歌"活动发展到后来逐渐走样,逐渐由收集民间歌谣为主发展成文人模拟为主,样式上和乐而歌的俗曲比重逐渐加大,编写时事滩簧、讽刺山歌成为这一时期《余兴》歌谣的主要倾向。这一转向一方面说明鸳蝴文人采集歌谣缺乏学术的自觉,另一方面恰恰体现了鸳蝴文人的趣味和身份意识。他们有浓厚的乡土意识和民间立场,又非常习惯于采用民间小传统的艺术形式,或为民间小传统代言,或简洁有效地传播来自大传统的内容。这一点体现了他们与新文化人在社会文化中不同的发声位置,他们更加靠近民间小传统。

第三章关注1921年前后文坛围绕文学期刊展开的新旧之争。之所以选择1921年商务印书馆改组《小说月报》事件为切入口,原因在于沈雁冰取代与鸳蝴文人颇有渊源的王蕴章出任《小说月报》主编一直被视为"新文学"攻克"旧文学"堡垒的标志性事件。本章借助当事人的书信、日记及同期的其他期刊史料,对《小说月报》改组和文学研究会成立的前情与后事做了一些还原和推演,试图消解该事件被赋予的象征意义,说明新文学与鸳蝴文学的较量,既是文学观念的交锋,同时也是话语权的争夺。本章借鉴了法国社会学家布尔迪厄的文学社会学理论,尤其是"场域"(fields)和"资本"(capital)两个概念。布尔迪厄认为任何社会实践都围绕某种特定类型的资本构成了一个特定的场域,资本占有量的对比,构成了场域中的位置关系。占有资本少的一方,必然要向资本多的一方发起挑战,以实现自身在场域中的"占位"。① 以此观察1920年代初的文坛,围绕报纸副刊和文艺期刊等文化资本构成的文化场域已然形成。鸳蝴文人作为较早进入出版业的一方,占有更多的文化资本,自民初以来便成为上海各文艺期刊和报纸副刊的主力军。"五四"崛起的新文化人作为场域的后来者,渴望改变原有的资本分配,挑战"《礼拜六》文人"垄断文坛的局面。因此他们屡屡通过布尔迪厄所说的"符号暴力",即宣布"《礼拜六》文人"为"非法"(落后腐朽)的文学派别来实现自身在场域中的占位。此外,场域既然与资本相连,场域斗争就不可能是单一维度的,只要是涉及资本分配的双方,就会为了维护或改变自身的位置而斗争。而资本的分配,不仅仅发生在两个明显对立的阵营之间,也同样发生在阵营内部。因此本章除关注鸳蝴派和新文学之间的关系外,也关注鸳蝴派内部和新文学内部不同力量之间的关系。

布氏理论形成和发展于二十世纪后半叶,因此他同时面对了此前在法国十分强势的现象学/存在主义、结构主义、马克思主义等思潮。从他的著作中可以明显地感受到与上述理论传统的深刻

① 布尔迪厄给"场域"下的定义是"位置之间客观关系的网络或图式"。"位置"依"资本"而定,体现了权力关系,场域靠权力来维持和运作。场域理论把各种社会实践视为一系列"具有结构同源性"的领域,这种同源性来自于对资本的争夺,以此,它传达出这样的信息:像文学、艺术这些机构化程度较低、边界较为模糊的领域,一样依靠权力在运转。参见戴维·斯沃茨著、陶东风译《文化与权力》第136页,上海:上海译文出版社2006年版。

对话。从知识谱系看,布氏理论与结构主义和马克思主义有更多渊源,但他的超越性也恰恰在对结构主义和马克思主义的反叛中显现出来。譬如,他虽然借鉴了结构主义的"客观结构",并将其从象征系统移植到整个社会生活领域,认为在社会生活中也有一套独立于行动者意志之外的机制来引导和制约行动者的行为;但他同时试图摆脱结构主义对"客观结构"的迷恋和对个体行为意义的漠视,个体行为在他看来不仅有意义,而且是讲"策略"的,会根据不同的情况调整行动的目标和手段。又比如,他借鉴了马克思的"政治经济学"阐释,并且也将其移植到文化领域,但他不赞同将复杂的社会关系化约为两个阶级的矛盾,因此他特别反对"反映论"式的批评理论。这种与传统全面对话的姿态使得布氏理论对法国当代社会学产生了巨大的影响,也为中国学界所重视。①

　　本书所有章节中,这一章是最先着手并完成的。其时我对布尔迪厄的社会学理论抱有浓厚的兴趣,认为鸳蝶派研究要想摆脱

---

　　① 国内对布尔迪厄文学社会学理论的介绍始于二十世纪九十年代中期。1996年1月,由荷兰学者贺麦晓(Michel Hockx)发起的名为"现代中国文学场"的国际研讨会在荷兰举行,此后贺麦晓的两篇文章《布尔迪厄的文学社会学思想》(载《读书》1996年11期)和《二十年代中国的"文学场"》(载《学人》第十三辑,南京:江苏人民出版社1998年版)在国内学界产生了一定的影响。之后国内陆续出版了多种布尔迪厄著作的译本或导读。较有代表性的如:刘晖译《艺术的法则——文学场的生成和结构》(北京:中央编译出版社2001年版)、谭立德译《实践理性——关于行为理论》(北京:生活·读书·新知三联书店2007年版)、[法]朋尼维兹著、孙智绮译《布赫迪厄社会学的第一课》(台北:麦田出版2002年版)、高宣扬著《布迪厄的社会理论》(上海:同济大学出版社2004年版)、[美]戴维·斯沃茨著、陶东风译《文化与权力》(上海译文出版社2006年版)等。此外,国内学界对近现代知识分子群体的关注多少受到了布尔迪厄理论的启发。王晓渔《知识分子的"内战"——现代上海的文化场域(1927~1930)》(上海人民出版社2007年版)、许纪霖《近代中国知识分子的公共交往(1895~1949)》(上海人民出版社2008年版)、魏泉《士林交游与风气变迁:19世纪宣南的文人群体研究》(北京大学2008年版)、颜浩《北京的舆论环境与文人团体:1920~1928》(北京大学出版社2008年版)等专著都体现了对布氏理论的应用。

翻案的思路,不能局限于内部研究,需要借助类似的理论进行外部的考察。以布氏理论观照 1920 年代中国文学场也的确显示出较强的阐释力。然而随着对研究对象把握的深入,我越来越感觉到理论对一些局部的烛照往往伴随着对另一些局部的盲视,依赖单一理论视角势必面临削足适履的危险。布尔迪厄对于权力的警惕使他坚持认为"一切知识活动本质上都是逐利的,尽管它们具有符号的特征"①,这种相对主义的思维使人总是试图穿越文学现象去窥视其背后的权力与策略,而忽略文学本身的建构功能。基于这样的认识,我现在愿意更谨慎地看待本章的某些思路和立论,例如当时我十分强调新文学与鸳蝴文学的分歧很多时候源自话语权的争夺,但现在我又认为,文学研究会介入《小说月报》,宣告"将文艺当作高兴时的游戏或失意时的消遣的时候,现在已经过去了",这固然是,却不仅仅是出于场域占位的考虑;这是对另一部分人的拒绝,却也是一代文人的自我反省。

本章关注的另一个重点,是《小说月报》革新前后其他鸳蝴刊物发生的变化,以及鸳蝴文人在新旧之争中的姿态。按照布尔迪厄的观点,文化场域中占有资本较少的后来者往往采取激进的策略,而占有资本较多的一方则采取保守策略,极力维持现状。但是观察 1920 年代初期的文坛会发现,"革新"是一个共同的追求,即便刊物很有市场的鸳蝴文人也充满革新的欲望,面对新文化,他们并不抱有如临大敌的态度。1919 年张丹斧主编的《晶报》、1921 年周瘦鹃主编的《申报·自由谈》"小说特刊"、1921 年施济美主编的《新声》、1923 年叶劲风主编的《小说世界》等在当时都尝试对既往的鸳蝴风格做了某些调整,舶来的文化思潮、新文学的文体建设等各类新文化议题在这些刊

①　[美]戴维·斯沃茨著,陶东风译《文化与权力:布尔迪厄的社会学》第 78 页。

物上都有所体现。这其中也有分别,比如周瘦鹃主持的"小说特刊",
对小说、戏剧的建设展开了严肃的讨论;有的则略有投机成分,比如
《晶报》文人与胡适之间的论诗事件。但总体上这些期刊都表现出对
新文化的浓厚兴趣和良好的接受能力,其视野和讨论的深度并不逊
于新文学刊物。然而这些尝试因为种种原因都没有持续太长的时
间,便又回到了他们所习惯的鸳蝴老路。其中的原因是什么,值得探
究,或许这折射了鸳蝴文人对自身文化身份的认知和犹豫。

总体上,上编关注了自晚清科举废除、文人与报章媒介结合,
至 1920 年代初新旧对峙局面形成的过程,在鸳蝴文人由旧式文人
向职业撰稿人转换的这条线索中,穿插和新文化人的对照。下编
则具体围绕三个小说文本展开。有关这三部最为人熟知的鸳蝴小
说的研究已经很多了,本书希望返回到三部作品从诞生到传播、接
受的历史情境中,来呈现作为第三种传统的鸳蝴文学,如何在精英
与大众之间不经意地扮演了中介的角色,在启蒙、审美、救亡等现
代文学议题中发挥了应有的功能。

徐枕亚及其《玉梨魂》历来被视为鸳蝴鼻祖,但是专门针对《玉
梨魂》的研究并不算多。大概因为,《玉梨魂》的内容并不复杂,艺
术上无太多成就。以往的研究多半肯定其在思想内容上于前"五
四"时代发出了人性的呐喊,在艺术上显示了现代小说"自叙传"的
冲动,此外似乎找不到更多的阐释空间。《玉梨魂》研究最具分量
的两篇文章来自于夏志清和时萌。时萌于 1997 年发现徐枕亚与
梨娘原型陈佩芬的往来书札、唱和诗词共 93 页,发表《〈玉梨魂〉真
相大白》一文,[①]将《玉梨魂》研究推进了一大步。而此前夏志清的
研究则致力于文本细读。1981 年夏志清发表 Hsü Chen-ya's *Yü-*

---

① 刊于《苏州杂志》1997 年第 1 期(总 50 期)。

li hun：An Essay in Literary History and Criticism（《徐枕亚的〈玉梨魂〉：一篇关于文学史和文学批评的文章》）一文，①该文延续了他一贯的批评立场，即质疑新文学对"非其族类"②的其他文学派别的意识形态批判。他不仅将《玉梨魂》置于中国文学的传统中，更将其置于中西比较的视野中做了细致的解读，以证明新文学对鸳蝴文学的贬低是一种偏见。他不满足于以林培瑞（E. Perry Link, Jr.）为代表的一部分海外学人的社会学研究方式，③而试图在文学自身的脉络中肯定《玉梨魂》等鸳蝴小说的审美价值。于是他构建了一个超越体裁限制的中国文学"悠久而骄傲"的"感伤—情欲"传统，④其中包括李商隐、杜牧、李煜等人的诗歌，《西厢记》《牡丹亭》《桃花扇》《长生殿》等戏剧以及《红楼梦》，并认为徐枕亚《玉梨魂》将这一传统推向最后的高峰，缺少它，这一传统将留有缺憾。⑤ 但与此同时，他又在将《玉梨魂》与歌德《少年维特之烦恼》、

---

①　该文收入 *C. T. Hsia on Chinese literature*（2004 Columbia University Press）一书。

②　范伯群《中国近现代通俗文学史》上卷，绪论第 13 页。

③　林培瑞的 *Mandarin Ducks and Butterflies：Popular Fiction In Early Twentieth-Century Chinese Cities*（《鸳鸯蝴蝶派：二十世纪初中国城市里的通俗小说》）一书以社会学、历史学的方法研究鸳蝴文学，重视其文献功能。夏志清认为这种方法无助于消除新文学的意识形态偏见。

④　原文"sentimental-erotic tradition"，此处"感伤—情欲传统"系周蕾在《鸳鸯蝴蝶派：通俗文学阅读一例》一文中的翻译。该文收入周蕾《妇女与中国现代性》（蔡青松译），上海：上海三联书店 2008 年版。

⑤　此处原文："More importantly, it was a tragedy making full use of the sentimental-erotic tradition in Chinese literature, a long and proud tradition inclusive of such poets as Li Shang-yin, Tu Mu, and Li Hou-chu, and such works of drama and fiction as Hsi-hsiang chi, Mu-tan t'ing, T'ao-hua shan, Ch'ang-sheng tien, and Hung-lou meng. One major thesis of this paper is indeed to prove that *Yü-li hun* is a culminating work without which the tradition itself would have been felt wanting."参见 *C. T. Hsia on Chinese literature* ，p. 271。

塞缪尔·理查森《克拉丽莎》等相似题材的西方作品的对读中,指出《玉梨魂》一味地"止乎礼"显示了对人性与现实开掘的不足,削弱了艺术感染力。显然,夏志清试图像发现张爱玲、钱钟书、沈从文那样发现徐枕亚。但是,徐枕亚毕竟只是徐枕亚而已,夏志清试图在中国文学的"感伤—情欲"传统中给《玉梨魂》一个位置,与其说是对《玉梨魂》的发现,不如说是对这一传统本身的迷恋。而他对小说"止乎礼"的评价,我认为缺少了晚清以来新小说理论与实践脉络的参照。因此本书的第四章就以夏志清这篇论文所提出的问题为切入口,在对话中展开对《玉梨魂》的讨论。

在1902年梁启超提出的七大新小说类型中,"写情小说"始终是聊备一格,并在很长一段时间里处境尴尬。新小说功利观要求理论者奋力鼓吹政治小说、历史小说等类型,然而创作的乏善可陈又促使倡导者不得不重新调动中国小说的"写情"经验,但又不能掉入他们致力于批判的才子佳人传统。折中的方案便是在提倡的同时,给写情小说规定严格的尺度,附加诸多条件:梁启超的"言必蕴藉,意必雅驯"、"写儿女之情而寓爱国之意"以及吴趼人对"写情"与"写魔"的辨析,都体现了理论者在写情传统与新小说功利观之间的调和。然而这种调和实际上显示了写情小说的理论焦虑,捆住了创作的手脚。本章将《玉梨魂》置于晚清写情小说发展的脉络中,重在揭示其如何既表现出向才子佳人小说类型回归的倾向,同时又抛弃了后者令人生厌的高度模式化,实现了类型中的变奏,从而在一定程度上使写情小说走出困境。另一方面,本章还将在西方汉学界始终很有兴趣的"抒情"议题下观照《玉梨魂》。普实克认为虽然中国文学有着漫长的抒情传统,但所抒之情往往千篇一律,其中难觅个人经验的蛛丝马迹,个性化的抒情微乎其微;而晚清至五四文学现代化的表征之一,即是"个人主义"和"主观主义"的凸显,在体裁上的表现就是着眼于叙事的小说取代了旨在抒情的诗歌,从而实现了中国文学的史诗转向。正如王德威所指出,他对史诗价值的强调隐藏了左翼知识分子的革命理想——史诗往往指向民间,而抒情则更多指向文人化的表达。① 本章谈论抒情性极强的《玉梨魂》,旨在观察在晚清以叙事、描写见长的"怪现状"、"现形记"小说当道的情况下,《玉梨魂》如何能以骈体这种极端文人化的方式引发大众的共鸣。吴趼人的《恨海》奠定了晚清写情小说的悲情基调,但它所渲染的家国离散的愁绪,更像在刻意地投合庚子之后知识分子对自身身份和处境的想象——我始终认为《恨海》在当年所赢得的声誉是理论界一种有意识的操作,欲赋予其范式的意义;如果说《恨海》中"痛"与"恨"的符码只在精英阶层循环,那么《玉梨魂》则将其下放到民间——民初的哀情小说泛滥的局面既体现了这一文人抒情由私而公的过程,亦体现了个人化表达为大众消费后的恶果。

第五章讨论张恨水的《啼笑因缘》。不同于鸳蝴派的主流一开始就扎根上海,张恨水创作《啼笑因缘》之前已在平津文坛驰骋多年,虽有《春明外史》《金粉世家》见诸报端,但文名仅局限于平津两地,甚至比不上陈慎言、徐剑胆诸人。然而时至今日,张之文名已远出陈、徐二君之上,这其中的关键环节即是 1930 年《啼笑因缘》在上海的发表。《啼笑因缘》在上海的走红,代表了北派章回经验的成功,《啼笑因缘》中的北平想象、它对鸳蝴小说叙事模型的突破,以及它所蕴含的平民理想,都成为三十年代海上章回急需的资源,并在

---

① 参见王德威《抒情传统与中国现代性》第 15 页,北京:生活·读书·新知三联书店 2010 年版。

最初的风靡过后,继续在各种小传统艺术形式中延续生命。这才真正体现了鸳蝴文化作为第三种传统的潜力。以苏沪流行的弹词为例,从 1935 年苏州出现《啼笑因缘》弹词开始到 1949 年,苏州说唱《啼笑因缘》弹词有史可查的知名艺人就有近 50 位,[①]其余散落在民间的无名者或许也还有,又"甚至街头小唱,曲院清歌,亦多摭取其事,以为资料。"[②]这样的传播与传承,无疑较小说、电影更加润物无声,更为持久深刻,经年累月,化为民间的养分。而在此过程中,鸳蝴文人对弹词的整体性介入令人印象深刻,这不仅表现为他们从事案头弹词创作,更表现为他们深入书场与艺人紧密结合,同时亦表现为他们在各种文字中对弹词的自觉倡导,这同样也凸显了鸳蝴文化作为第三种传统的独特发声位置与现实的文化功能。

　　最后一章讨论的是秦瘦鸥的《秋海棠》。此前范伯群的研究着重比较了《秋海棠》几个版本的差异及其反映的作家意识和社会背景;邵迎建十分有创见地从张爱玲对《秋海棠》的感受入手,考察上海沦陷区文化的特征;王德威则通过《秋海棠》文本的"易性反串"模式关注中国现代文学中的性别与政治表述。不过我关注的焦点并非小说文本,而是舞台文本。这部由鸳蝴小说改编而成的剧作,竟能在话剧如火如荼发展的四十年代,成为沦陷区最引人注目的作品,确是一个值得重视的现象。中国话剧自诞生之日起便包含着民族化的内在诉求,中国剧人一直在寻找和想象一个现代话剧的"民族形式"。与此同时民族化与现代化的矛盾亦始终伴随,似乎缺乏有效的解决方案,话剧在文明戏与爱美剧之间来回摇摆,但《阎瑞生》与《华伦夫人之职业》显然都无力进行民族形式的表述。

---

① 　参见周良《苏州评话弹词史》,北京:中国戏剧出版社 2008 年版。
② 　范烟桥语,陆澹盦《啼笑因缘弹词》(前集上册)第 11 页,上海三一公司 1935 年初版。

《秋海棠》既包含民间故事的深层结构，又寓言式地呈现了民族创伤，具有了触动沦陷区神经的外部结构，从而成为沦陷区最重要的话剧作品之一。更重要的是，《秋海棠》的成功，显现了现代话剧在文明戏与爱美剧这两个传统之间再发展出一个中间地带的可能性，为现代话剧探索的民族形式提供了较为成功的范例。李健吾等精英剧人的加入则显示了精英文化大传统对鸳蝴文化的吸纳，反映了鸳蝴文化作为第三种传统的中介性特征。

上　编

第一章 "士"传统的终结与
鸳鸯蝴蝶派的生成
——以包天笑为中心

引　论

　　晚清以来,四民社会逐渐解体,"士"的终结及其与现代知识分子传统的关系始终是知识界关心的议题。余英时在《士与中国文化》《中国知识人之史的考察》等著作中,以比较史学(comparative history)的眼光和方法,梳理并比较了中国传统的"士"与西方 18 世纪启蒙运动中兴起的知识分子(intellectual)的异同①。他认为 intellectual 在西方近代代表了"社会的良心",而在中国,孔子早早就有"士志于道"(《论语·里仁》)的发明,弟子曾参又进一步阐发:"士不可以不弘毅,任重而道远;仁以为己任,不亦重乎? 死而后已,不亦远乎?",此类教义成为历代士人所尊奉的价值标准。可

---

　　① 余英时将 intellectual 翻译成"知识人"。之所以不用知识分子,他在《士与中国文化·新版序》中做了说明:"大约是一两年前,我曾读到一篇谈'分子'的文章,可惜已忘了作者和出处。据作者的精彩分析,把'人'变成'分子'会有意想不到的灾难性的后果。所以我近来极力避免'知识分子',而一律改用'知识人'。我想尽量恢复'intellectual'的'人'的尊严,对于中国古代的'士'更应如此。"《士与中国文化》第 2 页。此处考虑到词汇的约定俗成,以及行文便利和前后统一,仍用"知识分子",但对于"知识人"的用法,我是非常认同的。

见,无论士或知识分子,都不仅仅指拥有某种专业知识的人,还应该具备道德理性,尽管中国士人所追寻的"道"与西方知识分子关怀现实的精神内涵有很大差异。余英时另一个重要的观点是,士作为一个阶层到近代土崩瓦解,关键性的事件是科举的废除。①科举时代,读书人通过考试做官,通过"取士"成为统治秩序的一部分,这成为士这一阶层存在的最大意义,科举废除将这一条通向权力场的管道堵上了。我认为正是士在中国传统中所指向的道德和权力这两种价值,使崛起的现代知识分子在姿态上宣布与其决裂的同时,在潜意识中始终与之沟通。而也正是由于道德与权力这两种价值,鸳鸯蝴蝶派在历史上的身份显得十分尴尬:他们也曾经走在取士的道路上,但没有来得及进入权力的大门,在已经获得功名的人那里,他们是"江浙无赖文人,以报馆为末路";而在同样没有权力的新文化人那里,他们又被目为"文丐",代表了旧式文人的一切腐朽。

　　于是,在士阶层消逝以后,这一群人变得难以安顿。客观地讲,鸳蝴文人从总体上还是具备了现代知识分子的特征,对于民主、自由、平等这些现代价值的认同和维护,比新文化人并不弱,这从他们在报章上发表的时评、杂文以及一些近体诗中均可看出;问题出在,他们比新文化人更彻底地卸下了传统士人"明道救世"的价值负担,转而认同近代媒介培植起来的另一套价值系统,带上了更多的商业味道和庸俗气息,这对于他们在历史中留下的形象而言,可能比捧旦、叫局更为致命。有时我在想二十年代新文化人攻击鸳蝴文人为"无耻文丐",到底是出于现代知识分子的立场,还是

────────────

　　①　余英时指出,士大夫作为广泛的社会称号始于两汉,与科举的建立相先后,他认为这并非偶然。

传统士人的价值使然,恐怕真的难以说清楚。

由于鸳蝴文人被排除于"士—知识分子"这一传统之外,使得我们在梳理传统士人与现代知识分子的某些议题时,自然而然地将这个群体忽略了。加之极有限的生活记录,使得这个群体的面目十分模糊,仿佛他们没有来处,弥散在宏大的历史间,天生与潮流作梗。这里有主流文学史的刻意遮蔽,也有鸳蝴文人自身的因素。他们自甘隐匿于各种稀奇古怪的笔名之下,复制着相似的题材,却无暇勾勒自己的历史,对于自身在历史中的位置也不甚关心。"才子来到洋场,遇见婊子",①鲁迅对上海文艺投去的一瞥,几乎也成为我们对于鸳蝴文人人格、文格的全部印象。本章试图勾画这个群体的来龙去脉,因为,每一个人都有寻求身心安顿的本能和权利,每一代人都在不同的现实境遇中计算成本,做出选择。科举垮掉后的一代文人,遭遇了历代最严峻的生存和精神危机。危机面前,许多文人的价值理想破灭,也有一部分心思活络者在理想破灭的同时,透过危机看到更开阔的地带,早期鸳蝴文人就属于后者。从科场到报馆,从闭塞乡土到开埠的上海,鸳蝴文人在身与心的双重寓居中实现着旧式文人向职业撰稿人的转换。这种转换不见得都是平滑的,有些人如鱼得水,转换平稳,如包天笑;有些人兜兜转转,徘徊其间,如李涵秋;还有的,经历短暂辉煌最终回归原点,如徐枕亚。在此过程中,他们摸索着现代生存法则,建立了新的认同机制,也各自付出了代价。其中运行的轨迹,既非才子佳人四字所能概括,也非带着意气的翻案所能洞见,需要更耐心地靠近他们。

---

① 鲁迅《上海文艺之一瞥》,收入《二心集》,见《鲁迅全集》第4卷,北京:人民文学出版社2005年版,原刊《文艺新闻》1931年7月27日、8月3日。

第一节　"跛者不忘其履"——科举制下的日常生活

　　包天笑在他的回忆录中写道:"从前子弟的出路,所有中上阶级者,只有两条路线:一条是读书,一条是习业。"①读书即为功名,功名无望,于是习业。经过了一番审慎的抉择,包天笑的父亲走上了习业之路。

　　废科举对于知识阶层的影响早已是共识,但其实不必等到1905年,至少在二十世纪中叶,科举的根基已经开始松动:彼时中央集权渐弱,吏役幕丁与团练兵勇十分活跃,在地方事务中享有很大的主导权。一些原本有条件进入科举的中上层知识分子"绝意功名"而选择做地方精英;另一方面,晚清大量开放捐纳,尤其是太平天国运动后,受到重创的国家经济更依赖捐纳填补财政缺口。实力雄厚的商人靠捐纳获得功名,使原本就狭窄的取士之路变得更加壅塞。一些经济状况尚可却远不足以捐班的家庭,往往在孩子十二至十四岁左右,为其做出"读书"或"习业"的抉择。科举好比彩票,对于寒门子弟,它的成本可以很低;而对于家境较优又远未及中产者而言,倘若下定决心走这条路,往往就要花费重金聘请名师,数载寒窗下来,又错过了习业的最佳年龄,代价就高了。倘若几度赶考后又中了秀才,则愈加的"不郎不秀",接着考呢,中举仍然遥遥无期,"给人家当伙计,谁要请一位秀才相公来做伙计,而且谁敢请一位秀才相公来做伙计呢?"②面对层层科考的高成本低回报,许多家庭开始选择更趋于务实的生活方式。周作人有一段

---

　　①　包天笑《钏影楼回忆录》,第11页,北京:中国大百科出版社2009年版。
　　②　包天笑《钏影楼回忆录》第143页。

文字总结清代士人的几条谋生道路：

> 前清时代士人所走的道路，除了科举是正路以外，还有几条权路可以走得。其一是做塾师，其二是做医师，可以号称儒医，比普通的医生要阔气些。其三是学幕，即做幕友，给地方官"佐治"，称作"师爷"，是绍兴人的一种专业。其四则是学生意，但也就是钱业和典当两种职业，此外便不是穿长衫的人所当做的了。另外是进学堂，实在此乃是歪路，只有必不得以，才往这条路走，可是"跛者不忘其履"，内心还是不免有连恋的。①

包天笑的父亲就走了其中一条"权路"，进钱庄当学徒。彼时北有"票号"、南有"钱庄"，都算是除科举之外最体面的谋生手段之一。他由小钱庄的学徒一路做到大钱庄的"二伙"②，薪水优厚，给家人带来了殷实的生活。然而他对自己"习业"而没有"读书"却始终耿耿于怀，对于职业和同行也存有恶感，以至于在事业的顶峰突然脱离钱庄，并发誓"至死不吃钱庄饭"，③这直接导致了包家的中落。若干年后，独子包天笑也到了抉择读书或习业的年龄，尽管家境每况愈下，但他坚决不让儿子习业，而要他去挤那条科举的窄道，正所谓"跛者不忘其履"了。

14岁时，包天笑正式踏上科考之路，先应县试、府试，15岁应院试。应考时还谎报了年龄，将15岁改为13岁，因体格瘦弱，发育未全，也就蒙混过关。彼时有一种风气，应考者越是年少稚嫩，

---

① 周作人《再是县考》，《周作人自编文集·知堂回想录（上）》第62页，石家庄：河北教育出版社2002年版。

② 级别比"大伙"低，"大伙"相当于总经理。

③ 包天笑《钏影楼回忆录》第13页。

越值得夸耀。包天笑14岁赶考已属幼龄,但叶圣陶更加了得,12岁已完成县试、府试,由舅父领着去参加院试了。考场上监考的"学政",似乎也有偏爱幼童的习惯,家长们为投其所好,就想出各种办法,让自家的幼童引起考官注意,比如编"红辫线"就是一法。在半自传性质的小说《马铃瓜》中,叶圣陶回忆了幼时赶考的情形:

　　……只有一个上唇翘起几笔胡子的斜着眼光向我的舅父问道,"这位世兄几岁了?"

　　"十二岁。"舅父也坐在一个铺上,他屈伸着胳膊,以舒劳累。

　　那个人捋着胡子趣味地说,"真是所谓幼童了。有没有编红辫线,红辫线?"

　　这奇怪的问题使我迷惑了;我仿佛全然不知道向来编什么辫线的,一只手便向背后去拉过发辫的末梢来看,辫线是黑的;我才想起我的辫线向来是黑的。

　　那个人也看清楚了,以十分可惜的声气说,"为什么不编红辫线! 这样矮小,这样清秀,编了红辫线更见得玲珑可爱呢。说不定大宗师看得欢喜,在点名簿上打了个记号,那就运气了。"

　　另外一个人的声音接着说,"笔下很不错了吧?"

　　"不见得,"舅父谦逊地回答,"前年才开的笔,勉强可以写三百个字。这一回本来不巴望什么,意思是让他阅历阅历,以免日后怯场。"①

----

　　①　叶圣陶《马铃瓜》,《叶圣陶集》第2卷第98页,南京:江苏教育出版社2004年第2版。

在漫长的科考历史中,这"红辫线"究竟是否发挥过作用,不得而知,布衣之家只能把对于功名的渴望编进幼子的发辫中。包天笑已过了编"红辫线"的年龄,却仍不足以跨越贡院半个成人高的威严门槛,只好由大人将他抱过去,终因年幼未能进学。当他再次踏入贡院时,已是 19 岁的青年。其间,他那半生从商却一身名士味的父亲,怀着不可能实现的仕途理想潦倒地死去,包天笑不得不到有钱人家中做教读先生以贴补家用,闲暇也继续备考。无奈不曾遗传先父半点"进取"精神,对于举业之文无心钻研,兴趣只在《红楼梦》《点石斋画报》。晚年包天笑曾深情回忆当年姑丈对他的一番教诲,颇为生动,照录如下:

> 他谆谆告诫:"你的家境不好,而你的祖母与双亲,企望你甚殷。你既然不习业做生意,读书人至少先进一个学,方算是基本。上次考试,你的年纪太小,原是观观场的意思,下一次,可就要认真了。那种八股文,我也知道是无甚意义的,而且是束缚人的才智的,但是敲门之砖,国家要凭藉这个东西取士,就教你不得不走这条路了。而且许多寒士,也都以此为出路,作为进身之阶,你不能不知这一点。"
>
> 我被他说得眼泪也要挂下来了,我说:"姑丈的话,是药石之言,我今后当加倍用功。现在请姑丈出两个题目,我去做来,两三天交卷,请姑丈批阅。"[①]

包天笑少年聪慧,既痛下决心,又有姑丈督促,一度进步很快;只是前日涕泪交加的痛悔,在少年心里不多时即化为无形,"恶习"

---

① 包天笑《钏影楼回忆录》,第 116、117 页。

复萌,考场上依旧是捉襟见肘,磨了半天功夫,匆匆做了一篇散文交卷大吉。下了考场,诸位长辈要求复稿检验,因自知考场上信马由缰全无规矩,只好将同考的姐丈的文字借来冒充。表兄看过大呼:"一定取了!一定取了!",那位慈爱而严厉的姑丈到底是"老法眼",说"这篇文字,颇不像你的作风",但也以为可以取中。孰料,发榜之日,包天笑赫然在列而其姐丈名落孙山。取回原卷,上批"文有逸气"四个大字。① 或许,阅卷先生看腻了循规蹈矩的举业文章,猛然一篇不顾法度的散文入眼,倒颇觉得气爽,遂列为优胜。包天笑的脱颖而出或许是一个信号? 毕竟八股文离寿终正寝为时不远矣。

当19岁的包天笑意外考取秀才时,1895年的安徽绩溪,寡母冯氏刚刚为不满四岁的幼子胡适交了第一笔学金。冯氏没有文化,却对于读书抱有异常笃定的信仰。当时绩溪蒙馆的学金是两块银元,但冯氏第一年就替胡适交了六块银元的学金,之后每年只多不少,最多一年交了十二块。如此优厚的束脩是有条件的,她要求授馆先生不能像对待一般子弟那样只教识字,而要给儿子"讲书",即逐字逐句讲解意思。1903年,12岁的胡适也面临或读书或习业的选择,年轻的冯氏召集与自己年龄相仿的胡适的兄长们开了一次家庭会议:"你老子叫他念书,你们看他念书念得出吗?"②这位17岁嫁人做填房,23岁守寡的女性,没有经济来源,需要看人脸色,内心十分坚定要让儿子读书,却只能把这种坚定转化为试探性的提问,同时强调是"老子叫他念书",这样儿子总不应该太反对吧。母亲以执着和隐忍博取亲族的支持,但她并不了解,在经历了

---

① 包天笑《钏影楼回忆录》,第137页。

② 参见胡适《四十自述·九年的家乡教育》,《胡适文集》第1册第42页,北京:北京大学出版社2013年版。

戊戌新政短暂的废除八股、1901 年改八股为经义策论之后,1903 年的中国,科举已是末路,距离 1905 年遭彻底废除只有两年了。

十九世纪中叶前后,中国在传统的书院之外,开始出现新式学堂。新式学堂大致分两类,一为传教士或其他外国侨民所创,一为本国人自办;前者如徐汇公学、圣约翰大学等,后者如梅溪书院、澄衷学堂等,也有少量中西合办,如格致书院。周作人说,入学堂是"歪路",甚至不及典当和钱业来得正当,但还是有越来越多的家庭,先让子女在私塾完成开蒙教育,而后将其送入各种学堂接受中西兼备、更趋实用的学校教育。不过总体而言,科举废除以前的新式学堂,无论外侨所办或国人自办,实际上都兼顾了科举的需求,开设传统课程并在一定程度上沿袭传统书院的教学方式。由意大利传教士晁德莅创办于 1849 年的徐汇公学,在相当一段时间里开设中国传统文化课程,甚至专门聘请进士和举人讲授科举知识、为学生批改八股文。1905 年科举废除以前,徐汇公学共有 82 名学生科举入泮。①

情况到了 1901 年有了一些变化。这一年袁世凯、刘坤一、张之洞等人相继上奏,建议限制科举,但都主张逐步停止,而非"一旦全废"。之后,光绪颁布谕旨:"将乡、会试中额及各省学额按照所陈逐科递减,俟各省学堂一律办齐,确著成效,再将科举学额分别停止,以后均归学堂录取,届时候旨遵行。"②谕旨中没有列出废除科举的时间表。朝廷的态度犹豫不决,民间自然也只是观望,并不

---

① 熊月之主编《上海通史》第六卷(晚清文化)第 219 页,上海:上海人民出版社出版。

② 张百熙、张之洞等《请试办递减科举折》(1903),苑书义《张之洞全集·奏议·电奏》第三册第 1599 页,石家庄:河北人民出版社 1998 年版。限制科举的相关情况参见肖宗志《政府行为与废科举后举贡生员的出路问题》,《北方论丛》2005 年第 2 期(总第 190 期)。

产生切身的恐慌——已经习惯了老大帝国缓慢的行驶,怎么能想到它会突然加速呢? 在民间,私塾和学堂两种体系依然并行不悖。就在这一年,与胡适同岁的刘半农,入其父刘宝珊和杨绳武创办的翰墨林小学学习,而叶圣陶则入张氏私塾,从张子翀师,与顾颉刚成了同窗。两种体系并行,科举仍是唯一进身之阶,那些从小入了学堂的孩子,学到了一定年龄往往还是由"歪路"回归科举的"正途"。就在 1904 年底,上海知名的梅溪学堂还拟送胡适、张在贞、王言、郑璋四位成绩优良的学生到上海道衙门参加科举考试。①

　　然而局面突然发生了变化。1904 年日俄战争爆发,有感于国运衰微及日俄战争的形势,袁世凯等朝廷重臣纷纷要求加快废科举的进程,加速人才培养。1905 年 8 月 30 日,直隶总督袁世凯、盛京将军赵尔巽、两湖总督张之洞、两江总督周馥、两广总督岑春煊、湖南巡抚端方六人联名递《请立停科举推广学校并妥筹办法折》,请求立即废除科举:

　　　　臣等默观大局,熟察时趋,觉现在危迫情形,更甚曩日,竭力振作实同一刻千金,而科举一日不停,士人皆有侥幸得第之心,以分其砥砺实修之志。民间更相率观望,私立学堂者绝少,又断非公家财力所能普及,学堂决无大兴之望。就目前而论,纵使科举立停,学堂遍设,亦必须十数年后,人才始盛。如再迟至十年,甫停科举,学堂有迁延之势,人才非急切可成,又必须二十余年后,始得多士之用。强邻环伺,岂能我待。②

---

① 参见胡适《四十自述·在上海(一)》,《胡适文集》第 1 册第 62 页。
② 《清帝谕立停科举以广学校》(1905 年),载《光绪政要》第 27 册,卷 31,转引自舒新城《中国近代教育史资料》(中册)第 62 页。

　　六位重臣认为科举一日不停,就一日不能扭转士人"侥幸得第"的观念,学堂的普及也就一日不能实现。人才的培养需要周期,而列强环伺,时不我待。因此他们修正了此前的观点,主张立即废除科举。朝堂之上改革者正在酝酿一场大变动,民间则浑然不觉,在苏州,这一年的县试、府试如期举行。叶圣陶顺利通过县试、府试,以虚龄十二,在舅父的陪同下昼夜兼程参加院试(道考)。叶圣陶实在太小了,舅父必须全程照顾他的饮食起居:帮助他管理装有《五经备旨》《应试必读》的书箱;在通往贡院的夜路上,让不时感到恐惧的外甥牵住自己的长衫;在租住的临时寓所,安顿行李并与其他成年考客寒暄,当别人夸赞外甥年幼时流露出谦逊的表情,于是就有了关于"红辫线"的对话;最重要的是代替外甥度过无聊的候考时间,在考试前将他从熟睡中唤醒,帮助他通过拥挤的贡院大厅,目送他被抱过及胸的门槛。唯有一事,舅父"不得插手"——那装有馒头、火腿、瓜子、花生米和两个马铃瓜的竹编食篮,外甥是坚持要自己照看甚至抱着打盹的,对于幼童叶圣陶来说,它几乎成为赶考的唯一寄托。在苏州的风习中,舅父在某些日常生活仪式中常扮演比父亲更重要的角色。有三件事是需要"舅父"当仁不让地去完成的:一是抱外甥剔第一回的头,二是牵着外甥入塾拜师,第三也是最重要的就是送外甥踏上科场,其中的道理似乎也说不清,只知"向来是这样的"。① 当叶圣陶的舅父依然虔诚而温情地履行着这个仪式时,他没有想到自己带领外甥去参加的竟会是中国历史上最后一场科举考试。

　　对于六位大臣的联名上奏,光绪的批复非常迅速,仅两天之后

---

　　① 　见叶圣陶《马铃瓜》。此系苏俗,包天笑对儿时开蒙入学仪式的回顾也印证了这一点,参见《钏影楼回忆录·上学之始》。

就下令:"著即自丙午科为始,所有乡会试一律停止,各省岁科考试亦即停止"。[1] 丙午年即 1906 年,也即光绪下令的第二年。那些昨天还按部就班地奔走于各级科场上的人们,真的是在一夜之间失去了奋斗的意义和前进的方向。不仅如此,那些依靠科举为生的人,比如塾师,也突然面临失业的困境。对于科举废除可能带来的影响,立意改革者并非没有预见和忧虑,六大臣在奏书中写道:"文士失职,生计顿蹙,除年壮才敏者入师范学堂外,其不能为师范生者,贤而安分,则困穷可悯。其不肖而无赖者,或至为非生事,亦甚可忧。"[2]然而相比于此,他们更想早一天结束首鼠两端的状态,历史在一夜之间改写。

科举一朝尽废后,不仅那些执着的"考相公"和以科举为业的塾师备受打击,即便有条件另谋他途的所谓"年壮才敏者",望着科举渐去的背影,也不免如周作人所言心中有所"连恋"。与叶圣陶同窗数载的顾颉刚,就因未赶上科举的末班车而颇感到遗憾:

> 当科举未罢时,予已略习操觚,吾父欲令观场,而吾祖以为不宜太早。科举遽废,予乃无从取得提篮进考场之经验。圣陶告我,渠曾往应试,家中为之系红辫线,示年幼,闻之而美。[3]

---

① 《清帝谕立停科举以广学校》(1905 年),载《光绪政要》第 27 册,卷 31,转引自舒新城《中国近代教育史资料》(中册)第 65 页。

② 《清帝谕立停科举以广学校》(1905 年),载《光绪政要》第 27 册,卷 31,转引自舒新城《中国近代教育史资料》(中册)第 64 页。

③ 顾颉刚《记三十年前与圣陶交谊》,转引自商金林《叶圣陶传论》第 19 页,合肥:安徽教育出版社 1995 年版。

　　这段话恰好可与叶圣陶的《马铃瓜》对读了。只是,小说中的小主人公未曾编"红辫线",而生活中的叶圣陶按顾颉刚的描述倒真的遵循了这个风习。周作人曾做一篇《如梦录》,推崇明末无名氏《如梦录》中的一篇《试院纪》,因其勾起了他对于考场生活的回忆:竹箩盛大米饭,木桶盛细粉汤,午间散饼果,向晚散蜡烛……[1]后来在《知堂回想录》里,周作人又一连写了《县考》《再是县考》《县考的杂碎》《县考的杂碎续》几篇有关科考的文章,充满了质朴的情趣。他最眷恋的是县府考时节考生云集的文具铺,对读书人而言,选购文具似乎为应考增添了一丝趣味和美感:

　　　　往试前,竹简一方,洋五分,上面刻诗一绝曰,红粉溪边石,年年漾落花;五湖烟水阔,何处浣春纱。下刻八大山人四字。小信纸一束四十张,洋二分,上印鸦柳,无色信纸廿张,洋一分六,上绘佛手柿二物;松鹤纸四张,四文,洋烛四支,洋一角一分。[2]

　　对于考前的集市,包天笑与周作人怀有相似的兴趣,他甚至一度加入到经营书籍、文具的行列。不过更让他留恋的是集市上简单可口的菜肴:

　　　　在此时期,临近一带的菜馆、饭店、点心铺,也很热闹。从临顿路至濂溪坊巷,以及甫桥西街,平时食店不多,也没有大

---

[1]　参见周作人《如梦录》,《周作人自编文集·苦竹杂记》第43页。
[2]　周作人《县考的杂碎》,《周作人自编文集·知堂回想录(上)》第64页。

规模的,到此时全靠考场了。假如身边有三百文钱(那时用制钱,有钱筹而无银角)三四人可饱餐一顿,芹菜每碟只售七文(此为入泮佳兆,且有古典),萝卜丝渍以葱花,每碟亦七文,天寒微有冰屑,我名之曰冰雪萝卜丝。我们儿童不饮酒,那些送考的家长们、亲友们,半斤绍兴酒,亦足以御寒……①

相传古代学宫的水池里都生有水芹,《诗经·鲁颂·泮水》中有"思乐泮水,薄采其芹"句,故芹菜被视为"入泮佳兆"。当年周氏兄弟虽早早弃科举而进学堂,但某年的除夕二人却作《祭书神文》曰:"他年芹茂以樨香兮,购异籍以相酬",亦足见读书人对科举的不能忘怀。

科举制在漫长的时间里决定着读书人的存在方式与价值观念,由于是唯一的进身之路,又像彩票一般,但凡有几毫钱便可以买,也不时有人中了彩,这毋庸置疑的正当性和一战而捷的渺茫希望,也就蛊惑着读书人一年一年地考下去。它残酷地消耗着生命,却也给予读书人一成不变的安定与温暖。无论是那寄托了平民希望的红辫线,或是考场内外的日常生活,都让一代一代的读书人在一种熟悉的氛围里延续着自我认同。科举的废除,带走了这一部分日常生活仪式,虽不同于体制的颠覆,对于读书人的心灵却未尝不是一番巨大的触动。无论日后成为新文化人的胡适、顾颉刚,或是成为鸳蝴老将的包天笑,或是出身鸳蝴而后跻身新文化界的叶圣陶,在传统的取士制度崩塌之前,他们的人生轨迹并无多少不同。他们都曾因科举的废除感到些许彷徨,都对之报以或深或浅的缅怀,当然,也一定程度上因此开启了不同的人生。

———————————

① 包天笑《钏影楼回忆录》第 92 页。

第二节 到上海去

闻野鹤有一篇小说《塾师显形记》①,主人公是一位胡姓塾师,一生应童子试二十次而不获主司青睐,靠开学塾糊口。学堂渐兴,学塾子弟纷纷弃馆而就学堂,胡塾师眼见生计不保而"神志大乱",终日呆坐茶肆,洋相百出。一日听说乡村地保欲为其招徕生源,喜极而奔"于暮霭苍茫中"。得知某小康之家欲聘己为塾师,束脩颇丰,忙向邻里告贷了一身不伦不类的长袍马褂,仿着韩昌黎之所以赠董邵南者,大诵"张富户有子,可以出而教矣",出门履职了。小说以微讽而同情的笔触,刻画了废科前后塾师的艰难处境。

废科举前,读书人的生计十分单一———塾师几乎是唯一的选择。包天笑18岁尚未进学之时就做了塾师,②教书之余备考。19岁中了秀才之后,理论上可以通过岁考补廪,但所谓"补廪",须遇缺才补,即便岁考头名,若无缺位也无从补廪,只能再谋进取。中了秀才的包天笑仍然边教书边拜师备考,而指点他的先生徐子丹恰也是位久困科场的廪生,时年已四十五六仍矢志不渝,授业包天笑的第三年,终以近五十的高龄中了举人。塾师这一人群跨越了各个年龄层,对于大多数读书人来说,他们的生命里"注定了两件事,便是教书与考试,考试与教书。在平日是教书,到考试之期便考试,考试不中,仍旧教书。即便是考试中了,除非是青云直上,得以连捷,否则还是教书"。③

---

① 参见野鹤《塾师显形记》,《小说大观》1917年第九集。
② 包天笑不是自己开学塾,而是"适馆授餐",即到别人家里教学,相当于家庭教师,食宿由主人包办。
③ 包天笑《钏影楼回忆录》143页。

科举废除后,读书人无馆可适,往往顺理成章地进入各种中小学堂当教员。徐枕亚与其兄徐天啸、同窗吴双热都曾任乡小学教员,后徐天啸到青年会中学任教;李涵秋曾任教于两淮高等小学,后兼任课于省立第五师范学校。包天笑相继于苏州吴中公学社、山东青州府中学堂、上海民立女中、上海城东女学等校任教;刘半农先后执教于翰墨林小学、上海试验学校和铁路中学;而那位曾经编着红辫线搭乘了科考末班车的"小世兄"叶圣陶,也在 18 岁这一年成为了苏州中区第三初等小学(言子庙小学)的教师。执教鞭的第一日,叶圣陶在日记中写下当日的感受:

> 晨起即至言子庙,则学生已有小半来,见余短小,则相与目余而私议论,殆言余之不像教员也。噫嘻,人之以貌取人也!既而丁(梦冈)、钱(选青)二君至,新生之来者则多随有家属。儿童之态各殊,而各自多趣;新旧生既尽至,数得百四十人左右,乃分级对孔子行礼。余素主不尊孔,今乃亦对孔跪而三叩,势使然也。礼毕,学生对教师作揖毕,令学生相对作揖,表示亲爱也。①

虽然对学生以貌取人颇不服气,对学校的尊孔礼仪不以为然,第一天当小先生的新鲜感却还是不禁流露。只是这种新鲜感并没有持续多久,两个多月后,他就开始在与顾颉刚的通信中频频流露出对教职的悲观厌倦:②

---

① 叶圣陶 1912 年 3 月 6 日日记,《叶圣陶集》第 19 卷。
② 参见 1912 年 5 月 31 日、9 月 6 日、12 月 3 日、12 月 22 日、12 月 25 日、1913 年 8 月 27 日叶圣陶至顾颉刚信,《叶圣陶集》第 24 卷。

衫履到校,弥增怏怏。闻儿童之欢戏,聆计课之时铃声,徒生厌倦,欠伸随之,没趣极矣。(1913 年 8 月 27 日至顾颉刚信)①

我任小教将近一年,已是怕透怕透! 思欲去之,别寻啖饭地,奈不得其当,不知几时苦鬼才得出地狱? (1912 年 12 月 3 日至顾颉刚信)②

原来,立达学园的元老也并非一开始就矢志教育呢。叶圣陶的焦虑其实也是当时许多文人的焦虑。总体而言这一批文人执教学堂,不过是取士之路断绝后为了谋生的无奈之举,谈不上职业选择的自觉。从李涵秋的小说《可怜一个小学教师》、吴双热的小说《苦旅行》等作品以及上述叶圣陶的私信中可以看出,他们没有从这个职业中得到自我实现的满足。苦闷之中,叶圣陶自问:"我不配做小教,我亦知之,然配做何事? 我却不知。"③这一代被甩出取士体制的文人需要自己去摸索一个新的能够求得身心安顿的方式。可喜的是,在上海,一个新的领域恰好已经做好了准备,等待吸纳这一批文人。

李伯元在其《文明小史》"楔子"中,以"太阳要出""大雨要下"预言和呼唤着"文明世界"的到来:

记得又一年,正是夏天,午饭才罢,随手拿过一张新闻纸,开了北窗,躺在一张竹椅上看那新闻纸消遣。虽然赤日当空,

---

① 《叶圣陶集》第 24 卷第 47 页。
② 《叶圣陶集》第 24 卷第 15 页。
③ 1913 年 1 月 1 日至顾颉刚信,《叶圣陶集》第 24 卷第 25 页。

流金铄石，全不觉半点歇热，也忘记是什么时候了。停了一会子，忽然西北角上起了一片乌云，隐隐有雷声响动，霎时电光闪烁，狂风怒号，再看时，天上乌云已经布满。大众齐说："要下大雨了！"①

此处，"随手拿过"的一张"新闻纸"与窗外的电闪雷鸣相关联，象征着文明世界的福音。上海开埠以来，报刊业日益勃兴。1872年《申报》创办之前，外文报刊占据了主导地位，阅读人群主要以寓沪外侨为主；随着《申报》等报刊的扩张，这一新兴传媒开始真正介入本土市民的日常生活。包天笑年幼居苏州时，《申报》馆在上海以外的城市尚未设立分销处，但邮局专门有一种轻便的"脚划船"往来于苏沪之间运送报纸，这使他能够在大约一天的时差内读到《申报》。包天笑最偏爱的是《申报》馆于1884年发行的《点石斋画报》。在上世纪40年代写的《我与杂志界》一文中他专门提到《点石斋画报》对自己少年时代的开蒙作用，在晚年的《钏影楼回忆录》中他对于这张荟萃了苏州名画师笔墨的画报依然念念不忘：

　　我在十二三岁的时候，上海出有一种石印的《点石斋画报》，我最喜欢看了。本来儿童最喜欢看画，而这个画报，即是成人也喜欢看的。每逢出版，寄到苏州来时，我宁可省下了点心钱，必须去购买一册，这是每十天出一册，积十册便可以线装成一本，我当时就有装订成好几本，虽然那些画师也没有什么博识，可是在画上也可以得着一点常识。因为上海那个地方是开风气之先的，外国的什么新发明，新事物，都是先传到上海。譬如像轮

① 李伯元《文明小史》第1页，南昌：江西人民出版社1989年版。

船、火车,内地人当时都没有见过的,有它一编在手,可以领略了。风土、习俗,各处有什么不同的,也有了一个印象。①

就在《点石斋画报》创办的 1884 年,包天笑的前辈吴趼人来到上海谋生,先佣书于江南制造局,而后逐渐开始为日报撰小品;1885年,王韬在上海创设弢园印书局,用木活字印书;1887 年刘鹗到上海,在四马路创设石仓书局,经营石印印刷业;1888 年李伯元乡试失败,虽在次年获得候补资格,却已无意功名,未赴。在常州过了几年闲居生活后,1896 年 30 岁的李伯元来到上海,创办了《指南报》。上述诸位均在科举未废时即绝意功名,与出版业发生了深刻的联系;待到 1898 年戊戌新政科举将废未废之时,则有更多文人感受到了这个新兴领域的召唤。《文明小史》第十四回"解牙牌数难祛迷信,读新闻纸渐悟文明"写了吴江贾家三兄弟,他们科考多年未进学,请来本城名师孟传义设帐家中,以为能有所改观。熟料未多时即遭遇戊戌新政兼考时务策论,孟老夫子虽有"小题圣手"美誉,对于策论则一片茫然,三个徒弟考场大败而归对孟传义心生不满,遂转投了一个外乡的拔贡先生姚文通。姚文通颇"识时务",尤爱看报,其最擅长者,即把报上的新鲜事故和时髦议论拼凑成时务策论。他指点弟子不讲经义,倒常把"上海出的什么日报、旬报、月报"拿给弟子看,贾家三兄弟于是"一天到夜,足足有两三个时辰用在报上,真比闲书看得还有滋味。至于正经书史,更不消说了。"②一日,师徒四人结伴做春申之游。刚到上海就看到报贩当街兜售《申报》《新闻报》《沪报》等,因在苏州最快只能看到隔日的,姚文通当即租了十

---

① 包天笑《钏影楼回忆录》第 114、115 页。
② 参见李伯元《文明小史》第十四回,第 118 页。

几份报散与弟子。之后四人专程到棋盘街一带逛书坊,遍访江左书林、鸿宝斋、文萃楼、点石斋等。在文萃楼,姚老夫子有一个重要发现:昔日销路极好的《文料触机》这类科考书籍,如今在书坊中已渐趋末路,取而代之的是各类翻译书籍尤其是日文译作,文萃楼还专门成立了译书所。他还意外得知,文萃楼译书所的专职翻译竟是自己的同乡兼同案,长洲文人董和文,这个消息让他感到了一点震动。

如姚老夫子在文萃楼所见,包天笑也感到译书是一件颇合潮流、自己可以胜任并且有趣的事情。当时包天笑尚定居苏州,一次去上海探访谱兄杨紫麟(蟠蹊子),杨向其展示自己偶然购得的一册外国小说,认为与《茶花女遗事》风味相近。两人一时兴起就仿着林纾与王寿昌的做法,由懂英文的杨紫麟口译,包天笑记录并润饰,两人都感到很有兴味,似乎也不废很多功夫,完篇后定名为《迦因小传》。① 谁知这篇无心之作竟引起了不少关注,由此叩开了包

① 该小说原著为英国作家哈葛德(H. Rider Haggard)的 *Joan Haste*,杨紫麟、包天笑译本《迦因小传》署名蟠溪子、天笑生,最初在《励学译编》1901 年至 1902 年第 1 至第 12 册连载,在第 2 册的"本社告白"中有一段按语:"本译编《迦因小传》一种,从下卷译起,深抱不全之憾,惟以情文并至不忍割爱,姑译印之。他日或得完璧,自当补全。识者谅之。"包天笑《钏影楼回忆录》"译小说的开始"一章也提到,当时他们只得到小说的下半部。后来林纾翻译了小说全本,为区别于包译,取名《迦茵小传》,由商务印书馆出版。林纾足译本一出今读过杨、包译本的读者恍然,原来杨、包笔下专情勇毅的迦因尚有未婚先孕之不光彩事迹。时人于是大为惋惜,以为"半面妆文字胜于足本"(见松岑《论写情小说于新社会之关系》,《新小说》第 2 年第 5 号,总第 17 号,1905 年),彼迦因"清洁娟好"而此迦茵"淫贱卑鄙"(见寅半生《读〈迦因小传〉两译本书后》,《游戏世界》第 11 期,1907 年)。后来鲁迅先生在《上海文艺之一瞥》中判断,杨、包实为维护迦因形象而谎称只得半部原著,隐去了私生子一节,但他却将杨、包所译称为"上半本"而非他们自称的"下半部"。这可能与林纾译本中怀孕一节出现在下半部有关。鲁迅的观点影响很大,几乎成为定论。上世纪九十年代以来关于杨、包是否故意隐匿相关情节,以及相关情节究竟出自上半部还是下半部,学界又有争论,参见郭延礼《中国近代翻译文学概论》(武汉:湖北教育出版社 1998 年版)、栾梅健《通俗文学之王包天笑》(上海书店 1999 年版)、沈庆会《谈〈迦因小传〉译本的删节问题》(《华东师范大学学报》哲社版 2006 年 1 月)。

天笑的小说创作之门,为这个末代文人开启了另一种生活:

> ……这不过一时高兴,译着玩的,谁知竟可以换钱。而且我还有一种发表欲,任何青年文人都是有的,即便不给我稿费,但能出版,我也就高兴呀!
>
> 后来《迦因小传》的单行本,也由文明书局出版,所得版权费,我与杨紫麟分润之。从此以后,我便提起了译小说的兴趣来,而且这是自由而不受束缚的工作,我于是把书院博取膏火的观念,改为投稿译书的观念了。譬如说:文明书局所得的一百余元,我当时的生活程度,除了到上海的旅费以外,我可以供几个月的家用,我又何乐而不为呢?①

当年,面对日复一日的"考试与教书",包天笑心中惆怅:"读书人除此之外,难道再没有一条出路吗?"②。在科举将废而未废的那些年中,这样的惆怅时常作祟,旋即又被压抑,因为对中落的家庭怀有复兴的使命。这次不经意的弄笔,让他感到文字生涯实在比教书"自由而写意得多",③也让他逐渐偏离科举的正道。1906年,光绪宣布彻底废除科举的第二年,30 岁的包天笑迁居上海。和他的前辈李伯元一样,包天笑也在而立之年正式开始了报人生涯,而他也的确在上海各报馆中找到了安身立命的所在。自 17 岁开始做塾师以来的十多年,报馆给予了他最为自由而优裕的生活。他曾给自己算过一笔账:初到上海时,他同时供职于《时报》馆和《小说林》编译所,前者每月支付 80 元,后者 40 元,每月有 120 元

---

① 包天笑《钏影楼回忆录》第 174 页。
② 包天笑《钏影楼回忆录》第 143 页。
③ 包天笑《钏影楼回忆录》第 175 页。

固定收入,此外他还通过写小说赚取额外稿费,而他在上海的房租不过每月 7 元,一家大小的开支不过每月五六十元而已,正如他自己所言是"很有余裕"的。①

在《时报》馆任编辑期间,包天笑发现除了新闻和论说外,还有一些小说、杂文稿件弃之亦很可惜,附在新闻之后又不成规模,就向《时报》主笔狄楚青建议另辟一栏收纳这些文字,狄楚青深以为然,嘱包天笑主编这个栏目。包天笑为之命名"余兴",专门刊登新闻、论说之外的游戏文章。对于这一创举,包天笑颇为自得,认为在各大报都尚未开辟副刊的情况下,"余兴"算是近代副刊的先声。②

1904 年,狄楚青在上海创刊《时报》的时候,胡适年轻的寡母在关于儿子读书或习业的亲族讨论中胜出,14 岁的胡适得以远离钱庄或典当行,"带着一点点用功的习惯,一点点怀疑的倾向",③走出绩溪,来到上海梅溪学堂求学。正处于求知年龄的胡适,对于《时报》这份和他同时扎根上海的报纸,莫名地报以"比对于别报都更好"的感情,"在上海住了六年,几乎没有一天不看《时报》的"。一次《时报》馆向读者征集含某连载小说的全部报纸,胡适因平日就习惯将《时报》上的文章剪下来分门别类粘贴成小册,于是欣然应征。④ 1921 年胡适做《十七年的回顾》一文,谈到《时报》对近代报刊的贡献:

> 我们可以说《时报》的第二个大贡献是为中国日报界开辟

---

① 参见包天笑《钏影楼回忆录》第 323 页、第 315 页。
② 参见包天笑《钏影楼回忆录·〈时报〉的编制》。
③ 胡适《四十自述·在上海(一)》,《胡适文集》第 1 册第 60 页。
④ 胡适《十七年的回顾》,《胡适文集》第 3 册第 281 页。

一种带文学兴趣的"附张"。自从《时报》出世以来,这种文学附张的需要也渐渐的成为日报界公认的了。①

胡适所言"带文学兴趣的'附张'"无疑就是包天笑主编的《余兴》了,可见副刊的确可算是《时报》的一种创举,与之鼎足而三的《申报》和《新闻报》在当时都还没有专门的副刊。《余兴》之后,《申报》才有了《自由谈》,《新闻报》才有了《快活林》。所谓"余兴",未尽之兴也,以此为文艺副刊命名,很可以反映文人创作的游戏姿态。《余兴》以白话为主,内容五花八门,总体上呈现出恃才逗趣的游戏作风。后来中国报刊以"余兴"为栏目命名的不在少数,②这些栏目多以刊登内容轻松、篇幅短小的杂碎文字为主,这种思路很可能受到了《余兴》的影响。

《余兴》既办得有声色,《时报》便又考虑另办一种副刊,于是在《余兴》之外又开辟了《小时报》,由毕倚虹主编。《小时报》的特点在"小",样样袖珍:作者署名小可或小生,内容包括小诗词、小谐文、小专电,以至里弄间的奇闻琐事,更加追求碎片化的趣味,也更俚俗。这类文字,主编毕倚虹名曰"报屁股",后成为彼时对副刊文字的通称。郑逸梅当年就以善做"报屁股"闻名,被人冠以"郑补白"之名。他不事长篇,而专喜栖身于报刊的犄角旮旯处,做极短小的趣味文字,考据文史掌故,道听途说野史秘闻。做这类边角拾零不易暴得大名,对于读者的注意力却有着温和持久的刺激,在当年的上海,郑逸梅固然不能与徐枕亚、张恨水这样的小说名手相比,却实实在在是读者眼中的熟客。

---

① 胡适《十七年的回顾》,《胡适文集》第 3 册第 283 页。
② 《红杂志》、《清华周刊》、《良友画报》、《心声》、《文华》都有"余兴"栏。

倘若没有废科举,相当一部分读书人将一直在"教书与考试"的路上走下去;倘若只是废科举,他们只能延续前代文人的从业思路转而做学堂里的"塾师"。所幸,当科举的大门关闭,而许多文人又无法从学堂执教中找到感觉时,上海日益发展的近代报业让他们看到了新的可能性。像包天笑这样心思活络、嗅觉灵敏的文人发现,科举时代练就的技能其实稍加转换就能够为现代媒介所接纳,而写报章之文远比制艺之文来得轻便有趣,并能得到不错的收入,这个发现很快让他们尝到了甜头。个人的获益又往往在同案、同乡、亲眷间造成示范效应,越来越多的文人或者从周边省份流入上海,或者通过文字与这个城市发生了联系,凭借早年打下的旧学功底,在各种文艺副刊——这片自己踏出的天地中安营扎寨。当年叶圣陶自问"配做何事"? 随即一次次变换教职,又一次次落荒而逃,之后逐渐在"卖文求生"的路上安顿下来。其实"求生"固然是重要的方面,经营文字抒发才情的乐趣也是他选择的关键,这从他和顾颉刚的通信中即一目了然:但凡言及教务总是一片阴霾,只要谈到结社、办刊便兴致勃勃。这种趣味和才能也许从来都是文人的,现代媒介的出现为他们提供了发挥才能的便利和正当性。副刊对于他们而言既是生存空间,也是游戏空间,在科举时代不得不压抑的趣味和才能,得以在这个游戏空间中正当、自由地宣泄。

从"余兴"到"报屁股",如果说前者非常贴切地反映了文人与报章最初的遇合,那么后者则体现出一部分文人在与报刊媒介的结合中日益明晰、自觉的自我定位,并不可避免地埋下媚俗的种子。当他们卸下科举这一巨大的价值负担,满怀欣喜地投入到印刷时代中,那种"发愤著述"、"藏之名山,传之后世"的文人传统在他们心中也随之淡去。当然,也并非每个勇于投身新媒介的文人都能如鱼得水。这毕竟是新兴的城市,新的文人经验,对于许多追随成功者脚步来到上海的文人而言,这意味着身体与心灵的双重寓居。即便是徐枕亚、李涵秋这样名噪一时者,他们与这座城市、与现代媒介的融合依然伴随着诸多不适。徐枕亚在短暂的辉煌过后选择了孤独的乡居,李涵秋更是久居扬州,与上海始终保持着距离。友人邀其至沪,为其订好旅馆,他竟误将旅馆电梯当作房间,谓"此屋犹小于舟,以之容膝尚不可,乌有坐卧余地"。[①] 当现代交通工具已然在富庶的江南频繁穿行的时候,李涵秋笔下的人物却仍坐着马车去苏州,贻笑大方。[②] 本以为鸳鸯蝴蝶派最能搔准市民生活的痒处,不想其中最当红的小说家却几近于不食人间烟火,与都市有着如此深的隔膜,他所依赖的仍然是古典的养分,旧式文人的才情。无论如何,清末民初文人在此种身心双重的"寓居"中,逐步适应着、亦在实现着旧式文人向现代职业撰稿人的转换。

《文明小史》中,姚老夫子给初到上海的徒弟定了一个游历"章程":"白天里看朋友、买书,有什么学堂、书院、印书局,每天走上一二处,也好长长见识。等到晚上,听回把书,看回把戏,吃顿把宵夜馆。等到礼拜,坐趟把马车,游游张园。"[③]这一日生活其实也是清末民初上海报章文人普遍的生活内容。买书、逛书局既是文人爱好,也便于结交同行;听书看戏既是消遣,也成就了笔下——清末民初报章"剧评"的发达即是此种生活方式的反映。还有游园吃茶也是文人喜爱的项目。吃茶的风气在苏州文人中最盛,借此交通信息、谈诗论道,若人数渐多有了规模,便成了文人雅集。包天笑曾言"我不菲薄苏州从前吃茶的风气,我也颇得力于此种茶会",[④]

---

① 贡少芹《李涵秋》第 32 页,天忏室出版,明星书局发行,年代不详。
② 魏绍昌《我看鸳鸯蝴蝶派》第 75 页,中华书局(香港)有限公司 1990 年版。
③ 《文明小史》第十六回,第 129 页、130 页。
④ 包天笑《钏影楼回忆录》第 149 页。

在这样的茶会上,他结识了平生第一班文友。

交游、结社,文人素来热衷,并不新鲜;不过近代报章文人社交,除了雅趣,现实功利也是很明显的。新兴的媒介对于文人而言,既是充满诱惑的开阔地带,也是有限的资源。此时,数载寒窗、一战而捷的奋斗模式未免过于寂寞,且已不合时宜,结交同好、相互提携,成为他们安身立命最自然而重要的手段之一。正如当事人所记录的,在各种大大小小的"吃茶会"上,"今天来了一位上海某报的主笔,明天来了一位某杂志的编辑。神交已久,相见恨晚。由于甲的介绍,认识了常写小说的乙。由于丙的说起,约了擅长小品文的丁,如此攀引,一见如故,这集团就逐渐增大。"①这样的场合常常是报章文人编织交游网络的地方,尤其尚在某个圈子之外或边缘的人,若能适时地与圈内人士建立联系,自然会节约个人奋斗的成本;若不谙此道,则可能被长久埋没。当年李涵秋将《过渡镜》投《小说月报》,主编王西神(蕴章)先提出稿酬千字五角,李忍痛同意贱卖,最终王又以其他理由退稿了之;后来,李涵秋与同是扬州人的钱芥尘结交,《过渡镜》得以在钱芥尘主办之《大共和报》、《神州日报》上连载,钱芥尘还为它改了一个更易于风行的名字——《广陵潮》。果然,李涵秋和他的《广陵潮》一起迅速风靡海上。而当初将《过渡镜》弃之不用的王西神此时亦主动索稿,李涵秋以《雪莲日记》予之,稿酬自然今非昔比。李涵秋于是感叹:"今日涵秋犹是昔日涵秋,西神何前弃而今取耶?则信乎文字无定评,惟虚名是重耳。"②

文人聚合有诸多机缘,其中凭借地缘关系形成文人圈,是最盲

---

① 天命《星社溯往》,芮和师、范伯群主编《鸳鸯蝴蝶派文学资料》第202页,福州:福建人民出版社1984年版。

② 贡少芹《李涵秋》第32页。

目却又最常见的情形——"同乡",在中国社会中始终是一个温情的符号,在城市化尚未全面铺开的清末民国社会更是如此。有研究者指出"省籍意识作为一种地域性的社会心理和认同"在民初崛起,成为"最具影响力的政治文化。"① 以同乡为基础,再借助某个刊物、书局的联结,报章文人不断拓展自己的交游圈子。1920 年江苏吴江人赵眠云欲办文艺刊物,在报上发征稿启事;吴县人郑逸梅与同乡范君博二人正好也有弄笔之意,便与赵眠云约定合作,分头组稿创办《游戏新报》。后赵眠云又提议邀请自己的吴江同乡范烟桥加入。范烟桥是文坛老将,早年任《时报》副刊《余兴》编辑,与叶楚伧、姚鹓雏、陈蝶仙、周瘦鹃、张毅汉诸君一起,同为包天笑《小说大观》的部下大将。② 范烟桥加入,等于为刊物带来了当时海上文坛最核心的资源。《游戏新报》与《消闲月刊》相继问世,加入的文人也越来越多。从撰稿者名单中,我们不难理出其中的头绪:包天笑、程瞻庐、周瘦鹃、程小青、顾明道、江红蕉等人的加入,显然与赵眠云邀请了范烟桥有关;徐枕亚徐天啸兄弟及何海鸣的加入可能与郑逸梅有关,他们都曾为《民权报》撰稿,而吴双热、俞天愤、姚民哀三人的加入又与徐枕亚密切相关,吴与徐枕亚兄弟既是同乡又是同窗,曾义结金兰,俞、姚二人皆为徐枕亚的远房亲戚,这三人也都曾为《民权报》撰稿,这条线索就很清楚了;由于范君博与《晶报》主笔张丹斧关系密切,张丹斧、李涵秋等几位《晶报》文人的加盟也就顺理成章,加之业已加入《游戏新报》的尤半狂与冯小隐、杨尘因相熟,两位在《晶报》上很有名的"剧评"也就移植到《游戏新报》上来了。1922 年七夕,范烟桥、郑逸梅、范君博等九人发起成

---

① 杨妍《地域主义与国家认同:民国初期省籍意识的政治文化分析》第 2 页,天津:天津人民出版社 2007 年版。

② 包天笑《钏影楼回忆录》第 375 页。

立"星社",前期为《游戏新报》、《消闲月刊》撰稿的作家中有相当大部分加入星社;星社成立后发行周报《星》,后改为不定期杂志《星光》,以此聚合了更多海上文人。根据星社 1936 年刊印的社友录及郑逸梅 1943 年《星社记略》增补的社友名单可知,这个圈子由最初两三个人临时起意,到最终发展成了近百人的文人雅集。星社在苏州发起,但由于其中许多成员都常驻上海,于是上海诸公又另起一"青社",发行《长青》。

不过,这样由多方辗转勾连起来的群体虽然规模可观却相当松散,成员间有的全无交集,有的则认同度很低。比如就在 1922 年,在合作编辑《游戏新报》的同时,几位撰稿却在其他报刊上冲突不断:尤半狂和范君博在《晶报》和《新世界报》上大打无关乎学问的笔仗,《晶报》主笔张丹斧则和前《礼拜六》主笔王钝根挑起了更大的争端:祖籍青浦的"江南人"王钝根在文章中涉及了江南江北人优劣的言论,激怒了祖籍扬州的"江北人"张丹斧,二人随即在报上互相攻击,后来牵连越来越多文人加入其中,愈演愈烈,以至于韩国钧到任江苏省长后第一件事,竟是出面调停此事。地域认同作为一种"政治文化"的影响力在这件事上的确得到某种体现,不过看起来"省籍"已不足以达成地域认同,这并不奇怪——当我们置身于一个大中国版图时,"江浙"作为一个整体的地域特征很容易被识别;当诸多汇集到上海的文人都来自江浙时,他们之间作为同乡的认同感,以及与此有关的资源共享与分配方式就需要建立在更细致的地域划分上。张丹斧和王钝根挑起的闹剧之所以会引来诸多文人响应,很重要一个原因在于"江南"(苏南)、"江北"(苏北)在民初上海社会中是两个十分敏感的地域概念。简单地说,以长江为界,长江以北的江苏地区称为江北,以南则谓之江南;苏北、苏南的概念与此不完全等同,但所涉及区域大体一致。有学者对彼时上海移民群体做了调查,发现苏南人在职业分布及人们的刻板印象中处于社会等级的上层,而苏北人由于缺乏士绅而处于社会等级的最底层,苏北人的称谓甚至含有"下等人"之意。① 可偏偏江北文风鼎盛,尤以扬州最为突出,李涵秋、贡少芹和贡芹孙父子、毕倚虹和张碧梧表兄弟、张丹斧诸人领衔了民国报章文人中重要的"扬州系",与江南包天笑领衔的"苏州系"分庭抗礼。既然社会结构中的等级关系到了文学场域里并不适用,王钝根却仍然拿江南江北的背景做文章,自然就令江北文人大为光火。

又比如,当年包天笑对于自己被归入鸳鸯蝴蝶派颇有怨气,他声明自己与鸳蝴派无关的证据之一,便是"徐枕亚直至到他死,未识其人"。② 这个说法倒让我颇感意外。徐枕亚与包天笑,一鸳蝴"鼻祖",一鸳蝴"盟主",天笑成名略早,枕亚后起而在民初红极一时,两人同出自苏州府,同时代于上海最知名的报馆书局主笔政,亦不乏共同的文友,道不同或可理解,何至于终生不识(但翻看二人笔墨及主编的刊物,似乎又的确没有交集)? 若不是包天笑为了撇清干系而夸大其词,那么二人没有交集除了趣味、机缘巧合,我以为可能也与地域因素有关。清代苏州府下设九县,吴县等三县谓之"上三县",常熟等六县谓之"下六县",上三县因围绕苏州城厢分布而拥有某种地域等级上的心理优势。而上三县中又以吴县辖地最广,科举时代的学额也最多(于是常出现"冒籍"考试的情况)。辛亥革命后上三县合并为一县,统称为吴县,是苏州地区的第一大

---

① 顾德曼(Bryna Goodman)《家乡、城市和国家——上海的地缘网络与认同1853~1937》,上海:上海古籍出版社 2004 年版。广义的苏北即今长江以北的江苏省,故又称江北,扬州和苏州即分别地处苏北(江北)和苏南(江南)。

② 包天笑《我与鸳鸯蝴蝶派》,原载香港《文汇报》1960 年 7 月 27 日,转引自魏绍昌编《鸳鸯蝴蝶派研究资料》第 126 页,香港:生活·读书·新知三联书店香港分店1980 年版。

县。若细加考察就会发现,鸳蝴派两大势力之一的苏州派,其实相当大部分来自于非常狭义的苏州地区,即吴县,几大主将包天笑、周瘦鹃、郑逸梅、程小青、程瞻庐等、徐卓呆、江红蕉等皆出自吴县,范烟桥虽出自下六县中的吴江,但却是在吴县接受中学教育,与郑逸梅是校友。而被视为鸳蝴派鼻祖的徐枕亚来自常熟,虽然也隶属苏州府,但位居下三县,且在语言、风习诸方面保存了较大的独特性。包天笑在回忆录中对于科举时代的考场有一段回忆:

> 在考场里,尤其是苏州人和常熟人常常相骂,甚而至于相打。各方有各方的土语,苏州人以为常熟人的说话怪难听,常常学着常熟人的说话,嘲笑他们,可是常熟人要学苏州人的说话,却是学不来。加着苏州人的说话,又是刁钻促狭,常熟人说不过他们,于是要用武力解决了。
>
> 常熟那个地方,为了濒临江海,在吴中文弱之邦中,民风略带一点强悍性质。所以说不过你,就预备打局了,然而是十至七八打不成功的。因为相打是要有对手的,苏州人嘴是凶的,真正动手是不来的……至于真要相打,苏州人都溜光了。但到了常熟人觉得英雄无用武之地,苏州人又一个一个地出来冷嘲热骂了。①

出身吴县的包天笑,以苏州人自居,却显然不将常熟人视为同乡,而是在面对常熟人时很自然地生出一种比较的眼光,这正反映了两地各自不同的文化和固着的地缘意识。他们彼此之间感受到的可能更多是异质文化的隔阂,而非老乡见老乡的温暖。我无意

---

① 包天笑《钏影楼回忆录》,95～96 页。

夸大地缘因素对文人圈形成的作用,只是这个看似无足轻重的因素,常在无形中规定了文人的交游路线,甚至影响着他们的趣味。徐枕亚完全没有进入到鸳蝴文人中势力最大的苏州文人圈子里,虽然上文提到苏州文人发起创办《游戏新报》和《消闲月刊》,文名显赫的徐枕亚被邀约撰稿,但稍后依据这两个刊物形成的文人雅集"星社"和"青社",徐枕亚都没有加入。有意思的是,包天笑关于苏、常两地民风的经验主义概括,在他和徐枕亚身上得到某种程度的印证。包天笑等苏州文人的确体现出更为灵活、圆融的性格特征,他们与近代报刊机制融合无间;而徐枕亚为代表的常熟文人确有不愿变通的个性特点。

通过上述事件可知,晚清民初以来以文艺副刊、杂志为中心的文学场域逐渐形成,报章文人或出于文人雅好或出于现实功利编织交游网络,气味相投固不可少,但其联结方式确带有一定盲目性与偶然性;"五四"新文化人崛起后,围绕《礼拜六》《小说月报》以及上述星社、青社核心刊物《游戏新报》《消闲月刊》《长青》等对海上文人进行了总体性的批判——"文丐"、"鸳鸯蝴蝶派"、"礼拜六派"等命名应运而生。① 但是,新文化人虽视其为同党,他们彼此间却不见得引为同道,有限的认同度使得他们的交游圈子经常发生变化。

关于"鸳鸯蝴蝶派"名称的由来,平襟亚提供了一个与众不同的版本。据他说,1920年某日自己与杨了公、朱鸳雏、姚鹓雏、闻野鹤诸君在上海小有天酒店叙餐联句,朱鸳雏所出诗句中有"鸳鸯"、"蝴蝶"字眼。恰巧隔壁中华书局同僚在为即将出洋留学的刘半农饯行,刘闻声而至,与诸君共饮。朱鸳雏道:"他们如今'的、了、吗、呢',改行了,与我们道不同不相为谋了。我们还是鸳鸯蝴蝶下去

---

① 关于命名建构的过程已有不少研究关注到,本书不再做具体梳理。

吧。"而后诸君索性以"鸳鸯蝴蝶"飞觞行令。后来刘半农又说起徐枕亚的《玉梨魂》，可称之"鸳鸯蝴蝶小说"云云。当日酒席散尽，"鸳鸯蝴蝶派"一说却就此传布开去，波及众人，也包括刘半农自己。[①]

　　这则轶闻应该存在一定程度的杜撰，因为不必等到1920年，早在1918年，周作人在北京大学做题为《日本近三十年小说之发达》[②]的演讲时，已用了"《玉梨魂》派的鸳鸯蝴蝶体"的说法，而钱玄同在1919年发表的《"黑幕"书》[③]中也提到"鸳鸯蝴蝶派的小说"。不过这则趣闻倒是勾出了刘半农的出身。此时距离他1912年揣着五元川资，带着二弟刘天华闯荡上海已经八年；1920年的刘半农已经完成了"跳出鸳蝴派，骂倒王敬轩"的壮举，正待赴欧求学。刘小蕙的《父亲刘半农》就从这里开始写起，刘北茂的《纪念长兄半农先生》也略去了上海八年的大部分篇幅，直接从《新青年》时代切入，这完全可以理解。其实这段为他的亲属所隐晦的经历并无甚不光彩，只不过刘半农和诸多前辈一样在科举废除后，也到上海出版业中来讨生活，也自然而然地进入到了某一个报章文人圈中。徐半梅(徐卓呆)在《话剧创始期回忆录》"顽童刘半农"一部分中回忆到，早年他去开明剧团拜访剧团的负责人李君磐，李向他推荐了当时只有十七八岁正在剧团跑龙套的刘半农。徐在日本学过化妆术，当即给刘半农扮了一个顽童妆。刘半农是个有心之人，一面之缘后，他给当时已是报界名人的徐半梅去了一封信，询问他在《时事新报》上刊登的一篇托尔斯泰小说是否译自英文，但这显然不是刘半农关注的重点。得到回复后，刘半农寄了自己翻译的两

---

　　①　平襟亚《"鸳鸯蝴蝶派"命名的故事》，转引自魏绍昌编《鸳鸯蝴蝶派研究资料》第129页。

　　②　周作人《日本近三十年小说之发达》，《新青年》第5卷第1号，1918年7月15日。

　　③　钱玄同《"黑幕"书》，《新青年》第6卷第1号，1919年1月15日。

篇习作给徐半梅,请求发表。徐将其中一篇刊登在自己供职的《时事新报》上,另一篇推荐到中华书局的《中华小说界》杂志发表。在徐半梅的帮助下,刘半农进入中华书局任职,[①]并常在《中华小说界》《小说大观》《礼拜六》等杂志上发表小说和译作,在报界站稳了脚跟,自然也与诸多"鸳鸯蝴蝶派"文人有了交集。我们无法假设,倘若之后刘半农的生活中没有出现新的契机,以他自身的天性趣味,会不会安于和最初的文友为伍,做海上资深的老报人。现实的情况是,他遇见了陈独秀。

一次,在为《小说画报》写完一部长篇后,刘半农请主编包天笑结清稿酬。包天笑感到奇怪,因为当时报纸的规矩是随刊随付,追问之下方知刘半农即将北上。由于老板沈子方不肯破例,刘半农又坚持,包天笑只得自掏腰包将稿酬垫付给刘半农。[②] 我以为这个小插曲反映了刘半农彼时的心态。异地供稿取酬在当时已属平常,北上并不影响他与上海报界的关系,以他当时中华书局编辑的身份和生活状况,靠这笔稿费救急似乎也还不至于。在之前发表的《我之文学改良观》中,刘半农写道:"余赞成小说为文学之大主脑,而不认今日流行之红男绿女之小说为文学。"末了又注明,"不佞亦此中之一人,小说家幸勿动气。"[③]刘半农坦承自己与红男绿女文学的渊源,而宣布此种文学为非法的同时,也等于否定了自己的过去。急于结清稿酬或许正反映了他的内心动作,希望与这个圈子不再有瓜葛。半个世纪后,90 岁高龄的包天笑在模糊了与刘

---

① 刘半农和徐半梅的这一段交往,仅见于徐半梅的记载,刘半农本人未见提及。刘半农的各种传记关于这一段经历的记录也多依据徐半梅的回忆。

② 此事据包天笑《钏影楼回忆录·编辑小说杂志》而录。《小说画报》创刊于1917 年 1 月,1917 年 5 月刘半农在《新青年》发表《我之文学改良观》,之后应蔡元培之邀出任北大预科教员,索稿酬一事当发生于这期间。

③ 刘半农《我之文学改良观》,《新青年》1917 年第 3 卷第 3 号。

半农其他的交往记忆后,却仍记得这个小插曲,称此后与刘半农再未谋面,亦未通信,言及其"到法国,考博士,荣任北大教授"①,尤有一丝意外与恍惚。

和刘半农一样跳脱海上卖文生涯跻身新文化圈的还有叶圣陶。他早年的同窗旧友中,既有顾颉刚,也有范烟桥;他一面热衷于沪上听歌,结诗社、会文友,一面又懊悔自己不能奋发;他明明喜作言情小说,却又每每以作言情小说为耻,对自己的卖文生活常怀警惕。1912 年至 1915 年的四年间正是叶圣陶做教职不如意,对未来彷徨无计的时候,其间他给顾颉刚写了大量信件,后集成《与顾颉刚看》,收入《叶圣陶集》。从中我感觉到,顾颉刚在叶圣陶自我认同的过程中起到微妙的作用:作为学塾时代就相伴的知己,顾颉刚曾因叶圣陶才学出众而"甘心推他做盟主",②但彼时顾颉刚已顺利考上北大预科正在通往新青年的途中,而叶圣陶却只能与海上旧文人为伍。两种处境的对比,令叶圣陶心情晦暗,却也警策他压抑随时作祟的才子趣味而追寻"精进"、"自守"的生活。在完成又一篇言情小说后,他给顾颉刚写信道:

> 《飞絮沾泥录》八千馀言,无所蓝本,盖事实也。此篇作于初自农业归时。后接君书,谓"皮之不存,毛将安傅",时流碌碌,非吾辈宜学。览此意,遂深感念君诚厚我哉。从此绝笔者亦两月矣。他人怂之复作,则笑谢之。近日囊中如洗,颇有几家应酬在后;蕴言复以数事相告,令笔志之,遂复少少写作。总之,吾有一语誓君前,曰吾绝非愿为文丐者也。③

---

① 包天笑《钏影楼回忆录》第 379 页。
② 顾颉刚《隔膜·序》,《叶圣陶集》第 1 卷第 201 页。
③ 《叶圣陶集》24 卷第 78 页。

《飞絮沾泥录》等几篇刊发在《礼拜六》上的言情小说,后来都没有收入叶圣陶的任何集子中,也没有编入《叶圣陶集》,以至于晚年叶圣陶还向郑逸梅询问是否留有当年旧作。其实,无论是叶圣陶还是刘半农,都大可不必悔其少作,因为"鸳鸯蝴蝶"乃是待"五四"新文化来袭之后,才成了"派",之前它便是文坛最普遍的现状,代表了文人普遍的趣味。叶圣陶立誓"绝非愿为文丐",当然可以说是对另一部分文人的拒绝,但我也愿意视其为一代文人的自我否定——对自身携带的以往文人趣味与积习的对抗。从"允倩"到叶圣陶,从"半侬"到半农的转变,固然也因机缘适时而至,但若不是内心深处向往另一种价值,恐怕也是不易实现的。

第三节　从《钏影楼回忆录》看鸳蝴文人的身份意识

胡适曾感慨中国最缺乏的就是传记文学,对鸳蝴派而言尤其是如此,记录他们生活的文字太少了,这也愈加显示出《钏影楼回忆录》的重要性。该书的写作始于 1949 年,零星刊载于香港《大华》半月刊和《晶报》,1971 年集结成书,由香港大华出版社出版。此后,包天笑又补叙辛亥革命后的一些人事,于 1973 年集成《钏影楼回忆录续编》,仍由大华出版社出版。①

阅读此书,一个突出的印象,作者早年的乡居生活写得较为连贯、有声有色,而迁居上海后的文坛生活则写得东鳞西爪且时有重复。这或因作者年事已高,又随写随刊所致,但作者身居报界近

---

① 中国大百科全书出版社于 2009 年将《钏影楼回忆录》和《钏影楼回忆录续编》合二为一翻印,书名为《钏影楼回忆录》,本书有关二书内容均引自大百科全书版。

70载,熟悉近现代报业发展的各个环节,与近现代文坛的各种势力都有往来。如果他有强烈的记录这段生活的冲动和自觉,一定能够提供非常丰富的细节。而翻看《钏影楼回忆录》的87篇文字(不含续编),仅17篇是反映这段生活的,而且还仅限于1906年至辛亥革命前短短几年中的人事,这无疑与其浩瀚长久的报人生涯不太匹配。① 回忆录从1949年开始写作,至1971年才集结成书,这样长的时间里,作者的回忆始终不自觉地、更多地逗留在早年的乡居生活中,而非30岁之后看似更加傲人的文坛生涯,这或许反映了作者的某种潜意识。

《钏影楼回忆录》中写青少年时期生活的70篇文字,主要围绕着两个主题展开:一是科举考试的进程,如《上学之始》《上学以后》《延师课读》《读书与习业》《小考的预备》《考市》《县府考》《院试》《观场》《适馆授餐》《进学》《入泮》等,即便在其他不专门谈科考的篇目中,也往往有科考的影子。科考在这一代人的青少年时期,如四季的轮转那样,是只需要迎合而无需讨论的事实,这一条线索是自然形成而非刻意安排的,它甚至构成了回忆展开的基本背景,其他的日常生活都以它来串联。另一条线索是"文明"世界的诱惑,如《儿童时代的上海》《儿童时代的娱乐》《坐花船的故事》《读书与看报》《求友时代》《外国文的放弃》《东来书庄》《木刻杂志》《译小说的开始》《苏沪往来》等等。这一条线索常常与前一条交织、冲突:少年包天笑的生活日程根据科考而划定,但他总是不由自主地偏离这条人生干道,为周边的花花草草耽误了进程。包天笑的整个青少年时代就在这两条线索的冲突交织中,愉快地度过,时而痛下决心回归正途,时而又旧习复萌。胡适《四十自述》中也有一篇反

---

① 1973年出版的续编补充了一些辛亥革命后的人事,但篇幅很少且非常零散。

映童年生活的文字《九年的家乡教育》。胡适本人似乎对这篇文字比较满意,友人对其评价也较高。① 将这篇文字与《钏影楼回忆录》的相关文字对读,会发现有许多经历和体验是相似的:两人对于童年的回忆都是从母亲开始的,《四十自述》的开篇是《我的母亲的订婚》,《钏影楼回忆录》的第一篇是《我的母亲》,两人对于母亲都流露出极深挚的感情;在两人十多岁的时候,他们的家庭都曾召开过亲族会议,讨论过二人读书还是习业的问题,最终都是主张读书的意见胜出,决定了二人日后的道路;包天笑的父亲早早投身钱庄,读书不多,但对独子寄予厚望,他不仅倾力为孩子延师课读,还要求蒙师不能只关注诵读,而要给孩子"讲书",这份苦心与胡适那位总比别人多出学金的母亲也是一样的;童年包天笑和胡适都是身体孱弱,样貌斯文,早早显露出"书生"相。包天笑的父亲批评他"太懦善,少开展之才",② 姑丈则赞他"气度很好,沉默寡言,应是一个读书种子"。③ 胡适也是"文绉绉"的,从小被人唤作"糜先生",没有"嬉戏的能力和习惯",偶尔与伙伴游戏,也只能扮"诸葛亮、刘备一类的文角儿"。④ 他们两人都曾因为东边的"一间屋子"而对阅读产生兴趣。包天笑在《我的近视眼》一文中写道:

　　我记得我的外祖家中,有一间屋子,他叫做东书房的,这

---

① 《四十自述·自序》中提到,徐志摩对于这一章"表示赞许","还有许多朋友写信来说这一章比前一章更动人";刘大杰致信胡适说:"那篇给人的印象是很深的。最成功的一点,是在纯朴的家园的生活里,反映出来一个聪明的孩子和一个慈爱而又是孤苦的母亲相依为命的活泼的面影。"《胡适来往书信选》中册,第 52 页,北京:中华书局 1979 年版。

② 包天笑《钏影楼回忆录》第 52 页。

③ 包天笑,《钏影楼回忆录》第 83 页。

④ 胡适《四十自述·九年的家乡教育》,《胡适文集》第 1 册第 48 页。

里有一口书橱。有一天,我在这书橱中,翻出几本书来一看,全都是小说,有《封神榜》《列国志》《说唐》《隋唐》《岳传》之类,发现了这个奇秘,大为喜悦,好似后来人家发见了敦煌石室一般。因此不到外祖家则已,去了,总是躲在东书房里看书,而这个东书房甚为黑暗,夏天蚊虫成市,我总是不声不响,在里面看书,这定然与我的眼睛有关系。①

因为这间昏暗的东书房,包天笑看小说的热情从此一发不可收拾,以至于养成了"孵马桶"的习惯(苏州人形容如厕阅卷)。有一回包天笑得到《三国演义》,爱不释手,在光线更加昏暗的地方"孵马桶",遭到了祖母的"诅咒":"你在马桶上看关圣帝君的事,真是罪过,将来要瞎了眼睛。"②而胡适是如此描述他与东边屋子的结缘的:

> 当我九岁时,有一天我在四叔家东边小屋里玩耍……这一天没有课,我偶然走进那卧房里去,偶然看见桌子下一只美孚煤油板箱里的废纸堆中露出一本破书。我偶然捡起了这本书,两头都被老鼠咬坏了,书面也扯破了。但这一本破书忽然为我开辟了一个新天地,忽然在我的儿童生活史上打开了一个新鲜的世界!③

这东边的小屋在包天笑的回忆里,只是给了他"近视眼"和"孵马桶"两件礼物,但在胡适的叙述中却如开天辟地。这是非常典型

---

①　包天笑《钏影楼回忆录》第41页。
②　包天笑《钏影楼回忆录》第42页。
③　胡适《四十自述·九年的家乡教育》,《胡适文集》第1册第46页。

的胡适的叙述方式——在早年的经历中为日后的某个事件寻找伏笔,连用三个"偶然",恰恰是在渲染这个细节作为某个起点的意义。这和他在《从拜神到无神》《逼上梁山》等文中的叙述逻辑非常相似。又如:

> 这里所谓"小说",包括弹词,传奇,以及笔记小说在内。《双珠凤》在内,《琵琶记》也在内;《聊斋》《夜雨秋灯录》《夜谭随录》《兰苕馆外史》《寄园寄所寄》《虞初新志》等等也在内。从《薛仁贵征东》《薛丁山征西》《五虎平西》《粉妆楼》一类最无意义的小说,到《红楼梦》和《儒林外史》一类的第一流作品,这里面的程度已是天悬地隔了……这一大类都是白话小说,我在不知不觉之中得了不少的白话散文的训练,在十几年后于我很有用处。①

而同样为弹词、传奇、笔记而着迷的包天笑则是这样叙述的:"那些曲本,我颇爱它的辞藻,虽然还有许多是不大明了的,那时候正是情窦初开,便发动了我的性知识。"②由此可以看出两人的不同。显然,胡适试图在幼时阅读白话文学与日后提倡白话文之间建立联系,包天笑在这方面似乎没有太强烈的建构意识。菲利普·勒热讷曾总结回忆录写作的一种倾向,他称其为"志向叙事",③也就是说作者讲述他的童年,目的不在于展示童年本身,而在于使读者看到作者日后的信念或理想是如何在童年时期埋下伏

---

① 胡适《四十自述·九年的家乡教育》,《胡适文集》第1册第47页。
② 包天笑《钏影楼回忆录》第77页。
③ 参见菲利普·勒热讷《自传契约》第5页,杨国政译,北京:北京大学出版社2013年版。

笔的。现代作家回忆录中不乏此类,但《钏影楼回忆录》显然有些不同。少年时光及乡居生活占据了回忆录相当大的篇幅且较为完整,反倒是职业生涯的部分显得凌乱无序。并且他看起来并不试图以某个意识框架来统摄青少年时代的那些生活碎片,而是让青少年时代在年复一年、日复一日的科考背景中自然展开。在叙述事件的过程中,他又每每因为某个记忆的触发而停下来,旁及别的事件,或饶有兴致地刻画苏州风物,描摹人伦亲情。周作人对废名《莫须有先生》的一段评价我以为也适合于包天笑的回忆录:"这好像是一道流水,大约总是向东去朝宗于海,他流过的地方,凡有什么汊港湾曲,总得灌注潆洄一番,有什么岩石水草,总要披拂抚弄一下子再往前去,这都不是他的行程的主脑,但除去了这些也就别无行程了。"①

　　包天笑回忆录对入报业之前的生活倾注更多的感情,一方面出于常人对青少年时光的怀恋,另一方面也包含了转型文人对于传统价值和秩序的下意识追怀。在《新闻记者开场》一篇中包天笑回顾了自己第一天入报馆的情形,文末有一段话:

　　　　写论文的说来说去,就是这几句话,成了一种滥调与老套,因此人称为"报馆八股"。

　　　　就这样,俗语说的,我就吃了报馆饭,做起新闻记者来了。当我就职《时报》馆的时候,我的家乡许多长亲,都不大赞成。

　　　　他们说当报馆主笔的人,最伤阴骘,你笔下一不留神,人家的名誉,甚至生命,也许被你断送。我的妇翁陈挹之先生,便以此告诫我,他是一位好善的长者。我想:如果我的祖母在

①　周作人《莫须有先生传序》,《周作人自编文集·苦雨斋序跋文》第111页。

世,也许不许我就此职业。那时的清政府,也痛恨着新闻记者,称之为"斯文败类",见之于上谕奏折,然而我素喜弄笔,兼之好闻时事,不免便走上这条路了。

虽然写的是亲友对报馆的看法,也不免流露出自己的情绪。之前,青年包天笑做塾师、学堂先生,进而办报、译书,固然仕途的理想已经越来越淡漠,备考的步伐越走越松散,而整个社会风气也日新月异,但是总归若有若无的一个价值还在那里。直至某日他发现这条伴随他整个少年时代的干道突然被堵上,也就义无反顾地走向"歧途"了。这自然令他大为解脱,却又不免些许惆怅。因为自幼已习惯了在家人要求精进的鞭策和自身旁逸斜出的趣味之间进退来回,顾盼"歧路"风光,终究还是走在大道上;偶尔弄笔自娱,与彻底"吃报馆饭",感觉是不一样的,更何况在晚清,报馆生涯被视为文人末路。

假设科举没有废除,这一批文人没有投身报馆,他们总体上会认可一个怎样的归宿呢?在清代科举取士的金字塔结构中,登顶的是极少数,对于大多数人而言,要想达到最低层级就需要付出很大努力。最低层级即生员,俗称秀才,考取秀才需要通过县试、府试、院试三次考试。县试由知县主持,通过者称"童生",可参加由知府主持的府试,县试和府试的通过率相对较高;困难的是院试,它由各省学政主持,根据张仲礼的研究,清代院试的通过率通常控制在百分之一、二。[1] 于是就有一个可怖的名字"寿童",赠予六七十岁尚未考取生员者,意为高寿的童生。[2] 科举是一条不归路,考

①　张仲礼《中国绅士:关于其在 19 世纪中国社会中作用的研究》第 11 页,李荣昌译,上海:上海社会科学出版社 1991 年版。

②　包天笑《钏影楼回忆录》第 33 页。

取生员只是第一步,之后生员还要参加三年一次的岁考和科考,只有科考最优者才有资格参加乡试,乡试优异者才成为举人,之后的道路依然漫长,这是一条越走越窄的窄道。但此处要强调的是,如果生员停止了进取,仅"生员"这个身份对于文人而言也是有意义的——既有象征意义也有现实意义,并不是说停止进取就前功尽弃了。清代生员通过岁考和科考依成绩分为四个等级,除去科考最优者参加乡试外,岁考和科考列为一等者理论上就享受津贴,称为"廪生"(意即得到廪米的生员),①;二等者为"增生",即"增广生员"。增生得不到津贴,但若遇廪生出缺,即可按次递补;三、四等的生员称为"附生",意即"补遗的生员",他们也有一定机会升级成"增生"。明代以后,生员成为一种终生的资格,享有类似于官宦的免除徭役的特权。由此可知,僵硬的科举制度仍然给文人留出了一定的弹性空间。生员虽不出仕,但是已经拥有了有限的特权;增生和附生,虽然得不到津贴,但能看到层层递补的可能性。事实上,对于数量庞大的底座而言,登顶的渺茫,甚至每进一级的艰难都是是显而易见的,科举之所以还具有普遍的吸引力,即在于生员这个与他们距离最近的功名还是可以指望的,而考取生员即确保了他们起码在形式上进入了绅士的序列;尽管只位于绅士序列的最底端,但他们有机会与上层绅士结交。包天笑当年亦只考取生员,却在同谱友人戴梦鹤引荐下投奔到了李鸿章的侄女婿、江苏省候补道员蒯光典的门下。

对于"绅士",以及与之相关的"乡绅"概念的辨析,学界的分歧

---

①　现实中并非所有岁考一等者都能补廪成功,需遇缺才能补,满额的情况下,即便考试头名也无法马上补廪。因而便有富人子弟"买缺"一说。当年包天笑考取秀才后又在岁考中考了一等,但因无缺位便也无从补廪。参见包天笑《钏影楼回忆录》第147页。

很大。主要围绕是否出仕、是否包括现任官员这两个问题。总体而言,我认为既然欲凸显绅士身份,就意味着强调其"在野"的特性;而乡土中国,在野往往又意味着"居乡"。① 所谓"官于朝,绅于乡"的说法,即同时反映了这两个特点。因此我将乡绅视为绅士的主体,至于乡绅构成,既包括从任上退居乡里的官员,亦包括未出仕而乡居的功名获得者。那么这其中包不包括生员呢? 这又是个麻烦的问题。若承认乡绅包括有功名而未出仕者,那么必然要包括生员,但是现实中乡绅往往具备一定的经济实力,而生员中则不乏"穷秀才",将其归入乡绅终归有些勉强。② 然而正是乡绅身份的这种弹性,使得它对于底层士人具有一定的吸引力。也就是说,尽管现实中的乡绅恒产丰富者居多,但理论上并不以经济实力为指标,倘若一个经济实力普通的生员,依靠别的途径在本地积累了微薄的声望,那么他无论在自我身份的认同上,还是在本乡人的意识中,都可能打上"准乡绅"的印记。即便是家境贫寒,声望并不为乡人认可的生员,他也完全有可能在自我想象中扮演乡绅的角色。这就是科举时代功名诱惑力在基层的显现。如果没有废科举,如果没有海上报业的召唤,我认为奔走在科场上的早期鸳蝴文人心中可能装着一远一近两个愿景,一个是登顶的远景,一个是距离他们最近的功名,即生员。享受生员的特权,在本乡寻找近似乡绅的角色感,这是他们最务实也十分光彩的身份定位。日后投身报界的早期鸳蝴文人,往往也是当地同期科考大军中的佼佼者,在本省

① 马敏认为,"明清绅士阶层的特色,恰恰在于其地方性和在野性"。参见马敏《官商之间——社会巨变中的近代绅商》第 21 页,天津:天津人民出版社 1995 年版。

② 有的学者主张,退居乡里的官员属上层乡绅,而未出仕的生员属底层乡绅。参见任昉《明代乡绅》,《文史知识》1993 年第 2 期。但也有学者认为,清代乡绅不包括生员,参见常建华《士大夫与地方社会的结合——清代"乡绅"一词含义的考察》,《南开史学》1989 年第 1 期。

范围内的生员考试(县、府、院)中脱颖而出的几率较大。他们在青少年时期接受了系统的旧式教育,能够支撑这样持续教育的家庭,往往也不是贫寒之家。常见的情况是,家族在本乡有一定声望,早年出过在当地显赫的人物而后中落,或近世以来从商而远离功名。这样的家庭衣食无忧,但不足以捐纳;能够负担持续的教育,期待晚辈中出现重振家风的人物。

有一点值得重视,"绅"原本是从集权统治秩序中分流出来的阶层(无论退仕者或未出仕者都是如此),但是在乡土中国,"绅"与生俱来的地方性使之成为独立于统治秩序的力量,在地方事务中发挥了重要的作用。有言论称,"地方利弊,生命休戚,非咨访绅士不能周知。"①张仲礼曾以河南鹿邑县和湖南常宁县为个案,发现自顺治至光绪年间,此二县历任知县的平均任期是 0.9 年到 1.7 年。由于清代官吏需回避原籍,如此短暂的任期使外来的官员对当地的情况难以熟悉,也懒于熟悉,因为在任内看不到政绩。于是本地的绅士就承担了许多责任。绅士发挥的作用包括物质层面的公共事务,如兴土木、修水利、组织团练、慈善、办学等;也包括在意识形态层面推动本乡的文化传承(如编纂地方志、本地节妇传等),发挥其教化功能,推广儒学社会价值观。绅士和地方政府之间的互动模式大致为两种:一种是政府提出动议,交给熟悉地方事务的绅士去办;一种是绅士有某个想法,报政府批准后,往往能够得到政府的资助。② 绅士经常代政府行事,但他们绝非政府的"代理人";绅士最鲜明的立场就是维护本地利益,于是常会拒绝他认为

---

① 原载《牧令书》卷七"取善",转引自岑大利《乡绅》第 5 页,北京:北京图书馆出版社 1998 年版。

② 张仲礼《中国绅士:关于其在 19 世纪中国社会中作用的研究》第 54～57 页,李荣昌译,上海:上海社会科学出版社 1991 年版。

不利于本地民生的政府意愿。愈到地方危机时,政府的效力愈削弱,此时愈加依赖绅士施展拳脚。①

绅士的职责可大可小,大到前面所说的承担一些公共工程,小到处理乡里非常琐碎的事务。包天笑在《钏影楼回忆录》中回忆了先师朱静澜事,实是很令人敬佩的。大财主往往愿意经营慈善,但或为求名,或为求福,或为有所寄托,这些慈善家往往捐了钱便罢,并不亲力亲为,具体事务还须依赖一班类似我们今天的"义工"的本地绅士,包天笑的老师朱静澜就是其中之一。当时苏州尚未禁烟,鸦片是家庭寻常之物,于是常见妇女吞食生鸦片寻短见。当时苏州西医极少且诊费高昂,寻常人家负担不了,朱先生便在教书之余和包天笑的舅祖等本地人士出钱办了一个"急救误吞生鸦片"的机构并自任医生。急救的办法很简单,就是洗胃清肠,但是设想一个科举时代处馆教学的塾师,愿意"带哄带吓,软功硬功"地帮助患者服药和大量的水,"一个钱不要,连药费也不要,一报信即飞轿而至,什么时候来请,什么时候便到,即使是在严冬深夜,也无例外",②足见绅士对本地乡民的这种天然的责任和情感。

以包天笑为代表的早期鸳蝴文人,虽然在晚清西风东渐、社会变革的背景下,已不愿再株守故乡;虽然他们早早地进入城市,

---

①　中国乡土社会的这个特点也早早引起西方学者的关注。马克斯·韦伯在写于上世纪初的《儒教与道教》一书中指出:"在乡村内部,有一个同乡村(这里指地方政府,本书作者加)对峙的盘石般团结的地方乡绅阶层的委员会。不管你想做什么,比方说提高传统的租税,不管你想进行什么变革,都必须同这种委员会达成协议,才能做点实事。不然的话,你这个知县就会像地主、房东、东家,一言以蔽之,一切族外的'上司'一样,遇到顽强的抵抗。"引自《儒教与道教》第 149 页,王荣芬译,北京:商务印书馆 1995 年版。

②　包天笑《钏影楼回忆录》第 81 页、82 页。

没有像上一辈那样在家乡扮演绅士的角色,但是我认为他们下意识地存有绅士的角色感,在文化实践中经常性地表现出绅士的思维方式、行为习惯。比如常熟人徐枕亚、徐天啸和吴双热,尽管闻名海上多时,仍执着于在虞山脚下经营本地报刊,关注本地民生。所编《饭后钟》《绿竹》等甚至以常熟方言、民间小调来编写社会新闻。包天笑创办《苏州白话报》,将他报的文言新闻演为白话,连社论都写得非常通俗,如《国家同百姓直接的关系》《论大家要争气出力》《论妇女缠足的大害》等,还以白话编写清朝历代掌故。该报主要销往各乡镇,在乡镇的小杂货店里寄售,当地一些蒙学堂也纷纷订购作为教材。包天笑的这一实践也是典型的地方绅士的行为。清代地方绅士承担当地的教育事务,除了办学以外,也组织当地学究定时"讲乡约",内容大体依《圣谕广训》推演,也常与时俱进,加入时务国策,包天笑的岳丈当年就是主讲人之一。包天笑曾和同乡筹划创办苏州第一所女子学校,并专程前往上海向蔡元培请教爱国女学的办学经验,但最终流产;徐枕亚当年也非常热心于教育,曾在《民权报》上撰文倡导平民教育。他有一篇"实事小说"《苦招生记》,写三个常熟乡里小学教员挨家挨户劝乡民入新式学堂时的遭遇,很可能根据他和徐天啸、吴双热的执教经历所写;范烟桥 1918 年编写了一本《吴江县乡土志》,简约而又细致地介绍了吴江县各地的风俗物产。编纂本府地方志是历代绅士的重要职责,范烟桥的编纂行为,既是民初乡土教育萌芽的产物,又承续了历代绅士的乡土意识。该书被定为民国乡土教科书。

包天笑在回忆录中更多地回顾投身报馆前的人事,由此延展出晚清苏州乡村各阶层的生活面貌,这其中是否包含了他对这一套乡土社会自如运转和自我传承机制的怀恋?他自 19 岁进学之后便苦苦寻求除了教书之外的人生可能性,并在上海报业中得以实现,但当他回顾过去的时候,仍然将许多的篇幅留给了不同时期的教书生活,以及与教育相关的人事,这里又是否隐含了对自身身份的某种犹豫? 上海的生活,仅止于对《时报》馆和商务印书馆的有限描述(续编有所补充);前者着眼于其对近代报业诸多开风气的贡献,后者则仍然着眼于教育。民国以前,包天笑翻译了三部教育小说,都连载于商务印书馆发行的《教育杂志》,民初又受张元济之邀,主编商务印书馆"修身"教科书。特别是三部教育小说,在民国销量很好,包天笑显然也引以为傲,做了详细的回顾。三部小说分别是《馨儿就学记》《苦儿流浪记》和《埋石弃石记》,并称为教育"三记"。"三记"中以 1909 年的《馨儿就学记》销量最佳,据包天笑自己估算,自 1910 年由上海商务印书馆出版单行本以来,该书在民国时期发行了有"数十万册",曾获民国教育部奖励,还经常作为小学生毕业时的纪念品发送。在回忆录中,包天笑不无自豪地写道:"后来改版的高小国文中,却摘取了我《馨儿就学记》中关于扫墓的一节文字……故现今年已五六十岁的朋友,凡读过商务高小国文教科书的,犹留有印象咧。"①

小说原著系意大利作家 Edmondo de Amicis 著名的日记体小说 *Cuore*(《考莱》),又名《一个意大利小学生的日记》。② 原著通过一百篇日记连缀而成,前后连贯而又各自独立,以一个小学生的视角讲述学校内外的见闻,并赋予教育意味。当时包天笑是从日文译本转译过来的。1924 年,夏丏尊参照日译和英译本再次翻译了这

---

① 包天笑《钏影楼回忆录》第 389 页。

② 原著名为《考莱》,意大利语中"考莱"即"心"的意思;英译本在"考莱"下加副标题"一个意大利小学生的日记"。

部小说,名为《爱的教育》。① 夏丏尊这个白话版本影响很大,相比之下文言的《馨儿就学记》今天已经鲜为人知,1949 年后也仅由台湾商务印书馆再版过。② 不过在民国时期《爱的教育》的出版并未影响《馨儿就学记》的销行。该书 1949 年前最后的两个版本分别是上海商务印书馆 1931 年 2 月十版和 1935 年 5 月国难后一版;③包天笑《钏影楼回忆录》中又提供了上海商务印书馆 1931 年第十八版和长沙商务印书馆 1938 年国难后四版两个版本,④此外还有各地翻印的版本,可见该书在初版近三十年之后依然热销。这部教育小说的热销,当然与科举废除后新式教育的勃兴有关,也与它最初连载时的老东家商务印书馆有关——商务在各地设有分馆,其权威性与渠道优势无疑有利于发行。但包天笑自己还总结了第三个原因——"此书情文并茂,而又是讲的中国事,提倡旧道德",⑤所以广受欢迎。

此言不差。原著自然是西洋情调,但是经过包天笑的"译述",已然变成了中国风味,不仅人物姓氏、背景中国化,更随时随地添加中国化的细节和场景。原著中有一篇写新学年的教师的,《馨儿就学记》和《爱的教育》中都保留了。《爱的教育》中的配巴尼先生

---

① 《爱的教育》于 1924 年在《东方杂志》连载,同年由开明书店出单行本。据夏丏尊披露,当时日译本有两种,故不能确定他与包天笑是否根据同一种译本翻译,参见开明书店 1924 年版《爱的教育》译者序言。包天笑《钏影楼回忆录》"在商务印书馆"一部分中曾透露《馨儿就学记》中有不少个人演述的成分,这和当时总体的译介风尚相符。从篇幅上看,原著一百则小故事到包天笑笔下仅剩下五十则左右;而夏丏尊十五年后的翻译同时参照了英译本,大致可以认为,夏本比包本更接近原著。

② 据樽本照雄编、贺伟译《新编增补清末民初小说目录》(第 793 页,济南:齐鲁书社 2002 年版)台湾商务印书馆于 1976 年 12 月再版此书。

③ 樽本照雄编、贺伟译《新编增补清末民初小说目录》第 793 页。

④ 包天笑《钏影楼回忆录》第 386 页。

⑤ 包天笑《钏影楼回忆录》第 385 页。

软弱又絮叨,当学生们在课堂上顽皮喧闹的时候,他不无凄楚地对孩子们说:

> 大家听我!我们从此要同处一年,让我们好好地过这一年吧!大家要用功,要规矩。我没有一个家属,你们就是我的家属。去年以前,我还有母亲,母亲死了以后,我只有一个人了!你们以外,我没有别的家属在世界上,除了你们,我没有可爱的人!你们是我的儿子,我爱你们,请你们也喜欢我!我一个都不愿责罚你们,请将你们的真心给我看见!请你们全班成为一家,给我慰藉,给我荣耀……①

同样一段情节,《馨儿就学记》中的杨先生虽然也保留了原著中孤独的身世和悲苦的形象,但他应对孩子的方式却是颇为中国化的:

> 我愿诸君敦品励行,咸潜心于学业。他日学成,为世所用,足以起我衰敝之祖国,藉与列强竞争,勿使他姓男子来蹒吾土。是岂诸君与鄙人之幸,抑亦吾国前途均蒙其福也。②

这种劝诫的口吻,无疑更符合辛亥前国人心目中的学堂先生形象。而包天笑在其中加入列强环伺的背景,也投合了晚清民初的民族主义情绪。同样,《爱的教育》中那位意大利"少年爱国者",到了《馨儿就学记》里也换成了中国少年,他饥寒交迫中得到几个

① 亚米契斯(Amicis, E. D.)著,夏丏尊译《爱的教育》第3~4页,南京:江苏凤凰文艺出版社2017年版。
② 包天笑《馨儿就学记》,《教育杂志》1909年1卷1期。

旅沪英人的资助，却因为后者交谈中的辱华言论而拒绝接受施舍，其间还穿插了作者对美禁华工案的评论。这样的移植既参照了彼时国人的处境，又与"不食嗟来之食"的传统道德对接，正是包天笑自己所总结的"讲的中国事，提倡旧道德"。类似的片段在《馨儿就学记》中几乎信手拈来。

此外，包天笑还略去了一些本土文化中所没有的内容。原著中有一篇"万灵节"，是以母亲的口吻向"我"解释万灵节的意义，充满宗教气味。母亲告诫"我"，要尊重逝者，要爱每一个曾经贡献出自己"壮年的快乐，老年的平和，以及爱情、才能和生命"的灵魂。① 这一篇在夏丏尊译本中得到完整的呈现，但在包天笑的译本中则整个被删除。显然，包天笑认为这篇完全没有情节的训导文难以为缺乏宗教背景的国人所欣赏。但有意思的是，不知出于有意或无意，包天笑实际上通过另一种方式做了补偿——在没有任何原著依据的情况下，他在小说的别处插入了篇幅很长的一节祭祖扫墓的文字：

> 二十三日。是日，我于学堂中告假一天，将侍吾父母往扫先人之墓。吾祖茔在支硎山白马涧，相传为支公饮马地也。时则父母携我及妹偕，并随一老苍头，自金阊门买棹往；虽轻舸一叶，而明窗净几，荡漾于波光山影之中，如入画图也。舟行如飞，和风煦拂，春意中人欲醉。两岸桃花，缤纷如红雨；落英飘堕水面，争为游鱼所唼。
>
> 船进环龙桥，即系缆于树椿，岸距吾祖茔可三里弱，吾母及妹乘山舆以行；老苍头担楉而从；余与吾父喜徒步，循紫陌而行。菜花已黄，蜂蝶作团；而泉流之声淙淙然，与枝上流莺相酬答。

---

① 亚米契斯（Amicis, E. D.）著，夏丏尊译《爱的教育》第18页。

展墓时，吾父告以："主位为若曾祖父母，昭穆即若祖父母也。若祖母吴太孺人以孝闻于戚郡间；若祖父早卒，吾母事衰姑，十余年如一日，食不安昧，瞑无恬睡，先鸡鸣而起，后斗转而息；卒以劳瘁过甚，先汝曾祖母而逝，悲夫吾母也！"吾父言此，为之泪下。吾母闻父言，亦襟袖为湿，阿妹见母哭，则噭然大号，而余乃痴然如木人。

吾祖母之旁，有一小茔，吾母语余曰："此若长姐可青也，殇时仅三岁，最得祖母欢心；每晨必向阿婆索饼饵。以暴疾殇。殇时，犹紧握尔父之手呼阿爷也。嗟乎青儿！今得长侍慈爱之大母矣！"吾母语时，又悲不能抑。吾妹揽母颈，谓母不许哭。守墓者一老妇人，与吾父缕缕然道太夫人事；而肩山舆之老乡人，亦能话吾家前三代故事也。

展墓既竟，守茔人请惠顾其庐，将烹茗饷客。吾妹入乡村，觉在在皆可爱玩，沿路行来，掇拾野花，芳菲盈握，置诸吾青姐之茔，意将以是代花圈耶？

既入媪室，亦颇精洁。媪往来至勤敏，足无留趾。村中儿童，围而观我辈，复窃窃私语；吾母出铜元数十枚分赠之，咸欢跃道谢而去。媪家此时方育蚕，环屋咸植桑，采之即是；且葱翠足以敷阴。媪语吾母曰："墙下之桑，适供所育之蚕，岁岁如是。缫丝后，入市售之，足为老妇温饱半年之需。"

饲蚕毕，乃复启埘出鸡。鸡至肥硕，尤有二雄鸡利喙健距，作格格声。妹大呼曰："壮哉此雄鸡也！"余亦拍手欢笑。吾母曰："媪逐日洁鸡棲乎？何一无积垢也！则宜其家禽之肥硕矣。"

时吾父方背手观山；而夕阳斜照于林间，舆人来促归矣。吾母则自怀中出铅笔，画其烟峦之大概，归将渲染作层峦叠嶂之图。笑语余曰："若父母他日即归骨于此，长依尔祖父母之丘墓；先为作此图，以与汝曹作纪念也。"

下舟解缆，一路山光水色，令人心目为畅。两岸又时时见竹篱茅舍；杨柳桃花，掩映于村居。抵家，则灯火零星，时光已垂暮矣。①

这段文字质朴无华，却亲切感人。从"万灵节"到"还乡祭祖"，固然其精神实质不尽相同，却完全可以对接。如果这是一个有意识的转换，那么它转换得无懈可击；如果是无意，恰恰说明，它表达了平凡国人的集体无意识，代表了大众所认同并乐于传承的生活伦理和心灵需求。这种心灵需求常在不经意间涌动，以至于作者即便在翻译的过程中也不自觉地跳开蓝本拿它来穿插。也或许，当每一个西洋故事讲完都对应出一个"爱的道理"之后，包天笑发现还有游春扫墓这样烂熟在国人心里的场景不曾呈现，还有添土尽孝的环节需要歌咏吧。

若将这段文字与《钏影楼回忆录》中的《葬事》《还乡一二事》对读，可知它写的也正是包天笑自己的经历。《扫墓》里"吾父"称颂"祖母"贤德的那段话，先以"若祖母"称谓，又杂以"吾母"称谓，指称略显不统一，"吾母"也不像父亲对年幼的孩子说话的语气。我以为这正是包天笑在书写个人经历时偶尔忘记了角色扮演所至。② 包父早逝，文中祖母侍奉衰姑之事正是包母曾经做的。包

---

① 王侃如等编著《新学制中学国文教科书》之《初中国文》第二册第76～79页，南京书店1931年10月初版，原载《教育杂志》1909年第1卷第12期，编入教科书有删改。

② 包天笑在《钏影楼回忆录》中摘录了这段"扫墓"文字，两相对照能发现，他将这段话中的"吾母侍衰姑"改为"祖母侍衰姑"，以和之前称谓统一，可见包天笑晚年重看这段文字时也意识到这个问题。

天笑因此一生敬爱母亲,甚至称她为"圣者"。① 而三岁夭亡的长女"可青",我猜测多少也有包天笑的儿子"可馨"的影子。当年可馨聪明俊美,包天笑非常钟爱,正值他在翻译这部小说,就给小说取名《馨儿就学记》,全书以馨儿为叙述者。谁料书刚译了不到一半,可馨便患病死了,死时未满三岁。"扫墓"出现在全书临近结尾处,②因此这段原著中没有的文字可能直接由此事所触发。可馨死了,但是小说还未完成,馨儿仍然还是小说的叙述者,于是在这段文字里,包天笑既扮演了馨儿,又扮演着自己——给心爱而早夭的儿子上坟,其情其景,想是十分悲痛的。但无论是守墓老妇人与父亲"缕缕然"道太夫人事,或扫墓毕往农家话桑麻,或母亲以铅笔勾勒出静默山峦的轮廓,都写出了众生对于生老病亡的默认,以及死亡周边也还可把握的世俗的恬淡喜悦。这其中依然充满了浓浓的乡土情怀。苏州人有一句俗语"乡下人打官司,城里人做坟",③意思是乡下人到城里打官司容易上当,但城里人到乡下做坟也难免受欺。这句话生动地反映了乡土社会与城市不同的生活氛围和运转机制。城里人到乡下,常常遭遇民风强悍,沟通不畅,乡人之间往来则顺畅得多。包天笑这一代已逐渐剥离乡土,但挑山轿的乡民,摆渡的船工依然认得这是包家少爷或谁家亲眷,能话"前三代故事",于是不报虚价,这是长期不流动的乡土生活积累下来的熟稔与默契。

包天笑就这样把自己的生活穿插进翻译小说,写进教科书里,这就是《钏影楼回忆录》中提及的入选国文教科书的那篇《扫墓》。

① 参见《钏影楼回忆录》"我的母亲"、"钏影楼"等部分,另包天笑的笔名"钏影楼"就是为纪念母亲而起。

② 连载时,这段扫墓文字出现在《教育杂志》1卷第 12 期,13 期小说便连载完毕。

③ 包天笑,《钏影楼回忆录》第 271 页。

只是包天笑说该篇入选商务印书馆高小国文教材,但我在上海商务民国出版的几套小学国文教材中均未找到,倒是在另两种教科书中找到了这篇文章:一种是王侃如等编著,南京书店 1931 年 10 月初版《新学制中学国文教科书》之《初中国文》第二册;一种是由施蛰存等注释,柳亚子等校订,上海中学生书局 1934 年 1 月初版的《初中当代国文》第二册。施蛰存、柳亚子编订的《初中当代国文》中提出了若干条选文标准,总体而言均平稳务实。《扫墓》对于传统民俗的呈现,对于传统伦理的肯定,其内容与价值取向都十分符合彼时初等、中等国文教育的诉求。① 在白话文早已取得决定性胜利的 1930 年代,包天笑这篇二十年前的文言旧作,在国文教育者看来依然可取;其简约流畅的白描,字里行间隐约可辨的古代山水游记的味道,以及内敛的情绪,都体现了浅易文言的优长,这也是国文建设者所希望保存的国文品格吧。难怪此篇在当时被定作背诵篇目呢。包天笑可能忘记了,《馨儿就学记》中入选教科书的并不止这一篇,另有《雪合战》一篇入选南京书店 1931 年版《初中国文第一册》,与之同组的还有康白情的《雪后》。两套语言系统、两种不同的状物写景方式互为参照,编者如此安排倒也费了心思。还有《医院中侍疾之童子》一篇入选蔡元培等校订的上海商务印书馆 1929 年 3 月版《新时代国语教科书》②初中第一册。此篇讲述童子阔别父亲多时,得知千里之外父亲染疾,寻父至医院。数日尽心服侍后方知阴差阳错,父亲早已病愈归家,所服侍之人乃素昧平生者也,而此时童子却对病中人心生父子之爱,不忍离开。相比《扫墓》而言,此篇叙事状物并无特出之处,所以入选,我以为仍

---

① 这一点从编者在同一单元中所选用的另两篇文章,陈学昭的《清明日》和叶绍钧的《母》亦可看出。

② 《新时代国语教科书》于 1928 年 1 月初版。

然有赖于对中华孝道的阐扬。

我认为《馨儿就学记》对原著的删削和改写使之更适于中国的土壤,若以"启蒙"这杆新文学的价值标尺来衡量,它在民国几十年中的持续传播与深入人心,所产生的一种温和的启蒙效应不应该被漠视;但另一方面也不得不承认,面对同样的西方资源,夏丏尊、叶圣陶们最终或提炼出"爱的教育"的主题,或思考"隔膜"的议题,为传统文化注入了异质的养料。而《馨儿就学记》等作品却屡屡通过删削和改写,让输入的文明与大众心理谨慎磨合,并成为大众喜闻乐见的产品——这是它最终所能到达的高度,也体现了绅士的教化冲动与现代知识分子的启蒙意识之间的分野。

第二章 "纸上山歌永世勿会停"[①]
——民初至"五四"歌谣运动考

第一节 五四新文化人对歌谣的"发现"

1918 年 2 月 1 日,《北京大学日刊》(第 61 号)刊登了《北京大学征集全国近世歌谣简章》(以下称《简章》),向民间广集歌谣。同时刊出的还有时任北大校长蔡元培对此所做的推介——敬请"所有内地各处报馆、学会及杂志社"刊登《简章》,支持征集活动。[②]《简章》公布了征集歌谣的五位负责人,分别是刘半农、沈尹默、周作人、钱玄同和沈兼士。同年 5 月 20 日,《北京大学日刊》副张开辟由刘半农主持的"歌谣选"专栏,逐日刊载采集到的各地歌谣。8 月 17 日北大出版部李辛白创刊《新生》,经常刊登歌谣谚语;1920 年 10 月 26 日,《晨报》设"歌谣"专栏,由顾颉刚主持,主要刊登吴地歌谣。同年 12 月 19 日,北大成立歌谣研究会,并于 1922 年 12 月 17 日创刊《歌谣》周刊,不仅刊登

---

① 拈芝《对烟桥新山歌并博含茹棣香二公一笑》,《余兴》第 18 期,上海有正书局 1916 年发行。

② 蔡元培《校长启事》,《北京大学日刊》1918 年 2 月 1 日(第 61 号)。

歌谣,也刊登讨论歌谣的文章。1925 年 6 月 28 日《歌谣》周刊出至第 97 期后停刊,[①]至 1936 年 4 月 4 日复刊后又出了 53 期,总共出满 150 期。1927 年,刘半农回顾了歌谣征集活动的缘起:

> 这已是九年以前的事了。那天,正是大雪之后,我与尹默在北河沿闲走着,我忽然说:"歌谣中也有很好的文章,我们何妨征集一下呢?"尹默说:"你这个意思很好。你去拟个办法,我们请蔡先生用北大的名义征集就是了。"第二天我将章程拟好,蔡先生看了一看,随即批交文牍处印刷五千份,分寄各省官厅学校。中国征集歌谣的事业,就从此开场了。[②]

周作人曾这样评价初期白话诗坛:"那时做新诗的人实在不少,但据我看来,容我不客气地说,只有两个人具有诗人的天分,一个是尹默,一个就是半农",[③]歌谣征集活动恰恰由这两个最具诗人天分的作家始作俑。随后,借助蔡元培的影响力以及北大的示范效应,歌谣征集活动得以长时间、大范围地铺开,影响所及逐渐超越诗歌的范畴,其中之一便是拉开了民俗学研究的大幕。除了这一外部因素,歌谣征集活动之所以能从两个文人的临时起意衍化成新诗发展史、民俗学研究史上的重要事件,我认为还有其内在的原因。

---

① 《歌谣》周刊原定出自第 96 期后,并入《国学门周刊》,但因"稿件过多,不得不再出一期",实际出了 97 期,但最后一期为了便于合订四册,仍算第 96 期,因而钟敬文在《歌谣论集序》中提到《歌谣》周刊"断续两年,共出九十六期"。参见《歌谣》周刊 1925 年 6 月 28 日第 1 版《启事》。另歌谣研究会成立的时间参见《北京大学日刊》1920 年 12 月 18 日(第 772 号)所刊《歌谣研究会启事》。

② 刘半农《国外民歌译·自序》,《国外民歌译》(第一集),第 1 页,北新书局 1927 年 6 月再版。

③ 周作人《扬鞭集序》,《周作人自编文集·谈龙集》第 39 页,石家庄:河北教育出版社 2002 年版。

　　首先,歌谣的"被发现",在当时的意义远不止于与诗歌这种相近文体之间的对接。歌谣因与"白话"、"平民"、"抒情"等"五四"重要的价值符号之间的天然联系,而得到新文化人的广泛认同,这也使其超越了文体的界限,获得持续生长的可能。北大征集歌谣之日,正值陈独秀"三大主义"发表一年之际——"推到雕琢的阿谀的贵族文学,建设平易的抒情的国民文学"、"推到陈腐的铺张的古典文学,建设新鲜的立诚的写实文学"、"推到迂晦的艰涩的山林文学,建设明瞭的通俗的社会文学"①——歌谣的发现为这抽象的宣言找到了极为妥帖的对应物,显示了文学革命的完美逻辑,于是当事人宣告:"那贵族的文学从此不攻而破了。"②而不同的人,又能根据各自的趣味和术业专攻,从歌谣中各取所需。胡适没有参与发起征集歌谣,但这白话俗语唱出的歌谣自然是他心目中的"活文学",因此他也写了《歌谣的比较的研究法的一个例》、《北京的平民文学》等文表示关注。在刘半农主持的《北京大学日刊附张》"歌谣选"一栏中曾刊登一位"安徽旌德江冬秀女士"的来稿,不用说必然是她的先生运动的结果了。③ 周作人一开始就加入了倡导采集歌谣的工作,甚至他比刘半农更早关注歌谣。民初周作人阅读了斯喀特尔(Scudder)、麦克林托克(Maclintock)等人所著《小学校里

---

　　① 陈独秀《文学革命论》,《新青年》1917 年第 2 卷第 6 期。

　　② 常惠《我们为什么要研究歌谣》(下),《歌谣》周刊第 3 号第 1 版,1922 年 12 月 31 日。常惠即常维均,周作人等发起成立歌谣研究会,正是听取了时为北大学生的常惠信中的建议,后来沈兼士、钱玄同、周作人三人联合发表成立歌谣研究会启事时,将常惠信附于文后一并刊登。参见《北京大学歌谣征集处启事》,《北京大学日刊》第 768 号第 1 版,1920 年 12 月 14 日。常惠后担任《歌谣》周刊主编。

　　③ 江冬秀采集歌谣为"火萤虫,亮蓬蓬。大儿子,做裁缝。二儿子,打长工。两个媳妇取牙虫。老妈妈,糊灯笼。白胡子老头挑粪桶。"文末编者解析云:"此歌写一家没一个吃闲饭的人"。见 1918 年 9 月 21 日(第 209 期)《北京大学日刊附张》第 5 版"歌谣选"栏。

的文学》,主张儿童应有专属的儿童文学作品,周作人对此深以为然,开始关注童话和儿歌,陆续写作了《童话研究》《童话略论》《儿歌之研究》《古童话释义》等文。1914 年,供职于绍兴县教育会的周作人,在《绍兴县教育会月刊》上刊登《征求绍兴儿歌童话启》,内云"作人今欲采集儿歌童话,录为一编,以存越国风土之特色,为民俗研究、儿童教育之资材。"①与刘半农"偏重在文艺的欣赏"②不同,周作人采集歌谣的初衷因"儿童教育"而起,进而又发现了歌谣在民俗学方面的研究价值;前者,与其后来的《儿童的文学》一脉相承,亦可归入其"人的文学"的思想体系中;后者则拓展了歌谣采集的范围和研究的可能性。1918 年由刘半农执笔的《北京大学征集全国近世歌谣简章》,宣布征集范围如下:

　　一、有关一地方、一社会或一时代之人情风俗政教沿革者;
　　二、寓意深远,有类格言者;
　　三、征夫野老游女怨妇之辞,不涉淫亵而自然成趣者;
　　四、童谣谶语,似解非解,而有天然之神韵者。③

　　其中第三条很明确地限定了所采之诗当为"不涉淫亵而自然

---

① 周作人《征求绍兴儿歌童话启》,《绍兴县教育会月刊》1914 年 1 月 20 日(第 4 号),转引自张菊香、张铁荣《周作人年谱(1885~1967)》第 102 页,天津:天津人民出版社 2000 年版。

② 刘半农《国外民歌译·自序》云:"研究歌谣,本有种种不同的趣旨,如顾颉刚先生研究孟姜女,是一类;魏建功先生研究吴声韵类,又是一类;此外,研究散语与韵语中的音阶的异同,可以另归一类;研究各地俗曲音调及其色彩之变迁,又可以另归一类……如此等等,举不胜举,只要研究的人自己去找题目就是。而我自己的注意点,可始终是偏重在文艺的欣赏方面的。"《国外民歌译》(第一集)第 2 页。

③ 《北京大学日刊》1918 年 2 月 1 日(第 61 号)。

成趣者"。然而"淫亵"之作乃是歌谣的一大类型,作为"文艺的欣赏"或为新诗所借鉴,须有所避讳,若站在民俗学的立场,则不能舍弃。至于"自然成趣",同样是着眼于鉴赏,因为歌谣中单调乏味者亦不在少数,民俗研究着眼于其歌咏的母题而不在于文学的趣味。于是在周作人的建议之下,1922 年歌谣研究会重新拟定的《本会征集全国近世歌谣简章》中特别指出:"歌谣性质并无限制,即语涉迷信或猥亵者,亦有研究之价值,当一并录寄,不必先由寄稿者加以甄择"。① 后来,在《歌谣》周刊一周年特刊上,周作人又专门做了《猥亵的歌谣》对此再作强调。征集歌谣活动也许一开始就伴随着民俗研究的冲动,从审美借鉴到学术研究的深化也许是其发展的必然走向,但是周作人早早地为研究者打开这一思路,的确是不一样的学术眼光。如果我们再看看鲁迅写于 1913 年的《儗播布美术意见书》,其中将"播布美术之方"分为"建设事业"、"保存事业"和"研究事业","研究事业"之一便是"当立国民文术研究会,以理各地歌谣,俚谚,传说,童话等;详其意谊,辨其特性,又发挥而光大之,并以辅翼教育",② 可知鲁迅在更早的时候就从学术的立场来看待歌谣采集了,周氏兄弟的敏锐确是令人钦佩。

在搜集歌谣的过程中,有两部国外著作成为新文化人的重要参照。一本是 1896 年驻京使馆华文参赞威大利(Vitale)搜集编写的《北京儿歌》(*Pekinese Rhymes*),③ 另一本是美国传教士何德

---

① 《本会征集全国近世歌谣简章》,《歌谣》周刊第 1 号,1922 年 12 月 17 日。另周作人研究歌谣的情况可参见其《儿童文学与歌谣》,收入《知堂回想录》下。

② 鲁迅《儗播布美术意见书》,北京《教育部编纂处月刊》第 1 卷第 1 册(1913 年 2 月),署名周树人,收入《集外集拾遗补编》,《鲁迅全集》第 8 卷,北京:人民文学出版社 2005 年版。

③ 此为周作人的译法,胡适翻译为卫太尔《北京歌唱》,翻译此书序言的常惠译为《北京的歌谣》。

兰(Isaac Taylor Headland)搜集编写的《孺子歌图》(*Chinese Mother Goose Rhymes*),尤其前者,被反复征引。周作人《歌谣》一文写道:

> 意大利人威大利(Vitale)在所编《北京儿歌》序上指点出读者的三项益处,第三项是"在中国民歌中可以寻到一点真的诗",后边又说,"这些东西虽然都是不懂文言的不学的人所作,却有一种诗的规律,与欧洲诸国类似,与意大利诗法几乎完全相合。根于这些歌谣和人民的真的感情,新的一种国民的诗或者可以发生出来。"这一节话我觉得极有见解,而且那还是一八九六年说的,又不可不说他是先见之明了。①

胡适《北京的平民文学》一文也提及此书,并引用了同一节内容,还不辞辛苦地从书中挑选出十六首北京歌谣,录在文后,以为"真诗"的榜样。②《歌谣》周刊《发刊词》再次以此书为参照,并以威大利提出的"民族的诗"肯定歌谣采集工作的意义:"这种工作不仅是在表彰现在隐藏著(着)的光辉,还在引起当来的民族的诗的发展。"③此书序由常惠翻译,刊登在《歌谣》周刊第 18 号上;后来周作人对他的译文做了修改,于是又在《歌谣》周刊第 20 号上重刊。

可以看出,新文化人对《北京儿歌》表现出了浓厚的兴趣,又似乎在借助西洋人采集中国歌谣的做法,进一步确认自身工作的意

---

① 周作人《歌谣》,《周作人自编文集·儿童文学小论》第 52~53 页。

② 参见胡适《北京的平民文学》,收入《胡适文存》二集卷四,《胡适文集》第 3 册,北京:北京大学出版社 2013 年版。

③ 《发刊词》,《歌谣》周刊 1922 年第 1 号第 2 版,1922 年 12 月 17 日。《歌谣》发刊词未署名,王文宝、陈子善等不少学者认为是周作人所撰,但陈泳超、施爱东等学者也提出了有力的证据质疑此说。本书不作考证,但倾向于非周作人所撰。

义。其中"真诗"、"民族的诗"两个关键词更是完美地契合了他们的理想,被反复强调。然而这种下意识地向西方寻找依据的举动,稍许妨碍了他们更仔细地面对自身采集歌谣的原始冲动,以及更冷静地看待作为本土知识分子与西方"发现者"之间立场、情感、趣味的分别。威大利惊诧于这些出自遥远东方"不学的人"之口的歌谣,竟然暗合了欧洲诗歌的法度,这是对东方歌谣的礼赞,却也暗含着文化等级的大前提。这是发现者的立场和逻辑,合情合理,却也不能说有太多新意。作为本土知识分子,则可以不必陷于这一逻辑,可以更珍视自身采集歌谣的原始冲动,因其关乎与传统的关系,至少在采集歌谣这件事上,传统是无法忽略的。

第二节 《余兴》上的歌谣

前面提到,周作人曾于 1914 年在《绍兴县教育会月刊》上发出了征集儿歌的启事,然而据他自己说,启事发出几个月后,只征集到一篇来稿,于是"这征集儿歌的一件事不能不就此结束了。"[①]而就在周作人发起征集儿歌却得不到响应的同一年,上海一份鸳鸯蝴蝶派杂志《余兴》开设了"歌谣"一栏。

"余兴"原为上海《时报》的文艺栏,包天笑主编,是中国近代报纸副刊的先声。1914 年《时报》馆编辑《余兴》杂志,其中有些栏目是之前"余兴"栏的重刊,有些则是新设,"歌谣"一栏就是新增的栏目。从 1914 年到 1917 年,《余兴》出满整 30 期[②];除第 9 期、第 11

---

① 周作人《儿童文学与歌谣》,《周作人自编文集·知堂回想录》第 454 页。

② 《余兴》由上海有正书局于 1914 年发行 1~4 期;1915 年发行 5~12 期;1916 年发行 13~23 期;1917 年发行 24~30 期后停刊。后文《余兴》相关注释均不再标注发行年份。

期、第 14 期外,每期都有"歌谣"一栏,共登歌谣 300 余首。比照《余兴》刊登歌谣与北大歌谣征集活动,主要的分别在于:其一,《余兴》没有明确发出征集启事;其二,《余兴》既刊登采集的歌谣,也刊登文人拟作;其三,不同于新文化人为白话诗注入灵感的初衷,《余兴》刊登歌谣未抱有建设国语文学的愿望,也未抱有学术的自觉。尽管如此,《余兴》刊登歌谣毕竟早于北大四年,是目前我所见公开出版物中最早、规模最大的一次集中刊登歌谣的行为。《余兴》并不是一份冷僻的刊物,它所属的《时报》与《申报》《新闻报》鼎足而三,编辑包天笑、范烟桥、毕倚虹诸君也都是当时知名的海上文人,但是无论当年北大征集歌谣的诸位同人,或是后世的研究者,均未对此做过介绍,令人有些费解。

为了叙述的方便,我把《余兴》前十五期与后十五期分开讨论。前十五期刊登歌谣约 180 首,包括民间歌谣和文人拟作,因此首先要把二者区分开来。有一部分作品直接标明如"北京歌谣"、"江西童谣"、"常州童谣"等,多依据搜集者记忆记录或录自他人之口,这一部分我基本将其归入民间创作;①有些反映当下社会的诸如《欧洲战事五更调》《民国新十杯酒》等,则归入文人创作无疑。其余作品则需要逐一判断。有的作品比较容易判定,例如以下几首:

> 叉鸡,叉鸡,懒婆娘。快起,快起。(《叉鸡歌》)②

> 亮月子,亮堂堂。海蛤子,浆衣裳。衣裳浆得白白的,送哥

---

① 当然这样的记录方式很容易产生偏差,在用汉字记录方言口语方面尤是如此,若据此做方言学研究自然是不严谨的。这里只谈分类,不涉及具体语词的准确性。并且歌谣本身就是口头流传的,传唱中走样、改造的情况大量存在。

② 蕉心《叉鸡歌》,《余兴》第 1 期。

哥,上学堂。学堂满,搁笔管;笔管空,搁张弓;张弓解,嫁螃蟹;螃蟹臭,嫁绿豆;绿豆香,嫁生姜;生姜坍,嫁宝塔;宝塔高,嫁大刀;大刀快,好切菜;菜儿懒,好点灯;灯儿亮,嫁和尚;和尚不会念经,嫁小鬼;小鬼不会踏车,一踏一个大磕巴。(《亮月子谣》)[1]

丝瓜子,两头环,做个媳妇难上难。缸里量米姑娘看,河边淘米小叔张。小叔小叔你莫张,我不盗米给爷娘,我的爷娘呀,不是穷爷娘,松木柱子柏木梁,饰金踏板象牙床。(《丝瓜子谣》)[2]

通常而言,民歌素朴,或近于简陋,如第一首;很多时候"前言不搭后语",尤其是儿歌,如第二首,只是以顶针、押韵串联的语言游戏;第三首较前两首表达更完整,语言更精致,有可能经过文人的加工,但我仍然把它划在民间歌谣之列,原因在于,首先它反映了民间的价值观,新嫁娘与婆家的关系,正是民歌反复表达的主题;其次,我们可以找出与之同源的歌谣,例如:

碓臼舂米对臼量,伯伯叔叔赖我偷米养爷娘。爷娘不是穷家子,金打屋柱银打梁,银打竹篙晒衣裳。竹篙杪上晒红裙,为何有眼不识人。(《赣省童谣》第七首)[3]

---

① 东台振振《亮月子谣》,《余兴》第1期。1921年郭沫若在《儿童文学之管见》一文中记录幼年所唱儿歌,其一云:"月儿光光,下河洗衣裳。洗得白白净净,拿给哥哥穿起上学堂。学堂满,插笔管;笔管尖,尖上天;天又高,一把刀;刀又快,好截菜;菜又甜,好买田。买块田儿没底底,漏了二十四粒黄瓜米。"郭沫若在峨眉山下唱的这首儿歌,显然与东台的《亮月子谣》同出一源。参见《民铎》1921年第2卷第4号。

② 蕉心《丝瓜子谣》,《余兴》第1期。

③ 扫影《赣省童谣》第七首,《余兴》第21期。

如此,则大体可以判定它们最初的胚胎是一首民间歌谣,即便可能经过文人的删削,却没有破坏原来的风味,且具有模型的意义,仍应归入民间歌谣之列。有些歌谣也表现了民间的生活和意象,但却是文人的模拟之作,比如下面这首:

> ……日头西落又歪东,懒婆娘到地去栽葱。丈夫怪他缘何这等吆要紧,他答道:做一天和尚撞一天钟。种田吃饭肚皮宽,勿像无头马屁官。他只晓得吆五喝六偷钱用,怕只怕铁树也有硬虫钻。
>
> 日落西山黄里黄,一壶白酒大家尝。吃到那半酣半醉同声唱,唱的是匹夫也得傲君王。(《农家新山歌》)①

乡土中国的民歌,以"农事"为题材的自然占很大比重,《诗经·国风》中的此类篇什早已脍炙人口。因重视农耕,故又衍生出一类"警惰"的主题。此番我关注歌谣又发现,"警惰"的系列中有不少是"警惰妇"的("懒"的异体字为"嬾",不知是否与此有关联),"懒婆娘"成为歌谣中经常出现的形象。比如这一首与前面的《叉鸡歌》,都出现了"懒婆娘",但显然这一首中的"懒婆娘"寄托了文人的怀抱,语言也相当成熟。因此尽管我也认为这个"做一天和尚撞一天钟"的懒婆娘颇风趣可爱,但仍要将其视为文人拟作。还有一类作品,胚胎是民间的,但是文人化的痕迹较重,雅化的程度高,例如:

> 日落西山一点红,锄头柄上挂灯笼。只要主人家中有蜡

---

① 梦春《农家新山歌》,《余兴》第1期。

烛,那怕做到东方日头红。(《一点红》)①

> 凉月子弯弯照九州,几家欢喜几家愁。几家夫妇同罗帐,
> 几家流落在外头。(《凉月子》)②

尤其是后一首,世人早已耳熟能详。这首歌谣的胚胎是民间
歌谣,但为人们熟知却更多的是通过杨万里的《竹枝词》和其他文
人的不断借用。对此类歌谣,周作人的态度是比较宽容的,他在评
点冯梦龙《山歌》时说,《山歌》总体保留了民间的面目,文人笔削的
情况很少,而对于一些文人化的笔触他认为:"有些意境文句,原来
受的是读书人的影响,自然混入,就是在现存俗歌中也是常有,与
修改者不同,别无关系。"③周作人的看法与众不同,他认为有些
"意境文句",不一定是文人化的结果,反而是民间创作受到文人的
影响,因此仍视为民间本色。不过,类似《凉月子》这样的歌谣,其
最初的风味意境已经在历代文人的不断附加、吟咏中变得模糊,因
而此类歌谣我将其归入民间歌谣与文人拟作之外的第三类。此外
还有一些反映社会现象的歌谣,如:

> 石榴花开叶里青,劝郎不可吃乌烟。乌烟本是外国生,外
> 国本是害人精。害着徽州多少好子弟,多少好学生。吃着乌
> 烟又驼背,又杠肩,别人看见得人憎。自家原是不正经,从今
> 丢手不嫌迟,不要到老没收成。(《劝郎勿食鸦片谣》)④

---

① 东台曙东《一点红》,《余兴》第2期。
② 东台曙东《凉月子》,《余兴》第2期。
③ 冯梦龙《山歌》(周作人序)第4页,1937年出版。
④ 胡非非《徽州之俗歌谣》七首第一首《劝郎勿食鸦片谣》,《余兴》第12期。

劝诫勿食鸦片这个主题，既遵从官方意识形态，也符合民间价值。《余兴》上以此为主题的文人拟作很不少，不过这首《劝郎勿食鸦片谣》从语言的俚俗粗糙来看倒有可能是民间歌谣。只是此类歌谣以时事为题材，不似以农事、家庭生活为题材的歌谣常有稳定的模型，故难判定，我也将其归入第三类。

按照如上标准，我对《余兴》前十五期上刊登的 180 首左右的歌谣做了大致的分类，得出民间歌谣约 106 首，文人拟作约 50 首，其余 30 首兼具二者特征的归入第三类。如此则民间歌谣占了二分之一到三分之二的比重，如果把第三类也划入民间歌谣则比重更大。虽然《余兴》没有发布公开的歌谣征集启事，但通过这样一个比例可知其搜集歌谣的意图是很明显的，起码向读者传递了这样的信息。所搜集除吴地歌谣外，还有关东、山东、北京、河南、江西、云南各地歌谣。周作人曾将歌谣分为情歌、生活歌、滑稽歌、叙事歌、仪式歌、儿歌六大类，[1]若据此考察《余兴》上的歌谣，则除了仪式歌外，其余各类均已涉及，较为全面地反映了近世歌谣的总体面貌，其中不乏有代表性的主题和模型，对于我们理解同类歌谣很有帮助。刘半农在 1927 年出版的《国外民歌译》自序中曾引用一首江阴歌谣，以为"不可多得的好文章"：

> 亮摩拜，拜到来年好世界。世界多，莫奈何！三钱银子买只大雄鹅，飞来飞去过江河。江河过边姊妹多，勿做生活就

---

① 参见周作人《歌谣》，《周作人自编文集·自己的园地》第 37～38 页。周作人的分类既根据题材也根据文体，虽然标准不甚统一，但是由于各类都有非常稳定的模式，彼此交叉的情况较少，例如叙事歌中自然也有表现爱情的，但因叙述方式不同不能归入情歌，又如儿歌中也常有表现日常生活劳作的，但其游戏性质和语言模式也使其难以混入生活歌，故此处仍借用周作人的分类方法。

唱歌。①

读这首歌谣确感到意境奇特优美，只是不得要领，不知何以突如其来一只"大雄鹅"，主旨亦不明确。但若将其与十多年前刊于《余兴》上的两首歌谣对读，就容易理解了：

> 一只鹅，白的多，爷仍叫我杀杀吃，娘仍叫我卖卖讨个好老婆……(《徽州之俗歌谣》)②

> 红娘子，捧盒子(俗礼有果盒，所以表恭之意)。盒子捧得歪，一脚踢到十字街(俗成语，以言忿极也)。十字街前一对鹅(俗纳采礼，各端中有双鹅)，飞来飞去过江河，江河那边女儿多，穿红着绿拜公婆。公婆欢喜井水煮鸭蛋(俗有弄璋之庆，则染红鸭蛋以馈亲友。井水煮者，取其易着色也)，鸭蛋鸭蛋煮煮，里面跑出一个小哥哥。(《红娘子谣》)③

读第一首，略能感觉"鹅"与嫁娶的关系，再读第二首就更清楚了，它们都源自一个共同的模型。在采录歌谣的同时，《余兴》文人也试图加入对歌谣及相关民俗的解析，以上第二首括号内即为作者所加。此外文后还附有作者评语：

> 红娘，未婚女也，捧果盒所以欵冰人也。使此女捧盒出，则非此女之冰人明矣。夫吾屡为他人捧此盒，而他人决未尝

① 刘半农《国外民歌译·自序》，《国外民歌译》(第一集)第10页。
② 胡非非《徽州之俗歌谣》第二首《童谣》，《余兴》第12期。
③ 蕉心《红娘子谣》，《余兴》第1期。

一为吾捧此盒,忿何如耶。乃反咎我捧盒之不正乎。欲以一脚踢去,忿极矣。虽未尝有此事,而不必无此心。因有此心,遂生幻想,觉十字街前有亭亭玉立之一对鹅焉,其飞来飞去,自由如此,我之心羡慕何似。由是倏而思及江河那边女儿之穿红着绿也,倏而思及弄璋之喜,染红蛋以娱舅姑也。噫嘻婚姻宜迨吉,为父母者不可不知己。①

歌谣语句间常跳跃,意义颇难揣测,不同人作不同的解读难免附会,所以不必尽作如上解;但是通过注释和解析,了解了"鹅"在民俗中的应用,再看刘半农所引江阴歌谣,可对其主旨有更确定的把握,亦可知"鹅"作为嫁娶意象在江苏、安徽歌谣中都有所体现。

《余兴》选登的歌谣中以反映日常劳作、家庭关系的题材为最多,也最出色。因为家庭与劳作是平民最主要的生活场所,因而也最多地寄托了平民的理想。文人有时会模拟平民的趣味,写出的作品足以乱真,但平民思想的高度却难以模仿,而这正是周作人所赞许的"真挚与诚信"②的部分。例如下面这首:

老老头,挑石头,挑到张家后门头。铜钱二百头,手巾两块头,丢撂担子就磕头。拾到一个肉馒头,一分开来两个细丫头,一个嫁在苏州,一个嫁在杭州。(《常州童谣(五则)》第三首)③

---

① 蕉心《红娘子谣》评语,《余兴》第1期。
② 周作人《歌谣》,《周作人自编文集·自己的园地》第37~38页。
③ 罗绣娟《常州童谣(五则)》第三首,《余兴》第6期。

歌谣以"头"押韵,"头"是常州方言中常见的词尾,常与名词或量词语素结合,如"后门头"、"两百头";"细"和"丫头"倒是多地方言中普遍的词汇,不过"细丫头"确是典型的常州方言。从语言看这首歌谣符合常州歌谣的特征。一个老头,挑石为生,拿到工钱给主人磕头,看见地上有一个肉馒头。馒头没有吃下去,掰开里面也不是金元财宝,而是蹦出两个小姑娘,"一个嫁在苏州,一个嫁在杭州"。苏杭人间天堂,对闭塞的常州而言,是繁华富贵的象征;而苏杭离常州又不远,是平民想象所能及的地方。这首歌谣不仅语言上是常州的,内容也是常州的,它不会是苏州、杭州的,更不会是上海的。肉馒头里装的不是万贯家财,而是非常务实的养儿防老、父凭子贵的简单愿望,这多么符合乡土逻辑和价值观。而在这种毫不掩饰的愿望中,仍然不乏人伦情感,孤苦伶仃的挑石老汉,捡到两个"细丫头",何等珍爱,尽心抚养,两个丫头如何出落,这中间的过程都省略了,直接跳到"一个嫁在苏州,一个嫁在杭州",老人的后半生扬眉吐气了。这首歌谣好就好在准确地表现了平民思想所能达到的高度,好在恰如其分。又如另一首反映家庭关系的滇南歌谣:

> 星宿子,齐排排,算命先生请进来。不算喜,不算财,算着你家姑娘要回来。爹爹听见女儿来,大开前门接进来。妈妈听见女儿来,大开中门接进来。哥哥听见妹妹来,放下文章接进来。妹妹听见姊姊来,扎花楼上跳下来。嫂嫂听见姑太来,箱箱笼笼锁起来,一进房门不出来。丫头听见小姐来,拿起麻布摩灯台。堂屋中间拜三拜,隔夜冷茶端碗来。不是爹妈双全在,八轿接我我也不来。(《滇南歌谣》第二首)①

---

① 真源《滇南歌谣》第二首,《余兴》第6期。

　　姑嫂关系是歌谣常表现的主题,姑嫂相骂甚至相打的场面歌谣里都有表现。这一首却角度独特,截取姑娘省亲踏入家门的一刻来表现。"嫂嫂听见姑太来,箱箱笼笼锁起来"一句尤为绝倒,既反映出姑嫂关系的冷淡,又留有分寸。而姑娘暗自回应"不是爹妈双全在,八轿接我我也不来",也非常符合人物身份,道出了人之常情。这首歌谣刊登在《余兴》第 6 期,紧接着在第 7 期中,编者又选登了一首中州歌谣:

　　　　高粱杆(秆),渐渐高,俺娘有病我心焦。进大门,拜俺爹,俺爹穿着黑油靴。进二门,拜俺娘,俺娘睡着黑漆床。进三门,拜俺哥,俺哥夹着书本不理我。进四门,拜俺嫂,俺嫂一扭扭到门格老。嫂嫂你不要扭,瞧瞧爹娘俺就走。(《中州歌谣》第三首)①

　　这两首歌谣产地一北一南相隔遥远,却显然同出一源,只是后一首中哥哥与嫂嫂是一气,南方的"星宿子"换作了北方的"高粱秆",叙述上后者似不及前者生动。《余兴》上刊登了不少同出一源的歌谣,这正符合 20 年代胡适所推崇的歌谣采集方法,遗憾的是《余兴》文人没有如胡适那样产生学术的自觉。胡适反对以文学审美的眼光或依各人喜恶,从同源歌谣中选录最好的而放弃其余,主张无论优劣都录,在同一"母题"下比较出各地不同的风俗及不同作者"见解之高低"。为此他在《歌谣的比较的研究法的一个例》一文中做了一个示范,搜集了六首同源的歌谣,但仅是并列,其实并无比较。巧合的是,他所搜集的几首,恰就是姑娘省亲受气这个母

────────────

① 绳锡《中州歌谣》第三首,《余兴》第 7 期。

题,与上述两首同源,如其中一首北京周边的歌谣:

> 蒲棍子车,呱达达(原注,大车上搭席棚的),一摇鞭,到了家。爹看见,抱包袱;娘看见,抱娃娃。哥哥看见瞅一瞅,嫂子看见扭一扭。不用你瞅,不用你扭。今天来了明天走。爹死了,我念经;娘死了,我唱戏;哥哥死了,烧张纸;嫂子死了,棺材上边抹狗矢(屎)!①

显然这一首中的北京小姑比中州和滇南的两位态度更加火爆,而同一模型遍布南北也的确令人称奇。《余兴》文人不具备比较研究的自觉,但也略有些比较意识。例如第六期还刊登了一首反映缠足的歌谣:

> ……观音老母看我腰,红荷包、绿丝绦;观音老母看我脚,红缎鞋、绿裹脚。缠稳了,睡不着;放松了,好快活。(《江西童谣》第二首)②

在这首江西歌谣之后,编者又录了另一首天津歌谣:

> ……看看我的头,头上抹着桂花油;看看我的脚,白绫缎子裹三遭,你看小不小,好不好

编者按语认为,前一首值得赞许,反映了"缠足之苦",后一首

---

① 胡适《歌谣的比较的研究法的一个例》,《胡适文存》二集卷四,《胡适文集》第3册第564页。

② 重远《江西童谣》第二首,《余兴》第6期

则"纯以缠足为能事,故津人至今日缠足之风犹未息,亦可见风俗之卑陋矣。"①这与胡适在同一母题下比较各地风俗和见解高下的思路,有几分接近。

我将《余兴》歌谣看作北大征集歌谣前的重要铺垫,却意不在强调它比北大歌谣征集早四年,而是以它的存在提醒我们于传统中寻找文人采集歌谣的线索。1937 年,冯梦龙采集编写的《山歌》(《童痴二弄山歌十卷》)被发现并出版,顾颉刚、胡适、周作人、钱南扬、郑振铎、江云荪六人作序跋。顾颉刚序言颇有趣:

> 当民国八九年间,北京大学同人收集歌谣的时候,我曾有一个骄傲的念头:这是我们破天荒的工作,我们为学术界开了一个新园地了!哪知过不甚久,就在李调元刻的《函海》中发现了他的《粤风》,乃是辑录粤中各族的歌谣的,顿时使我失去了骄傲的勇气。我才知道,在一百多年前就有人垦过这园地了。后来又知道,李调元的《粤风》就是清初吴淇的《粤风续九》,那么这开垦的工作又提前了一百数十年了。
>
> 民国十四年,我初编成《吴歌甲集》,胸中再起了一个骄傲的念头:拿苏州歌谣来编成一部书,我总是第一人了;将来再有人做这个工作时,他总须奉我为始祖了!那里知道:去年朱瑞轩先生发见了这部奇书,不但把搜集歌谣的工作提到了三百年前,而且竟是一部苏州歌谣的大总集,从此我的炎炎的气焰又给他浇灭了!唉,骄傲是这样不容易维持的!②

---

① 可能是编者按语,亦可能是《江西歌谣》采录者所加,不明。
② 冯梦龙《山歌》(顾颉刚序)第1页,1937年出版。

"骄傲是这样不容易维持的!"顾颉刚所言是学术研究中常见的心理过程,也真切反映了"五四"新文化人急于开创一个时代的心态。冯梦龙《山歌》的被发现,对于民国歌谣采集和研究而言自然意义重大,但这意义不仅在于《山歌》本身,也在于它促使研究者在开垦"新园地"的同时,也返顾传统。歌谣采集之所以能够迅速而持久地开展,除了前面所说的契合"五四"新文化理想之外,恰恰还因为中国自古就有的"采风"传统。这一传统既体现为"观风俗,知薄厚"的官方意识和行为,也体现在历代文人始终不曾泯灭的对于返璞归真的向往,以及由此而生的对于民歌的鉴赏和模拟热情。胡寄尘为刘豁公所编《上海竹枝词》题词曰:"知道诗人天职在,采风问俗到申江。"①"采风问俗"作为"诗人天职",既受到了官方意识的潜在影响,亦出自文人自身的情怀。

上世纪50年代,美国人类学家罗伯特·雷德菲尔德(Robert Redfield)提出了"大传统"(great tradition)和"小传统"(little tradition)概念,分别用以指称社会文化中的精英文化和民间文化。②大小传统的提出,为文化史研究提供了有益的框架,固然对于其中的具体问题观点不一,但此二分法的总体思路还是得到了学界的普遍认同。雷德菲尔德不仅提出了两个传统,还提出一个重要思路,认为二者固然相互独立,但也相互交流,"大传统中的伟大思想或优美诗歌往往起源于民间;而大传统既形成之后也通过种种管道再回到民间,并且在意义上发生种种始料所不及的改变"③余英时借鉴雷菲尔德的理论来观照中国的现实,认为中国很早就出现

---

① 刘豁公《上海竹枝词》第22页,上海雕龙出版部1925年版。
② 详见本书导论。
③ 余英时对雷德菲尔德理论的概括,余英时《士与中国文化》第119页,上海:上海人民出版社2003年版。

了雅、俗两个层次,约等于大传统与小传统,并试图证明"中国大小传统之间的交流似乎更为畅通"。① 例如汉代设立乐府官采集民间歌谣,他认为即是大传统吸收小传统的表现。他引述了《后汉书·方术李郃传》中的一条记载:"和帝即位,分遣使者,皆微服单行,各至州县,观采风谣。"官员微服私访,以确保所采的风谣能真实反映民间心声,他由此感叹"汉代'观采风谣'制度的推行是极其普遍而认真的。"②由于缺乏"发刊词"或"启事"一类的夫子自道,无法直接把握《余兴》采歌的立场和动机。不过某些按语和投稿者的文字,还是透露了"观采风谣"传统对他们的影响。如胡非非录《徽州之俗歌谣》时说:

> 非非徽之休宁人,生于休,长于休。习闻故乡妇孺口头之种种歌谣,亦庄亦谐,可歌可泣。虽多俚语村言,鄙辞土白,然声发于心,言本乎情,亦可观风俗之正邪,人心之好恶,又乌可一例抹杀哉。乃援笔记之,详注其义,以备采风问俗者之一顾焉。③

又如王毓英《歌谣》前言称:

> 自来劳人思妇,郁不得志,发为歌谣。孔子删诗,尤取郑卫,可见里巷歌谣,包含至理,是在听者之善为解说耳……④

---

① 余英时《士与中国文化》第 119 页。
② 余英时《士与中国文化》第 121 页。
③ 胡非非《徽州之俗歌谣》前言,《余兴》第 12 期。
④ 王毓英《歌谣》,《余兴》第 12 期。

这些热心的采歌者自然地将自身行为与"采风问俗"的传统联系在一起,无论对于歌谣"发于心"、"本乎情"的推崇,或是对于其观"风俗之邪正"、"人心之好恶"的功用的认识,以及以"听者之善为解说"来附会歌谣、阐发伦理的思路,都是与传统沟通的。歌谣作为民间小传统的艺术形式,在反映民间生活和意识的同时,往往也反映大传统,二者常常和谐共处。例如歌谣中既有大量真实反映家庭关系不睦的内容,又有很多劝孝的篇章;既有很多"警惰"的主题,又着实欢快地表现了许多"懒婆娘"、"懒夫妻"。就前 15 期《余兴》采歌者而言,他们面对采集的歌谣,往往既难掩对民间价值的亲近,又时不时地借助警戒劝导的采风传统,对其解说一番。如录农事歌谣,则加按语警示"稼穑艰难",为官者莫"尸位素餐",录童谣则力求无迷信、无猥亵。第 10 期《童谣录》采录者曰:"儿童歌谣,关于国运。"遂录儿时所唱无邪歌谣,剔除有伤风化者,随录随评。其中童谣第六首原文如下:

> 鸡冠花儿蓬蓬开,老爷吃酒不回来。大娘吃酒二娘筛,三娘搬出菜碟来,四娘骂我狗奴才。①

若按采录者的初衷,这首反映了三妻四妾家庭生活模式的歌谣着实"有伤风化",果然原文后面付了一段说明:"此谣微有数字不合时宜,若改为'鸡冠花儿蓬蓬开,爹爹在外不回来。大哥吃酒二哥筛,囡囡拿出糕糕来,奶奶骂我狗奴才',便成完璧,仍可教儿童唱之。"篡改歌谣为歌谣采录之大忌,有违民俗学研究的规则;抛开这一点,这一改动将原作旧式家庭的等级关系瞬间转化为多口

---

① 《余兴》第 10 期"童谣录"。

之家的谐趣与温情，同时恰到好处地体现了长幼尊卑的传统价值。

其实，从 1918 年北大歌谣征集《简章》中有关"人情风俗政教严格者"、"寓意深远、有类格言者"、"不涉淫亵而自然成趣者"的规定亦可看出，新文化人也受到古代"采风"思路的潜在影响。另外当时《简章》公布了两个征集渠道：一是个人采集，一是由各省官厅下达至各县学校或教育团体，有组织地采集。这从刘半农的那篇回忆文章中也得到证实。1922 年常惠在给北大诸位教授的信中提到，自北大《简章》发布后，外界反响热烈，各种期刊杂志竞相登载歌谣，又"听说教育部也要征集"，①可见，采集歌谣活动得到了官方和民间的响应。新文化人迫不及待地想要与传统切割，以为开创了一个前无古人的事业，然而实践中从官方到民间调动的可能只是历代采风传统的经验，恰恰是这种传统经验在歌谣征集活动中起到了重要的作用。简章中提到的后一种渠道采集的情况如何，我没有考察，但是一份文人发起的征集启事，能够通过各省官厅下达到基层学校和教育团体，而略微带上某种指令的性质，这正说明历代"采风"行为中所体现的官方意志、文人立场、民间诉求三者之间的互动与纠缠，在民国歌谣征集中也仍得以延续。

尽管《余兴》文人惯性地调动采风问俗的经验，为采集歌谣添加乏味的注脚，但他们采录歌谣的原动力，还是歌谣本身的真淳。罗绣娟录《常州童谣（五则）》时写道：

夕阳西下，明月东升。乡村场事已毕，一家之人，团聚室

---

① 参见《北京大学歌谣征集处启事》，《北京大学日刊》第 768 号第 1 版，1920 年 12 月 14 日。

中,诸童竞唱歌谣,以悦褓中儿,其情殊可乐也。兹特录之,以
备采择焉。①

又如《赣省童谣》前言道:

> ……田夫野老,兴之所至。或感慨所系,则往往藉歌谣以
> 宣泄之。天籁所存,几有文笔所不能道者。忆幼时纳凉月下,
> 踞竹方床,手蒲葵扇。乳媪纪娘,口授童谣,予与弟妹行曼声
> 效之,亦复娓娓可听。②

以上让我想到郭沫若对于"儿时和姐妹兄弟们在峨眉山下"望
月唱歌谣的怀恋,③以及刘半农以江阴"四句头山歌"体做诗的感
触——"我们做文做诗,我们所摆脱不了,而且是能于运用到最高等
最真挚的一步的,便是我们抱在我们母亲膝上时所学的语言。同时
能使我们受最深切的感动,觉得比一切别种语言分外的亲密有味
的,也就是这种我们的母亲说过的语言。"④爱好天然,为历代文人
所共有,且历久而弥新。对这一代文人而言,歌谣似乎特别多地与
童年和乡土记忆缠绕在一起。科举垮塌之后,这一代文人在摆脱了
县考、乡试、会试的同时,也抛别故土进入都市。《余兴》所在的上
海,外乡人尤多,歌谣所触动的,是童年记忆,更是对乡土的眷恋。
正如一位作者所言,读《余兴》歌谣,"顿令人起怀乡之感"⑤。何以

---

① 罗绣娟《常州童谣(五则)》前言,《余兴》第 6 期。
② 扫影《赣省童谣》前言,《余兴》第 21 期。
③ 郭沫若《儿童文学之管见》,《民铎》第 2 卷第 4 号。
④ 刘半农《瓦釜集·代自序》,《瓦斧集》第 2 页、第 3 页,北新书局 1926 年 4 月
初版。
⑤ 轶群《村谣杂记》前言,《余兴》第 15 期。

在同一个时间,周作人于绍兴孤独地摇旗呐喊无人响应,而《余兴》未见明确的征集启事而应者云集,原因之一或许就在于,一个是乡土小城镇,一个是开埠的移民城市,歌谣所暗含的乡土价值更容易与后者发生共鸣。正由于歌谣所暗含的乡土价值,它成为历代文人寄托怀抱的对象。冯梦龙在《叙山歌》中说:

> 书契以来,代有歌谣。太史所陈,并祢风雅,尚矣。自楚骚唐律,争妍竞畅,而民间性情之响,遂不得列于诗坛,于是别之曰"山歌",言田夫野竖矢口寄兴之所为,荐绅学士家不道也。……虽然,桑间濮上,国风刺之,尼父录为,以是为情真而不可废也。山歌虽俚甚矣,独非郑卫之遗欤?且今虽季世,而但有假诗文,无假山歌,则以山歌不与诗文争名,故不屑假。苟其不屑假,而吾藉以存真,不亦可乎?[①]

所谓歌谣不与"楚骚唐律"争妍,"真山歌"不与"假诗文"争名的阐释,其实都投射了历代文人在民间与庙堂间游移的焦虑,歌谣因其指向民间而与自在自为的文人姿态互为注脚。1921 年刘半农模拟江阴四句头山歌做诗,集成《瓦斧集》。言及何以名曰"瓦釜",刘半农解释"因为我觉得中国的'黄钟',实在太多了",又说"要试验一下,能不能尽我的力,把数千年来受尽侮辱与蔑视,打在地狱底里面而没有呻吟的机会的瓦釜的声音,表现出一部分来。"[②]弃黄钟而寄情瓦釜,刘半农下意识流露出与冯梦龙及历代文人相似的怀抱;而进一步将此阐释为替没有机会呻吟的底层代

---

① 冯梦龙《叙山歌》,《山歌》1937 年版。
② 刘半农《瓦釜集·代自序》,《瓦釜集》第 1~2 页。

言,则是有意与五四价值沟通。如果联系刘半农当时刚刚跳出鸳蝴派、变身新青年、却常感压抑的处境,①我认为刘半农提倡歌谣是依据自身趣味与所长,带着独辟一条学术蹊径的抱负的。在他草拟的北大征集歌谣《简章》发布前一个月,他在北大做了一个演讲,题为《通俗小说之积极教训与消极教训》;②而在《简章》发布后一个月,他又做了题为《中国之下等小说》的演讲。③ 看来,他试图在自己已经告别的通俗小说事业中发掘能够为新文学所接纳的学理因素。在《中国之下等小说》一文中,他将下等小说分为三种,其中第二种他是这样描述的:

> 第二种是俚曲,或称作小调——下等小说出版家称它为"时调山歌"——字句完全与音乐配合,句法长短无定,惟每有一曲调,即自成一格律,可按谱填字,不能互相移用。其或曲短而词长,则以一曲叠唱至四次(如四季相思),五次(如五更调),十次(十杯酒、叹十声之类),十二次(十二月花名、十二月想郎之类)不等,亦有叠至十二次以上者(如十八摸之类)。④

---

① 鲁迅《忆刘半农君》中说,刘半农从上海带来的才子气"使有些'学者'皱眉。有时候,连到《新青年》投稿都被排斥。他很勇于写稿,但试去看旧报去,很有几期是没有他的。那些人们批评他的为人,是:浅。"又说"这些背后的批评,大约是很伤了半农的心的,他的到法国留学,我疑心大半就为此。"见《且介亭杂文》,《鲁迅全集》第 6 卷第74 页。周作人《北大感旧录八》写道:"刘半农因为没有正式的学历,为胡博士他们所看不起,虽然同是'文学革命'队伍里的人,半农受了这个刺激,所以发愤去挣他一个博士头衔来,以出心头的一股闷气",《周作人自编文集·知堂回想录》第 570 页。

② 刘复《中国小说之积极教训与消极教训》,《太平洋杂志》第 1 卷第 10 号,1918年。

③ 刘复《中国之下等小说》,《太平洋杂志》第 1 卷第 11 号,1919 年。

④ 刘复《中国之下等小说》,《太平洋杂志》第 1 卷第 11 号,1919 年。

　　刘半农提出歌谣包括不和乐的民歌与和乐的俗曲。由此,刘半农提倡歌谣的心理和逻辑线索便非常明了了,他提倡歌谣的起点,仍然是北上前的文学趣味,在内心身处,他仍然怀有难以割舍的对于"俗"的热情。我们再看《余兴》的采歌行为,在前十五期以民歌为主的采录之后,后十五期逐渐走样,由收集民歌为主发展成文人模拟为主,后十五期刊登的近 180 首歌谣中,民歌只有 20 首左右,文人拟作占绝大多数。另一个值得注意的是,形式上俗曲几乎完全取代了民歌,所涉及正是刘半农同时归入歌谣和下等小说中的五更调、小热昏、十杯酒、叹十声、回头歌、十八摸调、码头调、十二月花、四季相思等等。如心馀的《水灾五更》(第 4 期)、舍予君谁《欧洲战事五更调》(第 5 期)、含茹《最新中国官场五更调》(第 24 期)、寿民《姑苏新闻(仿小热昏调)》(第 11 期)、客萍《人力车夫同盟罢工(仿小热昏调)》(第 23 期)、茫茫子、客萍同作《肇和兵轮新山歌(仿新码头调)》(第 25 期)、樵隐《鸦片烟鬼叹十声》(第 2 期)、义侠魏权予《民国新十杯酒》(第 13 期)等等。从篇名即可看出,这些俗曲以时事与社会新闻为主,通常立意于抨击时弊。例如1915 年两个重要事件——"储金运动"和"筹安会"事件在《余兴》歌谣上都多次出现。如第 23 期《时事五更调》讽刺助袁世凯复辟的所谓六君子筹安会事件:

　　　　一更一点月儿黄,六君子还阳,呀呀的唅,济济跄跄。筹安大会真响亮,求相帮,野人头呀,还借博士洋,呀呀得唅,会长本姓杨。
　　　　……
　　　　四更四点月儿低,选举好东西,呀呀的唅。那里知内里,对劲名儿榜上题,成一气,选皇帝呀,种种多谢你,呀呀的唅,也弗算希奇。

五更五点月儿沉,惊告忽连声,呀呀的唅。骑虎势已成,这场把戏难脱身,心如焚,自主权呀,可怜已无分,呀呀的唅,国民也发愤。①

又如第 20 期《新四季相思》反映抗议二十一条的爱国储金运动,语多沉痛:

春季里,相思,无可奈何天。强邻吓,逼迫,实堪怜。乱如烟,吾郎吓,媚外,屈意求全。自顾椿椿退,人家步步前。可怜奴痛断肝肠,无缘斡旋,莫不是,郎在此时,早已经把心来变。奴呀奴的天吓,莫不是,郎在此时,早已经把心来变。

夏季里,相思,榴红似火烧。救国吓,储金,怒如潮。志不挠,吾郎吓,签约,地动天摇。五月初九日,二十有一条,可怜人热心骤冷,泪血齐抛。到而今,全功尽弃,只落得瓦解冰消。奴吓奴的天吓,到而今,全功尽弃,只落得瓦解冰消。②

《余兴》歌谣的此种转向,在表明鸳蝴文人采集歌谣缺乏学术自觉的同时,也恰恰体现了鸳蝴文人的趣味和身份意识。俗曲又称时调、时调山歌,起源很早,汉代《吴声歌曲》,如《江南可采莲》《长干行》等,即为此种俗曲的雏形。南朝《子夜四时歌》与后世的"四季相思调",《月节折杨柳歌》与"十二月唱春调",《从军五更调》与五更调之间的源流关系显而易见。俗曲又以江南最

① 箱影《时事五更调》,《余兴》第 23 期。
② 悲观《新四季相思》,《余兴》第 20 期。

为盛行,如《晋书·乐志》所言"吴歌杂曲,并出江南"。范烟桥诸君曾在《余兴》歌谣栏讨论"山歌为啥苏白多",结论是因为"吴歌本来出姑苏",[①]因为别处方言不及苏白"糯"。[②] 由于俗曲要和乐而歌,有固定的曲调、格律,再配以吴侬软语的吐字发声,使得俗曲相对于山野民歌的质朴而言,已经具备了文人化的艺术形态,也因此能够吸引文人投入其中。此外,民歌传唱于山野乡村,俗曲则流行于市井勾栏,因此它的内容较少涉及农事生产,而更多反映城镇生活。俗曲在明清大盛,更说明了其与江南资本经济萌发的联系。直到 1920、1930 年代,俗曲仍然受到欢迎,为人熟知的电影歌曲《天涯歌女》《四季歌》等即由俗曲脱胎而来。

如此,我们便可以理解何以《余兴》歌谣由民歌采录迅速转变为文人创作俗曲。显然,采录民歌只是源自短暂的返璞归真的冲动,并未有学术的自觉,更具流行性的俗曲才是鸳蝴文人的本色。俗曲与市井生活的关联,俗曲较民歌更文人化、较诗文更俚俗的这种中间状态,恰好与鸳蝴文人的趣味十分匹配。因此,与北大歌谣征集一同汇入采风传统的《余兴》歌谣并没有如后者那样走上学术的路径。但从另一方面而言,新文化人在将对歌谣的热情升华为学术的意识后,也就渐渐剥离民间小传统而走向精英文化的层面;而鸳蝴文人是浸淫其中的,他们浓厚的本土意识和鲜明的民间立场又使得他们最习惯、最擅长于采用民间小传统的艺术形式,或为民间代言,或简洁有效地传播来自大传统的内容。这样的传播稳定而持久,正如他们自己所标榜的那样,"纸上山歌永世勿会停"。

---

① 拈芝《对烟桥新山歌并博含茹棣香二公一笑》,《余兴》第 18 期。
② 含茹《与八月二十六烟桥对山歌》,《余兴》第 18 期。

第三章　"革新《小说月报》的前后"

——1920 年代初文坛的"旧"与"新"

引　论

本章以 1921 年《小说月报》革新事件为切入口,聚焦新文学与鸳蝴派在 1920 年代初的交锋与互动,借此对彼时文坛格局做一番梳理。"重写文学史",目的在于更细致地勾勒研究对象的形态,更准确地刻画它的位置。而"形态"和"位置"有时需要借助一系列参照才能看清楚。同时,任何一个文学流派、一种文学现象也都不可能自我运转,都处于整个文学关系网络中,与其他的文学群落发生联系。正是在彼此或主动或被动的相互区隔中,1920 年代初文坛的"旧"与"新"生产着自己的异端,确立自身的身份。之所以选择1920 年代初这个时间段,是因为此时恰逢"新文学"草创,又正值鸳蝴派文学期刊如火如荼,而 1921 年《小说月报》的革新又被视为"新文学"攻克"旧文学"堡垒的标志性事件。标题"革新《小说月报》的前后",取自茅盾 1970 年代写的一篇同名的回忆性文字①,

① 　1970 年代茅盾写了《革新〈小说月报〉的前后》一文,原文最初发表于《新文学史料》1979 年 5 月第三辑,原题为《革新〈小说月报〉的前后——回忆录［三］》,后收入自传《我走过的道路》。

基于作者当事人的身份及其建国后的地位,这篇文章作为该阶段
文学史研究最权威的史料之一,被反复征引。本章以此为题,意在
与权威叙述形成一种对话。

第一节   《小说月报》的销量,《小说世界》的价钱

对于 1921 年《小说月报》"易主"事件,研究者多采信茅盾在
《革新〈小说月报〉的前后》一文中的描述,认为在新文学的冲击下
《小说月报》销量锐减,商务印书馆遂邀请沈雁冰(茅盾)取代王蕴
章出任主编。沈接手后弃用所谓"鸳鸯蝴蝶派"作家,全面革新《小
说月报》,使之成为"文学研究会"的机关刊物。围绕这一叙述,有
三个问题需要梳理:首先,《小说月报》的销量真的下降了吗? 革新
后销量如何? 其次,沈雁冰如何成为《小说月报》的新主编?《小说
月报》的革新与文学研究会的组建有何关联? 第三,沈雁冰主编
《小说月报》期间真实的文学市场是怎样的?

关于《小说月报》的销量,至今没有相关研究提供过令人信服的
材料。茅盾《革新〈小说月报〉的前后》一文中提到,他的前任王蕴章
为"增加销路",在《小说月报》11 卷 10 号刊登"本社启示",提出"应
文学之潮流,谋说部之改进",并对相关内容做了调整,原因是"这半
年来,《小说月报》的销数步步下降,到第十号时,只印二千册。"[1]而
1921 年正式改组后的《小说月报》"第一期印了五千册,马上销完,
各处分馆纷纷来电要求下期多发,于是第二期印了七千册,到第一
卷[2]末期,已印一万。"[3]

---

[1] 茅盾《我走过的道路》(上)第 179 页,北京:人民文学出版社 1997 年版。

[2] 这里的第一卷指的是革新后的第一卷,实际是第 12 卷。

[3] 茅盾《我走过的道路》(上)第 188 页。

问题是,沈雁冰并非在 1921 年《小说月报》正式改组时才接手。11 卷 10 号前"销量下滑"的半年,大约应在 1920 年 5 月至 1920 年 10 月间。此时,沈雁冰虽未接任主编,但早已承担了大量的编辑工作。早在 1920 年 1 月,11 卷 1 号的《小说月报》就刊登了沈雁冰的《小说新潮宣言》,高调推出由他编辑的"小说新潮"专栏,专登翻译小说和剧本,这是他参与《小说月报》编务的开始。他不仅编辑"小说新潮"栏,还在"编辑余谈"中发表了《俄国近代文学杂谭》、①《新旧文学平议之评议》②等新文学气味很浓的文章;甚至与远在日本的谢六逸就"表象主义"展开了讨论。③ 从 1920 年 11 卷 1 号到 1921 年 12 卷 1 号的这一年间,《小说月报》虽仍由王蕴章主编,但沈雁冰无疑已经越来越深地介入到实际的编务中。沈雁冰本人对这一段被他称为"半革新"的时期也是非常看重。在《革新〈小说月报〉的前后》中,他用大量篇幅强调这段时期《小说月报》面貌的改变及其在读者中引起的强烈反响,并认为这对 1921 年月报的全面革新起到了决定性的作用:

> 《小说月报》的半革新从一九二〇年一月出版那期开始,亦即《小说月报》第十一卷开始。这说明:十年之久的一个顽固派堡垒终于打开缺口而决定了它的最终结局,即十二卷起的全部革新。④

---

① 见《小说月报》第 11 卷第 1 号,1920 年 1 月;第 11 卷第 2 号,1920 年 2 月。

② 见《小说月报》第 11 卷第 1 号,1920 年 1 月。

③ 见雁冰《我们现在可以提倡表象主义的文学么?》,《小说月报》第 11 卷第 2 号,1920 年 2 月;谢六逸《文学上的表象主义是什么?》,《小说月报》第 11 卷第 6 号,1920 年 6 月。

④ 茅盾《我走过的道路》(上)第 173 页。

　　那么所谓月报销量下滑的"这半年",即 1920 年 5 月至 1920 年 10 月,恰好就在沈雁冰接手"小说新潮"后几个月,正是"半革新"进行得如火如荼的这段时间。如此,《小说月报》因鸳蝴气息太浓不合时宜而致销量下降、被迫进行改革的说法就值得考虑了。从时间上看,倒有可能是"半革新"造成老读者不适应,影响了发行。1921 年,正式接任主编的沈雁冰在与周作人的几次私人通信中,就谈到了读者对革新后《小说月报》的真实反馈:

　　　据实说,《小说月报》读者一千人中至少有九百人不欲看论文。(他们来信骂的亦骂论文,说不能供他们消遣了!)①

　　　新近有个定(订)《小说月报》而大失所望的"老先生",来信痛骂今年的报,说从前第十卷第九卷时真堪为中学教科书,如今实是废纸,原来这九、十两卷便是滥调文字最多的两卷也。更有一位老先生巴巴的从云南寄一封信来痛骂,他说……印这些看不懂的小说,叫人看一页要费半天功夫……②

　　王蕴章时期月报的销售情况究竟怎样,我们不得而知,但信中"老先生"所言"堪为中学教科书"的第九卷、第十卷,正是"半革新"前王蕴章主编的两卷。沈雁冰可以不必理会"老先生"的意见,毕竟他意在革新;但他一定不能不在意新文学一方的反应。遗憾的是,他从这一方得到的肯定也不多。胡适在 1921 年 7 月的一篇日记中谈到对革新后的《小说月报》的意见:

─────────

　　①　1921 年 8 月 11 日雁冰致启明的信,《茅盾全集》第 36 卷(书信一集)第 31 页,北京:人民文学出版社 1997 年版。
　　②　1921 年 9 月 21 日雁冰致启明的信,《茅盾全集》第 36 卷(书信一集)第 32 页。

我昨日读《小说月报》第七期的论创作诸文,颇有点意见,故与振铎及雁冰谈此事。我劝他们要慎重,不可滥收。创作不是空泛的滥作,须有经验作底子。我又劝雁冰不可滥唱什么"新浪漫主义"。①

周氏兄弟对革新《小说月报》始终鼎力支持,但对沈雁冰的编辑方针也有微词。在鲁迅致周作人的信中,就有"《小说月报》也无甚好东西"、②"雁冰他们太鹜新了"③之类的批评。陈独秀也劝沈雁冰,选登的文章可以通俗些;陈望道则建议,开辟"读者文艺"多收创作,④以刺激读者的兴趣。可见,在新文学一方看来,《小说月报》的革新也不尽如人意。

两边的不讨好,再加上一些人事的纠纷,让沈雁冰十分沮丧。后来的文学史对沈雁冰主编的《小说月报》第12卷、13卷做了浓墨重彩的描绘,而实际上,在刚编完第12卷第8期《小说月报》之后,沈雁冰就向商务提出了辞职:

《小说月报》出了八期,一点好影响没有……我这里已提出辞职,到年底为止,明年不管。⑤

经过高梦旦的劝解,沈雁冰决定再试一年,表示"如再一年而

---

① 1921年7月22日胡适日记,《胡适日记全编》第3卷第394页,合肥:安徽教育出版社2001年版。

② 1921年7月31日鲁迅致周作人信,《鲁迅全集》第11卷第401页,北京:人民文学出版社2005年版。

③ 1921年8月25日鲁迅致周作人信,《鲁迅全集》第11卷第409页。

④ 1921年10月12日雁冰致启明信,《茅盾全集》第36卷(书信一集)第34页。

⑤ 1921年9月21日雁冰致启明信,《茅盾全集》第36卷(书信一集)第32页、33页。

无效验,无论如何,无颜为之矣。"①但第二年月报的销量比前一年
不升反降。② 与此同时,商务印书馆开始着手筹备一种新的小说
杂志,即被认为象征了旧派文人"复辟"的《小说世界》。

　　1923 年 1 月由叶劲风主编的《小说世界》创刊。这份杂志的
阵容十分可观,林纾、徐卓呆、姚鹓雏、恽铁樵、王蕴章(西神)、包天
笑、李涵秋、胡寄尘、毕倚虹、程小青、范烟桥、许指严、张枕绿、张碧
梧、赵苕狂等彼时海上文坛知名的旧派写手,均在首期作者之列。
这套阵容很像革新前恽铁樵、王蕴章时期的《小说月报》。后来的
文学史将《小说世界》的创刊归结于《小说月报》革新后失去阵地的
鸳鸯蝴蝶派向商务印书馆"施压"。其实,1920 年代是通俗期刊的
鼎盛时期,中华图书馆、世界书局、大东书局都有各自销路稳定的
通俗期刊。尽管沈雁冰革新《小说月报》启用了新的作者阵容,但
鸳蝴文人在《半月》、《红杂志》、《礼拜六》、《星期》等刊物上依然活
跃,就连支持月报革新的人也承认:上述这些刊物的"销场","竟可
驾《小说月报》而数倍过之"。③ 1922 年 8 月,胡寄尘在给《晶报》写
的一则消息中提到:

　　　　商务印书馆所筹办的《小说周刊》,现已编好九期了,也印
　　成好几期了,大约八月底九月初可以出版。包天笑、李涵秋、
　　何海鸣、胡寄尘、徐半梅等数十人都有稿子,北京一方寄来的
　　稿子也不少。④

---

① 雁冰致启明信,《茅盾全集》第 36 卷(书信一集)第 35 页。
② 1922 年 9 月 20 日雁冰致启明信中有"《说报》今年销数比去年减些"语,《茅盾
全集》第 36 卷第 84 页。
③ 东枝《〈小说世界〉》,《晨报》1923 年 1 月 11 日。
④ 寄尘《小说界消息一束》,《晶报》1922 年 8 月 6 日第 3 版。

《小说周刊》即《小说世界》,当时只确定出周刊,未定刊物名称,故胡寄尘称其《小说周刊》。胡寄尘从创刊号开始就一直有稿件在《小说世界》发表,后接替叶劲风任主编直至 1929 年终刊,若他对组稿情况所言属实,不免让人产生疑问,《小说世界》1923 年 1 月才创刊,何以效率如此之高,1922 年 8 月前就已编好了 9 期?联想到王蕴章卸任前《小说月报》已提前购买了一部分旧派稿件,后被继任的沈雁冰压下,①《小说世界》头几期很可能使用的是《小说月报》买下的旧稿。1922 年下半年正是《小说月报》销量滑至低谷的时候,此时面对世界书局、大东书局、中华图书馆的扩张,商务印书馆在仓促中组织旧稿创刊《小说世界》,或许是对之前革新《小说月报》不成功所做的一种修补,以此唤起读者对于昔日《小说月报》的感情,收复失去的一部分市场。

另一方面,《小说世界》创刊后,似乎应该旧派拍手称快,新派口诛笔伐,实际并非如此。新文学界的批评是有的,但旧派对《小说世界》的恶感较之新文学界有过之而无不及,这一点过去我们很少关注到。以《晶报》为例,从《小说世界》筹备期间到正式创刊,《晶报》不断有批评文字发表。署名星星的《商务印书馆的嫌疑》指出商务一面在《小说月报》上攻击《礼拜六》《半月》《游戏世界》等杂志,一面却用和这些杂志同样的阵容创刊《小说世界》,所以"商务印书馆此刻最大的嫌疑,便是'同行嫉妒'四个字"。②《晶报》主将冯叔鸾发表了署名"二马"的《〈小说世界〉真是便宜货》《上了三分六的当了》《〈小说世界〉的新作品》《无信用的〈小说世界〉》③等文,批评《小说

---

① 见茅盾《我走过的道路》(上)第 180 页。

② 星星《商务印书馆的嫌疑》,《晶报》1922 年 9 月 21 日。

③ 见《晶报》1922 年 12 月 30 日第 2 版、1923 年 1 月 12 日第 2 版、1923 年 1 月 15 日第 2 版、1923 年 1 月 24 日第 2 版。

世界》内容粗糙,以及用低价造成不正当竞争。《小说世界》创刊时用了一些促销手段,比如半价出售、买一赠一、订阅全年折上折等等,好事者经过详细计算得出每册《小说世界》仅售三分六厘。① 比较同期的同类刊物,《半月》半月出一册,定价 3 角,订阅全年共 6 元,则每册 2 角 5 分;《游戏世界》每月一册,定价 4 角,订阅全年共 4 元,则每册 3 角 3 分。两种刊物的定价竟是《小说世界》的八到十倍,即便考虑月刊和周刊定价的差异,每月读者购买《小说世界》的投入也远低于《半月》和《游戏世界》。同为周刊,《星期》每册 1 角,订阅全年 50 册共 4 元,则每册 8 分,也大大高过《小说世界》的定价。商务资本雄厚,再加上可能用的是旧稿,编辑成本低,所以能够不惜血本;但其他的中小出版商自然受不了,对商务此举非常反感。《小说世界》也因此被讽为“共产式的小说杂志”。②

　　综上所述,这份被新文学视为旧派复辟的杂志,在旧派舆论中其实评价并不高,它更大程度上是行业竞争的产物。正如胡寄尘所言,《小说世界》中“北京一方寄来的稿子也不少”,创刊号中沈雁冰翻译的《私奔》、王统照创作的《夜谈》更是赫然在目,一度引得疑古先生急忙出来正告二人要“爱惜羽毛”。③ 沈雁冰之后发表声明,稿子乃王云五“诱骗”得手,④这解释略显牵强。商务印书馆重

---

　　① 微闻《〈小说世界〉价值论》写道:“《小说世界》第一期底页印木戳‘本期特号,定价角半’,但出售时又打对折,即七分半一册;然每售一册又附赠一书券,书券声明加一分邮资可再获赠一册,实际八分半两册,即四分二厘半一册;又‘据告白’,当年(民十二年)三月以前订阅,仅需二元可得全年五十二册,可得每册不过三分六厘。”见《晶报》1923 年 1 月 3 日第 2 版。

　　② 微闻《共产式的小说杂志》,《晶报》1922 年 12 月 27 日第 2 版。

　　③ 疑古(钱玄同)《“出人意表之外的事”》中有“我很希望沈王两君‘爱惜羽毛’”语,《晨报副刊》1923 年 1 月 10 日。

　　④ 见茅盾《复杂而紧张的生活、学习与斗争(上)——回忆录(四)》,收入《我走过的道路》(上)。

新启用旧派作家,肯定受到了来自市场的压力,而使用"新旧混搭"的阵容,在"复辟"的同时保留一点革新的成分,则说明作为第一号书业,商务并不愿给人革新不成重走旧路的印象,对于新文学这块"小众"的市场,他们也不想放弃。

第二节 "新"与"旧"的两次交锋

1920 年代初期以前,新文学对于当时文坛的不满有过两次集中的表达:一次是 1918~1919 年《新青年》《新潮》等杂志对"黑幕一类小说"[①]的批判,其中包括《玉梨魂》为代表的四六体言情小说;另一次就是 1921 年前后《小说月报》革新期间,文学研究会以《文学旬刊》为主要阵地对"《礼拜六》派"的声讨。两次事件都被新文学史认定为新旧交锋的标志性事件。1930 年代,新文学在总结自身成绩的时候,又将两次交锋的对象统称为"鸳鸯蝴蝶派"。关于这一名称的辩证以及两次交锋双方的表现,学界颇有关注并已有系列成果,故本书不再对此进行梳理。此处将对比两次交锋不同的动因,并重点关注《小说月报》的革新和文学研究会的成立对于 1920 年代文坛"新"、"旧"对话产生的影响。不少研究者都注意到,1918 年~1919 年《新青年》《新潮》等杂志对"鸳鸯蝴蝶派"展开批判时,后者没有太多回应,处于集体失声的状态。而到了 1921 年前后新文学以《文学旬刊》为主要阵地批判"《礼拜六》派"时,双方发生了激烈的交火。前后时隔两年左右,"新"与"旧"间的对话到底发生了怎样的改变?

---

① 本书不对"黑幕小说"、"黑幕书"等概念做辨析和清理,可参阅范伯群《中国现代通俗文学史》第八章"1916 年:'问题小说'之引进与'上海黑幕'之征集"的相关论述。

　　《新青年》同人批判的对象以黑幕一类小说为主,其中也包括
《玉梨魂》为代表的骈体言情小说。关于黑幕小说形成发展的复杂
过程需另做讨论,此处不妨参照鲁迅《中国小说史略》里的表述。
鲁迅将《儒林外史》以来的一类小说分作三个等级:以《儒林外史》
为代表的"讽刺小说"为最上乘;至《官场现形记》《二十年目睹之怪
现状》等,"辞气浮露,笔无藏锋","度量技术"较前者远逊,"故别谓
之谴责小说";其后则渐"无感人之力","遂堕落而为'黑幕小
说'"。①　而周作人则认为,讲"左文襄"、"彭刚直"的笔记小说,和
说"某生"、"某女"的艳情小说,发展到民国合二为一,成为"艳情掌
故的黑幕闲书"。②　可见,周氏兄弟均认为,黑幕的根苗埋藏于有
清一代的说部传统中。那么,传统说部这一堕落的趋势是直到五
四才为新文化人所发现吗?并非如此。民国初立,人们津津乐道
于覆灭王朝的掌故秘闻,同时面对新政与乱象并存的共和社会,也
渴望宣泄内心的种种好奇与不适,这种需求伴随着晚清以来新小
说的倡导和实践,恰好以一种审美的方式得以实现;与此同时,近
现代报业的急速繁荣进一步激发了人们披露、杜撰、分享社会丑恶
的兴趣,复制着人们消费黑幕的需求。有鉴于新小说的巨大影响
力,凡披露黑幕者,无论高下,莫不以梁任公群治之说开宗明义,以
匡世讽时、劝导风俗自我标榜,实则投机者有之,猎奇者有之;另有
一部分人,每于"某生"、"某女"的艳情传统中翻唱"新"声,以情色
与秘闻相佐,终至于泥沙俱下,黑幕言情泛滥。这种局面有识之士
早有所警惕。例如,民国元年管达如在《说小说》中就对彼时"写
情"与"社会"二种小说作了批评:

---

　　①　鲁迅《中国小说史略》,《鲁迅全集》第 9 卷第 291 页、301 页。
　　②　仲密《论"黑幕"》,《每周评论》第 4 号,1919 年 1 月,转引自芮和师、范伯群主
编《鸳鸯蝴蝶派文学资料》(下)第 824～825 页,福州:福建人民出版社 1984 年版。

　　男女之爱情,实为爱情之最真挚者。由此描绘……亦未始于风俗无益。但为之者多不知道德为何物,且亦绝无高尚之感情,非描写一佻? 无行之人,号为才子,则提倡淫乐主义,描写富贵之家一夫多妻之恶习,使社会风俗日趋卑污,罪不可胜诛矣。

关于社会小说,他认为:

　　此派小说,以描写社会恶浊风俗,使人读之而知所警为主义,若儒林外史其代表也,最为有利无弊。但佳作不数观,不善者为之,往往口角笔锋,流于尖薄,无当惩劝,只成笑谈,为可惜耳。故作此种小说者,道德心必不可缺;道德心缺乏,而能为良好之社会小说者,未之前闻也。①

晚清新小说的元老,也被视为鸳鸯蝴蝶派的姚鹓雏,对"社会小说"(鲁迅《中国小说史略》称讽刺小说、谴责小说)发展走向和堕落轨迹的判断,和鲁迅极为相似。他称《儒林外史》为"社会小说之初祖",赞其"描画曲到而含毫邈然,妙有蕴藉",②与鲁迅"感而能谐,婉而多讽"的评价相近;至《二十年目睹之怪现状》"便稍奔放矣",与《儒林外史》的高下在于"说尽"与"不说尽"之间,文气则一"薄"一"厚",③这与鲁迅的"辞气浮露,笔无藏锋"也如出一辙;至

---

　　① 管达如《说小说》,《小说月报》第3卷第7期,1912年10月初版。
　　② 姚鹓雏《说部摭谈》,原载《晶报》1919年第89号"笔剩"栏,引文引自杨纪璋编《姚鹓雏剩墨》第137页,北京:社会科学出版社1994年版。
　　③ 姚鹓雏《说部摭谈》,原载《晶报》1919年第89号"笔剩"栏,引文引自杨纪璋编《姚鹓雏剩墨》第137页。

于"近世坊本流行诸书",则伧气太重,失之于粗。而言及社会小说之堕落为黑幕言情,姚鹓雏亦沉痛不已:

> 近三十年说部盛行,又浸淫西风,小说之书即为文学,泰西文士无一不以说部名者。于是獭祭类书,堆砌故实,日试万言,月出一册,陈陈者非导淫即诲盗,思想则饮食男女,文字则打油滑稽,聚蚊成雷,群焉趋之,而不知愧。少年子弟乐其易入,辄复耽之。流传则流传矣,其为利害于社会,匪所计也。坐是遂以小说家自居,人亦群名家之,相习于是,恬不为怪,哀哉![1]

被视为鸳鸯蝴蝶派盟主的包天笑曾做一短篇,篇名就叫《黑幕》,以一数学家四处碰壁投稿无门,来讽刺当下社会的畸形需求,这多少反映了他作为报章编辑面对大众趣味时的无可奈何。另有南社文人,也曾被视为鸳蝴派成员的叶小凤(楚伧)对黑幕的一番表白:

> 黑幕二字,今已成一诲淫诲盗之假名。当此二字初发见于某报时,小凤奉之若神明,以为得此慈悲广大教主,将地狱现状一一揭布,必能令众生目骇心惊,见而自戒。及见其渐近于淫亵,则喟然叹曰:洪水之祸发于此矣。果也,响应者,春芽怒发,彼亦一黑幕,此亦一黑幕,探其具相,则龌龊至于不可究诘……[2]

---

[1]　姚鹓雏《稗乘谭隽》,原载《春声》第一集,引文引自杨纪璋编《姚鹓雏剩墨》第135页。

[2]　叶小凤《小凤杂志》第31页,上海新民印书馆1935年版,转引自范伯群《中国现代通俗文学史》第226页,北京:北京大学出版社2007年版。

此番表白说明,知识界对于黑幕小说的认识前后有变化,起初受到梁启超改良群治的感召,加上旧时说部中本来就有讽刺暴露的传统,人们对于黑幕小说抱有期待;但之后黑幕小说的发展偏离了预期且近乎失控,1916《时事新报》"黑幕征答"影响巨大,但社会评价很低,人们越来越感到此类文字继续泛滥的危险,开始转而批判。因此,并非到了"五四",人们才注意到传统小说由文人化走向娱乐化的现实,晚清以来的新小说倡导者,包括被称为鸳鸯蝴蝶派的许多作家都对黑幕的弥漫痛心疾首。1918 年教育部通俗教育研究会发布《劝告小说家勿再编写黑幕一类小说函稿》,意味着限制"黑幕一类小说"成为上至官方下至民间的共识。正因为如此,当《新青年》诸君对所谓"黑幕派"、"鸳鸯蝴蝶体"进行批判的时候,似乎难得见到所谓鸳蝴派文人站出来回应,因为他们并不对号入座,也未见得不认同新文化人的观点。这与发生在 1921 年《小说月报》革新、文学研究会成立前后的争论形成了鲜明的对照。

1921 年 3 月,停刊五载的《礼拜六》在周瘦鹃的主持下重新开张。创刊号中公布了撰稿人名单,其中有天虚我生(陈蝶仙)、王西神(蕴章)、朱鸳雏、朱瘦菊、李涵秋、陈小蝶、徐半梅(卓呆)、许指严、张碧梧、张舍我、张枕绿、程瞻庐、程小青、叶小凤、严独鹤诸公,俨然海上文人的半壁江山。新版《礼拜六》制作精美,丁悚绘制的仕女封面,寒云公子手书题签,西洋名画铜版插图,在当时颇为引人注目。出版方中华图书馆为增加销路,向订阅全年者赠送精印名人画四大帧,王钝根手书楹联一副,再将前百期所刊小说共九百余种合订成精装本十册,配以玻璃书匣半价出售,①可谓造足了声

---

① 参见郑逸梅《民国旧派文艺期刊丛话》,魏绍昌编《鸳鸯蝴蝶派研究资料》第293 页,香港:生活・读书・新知三联书店香港分店 1980 年版。

势。而杂志发行后成绩也果然不俗。此前,郑振铎与商务印书馆接洽出版文学杂志,商务高层不允,但同意由时任《小说月报》"小说新潮栏"编辑的沈雁冰接替王蕴章主编《小说月报》。由于沈雁冰同时加入了文学研究会,《小说月报》遂转而以发表文学研究会成员稿件为主,郑振铎则于1921年5月另办《文学旬刊》。此后,一场以《文学旬刊》为主要阵地的新文学和"礼拜六"派"之间的笔杖打响了。与《新青年》时期那场交锋不同,此番新文学批判的矛头直指以《礼拜六》为首的通俗文学刊物,且诸如"文妖"、"文娼"、"无耻的文丐"一类的字眼频频见诸新文化人的笔下,由是引发了双方的激烈交火。如何更全面地看待这场新旧之争?毕倚虹写于1923年的一篇文章或许有助于调整观我们观察的角度。在这篇文章中,毕倚虹将彼时上海文坛划分出了六股势力:

　　一、半月派(即《半月》杂志派),周瘦鹃诸君属之

　　二、小月派(即商务印书馆作《小说月报》派),沈雁冰、郑振铎诸君属之

　　三、小日派(即《小说日报》派),徐枕亚、许廑父诸君属之

　　四、红活派(即《红》杂志与《快活林》派),严独鹤、程瞻庐诸君属之

　　五、小新派(即《小说新报》派),李涵秋、贡少芹诸君属之

　　六、良晨派(即《良辰》与《最小报》一派),张枕绿、张舍我诸君属之[①]

毕倚虹开列的这份名单将沈雁冰、郑振铎与被他们斥为"文

---

① 毕倚虹《婆婆小记》,《最小》第20号,1923年4月8日。

丐"的一众海上文人相提并论,这或许说明了在时人的心目中,新
和旧的分野并没有那么明显。行业内各出版商之间的利益对峙可
能是更直接的对立因素。"六派"中,大东书局的《半月》、世界书局
的《红》与商务印书馆的《小说月报》是直接对立的,这代表了上海
第二号书业与第一号书业间的较量。而同为第二号书业的大东书
局和世界书局,更充满了明争暗斗。大东书局请"一鹃"编《半月》,
世界书局马上找来"一鹤"办《红》杂志;《红》改头换面更名为《红玫
瑰》,《半月》也迅速摇身一变名曰《紫罗兰》。李涵秋、贡少芹的《小
说新报》由国华书局出版,徐枕亚的《小说日报》由清华书局刊行,
二者也是劲敌,因当初徐枕亚正是由于《小说丛报》内部纠纷愤而
退出国华后才转而创立清华书局的。

　　同时,这份名单也显示了新文学在主要由"旧派"通俗刊物构
筑的上海报业中的处境。我们也就不难理解面对这样一个出版
网络沈雁冰们的应对策略,既要遵循规则,又要打破垄断,确立
自身的位置。这个过程他们需要通过符号使其合法化,即通过宣
布"《礼拜六》派"或"鸳鸯蝴蝶派"是"非法"的文学派别来实现。
在 1918～1919 年的那场批判中,罗家伦把当时的中国小说界分
作三派:"黑幕派"、"四六派"和"笔记派"。[1] 文学研究会时期,沈
雁冰把现代小说分作新旧两派,又将旧派分作三种:第一种是
"旧式章回体的长篇小说";第二种又分"甲乙两系",也都以长篇
为主,甲系称之为"不分章回的旧式小说",乙系为"中西混合的
旧式小说";第三种沈雁冰不曾命名,据其描述可知是模仿西洋
风格的短篇小说。[2] 从上述分类可以看出,在确立新文学正宗地

---

[1]　志希(罗家伦)《今日中国之小说界》,《新潮》第 1 卷第 1 号,1919 年 1 月。
[2]　沈雁冰《自然主义与中国现代小说》,《小说月报》第 13 卷第 7 号,1922 年
7 月。

位这一点上,沈雁冰比罗家伦做了更细致的排他性的工作。罗家伦认为,最需取缔的是"黑幕派"、"四六派"代表的长篇章回小说,对笔记小说的态度则较为温和,认为其好过前两种,对社会无甚害处。沈雁冰则不同,他既宣布旧式长篇小说为非法,也宣布混合了西洋特征的改良长篇为非法,同时对初步显露出现代特征的短篇也不认同,这是十分典型的通过多重否定来确立自身合法性的方式。

第三节　胡适与《晶报》的一段公案

毕倚虹对文坛格局的描述,固然带有调侃的成分,却也呈现出1920年代初一个真实的文学市场:"旧派"占据了最多的资本,几乎垄断了各大出版社的文学刊物和报纸副刊;同时,伴随着新文学的草创,新文学的吸引力也在增强,旧派作家也在不断调整自己的视野,《晶报》文人即是一例。

《晶报》原是《神州日报》于1919年3月推出的副刊,因三日出一期,故名"晶报"。原本报社为了招揽读者,但凡买《神州日报》者均附赠一份《晶报》,不想这份副刊办得有声有色竟然喧宾夺主,以至后来读者购买《神州日报》前都要先问一问当日是否有《晶报》。再后来《晶报》索性"改旗易帜",另立门户,直至《神州日报》停刊大吉,《晶报》依然不倒,成为1920年代当之无愧的小报界翘楚。因撰稿人中有张丹斧、王钝根、叶小凤、姚鹓雏、张恨水、包天笑、毕倚虹、姚民哀、马二先生(冯叔鸾)、李涵秋、漱六山房主人(张春帆)等,又常登章回小说、伶人轶事,《晶报》因此也被视为鸳鸯蝴蝶派的大本营。

其时丹翁(张丹斧)主《晶报》笔政,常有些诙谐毒辣的文字,或针砭时弊,或刻意制造笔墨官司,以吸引读者。丹翁撰文好煽风点火,本来八竿子打不着,架不住他的撩拨,无端地成了对立双方,你一言我一语在《晶报》上打起了擂台,他自己则"作壁上观,引为至快"。① "毛瑟架"是丹翁于 1919 年 10 月 27 日在《晶报》开辟的专栏,也是他刻意搭的一方擂台。人言"一张报纸,足抵三千毛瑟枪",丹翁以此给专栏命名,取其所洞必中、一针见血之意。一日,丹翁撰《为什么新诗都做得不好》一文发于"毛瑟架"栏,且一改其往日的游戏作风,围绕胡适的诗作、诗论,兼及唐诗、宋诗、民间小调,正襟危坐地讨论起来。他认为胡适的新诗不坏,但未见得比他的旧诗好,而胡适以外的新诗,粗制滥造太多,除极少数外,多不足观。② 这不是《晶报》第一次对新文化表现出兴趣,此前丹翁的杂感就常以新文化人的言论、活动为谈资,马二先生的戏评,如《旧戏之精神》③《女子新剧》④《旧戏删订说》⑤等等,从内容到话语模式,都和当时新文化界的讨论十分相似。小报并不拒斥新文化,相反,它非常欢迎新文化为它制造一些"时尚"话题,比如,男女同校、婚姻自由、杜威访华……这就好比小报上的名妓照片,若总是"林黛玉"、"四大金刚",未免太过乏味,还需要有发型服饰都更加现代的新一届"花国大总统"来吸引眼球。

不知是否因为面对胡适多少有些气短,丹翁这篇谈诗的文章做得十分买账,恭维胡适在"并时的大诗家"里,"没有一个劲敌"。一贯嬉笑怒骂的他这次显然做足了功课,旁征博引对当下的新诗

---

① 丹翁《说毛瑟架》,《晶报》1919 年 10 月 21 日第 2 版。
② 见丹翁《为什么新诗都做得不好》,《晶报》1919 年 11 月 9 日第 2 版。
③ 见《晶报》1919 年 3 月 3 日、3 月 6 日、3 月 12 日、3 月 18 日第 2 版。
④ 见《晶报》1919 年 3 月 30 日第 2 版。
⑤ 见《晶报》1919 年 6 月 27 日第 2 版。

创作做了一番点评。丹翁似乎想以一种学理的包装为自己抹上先锋的色彩,如果被他称为"老友"的"适之"能与他展开讨论,这一纸沪上小报便获得了与象征新文化的北方学院沟通的机会。

然而适之并不领情。与丹翁的鸿篇大论不同,胡适做了一篇极简短的文字,全文如下:

> 你的《为什么新诗都做得不好》实在是一篇骂人狠(很)利(厉)害的文章。但是你的成见太深,故不免有冤枉新诗的地方,和过誉旧诗的地方。即如"香雾云鬟湿"两句,我老实闻不出什么香气。又如"书纵远"三个字,究竟有什么了不得的好处?
>
> 总之你既承认"那几首新诗却也不能说不好",何必又说"新诗都做得不好"呢?这样一笔抹煞,便是你的成见作梗。
>
> 我们做新诗的人,最共同的态度是"尝试"两个字。你是一个绝顶聪明人,我狠(很)盼望你能破除成见,用你对我的新诗的态度来细心研究别人的新诗,承认我们有大胆"尝试"的权利,以后你自然也会变换现在的见解了。
>
> 忙得狠(很),不能打笔墨官司,恕罪恕罪。①

胡适向来有雅量,然而面对丹翁不是挑衅的挑衅,胡适做了这样一篇简短乏味且毫无学理可言的文字,只能说明他根本不欲与

---

① 胡适之《与丹翁说话》,《晶报》1919 年 11 月 18 日第 2 版。这篇小文,在各种胡适文集、书信集、日记、年谱中均未见收入。但本书并非首次注意到这篇文章,钦鸿发表于《新文学史料》2007 年第 2 期上的《胡适的佚信以及关于白话新诗的一场笔战》,以及李国平发表于《殷都学刊》2008 年第 4 期上的《文学革命初期新诗论争的余波——重评 1919 年〈晶报〉与胡适关于白话诗的论争》已对此做过研究。

之谈诗论道。他以"我们做新诗的人"把自己和对方区隔开来,"尝试的权利"留给自己,"成见"的帽子加诸对方,又恐纠缠过多,赶紧"忙得很",从此高挂免战牌。

胡适的态度多少惹恼了丹翁们,或许也有一点兴奋,你来我往的效果大概是他们想要的。紧接着"毛瑟架"发表了张恨水的回应文章。比起丹翁,张恨水不客气得多,提出"纯粹新诗决做不好"。从声韵上,他认为诗歌可以不被韵律束缚,但"总要像小孩子唱歌一般,弄的(得)顺口",新诗韵律全无,"失了诗的本性";其二,新诗平铺直叙,"无曲折意味",因此"无审美性";第三,新诗"没有什么章法","一口气写上一两百字,才落一句韵,演说不像演说,韵语不像韵语"。至于胡适的诗,张恨水认为:"他是旧书堆里钻出来的,是在诗词曲三样里面经练过的,所以有那么一回事。"①

之前丹翁恭恭敬敬地作文却讨了没趣,这下索性又拿出煽风点火的本事,在恨水文后付了一段激将的话:

> 我那适之老友不是好惹的,他既承认改革诗体是现在一件大事,而恨水的这篇东西,又不是没有价值的。他虽在百忙的里面,想上去一定总要破功夫,另想出他的正当理由来驳斥的。况且他所自称(忙得很)的事体大概也不能再大于这一件了。②

之后,"毛瑟架"栏又相继发表了寄桑、姚鹓雏的文章。寄桑提

① 恨水《纯粹新诗决做不好》,《晶报》1919 年 11 月 21 日第 2 版。
② 见《晶报》上恨水《纯粹新诗决做不好》文后。

出对于改革诗体他是认可的,但眼下所提倡的新诗是"新外国的诗,不是新中国的诗",他认为要"根本推翻适之式的新诗,做我们反古的新诗。"因此建议从古歌古曲中探索新诗的章法韵律,特别提出仿照古歌古曲用"通韵",押宽韵,这样既摆脱了近体诗过于严格的平仄束缚,又避免了新诗通篇不押韵的毛病。① 姚鹓雏也来声援,认为"成见"是有的,然"所入既深然后成而为见","有成见然后有主张,有主张然后有辩论",丹翁和胡适乃因"所受不同"而"成见不同","万不能说有一方是没有成见的",②显然他不满于胡适不做学理的答辩而将反对意见归为"成见"的轻慢态度。他还主张:"要说新旧诗,先要把新旧两个字丢掉了,先把那个光秃囫囵的'诗'字来研究一下,这个'诗'毕竟是什么东西。"③我们对比胡适同期发表的论文《谈新诗》,它的重点在于诗体解放,诸如"不拘格律,不拘平仄,不拘长短;有什么题目,做什么诗;诗该怎样做,就怎样做"④等,与此前《文学改良刍议》"不用典"、"不讲对仗"、"不作无病之呻吟"、"不避俗字俗语"等是一个思路下来的。究竟诗该怎样做,诗的特质何在,做诗与作文的分别,这些问题都还未深入探讨。但姚鹓雏此处显然已经触及到对诗歌本体的思考。而新文学一方,到 1920 年才由康白情在《新诗底我见》中发出"劈头一个问题,诗究竟是什么?"⑤的疑问,才试图对诗的美学特征下一个定义。而寄桑提出做"反古的新诗"对于彼时新诗直白如话的弊病亦是一种纠正,与

---

① 寄桑《我的新诗之意见》,《晶报》1919 年 11 月 30 日第 2 版。

② 鹓雏《成见》,《晶报》1919 年 12 月 6 日第 2 版。

③ 鹓雏《说诗》,《晶报》1919 年 12 月 6 日第 3 版。

④ 胡适《谈新诗——八年来一件大事》,《胡适文集》第 2 册第 125 页,北京:北京大学出版社 2013 年版。

⑤ 康白情《新诗底我见》,胡适编选《中国新文学大系·建设理论集》(影印本)第324 页,上海良友图书公司 1935 年版,上海:上海文艺出版社 2003 年版。

其后新诗倡导者收集民歌谣曲的思路亦有相通之处。

　　理论的辩论之外,《晶报》文人也加入"尝试"新诗的行列。不妨录一首范君博的新诗作品《一个树叶儿》如下:

> 一个树叶儿吊在地上,
>
> 那满树的树叶儿,各个儿都在那里,被风吹得就的晃荡。
>
> 在地上的,自己觉得平安,
>
> 叫树上的不要慌张,
>
> 说道:"我老了,我们都老了。
>
> 冬天到了,
>
> 我们不能叫走路的人来乘凉,
>
> 何必要遮住走路的人的可爱的太阳?
>
> 你们下来罢!
>
> 把我们蹲过的旧地方,
>
> 让给那雪,那霜,
>
> 等他们都没有了,
>
> 我们的新芽发生,也同我们今年春天一样。
>
> 后来的好光景,都在他们后来的身上。"①

　　我认为,在 1919 年的新诗坛,这样的作品实在可以算是好的了。但比起技术的好坏,我更在意它的姿态。根据丹翁的诗后附注,这首诗表达的是对新旧之争的态度。对于写惯了歪诗谐文的小报文人来说,尤其对于新文化人不屑与之争论的旧派文人来说,能够对新旧的更迭做这样的思考,并用他心目中的新文学的方式

---

① 君博《新体诗两首》,《晶报》1919 年 11 月 24 日第 2 版。

加以表达,即便模仿也好,投机也罢,都值得肯定。此前,丹翁在张恨水文后附歪诗一首:"天生胡适成何用,专为新诗改革来。偏遇对头张恨水,可能从此战端开。"①然而,任凭《晶报》诸子使尽浑身解数,又是理论论辩,又是展示创作,他们所盼望的"从此战端开"的局面仍然没有出现,"忙得很"的胡适再也没有任何回应。

这场辩论终以《晶报》文人唱独角戏尴尬收场,新文化人为捍卫自身先锋地位而表现出一种区隔行为。由此可见,虽然"旧派"主导着1920年前后的文学市场,代表了大众的消费需求,初涉其中的新文学无法与之相比;但新文学的时尚与先锋,亦是一种无形的资本,在一派熟烂的风月情调和游戏文章中,新文学的鼓吹也常常引人注目和仿效。而对于新文化人来说,在关注启蒙效果的同时,也在意启蒙由谁来完成。当"旧派"也开始谈论新文学理论,开始处理诸如婚姻自由、个性解放这类题材时,新文化人似乎流露出先锋性丧失的失落感:"旧的人物,你去做你的墓志铭,孝子传去吧。何苦来又要说什么'解放',什么'问题'"。②沈雁冰在《反动?》一文中如此回应"旧派"的新变:

> 凡是反动,一定处处要和敌对的一方相反,近来的通俗刊物却模仿新文学(虽然所得者只是皮毛);新文学注意劳动问题,妇女问题、新旧思想冲突问题,通俗刊物也模仿,成了满纸"问题"……所以"通俗刊物"之流行,决(绝)不是"反动",却是潜伏在中国国民性里的病菌得了机会而作(做)最后一次的发泄罢了。③

有人提出"调和新旧文学",主张新文学除了于消极的方面对旧

---

① 见《晶报》上恨水《纯粹新诗决做不好》文后。
② 西谛《思想的反流》,《文学旬刊》第 5 号,1921 年 6 月 20 日。
③ 沈雁冰《反动?》,《小说月报》第 13 卷第 11 号,1923 年 11 月。

文学采取猛攻之外,还应从积极的方面对其有所扶持,"时常回回头,招呼招呼他们,指点指点他们,教他向光明正大的路上走去",①对此西谛(郑振铎)的回应是,新旧文学"没有调和的余地"。②

第四节 沈雁冰失意《小说月报》

在 1920 年代初上海出版业这个巨大的关系网络中,不同的力量都在为维护或改变资本分配的现状,从而维护或改变自身的位置而斗争。然而,资本的分配并不只发生在新旧之间,话语权力的斗争并非单一维度。沈雁冰如何成为《小说月报》的主编,《小说月报》的革新和文学研究会的关系怎样? 这个过程的辨证,可为我们观察新旧之争提供另一重参照,有助于我们发现隐藏在新文学对外集体性姿态中的内部抵牾。

说到沈雁冰入主《小说月报》,一般认为是商务印书馆为挽救《小说月报》的颓势而邀请沈雁冰来担任主编,一个"请"字其实模糊了一些细节。沈雁冰入商务印书馆编译所,仰仗的是孝廉公出身的表叔卢鉴泉与商务印书馆北京分馆经理孙伯恒的交情。孙受卢之托把沈雁冰(当时他多用"沈德鸿")转荐给总经理张元济,张遂将沈安排到编译所英文部。这些在茅盾回忆录《我走过的道路》中都有记载。另据张元济日记,沈雁冰当时的月薪是二十四元,③

---

① 厚生《调和新旧文学进一解》,《文学旬刊》第 6 号,1921 年 6 月 30 日。

② 参见西谛《新旧文学的调和》,《文学旬刊》第 4 号,1921 年 6 月 10 日;西谛《新旧文学果可调和么?》,《文学旬刊》第 6 号,1921 年 6 月 30 日。

③ 张元济日记 1916 年 7 月 27 日"用人"一项记载:"伯恒来信,卢鉴泉荐沈德鸿。复以试办,月薪廿四元,无寄宿",张元济《张元济日记》(上),石家庄:河北教育出版社 2001 年版。另外,茅盾也回忆当时自己的月薪确是二十四元,同事胡雄才告诉他"这是'编译'一级最低的工资",见茅盾《我走过的道路》第 119 页。

属于编译员中的最末等。当时与沈雁冰共事的孙毓修月薪是 100 元，但据沈回忆，每月百元进账的孙还不时抱怨薪水少，称其他与自己同资历的能拿到百元以上。[①] 可想而知，沈雁冰在当时的商务编译所只是个小字辈。直到 1919 年，他编辑《小说月报》"小说新潮"的前一年，他的月薪也只有五十元，所做的工作也不固定，多半是商务的哪个刊物需要，他就编些稿子，用他自己的话说就是"打杂"。[②] 另一方面，虽然当时北方的新文化运动已经如火如荼，但身在上海的沈雁冰，并未与这场运动发生关联，他甚至只是和普通的沪上"新青年"一样，好奇地拥上街头听南下的学生讲北方的新闻。所以，对于这样一个于内部资历尚浅，于外部又缺乏新文化资源的年轻人来说，能主编《小说月报》应该是一个难得的机遇，而正是《小说月报》的影响力，使默默无闻的编译员沈德鸿一夜之间成为上海报界的知名主编沈雁冰，这不仅让他的薪水翻番，更让他从此进入新文化运动的中心。

　　沈雁冰得以入主《小说月报》，除了他的个人能力以及在商务编译所四年打下的基础，还不能不提及文学研究会的成立。《小说月报》的革新与文学研究会的成立几乎同步，革新后的《小说月报》也一直以文学研究会机关刊物的面貌示人。关于二者的关系，文学研究会的主要发起人郑振铎有过如下回忆：

　　　　为了对于文学兴趣的浓厚，我们便商量着组织一个文艺协会。第一次开会便借济之的万宝盖胡同的寓所。到会的有蒋百里、周作人、孙伏园、郭绍虞、地山、秋白、菊农、济之和我，

---

① 见茅盾《我走过的道路》（上）第 129 页。
② 茅盾《我走过的道路》（上）第 167 页。

还约上海的沈雁冰,一同是十二个人,共同发表了一篇宣言,
这便是文学研究会的开始。

　　高梦旦先生到了北平来,我和济之去找他,预备在商务印
书馆出版一个文学杂志。梦旦先生说,还是把《小说月报》改
革一下吧。当时便决定由沈雁冰接办《小说月报》,而由我负
责在北京集稿寄去。①

对此,茅盾的回忆有些不同:

　　后来我才知道,张菊生和高梦旦十一月初旬②到过北京,
就和郑振铎他们见过面,郑等要求商务出版一个文学杂志,而
由他们主编(如《学生杂志》之例),张、高不愿出版新杂志,但
表示可以改组《小说月报》,于是郑等就转而主张先成立一个
文学会,然后再办刊物。张、高回上海后即选定我改组《小说
月报》。③

　　在郑振铎的叙述中,"十二人宣言"在前,预备办文学刊物在
后。茅盾则认为,郑等人想借助商务办文学杂志在前,遭拒绝后才
转而考虑成立文学研究会。再看张元济 1920 年 10 月 23 日日记
对此事的记载:

---

　　①　郑振铎《想起和济之同在一处的日子》,1947 年 4 月 5 日《文汇报》,收入《郑振
铎全集》第 2 卷,引文见第 581～582 页,石家庄:花山文艺出版社 1998 年版。
　　②　茅盾记忆的时间与事实可能略有出入,据《张元济日记》记载,他和高梦旦在
京的时间是 1920 年 10 月,见《张元济日记》(下),第 1027、1028 页。
　　③　茅盾《革新〈小说月报〉的前后》,见《我走过的道路》(上),第 179 页。

昨日有郑振铎、耿匡号济之两人来访,不知为何许人。适外出未遇。今晨郑君又来,见之。知为福建长乐人,住西石槽六号,在铁路管理学校肄业。询知耿君在外交部学习,为上海人。言前日由蒋百里介绍,愿出文学杂志,集合同人,供给材料。拟援《北京大学月刊》艺学杂志例,要求本馆发行,条件总可以商量。余以梦旦附入《小说月报》之意告之。谓百里已提过,彼辈不赞成。或两月一册亦可。余允候归沪商议。①

根据张元济日记的时间,以及十二人宣言通过的准确时间1920 年 12 月 4 日,我们大致可以判断,"十二人宣言"的通过应该发生在郑振铎拜访张元济、高梦旦之后。从这一点来看,茅盾的叙述更为准确。试想,如果发表"宣言"在前,郑振铎在与张、高二人的会谈中应该会摆出以周作人为首的十二人阵容,甚至"幕后"的鲁迅,那么两位商务高层就多少会有所松动,至少张元济在上述这则日记中应该提及。可见,当时郑振铎可能并未与周作人等商定创立文学研究会一事,只是希望借助商务印书馆的力量办一个新文学杂志。对此,商务方面主张"附入《小说月报》"而不同意另办刊物,其原因可以参考张元济 1916 年 8 月 23 日日记:

周厚坤介绍麻省理工学校学生会合办实业杂志事。经梦与商,附入《东方杂志》。渠等不满意,仍与中华合。细思,恐若辈难于有始有终。决议听其与中华合办。②

---

① 张元济《张元济日记》(下),第 1027、1028 页。
② 张元济《张元济日记》(上),第 144 页。

两次的情况非常相似,商务方面的处理也大致相同。张元济和高梦旦早年都曾参与维新,对于新文化并无芥蒂。为了使商务紧跟时代潮流,张、高二人还专程北上邀请胡适担任编译所所长。他们之所以先后拒绝麻省学生办实业杂志、郑振铎等办文学杂志的请求,恐怕还是从商务的切身利益出发,"恐若辈难于有始有终",毕竟彼时有志于办刊物的学生太多,而短寿的不在少数。以商务这样的出版巨擘,对每一种出版物都要有长远的规划,办刊而中途夭折,恐有损声誉。但张、高仍然提出"附入《东方杂志》"、"附入《小说月报》",两份杂志都堪称商务的金字招牌,销量稳定,能在这样的刊物上施展拳脚,未见得比另起炉灶差(后来的事实证明了这一点);对商务方面来说,这样做能够为老牌杂志注入新鲜血液,有限的革新又正好试探市场的反应,便于随时调整编辑策略。

但是,无论是麻省学生还是郑振铎,都一心要办同人杂志。根据所引日记,在商务碰壁后,麻省学生转向中华书局。面对自己最大的竞争对手,张元济经过一番仔细考虑,最终"决议听其与中华合办"。郑振铎在与张、高的会谈后,就开始多方联系当时有声望的新文化人,组建文学研究会。这也说明之前张、高不太放心的正是他的编辑队伍。虽然联络北大的胡适、康白情,留日的郭沫若和田汉均未获成功,但郑振铎却得到了周氏兄弟的宝贵支持。试想,如果文学研究会筹划在前,以周氏兄弟的影响力,商务同意出专刊也不是没有可能。这恰恰从另一个侧面说明了《小说月报》革新的偶然性。

至于《小说月报》的新主编是如何确定的,茅盾和郑振铎的回忆也有出入。根据前面的引文,郑振铎认为他与沈雁冰相识在前,而后在 1920 年 10 月他与高梦旦的会晤中,"当时便决定由沈雁冰接办《小说月报》,而由我负责在北京集稿寄去"。郑振铎之子郑尔康的表述更为明确:

父亲见办刊物无望,灵机一动,便说:"我可以推荐一个合适的人,他就在商务,叫沈雁冰。"父亲当时与沈雁冰先生虽然还未见过面,但关于新文学的问题,常有书信往来,可说是"神交"已久。

高先生回沪后,便在馆内了解沈雁冰其人,当他得知沈雁冰就是编译所正在编辑《小说月报》"小说新潮"栏的"沈德鸿"时,连说:"太巧了! 真太巧了!"于是,决定由沈德鸿来负责《小说月报》的全面改革。①

高梦旦之女、郑振铎之妻高君箴女士回忆此次会见时说:"当高先生谈明来意后,振铎便向他推荐了当时就在商务印书馆工作的'雁冰'。'雁冰'是茅盾先生开始写白话文时用的笔名,这时在'商务'用的名字叫沈德鸿。这是高先生回沪后才知道的。"②

对此,茅盾的回忆是另一番情形。据他回忆,在他已经答应出任月报主编后,曾给在《小说月报》发表过小说的王统照发信约稿,却意外收到郑振铎的回信,说自己是王统照的好朋友,愿意集合同人给月报供稿,并邀请沈雁冰参加文学研究会。谈到郑振铎,茅盾特别用括号加了说明:"当时我不但不认识他,并且不知道有这样一位搞文学而活动能力又很大的人。"③谈及《小说月报》与文学研究会的关系,茅盾说:

改组后的《小说月报》一开始就自己说明它并非同人杂

---

① 郑尔康《石榴又红了——回忆我的父亲郑振铎》,第62~63页,北京:中国人民大学出版社1998年版。

② 见高君箴口述《郑振铎与〈小说月报〉的变迁》,原载1979年5月22日《新文学史料》第3期,引文引自陈福康编选《回忆郑振铎》第144页,上海:学林出版社1988年版。

③ 《我走过的道路》第181页。

志。它只是出版商的刊物。我任主编也是在演"独角戏",稿件的去取,只我一人负责。事实上,所谓"小说月报社"只是我和一个校对(兼管稿件登记)而已……①

比较两方的叙述,一方说素不相识,另一方说不仅"常有书信往来",更有推荐之举;一方强调非同人杂志,一方则认为从北京供稿是早就定下的。撇开记忆偏差,我想两种叙述某种程度上透露了两人潜意识里的不同逻辑:郑振铎先文学研究会后《小说月报》的排列,对自己推荐主编人选的暗示,对同人供稿的认定,似乎在表明文学研究会对《小说月报》革新起到的决定性作用;而茅盾声明自己与郑振铎不相识以及强调月报的非同人性质,则是在偏离这一逻辑。他突出"半革新"时期"打开缺口"的历史意义,也意在说明早在文学研究会同人介入之前他就已经着手革新《小说月报》了。

郑振铎借商务办刊的希望落空后,转而借《时事新报》办《文学旬刊》。1921 年 4 月沈雁冰在革新后的第 4 期《小说月报》发表《译文学书方法的讨论》,其中提出翻译文学的人须有创作天才。② 随后,郑振铎即在《文学旬刊》撰文表示反对,认为从事翻译不一定需要创作功底。③ 紧接着,1921 年 5 月第 5 期的《小说月报》刊登了沈雁冰撰写的征文启事,以"风雨之下"为题悬赏征文。郑振铎看了征文启事后马上做出反应,在 6 月出版的《文学旬刊》上发表了署名西谛的《悬赏征文的疑问》:

---

① 《我走过的道路》第 183 页、184 页。

② 沈雁冰《译文学方法的讨论》,《小说月报》12 卷 4 号,1921 年 4 月。

③ 西谛《翻译与创作天才》,《文学旬刊》第 2 号,1921 年 5 月 20 日第 4 版。

　　《小说月报》自今年改革以来，内容很精彩，趋向也非常正当。只是在第五期上忽有悬赏征文的广告登出。出了一个《风雨之下》的题目，限人家几千字做。这未免有点不对了。文章是情绪与思想的自然流露。人家出题目，又限字数，所作的文章有价值么？这办法又是正当的么？我不免有些疑心。①

　　十天后，沈雁冰发表了《答西谛君》。② 对郑的质疑，他显然非常在意，用了较长的篇幅，做了郑重而不失技巧的答辩。他先是援引通过征文脱颖而出的西方作家的案例，以此说明征文对于发现新人、促进创作的意义；进而又表达了对创作界"垄断状态"的不满，称征文就是欲"搅动呆板的空气"。又说，欲扫除旧文学观念"不能只靠最少数人的努力罢？"之所以拟"风雨之下"为题，就是要发动更多人关注当下。最后，针对郑文中提到"文章是情绪与思想的自然流露"，他回答："我岂不知题目出了，一定有人拿'文章是情绪与思想的自然流露'这一句冠冕堂皇的话来驳斥，但我觉得借此考察是有益的事，所以便竟出了题目。"同为文学研究会成员，又一个台前一个幕后共同致力于《小说月报》的革新，如果说，之前关于翻译问题的讨论还可以在学理讨论的范围内去理解的话，那么针对一个无足轻重的编辑策略展开公开辩论，就难免使人产生联想。也许在他们看来，悬赏征文并非只是一个无足轻重的编辑策略。我的理解是，从沈雁冰的立场出发，革新后《小说月报》让一部分老读者不适应，悬赏征文为的是刺激读者的积极性；另一方面，文学研究会源源不断的供稿压缩了沈雁冰的编辑空间，征文或许是他

---

① 　西谛《悬赏征文的疑问》，《文学旬刊》第 4 号，1921 年 6 月 10 日第 3 版。

② 　沈雁冰《答西谛君》，《文学旬刊》第 5 号，1921 年 6 月 20 日第 4 版。

谋求更大自主权的一种尝试。

1922 年下半年,沈雁冰决定辞职。在 70 年代撰写的多篇文章中,他把辞职的原因归结于他撰文批评《礼拜六》等杂志,王云五害怕得罪后者,对他编辑的稿子进行审查。的确,沈雁冰是写过几篇批判"《礼拜六》派"的文字,但主要都发表在 1922 年下半年他已决意并获准从《小说月报》辞职之时,譬如《自然主义与中国现代小说》发表于 1922 年 7 月,《真有代表旧文化旧文艺的作品么?》发表于 1922 年 11 月,《反动?》发表于 1923 年 11 月,只有针对《申报·自由谈》的《这也有功于世道吗?》发表于 1921 年 7 月,用的却还是"玄"这个时人并不熟悉的笔名。其实沈雁冰对待"《礼拜六》派"的态度与郑振铎相比实在要算客气,也远不及他和创造社之间的相互谩骂来得刻薄。如果说"商务当局"不能容忍他对"《礼拜六》派"的批评,那无法解释态度更激烈的郑振铎接替他成了月报新主编。沈早在 1921 年编了 8 期《小说月报》之后就流露去意,在与周作人的通信中他对当时的情形颇多抱怨:

> 小说月报出了八期,一点好影响没有,却引起了特别意外的反动,发生许多对于个人的无谓的攻击,最想来好笑的是因为第一号出后有两家报纸来称赞而引起同是一般的工人的嫉妒;我是自私心极重的,本来今年揽了这捞什子,没有充分时间念书,难过得很,又加上这些乌子夹搭的事,对于现在手头的事件觉得很无意味了。①

---

① 1921 年 9 月 21 日雁冰致启明信,《茅盾全集》第 36 卷(书信一集)第 32 页、33 页。

　　我们无法猜测"同是一般的工人的嫉妒"指的是什么,但从中可以看出单是"《礼拜六》派"的"反动"并不足以造成沈雁冰的辞职,沈雁冰的水深火热来自于月报销量的下滑、创造社的口诛笔伐,商务内部的人事纠葛,也包括与郑振铎为代表的文学研究会的内部抵牾。

　　尽管有人认为新文学史对于 1921 年《小说月报》革新和文学研究会成立的意义做了过分的渲染,但我仍然认为这两起事件对1920 年代文坛施加了非常具体的影响。1920 年代之前,新文学和通俗文学一方在学院内,①一方在出版界,二者以截然不同的方式运作,而文学研究会与《小说月报》的关联,缩短了地域的空间,把京沪文人的隔空喊话拉近到书局报馆林立的上海望平街的几幢楼房之间,并进而把双方纳入到了同一个关系网络,即报刊媒介的运作中。② 由此而带来多维关系的互动,影响着 1920 年代的文坛格局。1920 年代初诸多文坛事件,看似通过新旧对峙的形式呈现出来,实际背后涌动的是围绕各种类型资本展开的更为多元、复杂的区隔与互动。它并不像我们曾经想象的,由一个沈雁冰,一份《小说月报》当了先锋,将一众笼统被称为"鸳鸯蝴蝶派"或"旧派"的文人赶出了文坛。

------

　　①　虽然新文学此前已进入传播领域,但与 1920 年代通过商务印书馆运作还是有很大的不同。

　　②　荷兰学者贺麦晓以布尔迪厄"场域"理论分析 1920 年代的中国文坛,对我颇有启发。他认为正是在 1920 年代初,"活跃于北京的大学校园和大学综合性刊物的白话新文学创作(诗歌、小说、戏剧、散文)随着它们的作者南移上海,进入了'文学场',出现在商务印书馆等大型出版社发行的文学刊物和丛书中。"参见贺麦晓《二十年代中国"文学场"》,《学人》第十三辑,江苏文艺出版社 1998 年 3 月出版。

下　编

第四章　《玉梨魂》：史诗时代的
大众抒情文本

引　　论

徐枕亚的《玉梨魂》于 1912 年 8 月在上海《民权报》连载，[①]后出单行本，翻印不绝。张静庐曾回忆：

> 在许多单行本小说里，最风行的要推徐枕亚的《玉梨魂》了。这是偶然的发现——一位曾在民权报馆当营业部职员的马志千先生，没有事了，就将《民权报·副刊》上登过的文章分类编成几集《民权素》。印出来后，销路很不错，因而他就将长篇连载的小说《玉梨魂》另印单行本发卖，不料出版不到一二个月，就二版三版都卖完了。为了版权问题和原作者发生了纠葛，两方都登着广告互相攻讦起来，于是，这一部骈四俪六

---

① 《玉梨魂》的初刊时间，除樽本照雄外，各家均未坐实。但樽本照雄《新编增补清末民初小说目录》认为《玉梨魂》"1912 年 6 月起在《民权报》副刊连载"也不准确（参见该书第 912 页，贺伟译，济南：齐鲁书社 2002 年版），准确的时间应为 1912 年 8 月 3 日。当时《民权报》采用中西两历标注时间，中历标为"旧历壬子六月二十一日"，樽本照雄之误或因为此。另外各家均认为《玉梨魂》连载于《民权报》副刊，实际上当时《民权报》副刊是《民权画报》，而《玉梨魂》则刊于《民权报》第 11 版"小说二"栏。

的哀情小说，就随着他们的互讦而大销特销了。我们如果替民国以来的小说书销数做统计，谁都不会否认这部《玉梨魂》是近二十年来销行最多的一部。[①]

《民权素》创刊于 1914 年 4 月 25 日，而民权出版部推出《玉梨魂》单行本应在 1913 年，[②]早于《民权素》，因此张静庐此处的回忆在时间上不够准确；不过《玉梨魂》的热销导致徐枕亚与老东家民权出版部发生纠纷却是事实，有徐枕亚文为证——在第十六期《小说丛报》(1915 年)上徐枕亚发表了一则启事：

> 鄙人前服务于《民权报》时，系编辑新闻，初不担任小说，《玉梨魂》登载该报，纯属义务，未尝卖与该报有关系之个人，完全版权，应归著作人所有，毫无疑义。嗣假陈马两君出版，两年以还，行销达两万以上，鄙人未沾利益，至前日始有收回版权之议，几费唇舌，才就解决。一方面交涉甫了，一方面翻印又来，视聘欲逐，竟欲饮尽鄙人之心血而甘心，深恨前著此书，实自多事。今特牺牲金钱，将此书印行赠送，以息争端，而保版权，此布。[③]

---

① 张静庐《在出版界二十年》第 23、24 页，西安：西北大学出版社 2019 年版。

② 关于《玉梨魂》单行本初版本，各家看法不一。范烟桥写于 1927 年的《中国小说史》认为《玉梨魂》"民国元年初版，二年十一月再版"(苏州秋叶社 1927 年 12 月版第 268 页)，恐不确，因《玉梨魂》1912 年 8 月才开始在《民权报》副刊连载，直至 1913 年连载完毕。刘纳《嬗变》认为 1913 年 9 月由民权出版部初版(北京：中国人民出版社 2010 年版，第 163 页)，但樽本照雄《新编增补清末民初小说目录》中又记录了更早的版本 1913 年 1 月版(第 913 页)。各家对初版本的不同认定，或许正反映了《玉梨魂》在民初几年间翻印之密集。

③ 徐枕亚《小说丛报》启事，《小说丛报》1915 年第 6 期。

枕亚启事中所言"陈马两君"中的"马"，应当就是上文中张静庐提到的《民权报》职员马志千。徐枕亚当初入《民权报》，本来以撰"论说"为主，一时技痒做了《玉梨魂》说部，既属自娱，也就不取稿酬。没想到小说不仅得以集结出版，而且一版再版，这才想起收回版权。所谓"牺牲金钱，将此书印行赠送"，指的是徐枕亚自印一种《玉梨魂》单行本，①又将故事情节改头换面后写成《雪鸿泪史》，将《玉梨魂》作为《雪鸿泪史》的赠品"捆绑"出售，以此断"民权版"和其他各种版本的销路。如此一来，正如张静庐所言，两书"就随着他们的互讧而大销特销了。"严芙孙也曾提及《玉梨魂》和《雪鸿泪史》二书，称其"曾经再版数十次，销数在几十万以上，连得香港和新加坡等处，都翻版不绝，中国近代名人著作中，没有比这两部书销场再大的了"。②

鲁迅在《中国小说史略》中提到清末谴责小说的活跃，阿英《晚清小说史》也认为，谴责小说是庚子前后主导的小说类型，而"两性私生活描写的小说，在此时期不为社会所重，甚至出版商人，也不肯印行。"③但是《玉梨魂》在民初的轰动一时，令两性题材骤然升温，除了徐枕亚继《玉梨魂》之后的《雪鸿泪史》《余之妻》等依旧热销外，吴双热的《孽冤镜》《兰娘哀史》《断肠花》，李定夷的《霣玉怨》《茜窗泪影》《鸳湖潮》等也都获得民初读者的青睐，进而掀起了一股以绮语写哀情的小说潮流。潮流之中，难免泥沙俱下，1915 年《小说月报》针对言情小说泛滥的局面征集讨论，主编恽铁樵先后发表《答刘幼新论言情小说书》④《论言情小说撰不如译》⑤二文，痛斥言情泛滥，

---

① 即《小说丛报》社 1915 年版，见樽本照雄《新编增补清末民初小说目录》第 913 页。
② 魏绍昌编《鸳鸯蝴蝶派研究资料》第 462 页，生活·读书·新知三联书店香港分店 1980 年版。
③ 阿英《晚清小说史》，《阿英全集》第 8 卷第 7 页，合肥：安徽教育出版社 2003 年版。
④ 《小说月报》第 6 卷第 4 号，1915 年。
⑤ 《小说月报》第 6 卷第 7 号，1915 年。

声称《小说月报》对于此类小说弃之不用,虽未指明《玉梨魂》等小说,但他痛批以骈文做小说、满纸饾饤的创作倾向,实际直指《玉梨魂》要害。这也从一个侧面反映了《玉梨魂》在民初小说创作中的示范效应。《玉梨魂》不仅吸引了小说家群起仿效,也得到其他媒介的关注——1924年上海明星公司将《玉梨魂》拍成电影,由郑正秋改编剧本,张石川、徐琥导演,王献斋(饰何梦霞)、王汉伦(饰梨娘)主演。1926年,《玉梨魂》又被民兴社改编为舞台剧上演。

以版权纷争充当传播的推手,从批量印刷到带动潮流,再到媒介转换,以上种种都在表明《玉梨魂》完成了一个经典通俗文本的传播过程。然而这恰恰也是令人不解的地方,因为小说本身并不太像一个经典的通俗小说文本,比如情节的稀薄、语言的"雅"、文体的实验性。本章希望探讨的是,何以这样一部带着文人化色彩及鲜明的作家个人印记的作品,能在民初风行一时并迅速演变为一股类型化的哀情潮流?它如何在早已发展到熟烂的"才子佳人"传统中翻唱新声,又如何为遭遇理论困境的晚清"写情小说"开辟路径?这部极言婚姻不自由之痛同时膜拜女性守节的奇作,如何在民初社会中实现了意外的启蒙?

第一节　晚清新小说的写情焦虑

《玉梨魂》讲述了何梦霞与白梨影(梨娘)的爱情故事。苏州青年梦霞来到无锡某乡村小学当教师,寄居亲戚崔家,与孀居的梨娘相爱。梦霞的同事李先生从中作梗离间二人,梨娘决心斩断情愫,转而促成小姑筠倩与梦霞结合。最终梨娘、筠倩相继死去,梦霞投身辛亥革命,战死武昌城下。

历来的研究均肯定小说在前"五四"时代引发了对"贞节"、"再醮"的伦理思考,却也往往质疑,小说对两性关系的处理是不真实的。如夏志清先生写于上世纪 80 年代的一篇文章就指出,这对恋人唯一一次会面(第十八章"对泣")竟然充斥着诗文酬唱,显得相当不自然。梨娘甚至吟诵了《罗密欧与朱丽叶》中的几句台词,它们恰好出自该剧第三幕第五场,莎士比亚笔下的恋人已经花了一夜缠绵,中国的恋人却连手都没有牵。随后,他又将中国恋人的表现与《少年维特之烦恼》中维特和绿蒂的表现做了比较:

But though on this occasion he is as much of a spiritual lover and lachrymose poet as Meng-hsia, Werther cannot restrain himself from demonstrating his thirst for love in physical terms—the only scene of this kind in the whole novel—and Charlotte cannot but reciprocate. *The Sorrows of Young Werther* would have been an incomplete novel without this scene giving concrete proof of the hero's desperate need on the eve of his suicide, and we may say of *Yü-li hun* that it would have been a work of greater truth and power if its lovers, who are much more in love, had on rare occasions yielded to caresses under the power of their emotion. (虽然维特与梦霞一样是一个精神的恋爱者和善感的诗人,但此刻他不能遏制自己对于肉体的渴求,绿蒂也不能,所以回应了他,这是整部小说中唯一的一次。如果缺少男主人公自杀前夜这一幕来明确地展示他强烈的欲望,《少年维特之烦恼》将是不完整的。所以我们可以认为,如果《玉梨魂》中那对更加相爱的恋人能够在情感力量的驱使下,仅有一次地屈服于彼此的爱抚,那么《玉梨魂》将会是一部更具真实性更有力量

的作品。)①

　　夏志清先生提出的问题，为研究这部作品提供了一个切入口。
他质疑的是小说的真实性：梦霞与梨娘自始至终"发乎情而止乎
礼"。但此处可能恰恰需要暂时搁置"真实性"标准，将《玉梨魂》置
于晚清以来写情小说理论和创作的脉络中去考察，才能更好地理
解作者对两性关系所做的不近人情的处理。

　　上文提到，晚清关乎两性私生活的小说一度不被重视，各种
"怪现状"与"现形记"成为小说主流。然而"才子佳人"毕竟是中国
传统小说（戏剧）的一条深脉，尤其当理论家奋力鼓吹的"政治小
说"从理论到实践都显示出干涩的情况下，"才子佳人"题材的回归
无疑是对新小说最好的润滑。向才子佳人传统寻求资源，当然不
自《玉梨魂》始，早在新小说理论提出之初，这一题材就已经包括在
梁启超的类型规划内。1902 年，梁启超开列"新小说"的七大类
型，其中就包括"写情小说"。② 他曾做《新罗马》传奇一种，于《新
民丛报》连载。③ 因旷日持久，恐读者失去兴趣，遂又从中择出部
分，"加将军侠情韵事作为别篇"，④成《侠情记》，另在《新小说》发
表。可见，他对于"情"的效用看得非常清楚，同样的题材，以"侠情
韵事"佐之，效果自然有所不同。问题在于，新小说的出发点是"新

---

　　① 　夏志清（C. T. Hsia）Hsü Chen-ya's *Yü-li hun*：An Essay in Literary History
and Criticism，C. T. Hsia on Chinese literature（2004 Columbia University Press），p.
302—303，此处使用笔者的译文。另可参考欧阳子译《〈玉梨魂〉新论》，《中国文学纵
横》第 284 页，上海：上海人民出版社 2019 年版。

　　② 　梁启超《中国唯一之文学报〈新小说〉》，《新民丛报》第 14 号，1902 年。

　　③ 　见《新民丛报》1902 年第 10 至 13 号、15 号、20 号和 56 号，1902 年 6 月 20 日
至 1904 年 11 月 7 日，署名"饮冰室主人"。

　　④ 　见《侠情记传奇》第一出文后说明，《新小说》第 1 卷第 1 号，第 156 页，横滨新
小说社，光绪二十八年（1902）十月十五日刊。

民"，所欲"新"者，就包括他所痛恨的"儿女情多、风云气少"的病靡风尚。这就决定了他对于"写情"的态度十分暧昧。在他所罗列的七大小说类型中，"写情小说"排在历史小说、政治小说、哲理科学小说、军事小说、冒险小说、探侦小说之后，位列最末，这大致反映了几种题材在他心目中的座次。相比其他各种小说的推介力度，"写情小说"的提出显然要谨慎得多：

> 人类有公性情二：一曰英雄，二曰男女。情之为物，固天地间一要素矣。本报窃附《国风》之义，不废《关雎》之乱，但意必蕴藉，言必雅驯。①

对于"历史小说"和"政治小说"，梁启超显然有着充分的设想，拟刊登的篇章、要目也都已列出，对于"写情小说"则只作了如上简短说明，给人感觉是聊备一格，这或许正反映了他态度的犹疑。"意必蕴藉，言必雅驯"是他给写情小说规定的尺度，这一尺度含混而又坚决，在他当时发表的相关论述中，除《桃花扇》②外，几乎没有符合他心目中这一标准的。即便《红楼梦》，也被他斥为"诲淫诲盗"③。

在梁启超的影响下，理论界对写情普遍持谨慎态度，这无论给作家创作或编者遴选都带来了一定困难。前六期《新小说》杂志中，并没有刊登写情小说。1902 年 10 月梁启超在《新民丛报》上发表

---

① 梁启超《中国唯一之文学报〈新小说〉》，《新民丛报》第 14 号，1902 年。

② 晚清新小说倡导者经常将戏曲也纳入小说的范畴，如浴血生就认为："传奇，小说之一种"，见《新小说》第 8 期"小说丛话"栏"浴血生二则"。在这一期和第 7 期的"小说丛话"栏中，浴血生和梁启超分别对《桃花扇》做了评论，梁启超对此剧评价甚高。

③ 梁启超《译印政治小说序》，见《清议报》第一册，光绪二十四年（1898）十一月十一日刊。

《新小说社征文启》①，此文中他对写情小说的态度与之前有所不同，明确表示"本社所最欲得者为写情小说"，显示了对写情小说的渴望，也显示了此类小说的乏善可陈。只是和"意必蕴藉、言必雅驯"一样，梁启超再次对写情小说开出附加条件——须"写儿女之情而寓爱国之意"。而后第 7 期《新小说》第一次出现了"写情小说"一栏，刊登了狄楚青②的短篇小说《新聊斋·唐生》。单看标题，以为是谈鬼说狐的"某生体"，实际与鬼怪无关。根据作者文末交代，此文由旧金山某华文报中所载事实演述而来：旧金山华人后代唐生与芝加哥姑娘漪娘青梅竹马，漪娘一心嫁唐生，唐生却因华人在美受歧视而拒绝了她，漪娘随后以死殉情。这篇千把字的短文，号称写情小说，实则与写情毫无关系。除漪娘殉情时留下的两封遗书外，小说对于两位主人公间的感情完全没有铺陈，两人的形貌、性格也几乎未见着墨，甚至对漪娘的殉情也未表唏嘘，倒是花了大段篇幅对唐生拒婚的行为大加赞赏。作者称庚子之后，朝野上下一片媚外。朝廷要员遣女公子为异族将校行酒，京师歌妓以得西人临幸为贵，公派留学生以怀抱西洋美人为风尚，作者因此担忧"种界不严"，我邦将面临绝种的危险，并盛赞唐生拒婚之举乃"保国存种之大义"。③通观全篇，除了大唱保种论调外实无一处关乎儿女之情，很明显，其时正在日本追随康梁的狄楚青，此文完全依梁启超"写儿女之情

---

① 《新小说社征文启》，《新民丛报》1902 年第 19 号。据夏晓虹考证此文出自梁启超之手。该史料的发现参见夏晓虹《吴趼人与梁启超关系钩沉》，《安徽师范大学学报》2002 年第 6 期。

② 狄楚青，原名葆贤，字楚青，号平子，别署楚卿、平等阁主、平情居士等，江苏溧阳人。发表此文时，正在日本追随康梁，常有文字在《清议报》《新民丛报》《新小说》发表。1904 年回国后先后在上海创办《时报》和《小说时报》，另创办有正书局，是清末民初的知名报人和重要的小说理论家。

③ 平等阁《新聊斋·唐生》，《新小说》第 7 号，光绪二十九年（1903 年）七月十五日，横滨新小说社。

而寓爱国之意"的要求而作,作为"新小说"类型提出以来的第一篇"写情小说",它显然是不合格的。

1906 年,上海广智书局出版了吴趼人的小说单行本《恨海》,它被公认为晚清写情小说的开山之作。小说以庚子事变为背景,讲述了一个四合院中生活的两对青年男女在动荡中的聚散离合。吴趼人借助这部作品首次对"写情"理论做了详细的阐发:①

> 我提起笔来,要叙一段故事,未下笔之先,先把这件事从头至尾想了一遍。这段故事叙将出来,可以叫得做写情小说。我素常立过一个议论,说人之有情,系与生俱来,为解人事之前,便有了情。大抵婴儿一啼一笑都是情,并不是那俗人说的情窦初开那个情字……但看它如何施展罢了——对于君国施展起来便是忠,对于父母施展起来便是孝,对于子女施展起来便是慈,对于朋友施展起来便是义。可见忠孝大节无不是从情字生出来的。至于那儿女之情,只可叫做痴;更有那不必用情,不应用情,他却浪用其情的,那个只可叫做魔。还有一说,前人说的那守节之妇,心如槁木死灰,如枯井之无澜,绝不动情的了,我说并不然,她那绝不动情之处,正是第一情长之处。俗人但知儿女之情是情,未免把这个情字看得太轻了。并且有许多写情小说,竟然不是写情,是在那里写魔;写了魔还要说是写情,真是笔端罪过。我今叙这一段故事,虽未便先叙明是写哪一种情,却是断不犯这写魔的罪过,要知端详,且观正传。②

---

① 在此之前吴趼人在《新小说》连载《电术奇谈》时就曾对"写情"做过类似的阐发,但是通过知新室主人以文末点评的方式完成的,且表述不及此处清晰。

② 《我佛山人文集》第 6 卷 187 页、188 页,广州:花城出版社 1988 年版。

　　吴趼人这一番絮絮叨叨的表白,其要旨在于对"情"做一种"泛情化"的阐释,将其从狭义的两性之爱中解脱出来,而将一切关乎人伦情感的因素通通纳入到"情"的范畴。也是在 1906 年,几乎和《恨海》的出版同时,符霖的小说《禽海石》由上海群学社出版。在《弁言》中,符霖对"情"的阐说竟与吴趼人如出一辙:

　　　　余以为造物之所以造成此世界者,只是一"情"字。世界上一切形形色色,如彼山川人物、草木鸟兽,何一非情之所集合者?使世界而无情,则天必坠、地必崩,山川人物、草木鸟兽,将莫不化为冰质,与世界末日无以异。故凡生存于此世界者,莫不有情。儿女之情,情之小焉者也。特是人为万物之灵,自人之一部分观之,则凡颠倒生死于情之一字者,实足为造物者之代表。是以善言情者,要必曲绘夫儿女悲欢离合之情,以泄造物者之秘奥而不厌其烦。①

　　吴趼人和符霖不约而同地对"情"做了"泛情化"的阐释,这一定程度上反映了晚清小说家面对写情题材时的普遍焦虑,他们需要通过这样一种技术性的处理,使写情小说合理化。称其为技术性的,因其虽在理论上最大限度扩充"情"的内涵,实际操作中,仍然只能一一落实到儿女之情。那么就只能像吴趼人那样,对所谓"情"与"魔"再做一番区分,以此同才子佳人传统切割。民初写作的徐枕亚也不能不受此影响,他曾为姚鹓雏的《燕蹴筝弦录》做跋,对"情"与"欲"做了一番甄别:

――――――――――

　　① 符霖《禽海石·弁言》,《中国近代文学大系 1840~1919》小说集 6 第 860 页,上海:上海书店出版社 2012 年版。

情之一字，岂易言哉？今人之所言者，皆欲耳，非情也。情与欲之相去仅一间，而界限又至分明，不容稍混。譬之水，明涵细荡于风日之中，活泼泼地，绿净不可唾，情之洁白似之。渊乎不可测，情之深邃似之。一旦溃堤而出，洪流泛滥，不可收拾，则滔滔者皆欲海之波矣。故非胸次湛然，荡涤瑕滓者，不可以言情，亦不足与言情。情之真者，不即不离，超以象外，得其寰中，随手拈来，无非真谛。若着意求之，即为欲。①

徐枕亚竭力区分"情"与"欲"，与吴趼人区分"情"与"魔"的思路是一致的。《玉梨魂》中梦霞与梨娘第一次互诉衷肠的时候，徐枕亚在讲述故事的空隙就迫不及待地跳出来发表了一番生硬的言论：

……梨娘固非文君，梦霞亦非司马，两人之相感出于至情，而非根于肉欲。梦霞致书于梨娘，非挑之也，怜其才而悲其命，复自怜而自悲，同是天涯，一般沦落，自有不能已于言者。梨娘复书，内容如此，正与梦霞之意，不谋而合。梨娘深知梦霞之心，乃有此尽情倾吐之语，此正所谓两心相印。梨娘惟如此对待梦霞，乃真可为梦霞之知己也。不然，稗官野史，汗牛充栋，才子佳人，千篇一律。况梦霞以旅人而作寻芳之思，梨娘以孀妇而动怀春之意，若果等于旷夫怨女采兰赠芍之为，不几成为笑柄？记者虽不文，决不敢写此秽亵之情，以污我宝贵之笔墨，而开罪于阅者诸君也。②

---

① 徐枕亚《燕蹴筝弦录·跋》，《姚鹓雏文集·小说卷(上)》第117页，上海：上海古籍出版社2008年版。

② 徐枕亚《玉梨魂·芳讯》第25～26页，上海：民权出版部1913年9月版，本章该书引文均引自此版本。

"出于至情,而非根于肉欲",同是天涯沦落人而非旷夫怨女的滥调野史,整部《玉梨魂》不厌其烦地传递着这样的信息。这种谨慎的姿态,既是徐枕亚个人的,也显然与晚清新小说的整个理论环境有关。

除了为写情寻求合理化的解释,吴趼人的另一重努力在于,当梁启超的写情理论给实际创作造成一定负担的时候,他试图通过《恨海》找到一个统合"儿女之情"与"爱国之意"的支点,即将人事离合与历史兴亡同构,确立写情小说的悲情基调。吴趼人谈及《恨海》曾言:

> 作小说令人喜易,令人悲难,令人笑易,令人哭难。吾前著《恨海》,仅十日而稿脱。未尝自审一过,即持以付广智书局。出版后偶取阅之,至悲惨处,辄自堕泪,亦不解当时何以下笔也。能为其难,窃用自喜……或不至为大君子所唾弃耳。①

言下对于这部小说还是颇为自得的,得意之处在于其令人"悲",令人"哭"。周桂笙曾评价《恨海》,称其"洋洋洒洒、淋漓尽致、情文兼至、蕴藉风流",如是等等均言过其实,倒是"一往情深,皆于乱离中得之"一语最中肯綮②。吴趼人在写情小说之外,对历史小说也怀有极大的热情,《恨海》之前他在《新小说》上发表了《痛

---

① 《说小说·杂说》五,《月月小说》第一卷第 8 期,1907 年。
② 新广《恨海》,《月月小说》第 3 号,1906 年。此处署名新广,若非由"新庵"错印而来,则当为周桂笙的又一笔名。根据在于《月月小说》自创刊号起每期刊登周桂笙的《新庵译萃》,至第 4 期目录忽变为《新广译萃》,而正文中仍作"新庵"。陈平原、夏晓虹《二十世纪中国小说理论资料第一卷》录为"新庵"。

史》。将人事的离散迁徙置于民族危亡中去呈现,使小说呈现"痛"与"恨"的基调,这在当时的确能一新耳目,也易于赢得认同。其实当初梁启超之所以对《西厢记》没有好感而对《桃花扇》推崇备至,原因正在于前者只写了离合之情而后者则"将五十年兴亡看饱",前者是才子佳人终成眷属的欢情,后者是"极凄惨极哀艳极忙乱"的凭吊,令人读罢"油然生民族主义之思想"。①《恨海》既暗合了这一思路,又一定程度上为儿女情与爱国意的结合找到了解决方案,因而被赋予范式的意义。

　　从梁启超到吴趼人,一方面清楚"写情"对于新小说发展的重要性,另一方面谨慎地与才子佳人小说传统切割,寻找新的写情范式。吴趼人曾言,对于彼时新小说的不满在于"未足以动吾之感情",②《恨海》的创作想必是带着开风气的雄心的。然而遗憾的是,作为一部写情理论的自觉之作,《恨海》实际并没有展现出写情的天赋,它的艺术价值太过有限——作为小说主脑的伯和与棣华的感情线索已经相当粗疏,仲蔼与娟娟的命运作为副线更加粗糙不堪,开篇略作交代后就弃之一旁,直到最末一回匆匆点到而后草草了结,人物刻画更加无从谈起。此外作者的立场模糊不清,由庚子之乱起首,最终竟立意在"批判早婚"上。而出于对写情尺度的顾忌,《恨海》中对两性关系的处理可谓慎之又慎,甚至可以说完全屏蔽了对情的直接描绘。整部小说中表现棣华与伯和感情沟通的笔墨少之又少,两处而已,且说是写情,实则回到歌颂妇德、贞节的老路,弥漫着浓重的训教意味:一处在小说开始部分,棣华与伯和定亲而未嫁娶,即便逃难之中,即便有母亲陪伴而又有案几将土炕

---

① 《新小说》第 7 期"小说丛话"栏第八篇饮冰语。

② 吴趼人《月月小说序》,《月月小说》第一卷第 1 号,1906 年。

一分为二,棣华仍恪守妇道不愿与伯和同炕而眠,甚至不愿与伯和同坐一辆马车。而作者显然对此十分赞许。此时尚未堕落的伯和,也恪守男女授受不亲的古训主动避让。另一处在小说结尾部分,伯和与棣华阔别数载后重聚,此时伯和已堕落染疾,但棣华不离不弃悉心照料,直至其病亡自己出家守寡。作者着眼于此,实为了显示其"写情"而非"写魔",其结果却并未呈现出他所希望的足以动人之感情。

因此我认为,虽然《恨海》被公认为晚清写情小说的开山之作和代表作,虽然吴趼人一直在理论和实践两个层面致力于拓展写情的空间,但实际上他并没能给晚清小说注入更多写情的因子。自《恨海》问世至民初约五年的时间里,写情小说数量不多,质量也不高,且译作多于原创。文言短篇大体不脱"聊斋某生体"的范畴,常冠以"幻情"之名;文言长篇基本只林纾一家,且均为译作;白话中长篇,或延续儿女情加爱国意的思路,如周瘦鹃的《落花怨》《爱国花》等;或阐扬妇德、贞节,如包天笑的《一缕麻》《画符娘》;或依附于侠义公案,号称"侠情",如吴趼人的《情变》、天虚我生的《柳非烟》等,总体上,晚清新小说在处理写情题材上显得缺乏办法,技巧上也远不如社会小说,这从吴趼人的《恨海》和《二十年目睹之怪现状》即一目了然。

第二节　才子佳人类型的变奏:《玉梨魂》与《玉娇梨》之比较

《玉梨魂》一纸风行,有它的道理。小说以徐枕亚个人的情感经历为蓝本,这首先比诸多理论先行的晚清写情小说带有更强烈而真实的原始创作冲动。专注于表达情感,是其能够在晚清写情小说经过近十年波澜不惊的发展后,突然给人较大震撼的根本原因。与此同时,它的悲剧色彩、处理两性关系的谨慎态度,以及情节对辛亥革命的呼应,都可见其植根于晚清写情小说的发展脉络中。然而,不同于晚清写情小说所刻意表现出的与才子佳人传统切割的姿态,《玉梨魂》明显表现出回归才子佳人传统的倾向。对比《恨海》与《玉梨魂》的情节架构:前者让两对儿女自幼订婚,有意或无意地规避了才子佳人小说中"缘色起慕"、"私订终身"等情节禁区,又以一系列充满训教意味的细节冲淡了情的浓度;后者则绕过了父母之命、媒妁之言,讲述二人通过鸿雁传书萌发的爱情,这其实已然进入到才子佳人小说的情境中。然而,《玉梨魂》一面借助了这样一种高度发达的小说类型,一面又抛弃了其令人厌倦的高度模式化,此种类型的变奏既有助于与读者的阅读前见顺利衔接,又能突破前见,更新读者的审美体验,制造某种熟悉情境中的陌生化效果。

才子佳人小说在唐代由《莺莺传》确立了典范形态。之后由于戏曲的发达,才子佳人题材在元明两际更多地向戏曲转移。通常认为在清初,才子佳人小说形成了模式化的创作潮流,其中又以天花藏主人的《玉娇梨》首开风气,鲁迅《中国小说史略》介绍了这部作品的情节梗概。现将《玉梨魂》与这部和它的名字很相似的《玉娇梨》略做比较,呈现其如何衔接了民初读者的阅读"前见",又如何帮助读者打破这一"前见",建立起新的审美习惯。

《玉娇梨》叙明正统年间甲科太常正卿白玄,遭人陷害被迫出边庭,妻弟吴翰林收留其女红玉,并将红玉带往老家金陵暂避,改名无娇,与其女无艳姐妹相称。一次吴翰林偶得一咏梅佳作,知系赶考书生苏友白所作,不顾其出身贫寒,欲将无娇许之,不想苏友白错把姿色平平的无艳当作无娇,一心只要绝色佳人的他执意不肯入赘。吴翰林一怒之下差人将已考取案首的苏友白黜退。不久白玄荣归，以女儿所作《新柳诗》求和诗、择佳婿。苏友白不知白玄之女红玉便是无娇，提笔应征。借着红玉的丫环嫣素在后花园里鸿雁传书，红玉与苏友白结识。此间有张轨如骗取苏友白佳作得到白玄赏识，又有苏有德为得到红玉骗苏友白北行。虽然二人丑行都被揭穿，但苏友白已行至山东邹县，且遭遇劫匪，马匹钱财俱失，只得卖赋求生，并因此与仗义疏财的"卢公子"梦梨结为知己。梦梨怜友白之才，知有红玉在前，愿将其妹许之为妾。苏友白秋试高中，返回金陵白玄处求亲，恰逢卢梦梨举家投奔白府，方知梦梨与红玉原为表姐妹，前番乃女扮男装。红玉、梦梨皆有意于友白，便效娥皇、女英共侍一舜，双双嫁与友白，三人终日做诗享乐。

《玉娇梨》的情节典型地表现出清代才子佳人小说制造误会与巧合，醉心于经营曲折情节的一般特征。以上梗概已略去诸多枝节，只取其主干，仍然一波三折。不妨再看《春柳莺》一例。此书叙嘉靖年间一才子，姓石名液，道号池斋，河南开封府人氏，自幼迁居苏州府。扬州梅翰林慕其才，聘为塾师。正待赴约，却见玄墓古香亭壁上一咏梅诗，落款"凌春女子"。石池斋为之倾倒，遂搁置赴馆一事寻访美人，却不知梅翰林之女正是凌春。有小人田又玄者，骗了石池斋诗稿即赴扬州混进梅府。石池斋寻访到淮安府，错把毕监生之女当作凌春，其间又遭遇假才子铁不锋搅局，不仅美事不成，反被诬土贼赃主，为官厅追捕。难中幸逢旧友怀伊人相助得以脱身往京应试，怀伊人则带着石池斋所做《杨柳枝》词入梅府揭穿田又玄把戏。梅翰林见《杨柳枝》词便动纳婿之心，进京寻访石池斋不得。后池斋阴差阳错落榜，故地重游得知毕监生坏了官正在拿问，毕小姐下落不明。又从钱公子处得知，毕小姐名临英而非凌春，自己一开始便错访了佳人，却仍不知钱公子系临英女扮男装。

临莺恐池斋一心只恋凌春，又听闻梅翰林求诗纳婿，便女扮男装以池斋《杨柳枝》词前去应征。梅翰林见与前日所见一字不差，便将女儿凌春许之。闺房之中，临莺方现女儿身，并向凌春道出事情原委。二女才貌相当，结为姐妹，商定共侍一夫。那边圣上复审秋试结果，见石池斋文字颇有遗珠之憾，便下令重试，石池斋名列榜首，归来与二美成婚，官未数年便携二美遁隐山林了。

《春柳莺》情节几乎完全脱胎自《玉娇梨》，论经营佳构，则又过之。通过这两部作品可知，结局皆大欢喜，过程极尽曲折之能事，是清代才子佳人小说的一般特征。这种情节的所谓奇巧，在单部作品来看或可成立，两部、三部或更多则大抵千篇一律，令人兴味索然。它的注意力似乎不在写情，其快感来自于为才子佳人制造重重阻碍而后一一化解。公子落难、小人得志、沉冤昭雪，小说在高度模式化的叙事中，呈现出不悲不喜的游戏文状态。这种经营曲折的趣味，影响深远，从晚清写情小说中专门有一类名曰"奇情"小说即可见一斑。

"奇情"小说是写情小说类型中较早定型且创作十分活跃的一种。1905 年 9 月，上海广智书局出版吴趼人的"奇情小说"《电术奇谈》单行本。其实该小说早在两年前即 1903 年就开始在《新小说》连载，早于《恨海》。该小说经过层层转译而来，①讲述了一个异国

---

① 《电术奇谈》自《新小说》第 8 期开始连载，副题为"催眠术"。连载时标明"日本菊池幽芳氏原著，东莞方庆周译述，我佛山人衍义，知新主人评点"，实际上菊池幽芳（1870~1947）所著也是以英国某小说为蓝本，由于原作与作者均难以考证，故菊池究竟是"翻译"还是"翻案"也就不得而知。菊池所著题为《新闻卖子》，明治 30 年（1897）1 月 1 日至 3 月 25 日连载于《大阪每日新闻》，共 75 回，明治 33 年（1900）10 月由大阪骎骎堂出版单行本，分上下两卷。留日学生方庆周将《新闻卖子》翻译成中文，据"我佛山人附记"称"仅得六回，且是文言"，吴趼人又据此"衍义"为二十四回白话版《电术奇谈》。可以想见，这部层层转译、又经吴趼人大幅衍义的作品，一定与原著有较大差异，其中很难剔除清代才子佳人小说的痕迹。

现代版的才子佳人故事:英人喜仲达在印度办矿,与印度贵族之女林凤美相爱,后凤美追随仲达来到英国。仲达将凤美安顿在韶安埠,许诺待自己从伦敦取来牧师的允许状后迎娶凤美。到伦敦后,仲达先访故友苏士马。此人从医,正在研究催眠术,遂以仲达为试验对象,不想用电过量,误伤仲达,令其深睡不醒。苏士马将仲达抛尸于河,又卷其财物逃往法国。凤美久候仲达不至,前往伦敦求助于私人侦探也线索全无,期间误落风尘,又以为仲达欺骗了自己,绝望中投河自尽,却被一相貌丑陋心地善良的人救起。此人名唤钝三,在其照料下凤美恢复健康,而后操琴习曲投身梨园,被聘往巴黎表演。苏士马正在巴黎,偶见凤美为其倾倒,以金镯引诱之。凤美见金镯大惊,原来此原系其随身佩戴之物,后交由仲达收藏而被苏士马据为己有。苏士马见阴谋败露,对凤美施催眠术灭口,幸亏侦探和钝三赶来搭救并擒获苏士马。一日钝三误遭电击,竟然变身一英俊男子,正是昔日仲达模样,原来当初他被催眠投河并未致命,只是四肢五官扭曲、失去记忆,如今再度电击得以恢复原状。仲达遂与凤美有情人终成眷属。可以看出,虽然小说中的人物身份与才子佳人小说大异,但角色功能与情节模式却有相似之处——才子佳人小说中真才子被假才子陷害与佳人发生误会、真才子在正义力量的帮助下或沉冤昭雪或死而复生,与佳人终成眷属等等在这里都有所呈现。可见,在吴趼人从《恨海》中找到"恨"这一写情支点以前,他也仍然只能把兴奋点放在奇情的编织上。

　　反观《玉梨魂》,它的情节十分稀薄,少有曲折且推进缓慢,动辄都是大段的铺排。如第一章"葬花",整章三千多字的篇幅用于渲染梨花零落的景象和主人公惜花伤春的心情;第十九章"秋心"通篇细述梦霞和梨娘误会解除后各自的心境,于外部情节没有任何推进。这种作法原本最为通俗小说所忌讳,但由于它抛弃了那套早已了无新意的离合游戏，转而经营人物的内心线索，将主人公之间的相互倾慕、揣度、犹疑、倾诉、决绝的心理过程一一呈现，因此给读者以新鲜的审美感受。

与外部戏剧性的减弱相应的，是功能性人物的淡化。清代才子佳人小说为了制造曲折，往往安排若干功能性人物，他们非善即恶，完全不见性格，只有功能意义。这些人物分为两类，一类是邪恶的，负责制造障碍，如《玉娇梨》中的杨御史、张如轨、苏有德，《春柳莺》里的田又玄、白随时、铁不锋；另一类是正义的，帮助克服障碍，如《玉娇梨》中的丫环嫣素，《春柳莺》中的花婆、石池斋之友怀伊人等。小说中的一切波折皆源自奸人弄权，小人作乱。而在《玉梨魂》中，这种不断制造障碍、克服障碍的情节链条完全被打破，只有梦霞的同事李某设计离间这一节，还隐约保留了一点才子佳人小说中真才子与假名士斗法的痕迹。但李某仅有的一次作祟原不足以摧毁两人的姻缘，他的出现与退场都十分迅速，刚刚制造了麻烦就马上良心发现，两位主人公也及时消除了误会。小说中的其他人物，诸如鹏郎、崔父、筠倩、石痴，都以正义的面目出现，无一对两人的感情施加任何压力。特别是梨娘的公公崔父这个角色，在以往的才子佳人小说中常以"封建家长"的面目出现，承担设置障碍的功能，小说中却将其塑造成谦谦长者，对梦霞视如己出。梦霞和梨娘几乎是在没有任何可见的压力的情况下，自己一步步走向毁灭。相比奸人弄权，小人作乱而言，这种看不见的力量对人内心的压迫，当然是更具悲剧力量的。

筠倩的出场，让情节节外生枝，也拉开了两人悲剧的大幕。参照才子佳人小说的结构模型，即能理解何以作者要借助筠倩这个人物来制造悲剧。"双旦"结构是清代才子佳人小说最喜用的一种结构方式，上述《玉娇梨》《春柳莺》等都采用了一位才子搭配两位佳人的模式,类似的情况还有不少,这可能成为徐枕亚创作时下意识采用的技术性的结构手段。在《玉娇梨》等小说中,"缘色起慕"是才子佳人的情感定势,佳人之"色"是无论如何不可或缺的要素。《玉娇梨》中,苏友白面对翰林主动招赘,执意要亲验佳人容貌,又由于将相貌平常的无艳误认作无娇而坚决辞婚。《春柳莺》中,石池斋既为凌春诗句倾倒,又对其容貌甚不放心。正因为如此,当才子们一时不能与佳人结合时,恰巧遇见另一美貌佳人,便又寄情别处,最终双旦结构几乎无一例外地导向二女共侍一夫的结局:除《玉娇梨》《春柳莺》结局如此外,《玉支玑》中的佳人管彤秀先与才子长孙肖有情,后因与另一位佳人卜红丝惺惺相惜,二人共嫁长孙肖;《驻春园》中绿筠与云娥共嫁黄生;《宛如约》《麟儿报》和《春柳莺》的情节相似,《宛如约》中赵如子女扮男装与另一佳人赵宛子结婚,而后共嫁才子司空约,《麟儿报》中幸小姐和毛小姐成婚,后再双双嫁与廉清为妻。更有甚者,《玉娇梨》中,苏友白不仅同时娶了红玉与梦梨,连为他传书的丫环嫣素也据为己有。上述作品或许也能够给读者带来阅读的快感,但读者充其量是与之分享"秋试春闱双得意"①的幻觉而无法产生情感的震荡。

《玉梨魂》中,梨娘闺中为筠倩谋婚事的情形,与上述作品中两位佳人闺中结知己的场面,应该是有一定渊源的,这或许透露出作者潜意识中仍怀有功成名就坐拥二美的理想。更有意思的是,才子佳人小说往往赋予二美完全相当的容貌与才华,徐枕亚也是如此,但却给两位女性做了一定的区分:梨娘是素雅温婉的,带有传统佳人的一切美德,筠倩则热情明媚,是新式学堂的女学生,她们是否代表了民初文人女性想象的一体两面? 所幸的是,徐枕亚不

---

① 《玉娇梨》第十五回回目,北京:人民文学出版社 1983 年版。

仅没有让梦霞重温旧式才子坐拥二美的幻觉,而且通过梨娘和筠倩的死彻底否定了佳人间相互替代的可能性。他以"情"置换了"色",强调了情的唯一性,使得双旦结构呈现出与传统迥异的面貌。正如他在小说中所言:"大凡人之富于爱情者,其情既专属于一人,断不能再分属于他人。"①专注于"情",也可视为对汤显祖以来"至情"传统的回归。不同的是,《玉梨魂》接续了"情不知所起,一往而深"的至情传统,却彻底跳脱了"生者可以死,死可以生"的大团圆格局,而以更具现实意义的悲剧形态,构建了属于自己,也属于民初的"泪世界"。以上种种,无论从意识或审美的角度,都显示了民初文人的高度。

综上所述,晚清新小说在写情理论的压力下,或者为儿女情附加别的内涵,或者避免正面写情,尤其注意规避才子佳人小说传统中"缘色起慕"、"私订终身"等情节禁区,其结果对于写情传统的推进十分有限;而《玉梨魂》自觉回归到才子佳人小说传统中,却将"色"置换成"情",正面、大胆地敷衍之、渲染之、肯定之,因此博得了民初读者的共鸣。至于"私订终身"这一关目,我以为是徐枕亚无论如何必须要镇守的底线。还记得小说中那位作伪函离间梦霞与梨娘的李先生,作为反面的功能性人物、麻烦制造者出现的他,最终却成全了梦想与梨娘在小说中唯一一次的会面——因其离间,梦霞急于向梨娘当面澄清误会,乃有"对泣"一章。可知,作者需要找到足够充足的理由,才能说服自己安排孀居少妇与家庭教师会面,才能说服读者此"情"也,非"欲"也。这完全符合前述晚清理论家对写情小说的总体认识,也与时人对两性关系的看法相关——贞节,即便在民初社会,仍然是上至文化精英下至大众百姓

---

① 《玉梨魂·证婚》第112页。

心中的死结。因此,让夏志清先生不满的二人一味"止乎礼",甚至"对泣"时也仅仅是对泣而已,看起来不合常情,实际是很合理的。

第三节　指向民间的文人抒情

普实克在《中国现代文学中的主观主义和个人主义》一文中对照了现代中国文学和传统中国文学的不同品格,认为自晚清以来尤其"五四"以后,中国文学越来越明显地表现出"主观主义和个人主义"的特质,这是现代中国文学区别于传统中国文学最显著的特征:"艺术家的作品越来越近似于一种自白,作者通过它来展示自己性格和生活的不同侧面——尤其是较为忧郁、较为隐晦的侧面"。①我们可以从这一表述大致把握普实克"主观主义和个人主义"的两个层面:首先这是一种个性化的"自白";其次它表达了对生活的"悲剧性的感受"——这种悲剧性感受"在旧的文学中发展很不充分、甚至完全没有——实际上是现代艺术的一个突出的特征"。②

普实克随后引入了文学体裁的考察,认为以诗歌(诗、词、赋)为主导体裁的传统中国文学难以实现主观主义和个人主义的表达。他认为虽然"在旧式的中国文人的作品中,抒情性占有绝对的地位。不论'诗'还是'词'的形式,或是长篇韵文'赋',或者其他文学艺术中五花八门的抒情风格和手法都是如此",③但是问题似乎也出在抒情上——"中国诗歌中所表现的个性和创见性少得出奇……我们所看到的却无一不是对相当平凡的情感所进行的一成不变的表达。只是在很罕见的情况下才能偶尔接触到个人经历的

---

① 《普实克中国现代文学论文集》第2页,长沙:湖南文艺出版社1987年版。

② 《普实克中国现代文学论文集》第2页,第3页。

③ 《普实克中国现代文学论文集》第10页。

蛛丝马迹"。① 有鉴于此,他认为现代中国文学彰显"主观主义和个人主义"在体裁上的直接表现就是:着眼于叙事的小说取代了以抒情为特征的诗歌:

> 占据最重要地位的至少是表面上非常自由的文学形式——短篇小说和长篇小说,而这些形式在传统上是被排斥于经典文学之外的,当然也有少数例外。相反,旧的中国诗歌不仅在文学领域、而且在整个创造性艺术领域都曾占有过统治地位,现在却降到了次要的地位,中国新文学最初二十年的历史首先是叙事性散文的历史。②

普实克似乎特别重视晚清以来李伯元、吴趼人等人所创作的一系列以叙事、描写见长的谴责小说。他认为在传统的抒情作品中,作家的经历往往经过"'美'的检验",邪恶和丑陋的情感则被屏蔽;《二十年目睹之怪现状》《官场现形记》等"带有明显个人自传成分"的小说则更真实地表现作家经历及其与社会的关系,将个人"与整个社会对立起来",并且"表达了对这个世界的悲观看法",因而体现出"强烈个人主义倾向"。③

陈国球、王德威等学者都曾指出过普实克立论中的缺陷。其实我丝毫不认为普实克在内心中能够果断地将"主观主义和个人主义"从中国文学的抒情传统中剔除,这样一种二元关系的处理大

---

① 《以中国文学革命为背景看传统东方文学同现代欧洲文学的对立》,《普实克中国现代文学论文集》第 84 页。

② 《以中国文学革命为背景看传统东方文学同现代欧洲文学的对立》,《普实克中国现代文学论文集》第 87 页。

③ 《普实克中国现代文学论文集》第 14 页。

概是为了立论的清晰——在漫长的抒情传统中,以叙事文学的崛起来表征现代文学的裂变。而20世纪初中国文学向西方叙事文学寻求资源又的确有迹可循。因此这里面对普实克的论述来谈论《玉梨魂》这部抒情性极强的小说,并非为了寻求一个反例,而是希望关注如下现象:在新小说历经十年倡导之后,尤其当以叙事、描写见长的"怪现状"、"现形记"一类小说早已形成潮流并相当成熟之时,《玉梨魂》逆流而动,将韵文(骈句、诗歌)大规模地植入小说文体中,反映了作者多么难以割舍的抒情冲动;而它那种十分缺乏创造性的抒情语汇,却又最大限度地容纳了作家的个人经验,就普实克十分强调的"自传性"、"自我袒露"这一"主观主义和个人主义"的重要内涵而言,它其实已超过了谴责小说,后者反倒是一副超然物外的姿态,尽管它们陈列并抨击了不少社会"怪现状"。

众所周知,《玉梨魂》脱胎自作者个人的情感经历。徐枕亚于1909年至1911年在无锡鸿山脚下西仓镇的鸿西小学堂任教,借住当地蔡姓人家。蔡家有一孀居少妇陈佩芬,其子梦增从徐枕亚读书。陈佩芬出身书香门第,通诗文,与枕亚互生情愫,遂借诗稿尺牍频通款曲。某日枕亚致佩芬信件中途遗失,二人恐信件被外人拆阅惊魂不已,由此不得不下决心考虑出路。最终佩芬决定将其侄女蔡蕊珠嫁与枕亚为妻,枕亚首肯,于1910年冬天与蔡蕊珠完婚。两年后,《玉梨魂》在《民权报》连载。1997年时萌先生从民间藏家处发现徐枕亚与陈佩芬往来书札、诗词九十三页,[①]证实确有这一段哀艳往事。值得注意的是,其中一则陈佩芬至徐枕亚函提到:"若道婚事,侄女是我的,犹(由)我做主,于他人无实(涉),即老姑,我作八九分主……"[②]如此看来,两人的爱情固然令人唏嘘,

①　见时萌《〈玉梨魂〉真相大白》,《苏州杂志》1997年第1期(总50期)。

②　见时萌《〈玉梨魂〉真相大白》。

但以老姑强侄女婚姻，或为掩人耳目，显然亦非人道。于是在小说中，徐枕亚将梨娘与筠倩设置为感情深厚的姑嫂，将强婚处理为隐忍割爱，并让梨娘含恨病逝，筠倩郁郁而终，梦霞战死殉情。这些改变未尝不是对现实关系的一种自觉的修补，说明对于自主、专一的爱情，作者心向往之。

晚清以来，新小说大行其道却乏善可陈，引起一部分理论家的思考。如姚鹓雏认为新小说功利观影响下的创作多为"庄论"，实为"大说"，[①]而小说应当是"艺术立说稍平常而范围略小巧者"。他主张回到《七略》和《汉书·艺文志》所确定的小说传统，即"出于稗官街谈巷议，道听途说者之所造也"；[②]章太炎以为："大概平等的教训，简要的方志，常行的仪注，会萃的札记，奇巧的工艺，均应在小说界著录，否则便配不上九流的资格。"[③]然而无论"大说"或"小说"，事实上都没有为书写作家个体生命经验留足空间。前者的功利性要求摒弃个体经验中与"群治"功能相抵牾的部分，后者的游戏色彩则难以最大限度动员作家的生命体验和艺术创造力。尤其后者，虽然对新小说功利观有所反省，但也未尝不体现了传统文人"小说小道"的思维惯性。如姚鹓雏所言，"余之为说部书，不修饰，不留稿，盖纯乎戏作也，而有时亦以救穷。"[④]他不愿意——起码在姿态上不愿意在小说中投注过多的个人生命。有意思的是，徐枕亚也说过表面看与此类似的话："深愿阅者勿以小说眼光

---

① 姚鹓雏在《略论小说之起源与演变》一文中说："数年前，常州恽铁樵主商务《小说月报》，多为庄论。不佞尝戏目其所编为'大说'。斯言固戏，然可知凡为小说，必有所以别于'大说'者。"原载《半月》1923年第3卷第5期，原题为《小说学概论》，转引自杨纪璋编《姚鹓雏剩墨》第139页，北京：社会科学出版社1994年版。

② 姚鹓雏《略论小说之起源与演变》，《姚鹓雏剩墨》第139页。

③ 姚鹓雏《略论小说之起源与演变》，《姚鹓雏剩墨》第140页。

④ 姚鹓雏《记作说部》，《姚鹓雏剩墨》第26、27页。

误余之书。使以小说视此书,则余仅为无聊可怜、随波逐流之小说家,则余能不掷笔长吁、椎心痛哭!"①此语表面看似乎不脱"小说小道"的思路,实际却是与后者完全相反的姿态。抛开对《玉梨魂》艺术水准的考量,以其大胆书写个体经验,以及对于创作过程之"呕心沥血"的标榜,至少说明其努力与"戏作"划清界限。而且,徐枕亚不是在一篇小说而是在整体的创作中融入现实的个人经验,实际上在民初创造了一种"实事小说"的类型,这在晚清新小说规划中是没有的。在《余归也晚》《余之妻》《弃妇断肠记》《燕雁离魂记》《双鬟记》《不自由的婚姻》等多篇小说中,徐枕亚以或直接、或乔装的方式表现了自身的现实境遇,这对于一个作家而言当然有视野狭窄、重复自我之嫌,但对于晚清至民初整个小说创作而言则不失为一种开拓。

徐枕亚结构性地在小说中书写个人经验,免不了勾起读者索隐的兴趣。《玉梨魂》本事及其相关的现实事件在民国成为坊间谈资,亦成为文学作品中的桥段。张恨水《春明外史》第四十九回"淑女多情泪珠换眷属,书生吐气文字结姻缘",说的是一位江南书生北上京城求婚,书中借何剑尘和吴碧波之口交代了事情的来龙去脉:

　　何剑尘道:"我是知道。他原配的妇人,就是他爱人的侄女。"吴碧波道:"他作的那部《翠兰痕》,就是他的情史。那书上所说,他的妇人,是他情人的小姑子呢。"何剑尘道:"因为侄女晚了一辈,他只好那样说。这位妇人,倒也贤淑,过门以后,夫妻感情也还不错。只是他的母亲,是一个悍妇,最会折磨媳

---

　　① 徐枕亚《雪鸿泪史·自序》第2页,清华书局1916年版。

妇儿。所以不到几年,他那部小说,竟成了谶语,书中的女家人物,死个干净,他的夫人,也死了。这又合了他那哀感顽艳文章的腔调,作了许多悼亡诗。在他实在无意出之,不料数千里之外,竟有一个翰林公黎殿选的小姐,为他的诗所感动,和他心心相印起来。于是有他到北京求婚这一件事。"①

小说此处影射徐枕亚事,语多轻佻,然而文中提到的数千里之外那位翰林公的女儿,却着实为《玉梨魂》打动。翰林公黎殿选的原型是刘春霖,他于 1904 年被钦定为状元,由于清廷次年即宣布废科,他也就成为中国历史上最后一名状元。刘春霖曾任翰林院修撰,民国后历任北洋政府大总统秘书、直隶教育厅长等职,又致力于创办新式学堂,颇为开明。其女刘沅颖自幼接受良好的教育,因读到徐枕亚的《玉梨魂》及其为亡妻蔡蕊珠所作悼亡词而对其心生爱慕,主动投书欲从枕亚为师,二人书札、唱和往还。经历了一番波折后,1924 年秋,在樊增祥、徐天啸、李定夷等人见证下,徐枕亚与刘沅颖在北平西单报子街同和堂举行了新式婚礼。

当年事自有人评说。视其为佳话者有之,不以为然者亦有之,在我看来,终究还是一段有情的往事。《玉梨魂》"启蒙"了状元家的小姐,刘沅颖以闺秀之躯做了出走的娜拉,比小说中的两位女性走得更远;其父刘春霖,身居京城高位,竟将掌上明珠下嫁与上海滩卖文为生的"无赖文人",想必也是受新思潮的感召,忍痛做了开明的父亲。偏巧刘状元经历过旧式才子的一切奋斗,懂得体恤寒士,而徐枕亚能得其心者,唯才而已,如此竟又蹈了才子佳人小说

---

① 张恨水《春明外史》第 661～662 页,北京:人民文学出版社 2019 年版。

里老丈人"唯才是婿"的覆辙。遗憾的是,老父的宽厚成全并没有换来下一辈的幸福,反倒令其痛失爱女。刘沉颖嫁徐枕亚时毅然决然,但毕竟只凭文字识君;婚后一度随丈夫到上海,面对平凡的日常生活不免有所失落,又因枕亚多年嗜酒嗜鸦片,对婚姻幻想渐渐破灭,抑郁加之对南方环境种种不适,竟染病而亡。

刘沉颖抑郁亡故,还有一层难为外人道的原因。徐枕亚早年丧父,与寡母感情深厚。民初兄弟二人同客海上,妻儿均留在常熟与寡母同住。每月兄弟二人舟车劳顿,轮次归省。在沪友人因"以儿女情长时加嘲谑",二人则"唯唯不与辩"。[1] 从徐枕亚的一些文字中我们可以感受到,他极度渴望平凡的天伦之乐却始终没有得到。他曾想象自己归家时的场景:

> 远人忽至,余母余嫂余妻将若何表示其欢迎之意!而彼英儿明儿一双雏燕,娇小依人,且将跳跃而前呼余以父,呼余以叔,共伸其如绵之小手,泥余索食也。[2]

这在别人可能是再平凡不过的家庭生活画面,对于徐枕亚而言常常只是憧憬。前面那段《春明外史》引文,暗示徐母性情狂暴,直接导致了徐的第一任妻子蔡蕊珠之死。又有传言其兄徐天啸的夫人刘吟秋亦之死亦与其母有关。对此,兄弟二人讳莫如深,但在小说《余归也晚》中,徐枕亚还是忍不住凭吊了这番家庭惨剧。至于嫂子惨死的原因,徐枕亚这样写道:

---

[1] 徐枕亚《余归也晚》,《枕亚浪墨》卷一,第2页,上海:小说丛报社1916年三版。

[2] 徐枕亚《余归也晚》,《枕亚浪墨》卷一,第1页。

> ……嫂之死也,殆必有大不得已者。其致死之原因何在?
> 嫂自知之,余兄亦知之,余虽未见,亦能知之。嫂知之而不能
> 活,兄知之而不能救,余知之而并不能言。痛哉余嫂,命也
> 何尤。①

嫂子和侄女同时诡异地亡故,令徐枕亚心中悲凉;而更令他悲
痛的是,继嫂子吟秋之后,其妻蕊珠、续弦夫人沉颖相继步此后尘。
在另一篇小说《弃妇断肠史》中,徐枕亚将两任妻子糅合成一位弃
妇的形象,②通篇以一将死之弃妇的口吻,讲述其婚姻的悲剧。但
母子深情终究令他不能尽道隐情,只在小说中隐约透露其母性情
怪异。一面是满腹伤心而不能言,一面却又在作品中一遍遍隐晦
地表达,在徐枕亚的文字中于是时常盘旋这种郁结的痛苦。徐枕
亚有一首写给兄长的《题天啸小影》,其中有几句"劫余身世凄凉
足,读尽诗书感慨来。我亦一腔孤愤在,闷怀相对满璠瑰",③确是
兄弟二人心事之写照。

徐枕亚的小说容纳了非常具体而沉痛的个人经验与情感,他
的自我袒露以及对于生活的"悲剧性感受",正是普实克所希望捕
捉的中国文学的现代质素。然而对于他而言,显然借助古典的形
式——骈句和诗歌来直视内心仍是更为习惯和畅快的方式。更重
要的是,这并不是他一己的方式。当他在特定的时代,以如此极端
的方式挽留这一渐趋衰弱的文体时,他得到了时代的回应。

1912 年 3 月,同盟会成员周浩(少衡)集合戴天仇(季陶)、牛

---

① 徐枕亚《余归也晚》,《枕亚浪墨》卷一,第 4 页。
② 小说中的弃妇出身名门,就读于新式学堂,因读小说《秋之魂》而与作者司马
长卿相爱成婚,显然指枕亚与沉颖事;婚后为姑所不容,被逐出户,则多蕊珠影子。
③ 徐枕亚《枕霞阁吟草》,《枕亚浪墨》卷二,第 37 页。

辟生、尹仲材、何海鸣、蒋箸超等人在上海创刊《民权报》。① 徐枕
亚的兄长、其时于上海民国法律学校学习的徐天啸常向该报投稿，
并与主笔之一戴天仇（季陶）相得。在天啸的举荐下，枕亚与同窗
吴双热同入报馆供职。《民权报》高张民权，标榜自由，常发表措辞
激烈的讨袁檄文，周浩曾有"头可断，言论不可屈"语。《民权报》诸
子中蒋箸超、李定夷、刘铁冷等人为文喜藻饰，在当时报刊文字日
趋浅白的情况下，诸君则常常以骈俪语做政论，塑造了《民权报》激
越中语带沉痛的风格，也因此受到诟病。1940 年代，刘铁冷回忆
《民权报》此种文风时称："四六文之不适世用，不自民国始，不待他
人之攻击。然在袁氏淫威之下，欲哭不得，欲笑不能，于万分烦闷
中，借此以泄其愤，以遣其愁。"②

　　《民权报》此种立论为文的诉求显然感染了徐枕亚，或者说，
《民权报》同人的群体特征正与徐枕亚忧郁多感的诗人气质相契
合。徐氏兄弟年幼时，其父有句云："伴我寂寥饶别趣，一勤铁笔一
吟诗"，③"铁笔"大约指天啸工篆刻，"吟诗"则可见枕亚自幼便露
诗才。徐枕亚自言"天生愁种"，年幼游春时曾做诗云"古寺斜阳隔
小溪，模糊墨迹粉墙低。阿侬别有伤心句，背着游人带泪题"，其父
大惊曰"少年人胡作此语？"④早年徐氏兄弟因与吴双热相投，三人
曾订金兰契，徐枕亚为此撰有盟文：

　　　　海虞市上，同时发现三奇人，其一善笑，其一善哭，其一善

---

① 　自由党人谢树华最早发起，但周浩召集了大宗股本，并形成了以他和戴季陶、
牛辟生、尹仲材等同盟会成员为主的编辑核心。
② 　铁冷《民初之文坛》，《永安月刊》1947 年第 93 期。
③ 　徐枕亚《雪鸿泪史·己酉正月》第 2 页。
④ 　徐枕亚《雪鸿泪史·己酉正月》第 10 页。

嗫其口如哑。笑者之心热，哭者之心悲，哑者之心冷。三人各
奇特，亦各殊异，相遇初非相识，相识乃相爱，时相过从，时相闻
问。世事日非，国事日恶，人事日不轨，肠断矣，心伤矣，乌得不
哭？哭不得，乌得不笑？哭既无益，笑亦无益，又乌得不哑？一
哑一笑一哭，是皆表情的作用，既有情矣，则又何奇之有？三有
者非他，哑者徐子天啸，哭者徐子枕亚，而笑者即双热……①

所谓"海虞三奇人"的自诩，所谓"一哑一笑一哭"，徐枕亚刻
意塑造的自我形象，与《民权报》诸子相得益彰。初入报馆时徐
枕亚负责编辑新闻，但这显然难以容纳他充沛的感情，也难以满
足他施展才华的欲望，直至他提笔以《民权报》同人非常认同的
骈俪之文写下《玉梨魂》。于是兄长天啸撰慷慨政论，枕亚作哀
艳说部，又恰一铁笔一诗笔，父亲当年的戏语竟如此准确地预言
了两人的未来。

　　与《民权报》的相遇，是徐枕亚之幸，得以借"民权"之酒浇自己
心头块垒；刊登《玉梨魂》未尝不是《民权报》之幸，小说中"儿女情"
与"英雄气"的组合，如此恰当而艺术地宣泄了《民权报》所欲营造
的长歌当哭、"低回感泣"的氛围。《玉梨魂》第二十四章梦霞作血
书后作者曾发感慨："天地一情窟也，英雄皆情种也……能为儿女
之爱情而流血者，必能为国家之爱情而流血，为儿女之爱情而惜其
血者，安望其能为国家之爱情而拼其血乎？"②梦霞最终战死后，作
者又云："无儿女情，必非真英雄；有英雄气，斯为好儿女。"③而《民

---

① 转引自严芙孙《民国旧派小说名家小史》，魏绍昌编《鸳鸯蝴蝶派研究资料》第
491页。
② 《玉梨魂·挥血》第133页。
③ 《玉梨魂·日记》第159页。

权报》另一位撰稿人陈志群在为《孽冤镜》所做序言中也对"儿女情"与"英雄气"做了类似的阐发:

> 人有恒言曰:"儿女情长,英雄气短。"吾平生最不服此二语。盖儿女之情与英雄之气,一而二,二而一者也。苟其人长于儿女之情,决不短于英雄之气,征诸中西诸英雄之历史,此言可为万古定理。吾国青年男女,每为社会恶习、家庭专制所困,致儿女之情,既不能达,而英雄之气,遂不能伸……"儿女情长,英雄气短"八字,流毒社会。儿女即英雄,英雄即儿女,英雄从儿女做起,苟有阻滞,便成冤孽。①

昔日梁启超担忧中国文界"儿女情多,风云气少",对于"写情小说"一直是小心提倡、谨慎经营。而徐枕亚及其同人则根据《民权报》的旨趣,干脆取消"儿女"与"英雄"的对立,"强行"赋予其同一性,"儿女即英雄,英雄即儿女",不能达儿女之情便不能伸英雄之气,试图为乱世中书写男女情爱提供依据。而这番见解从理论上是可以和新小说理论嫁接的,梁启超一开始即承认人类之二公性情为"男女"和"英雄",《新小说》第二号对于拜伦的推荐,对其"写情"之"文学家"与慷慨之"豪侠者"的双重身份的赞美,则透露出他也试图寻找弥合"儿女"与"英雄"的可能性。有意思的是,《民权报》的几位文人也非常乐于塑造一种文学家与豪侠者合二为一的自我形象:徐枕亚借助梦霞的战死,了却了他现实生命中无法实现的英雄情怀;俞天愤②现实中正是一位侠士,曾率健儿百余保卫

---

① 吴双热《孽冤镜·陈志群序二》,上海:民权出版部 1915 年 12 月 15 日再版。

② 俞天愤(1881～1937)原名承莱,因愤世而取笔名"天愤",著有《法国女英雄弹词》。

乡里;姚民哀①曾参加光复会,出任淞沪光复军秘书,后因谋刺某代表未遂而避居吴江;最典型的崇文尚武者当属何海鸣,②一生周旋于军界文界。青年从军,欲在军中谋起事,事败后退伍。后任上海《民吁》《民立》等报通讯员及汉口《大江报》主笔,因言论激进入狱。辛亥革命后不仅在《民权报》上撰文讨袁,还亲组讨袁军,在南京与张勋部队血战一月,为他的人生写下最传奇的一笔。何海鸣平生有两句名言:"人生不能作拿破仑,便当作贾宝玉"、"不向风尘磨剑戟,便当情海对婵娟",③因此讨袁失败后便撰"倡门小说"以自遣,《老琴师》《倡门送嫁录》二篇被周瘦鹃誉为"1922 年中国小说界中唯一的杰作"。④ 民哀、天愤、海鸣、天仇、天啸、双热、铁冷、醒独……单从名字上就能感受到这一文人群体的气质——这与另一些同样被视为鸳蝴派的天笑、独鹤、瘦鹃、蝶仙、小蝶、瘦蝶给人的感觉多少有些不同。

《玉梨魂》写的是一己私情,却在民国初元大变动的时代里,由私而公,获得了生发的可能。回过头才发现,当年《恨海》《痛史》所奠定的"恨"与"痛"的基调至此蔚为大观——当然,也由此陷入滥情的局面。我始终认为,《恨海》在当年所获的赞誉多言过其实,若将其与同一年发表而声名远逊的符霖的《禽海石》对照,即可知《恨

---

① 姚民哀(1894~1938),原名联,字民哀,另有笔名"护法军"、"乡下人"等,擅写党会小说,以《江湖豪侠传》最为知名,别刊《民哀说集》上中下三编,另编有《小说霸王》。日军侵占常熟,姚民哀充任敌伪绥靖司令部秘书,1938 年被抗日某部队处死。以上事迹参见曹培根《常熟徐枕亚及鸳鸯蝴蝶派小说家著述考略》,《常熟理工学院学报》(哲社版)2009 年 3 月第 3 期,另见郑逸梅《清末民初文坛轶事》第 300、301 页,北京:中华书局 2005 年版。

② 何海鸣(1891~1945),湖南衡阳人,笔名"求幸福斋主"等。

③ 《求幸福斋随笔初集》,转引自范伯群主编《中国近现代通俗文学史》(上)第 68 页。

④ 参见魏绍昌编《鸳鸯蝴蝶派研究资料》第 456 页。

海》被奉为写情小说范式得益于《月月小说》上评论的运作,多少也得益于吴趼人和梁启超的关系。换言之,《恨海》提出"痛"与"恨"固然可贵,但它欲为新小说注入的感伤情调与家国意涵,则是新小说倡导者的一厢情愿,并不曾下放到民间。《玉梨魂》对才子佳人题材的悲剧性处理,在一个高张民权的时代,意外生发出了"寡妇再醮"的现代命题,触动了公众的情感;它那多少显得了无新意的文人感伤,通过极端文人化的表达方式,反而点燃了公众的抒情欲望。普实克说,大变动的时代促成了中国文学"史诗的"转向,但正如王德威所指出,这一观察包含了普实克作为"向往左翼革命理想的知识分子"的"意识形态寄托",因为"史诗所暗示的民间的、群体的、历史兴替开阖的意义,恰与时代的'进步'发展若合符节。"①《玉梨魂》的一纸风行,说明了抒情在大变动的时代里仍不失为文人本能的选择,文人的抒情也未尝不能指向民间,与大众的情感结合在一起。当然,当个人化的抒情俗化为大众消费的哀情潮,滥情的局面也就不可避免。

徐枕亚和他的《民权报》同人们,在民国初元大变动的时代里,时而感时忧国、搅动舆论风云,时而遣风月,抒发才子意绪,在看似愤懑、惆怅的表达中却达成了某种意义上自我实现的完满。《玉梨魂》悲则悲矣,可《玉梨魂》时期却是徐枕亚一生中最奋发有为、个人精神与环境最为投契的阶段。多年后他追忆与李定夷等《民权报》同人的聚合,仍难掩其留恋之情:

民国初元,周君少衡,创办《民权报》于海上,罗致人才至

---

① 王德威《抒情传统与中国现代性》第15页,北京:生活・读书・新知三联书店2010年版。

伙……诸同事中,若戴季陶、何海鸣、凌大同、牛霹生、蒋箸超、陈匪石辈,皆慷慨激昂之士,歘奇瑰伟之才,而君尤英年勃发,才藻缤纷。热血一腔,豪情万丈,夙夜匪懈,笔不停挥,以铲除民贼拥护共和为职志。编纂之暇,为《賣玉怨》《红粉劫》等说部,载诸报端,则又缘情顽艳,触绪缠绵,读者每为之低徊感泣……①

　　然而这种聚合太过短暂。由于言论触怒当局,先是主笔戴季陶被捕入狱,而后袁世凯又通令邮局禁止投递该报,使得报纸的销路局限在租界内,渐渐难以为继。1913 年底,《民权报》在发行不到两年后停刊。刘铁冷、蒋箸超诸君心有不甘,另创民权出版部,出版《民权素》月刊。首集刘铁冷、蒋箸超、徐枕亚、沈东讷等联合作序,声讨当局控制舆论。蒋箸超序曰:"惜乎血舌箝于市,谠言粪于野,遂令可歌可泣之文字,湮没而不彰……当传者不敢传,于不必传者而竞传之,世道人心,宁有底止与!"②刘铁冷曰:"若夫剧秦美新屈辞失守,怀道迷国佯愚不言,或踊跃以趋炎,或逡巡以避患,阙不能补,危不能扶,而考德叙功焕为帝箓,政粃民病噤若寒蝉,虽终寿百年著书千卷,亦志士之所耻,愚夫之所贱也。"③徐枕亚则仍然以他所喜用的骈句表达"民权死而有素"的信念:

　　……我口难开,枯管无生花之望;人心不死,残编亦硕果之珍。是区区无价值之文章,乃粒粒真民权之种子……马死

① 魏绍昌编《鸳鸯蝴蝶派研究资料》第 510 页。
② 《民权素》(第一集)蒋箸超序一,上海:民权出版部 1914 年 4 月 25 日。
③ 《民权素》(第一集)铁冷序五。

有骨,豹死有皮,民权死而有素焉。民权其或终于不死乎。①

　　徐枕亚和诸君欲挽留民国初元的气息,但《民权素》既以较为温和的文艺月刊面目示人,便难以重现昔日《民权报》的品格。《民权报》文人渐自分散,直至1914年刘铁冷、沈东讷筹备《小说丛报》,邀徐枕亚出任主编。同人聚首,本当欢欣鼓舞,然时过境迁,世态、人心皆不同于以往,徐枕亚先与民权出版部因《玉梨魂》版权问题发生纠纷,后又十分令人惋惜地与铁冷、东讷两位昔日战友交恶,最终退出《小说丛报》而自创清华书局,发行《小说季报》。徐枕亚一介书生本不谙经营之道,又少了铁冷、东讷二君扶持,《小说季报》仅出了四集便告停刊。在《小说季报》发刊词上,徐枕亚交代了退出《小说丛报》的缘由,全然无所避讳,称《小说丛报》同人"居心秽浊,见利忘义,觍为文人,而行为之卑污苟贱,有为市侩所不屑为者"②枕亚谦谦一文人对昔日同人竟出此语,可知其内心创痛之深;出言不逊至此亦令旧友彻骨心寒。多年之后,铁冷撰文回顾此事,语颇平静亦颇沉痛,无论如何,他们所共同迷恋的民权时代已一去不返。

第四节　文体的"雅"与"俗"

　　谈论《玉梨魂》,无法绕过其文体,因其大规模使用骈句和诗歌的极端形式已然成为它的内容之一。尽管我们不能以骈文在今天必定遭遇的接受障碍推想其在民初的接受情况,但依然可以确认的是,在晚清民初对于通俗小说而言,无论作家的创作经验或读者

---

　　① 　《民权素》(第一集)徐枕亚序二。
　　② 　徐枕亚《小说季报·发刊弁言》,《小说季报》1918年第1期。

的接受习惯,都更多地来自于白话章回,其次则是浅易文言。那么骈文在当时究竟好不好做、好不好读呢?刘纳曾举过关于骈文的两个生动的例子:雷铁崖在南京大总统府当秘书,一定要柳亚子去帮忙,理由是自己的骈文做不过柳亚子;①李审言自称为了写一篇骈文"汗出不止,服参附乃免。改定新格,凡求骈文,要先两月通问,先奉润金 300 元,不依此格者,付之不答"。② 第一个例子首先证实了骈文在民初不只在文学领域中出现,也会出现在政府公文等应用文体中。而事实上,骈文的应用远不止于公文,刘麟生在《中国骈文史》中谈到:

> ……吾人日常生活,一涉及文化艺术方面,靡不于骈文有关系。婚丧祝寿,既无不以联语为馈赠品;游山玩水,亦吟哦名联佳句以为乐;涉园成趣,吊古咏怀,而名人联语,所贡献者为独多。此为吾国仅有之现象,可以自豪。所谓文学大众化,固未易遽言,而欣赏文学之普遍,实于此可以植其基。③

如此,我们便可以更准确地来定位骈文。就文体本身而言,它毫无疑问属于雅的范畴,对于写作者的古文功底提出了极高的要求,若非如此,雷铁崖和李审言也不会这般慎重;前者南社著名诗人,后者公认的骈文大家,断不会做不来骈文,只是不能容忍自己写出平庸之作罢了。可知,骈文的水平常常成为文人技艺的一种标识。而另一方面,骈文作为最能体现汉语语言特征的文体之一,

---

① 参见刘纳《嬗变》第 155 页,北京:人民大学出版社 2010 年版。

② 《李审言文集》下卷第 1042 页,南京:江苏古籍出版社 1988 年版,转引自刘纳《嬗变》第 157 页。

③ 刘麟生《中国骈文史》第 8 页,北京:东方出版社 1996 年版。

早已广泛渗入国人的文化日用与审美意识中,于是它的写作和接受也就由文人而大众,由雅而俗了。

徐枕亚在小说中大规模使用骈句和诗歌,显然是求雅的,《玉梨魂》也的确是才情之作。但它的粗糙与根基不深,也显而易见:不知节制,每每令才情泛滥到极致,给人以压迫之感,以至于由心动转而生厌;而像"伤别伤春,我为杜牧;多愁多病,渠是崔娘"、"桂府可登,须借吴刚之斧;蓬瀛在望,谁助王勃之帆"①之类酸腐、匠气之语也不在少数。徐枕亚写《玉梨魂》时 23 岁,做一个或许经验主义的判断,《玉梨魂》的受众也当以十几岁至二十几岁的青年为主体。对此,杰克(黄天石)认为:"在学校课本正盛行《古文评注》、《秋水轩尺牍》的时代,《玉梨魂》恰好适合一般浅学青年的脾胃。"②"浅学青年"四字,下得十分准确。《玉梨魂》的内容和形式决定了它的读者不可能是初通文墨的大众,必须有一定的古文根基,而根基深厚者恐又不能欣赏;人过中年多半也不会青睐,反倒要哂其"为赋新词强说愁"。唯有"浅学青年",最能被吸引。吸引他们的,除了内容上的悲欢离合,还有形式上看起来的"雅"。杰克提到的《秋水轩尺牍》是一部记录幕友交游的书信手稿,出自清乾隆道光年间绍兴师爷许葭村(许思湄)之手,以骈俪文写成。因其"措辞富丽,意绪缠绵,洵为操觚家揣摩善本",却"不幸成了滥调信札的祖师"③,是晚清塾师喜用的教授蓝本。这一类流行于晚清、写得"不好也不坏"④的骈俪尺牍,可能影响着浅学青年的审美趣

---

①　徐枕亚《玉梨魂·诗媒》第 18 页。

②　杰克《状元女婿徐枕亚》,《万象》(香港)1975 年 7 月第 1 期,第 43 页,转引自范伯群《中国现代通俗文学史》第 145 页,北京:北京大学出版社 2007 年版。

③　周作人《再谈尺牍》,《周作人自编文集·秉烛谈》第 122 页,石家庄:河北教育出版社 2002 年版。

④　周作人《再谈尺牍》中提及此书时,称其"不能说写得好,却也不算怎么坏"。

味,制约着他们对于"雅"的认知水平,并在写作中被他们不自觉地加以效仿。《玉梨魂》将骈文这一象征着才华与风雅的文体,附丽于一段哀伤的本事之上,在给青年以情感共鸣的同时也提供了一种浅易的"美文"①写作范式。《玉梨魂》的水准自然为一般同龄人才力所未逮,却也没有高出常人太多,唯其如此才招致青年膜拜,也因其浅易而更加便于模仿,再借助小说的哀伤情境点染之、敷衍之,而至于"有词皆艳,无词不香",②因此迅速地流行开来。诸如"雨雨风风,催遍几番秋信;凄凄切切,送来一片秋声。秋馆空空,秋燕已为秋客;秋窗寂寂,秋虫偏恼秋魂"③,或"叩碧翁而无语,碧海沉沉;起黄土兮何年,黄尘莽莽。可怜知己无多,况出飘零红粉;漫说干卿底事,不教狼藉青衫"④这样的文句,时过境迁后或觉其酸腐,彼一时却醉心不已。1915年恽铁樵痛心疾首地批评小说界艳词弥漫的现象,对这类小说在青年学生中的示范效应尤为关注:

> 故小说可谓作文辅助教科书。今以词藻自炫,是背修辞公例,安在能补助哉? 吾见有童子,文字楚楚可观,更阅数年,见其所为,则饤饾满纸,不可救药。盖其人酷好言情小说之富于词藻者,刻意摹之,遂至于此。⑤

---

① 若从文体的角度观照"文"与"质"的对立,骈文往往代表着"文"的一端。刘师培《中古文学史》认为:"非偶词俪语,弗足言文"。此处借鉴周作人提出的"美文"概念,用以说明骈文在中国传统文学观念中被赋予的文体功能。刘麟生《中国骈文史》亦有"矧六朝文学,为骈文之极致,美文至此,斯成大观"的说法(《中国骈文史》第8页,北京:东方出版社1996年版)。

② 《玉梨魂》第六章"别秦"中,梦霞以此语形容梨娘文字,恰也适于小说本身。

③ 徐枕亚《玉梨魂·秋心》。

④ 徐枕亚《玉梨魂·鹃化》。

⑤ 铁樵《论言情小说撰不如译》,《小说月报》第6卷第7号,1915年,转引自陈平原、夏晓虹编《二十世纪中国小说理论资料第一卷·1897～1916》第506页,北京大学出版社1989年版。

恽铁樵将学子满纸饾饤归因于骈体言情小说的影响固然不差,但骈文自清代以来复兴的轨迹,及其千百年来作为才华、风雅和美感的象征,对于普通民众心灵的潜在影响也不容忽视。骈文是雅与俗的统一体,可用于极雅,亦可用于极俗。其雅,可以令雷铁崖、李审言这样有根底的文人都感到难以碰触;其俗,也可以让普通人在掌握了粗浅的联句技巧后就敢于小试牛刀。《玉梨魂》之所以风靡,或许正因其亦雅亦俗,给予了民初大众一个集体宣泄情思与才华的机会。其实恽铁樵不必过分担心此种文风泛滥,因为骈体言情小说的生命极短,不过民初几年而已。

以樽本照雄《新编增补清末民初小说目录》来看,《玉梨魂》在1929年后1949年以前的二十年间只有1931年上海的小说世界社版、1939年上海岭南书局版、1946年上海大众书局五版(1949年再版)三种;而在1913至1919年间的出版则明显密集,仅以民权出版部为例,1913年1月初版后,9月即再版,1914年4月三版,9月五版,此外尚有清华书局版、枕霞阁版、小说丛报社版、小说新报社版等不同版本和版次。① 可见,民初至五四是《玉梨魂》传播的高峰期。如果把这一时期受众主体的年龄区间设在15岁至25岁左右,那么他们应当是1890年前后至1905年前后出生的一批读者。他们的共同点是,幼年时期或多或少都受过旧式教育,青少年时期又都进入新式学堂学习。但就这短短的15年也已给读者的知识背景和价值观念带来差异。靠近1890年出生的读者受到废科举的影响更大,他们的少年时代多半为了科举而规划,也因此接受了更为系统的古文训练,但往往未及进学就遭遇科场解

---

① 参见樽本照雄《新编增补清末民初小说目录》第912、913页。另外,笔者还发现1917年小说丛报版一册,樽本照雄目录中未收。

体。作为徐枕亚的同代人,他们是《玉梨魂》的第一批读者,徐枕亚最初的知音。抛开小说中的男女情爱,梦霞在科举梦断后别无选择地做乡村教师的经历、他对出洋求知的渴望以及他对辛亥革命的想象,都可能引起这一代人的共鸣。而靠近 1905 年出生的那一批读者,尽管他们幼年时期可能仍接受了传统的私塾教育,但已不可避免地被时代扭转方向。废除科举前的两三年间,清政府已相继颁布改革国文教育的法令,例如,要求高等小学“读经讲经”课要“少读浅解”;“中国文学”课则只需使学生“通四民常用之文理,解四民常用之词句”、“学作日用浅近文字”;①要求中学堂诗歌教学削弱格律的比重,特别注明“万不可读律诗”。② 这些法令在当时不会立竿见影,但是国文教育指向“经世达意”的趋势已愈加明显,并逐步通过教科书体现出来。在新式教育下成长起来的这一代读者,到他们能够阅读《玉梨魂》的年龄已是白话勃兴的五四前后。相较而言,这一批读者无论是古文的根基还是对于古文的感情可能都逊于前者,另外民初的时代气息距离他们也有些远了。出生于 1904 年的丁玲,就是这一代读者中的一个。她曾回忆道:

> 我那时读过鲁迅的短篇小说,可是并没有引起我的注意。那时读小说是消遣,我喜欢里面有故事,有情节,有悲欢离合……读不太懂的骈体文鸳鸯蝴蝶派的《玉梨魂》都比《阿Q正传》更能迷住我。③

---

① 参见光绪二十九年(1903 年)颁布《奏定高等小学堂章程》,转引自舒新城编《中国近代教育史资料》(中册)第 431 页,北京:人民教育出版社 1981 年版。

② 参见光绪二十九年(1903 年)颁布《奏定初等小学堂章程》转引自舒新城编《中国近代教育史资料》(中册)第 420 页。

③ 丁玲《鲁迅先生于我》,《丁玲全集》第 6 卷第 107 页,石家庄:河北人民出版社 2001 年版。

丁玲当时正就读于长沙周南女校,之前"读的是四书、古文,作文用文言",①但她仍然承认《玉梨魂》让她"读不太懂",尽管她也坦言自己迷恋《玉梨魂》胜过《阿Q正传》。读不太懂自然是因为骈体形式,尤其用典的部分;而为之着迷,则又未尝不是因为形式(当然男女之情也是打动少女的因素)——年少时节,总会为了一串串似懂非懂、哀艳缤纷的文句而着迷,往往还要郑重地摘录。对于辞藻的热情,是一切时代浅学青年的共通之处。这种热情原本就短暂,更何况丁玲和她的同学们在那时已经有了很多选择,她们很快就会将感情投入到郭沫若狂飙突进的浪漫诗句中,以及冰心晓畅流利的白话辞藻中。②又比如,谁会想到加入文学研究会、满腔热情投身白话新诗创作的刘延陵,几年前还是个在习作中经营骈句,写出"幽兰易折,弱草难栖。怅昙花之偶现,四顾茫茫;伤玉树之生埋,何能已已"③的学生呢。

综上所述,《玉梨魂》不同于一般意义上的通俗文学。它尽管销路极佳,接受范围却相对狭小,它要求接受者的知识水平不能太低,不能太高,年龄跨度也较小。它的通俗,与《啼笑因缘》那种妇孺皆知尤其为姨太太阶层所钟爱的通俗是不同的;而它极端的骈体形式和那浓郁的民初气息,也决定了它的风靡只是一时。当骈文在人们的观念中越来越多地和迂腐守旧而非风雅相关联时,当浅学青年转向追逐更新鲜时尚的现代白话时,《玉梨魂》也就逐渐走向没落。张恨水在写于1929年的一篇文章中感慨:"在十年前,二十岁以下之青年,无人未尝读玉梨魂",时至今日"玉梨魂三字,

---

①　丁玲《鲁迅先生于我》,《丁玲全集》第6卷第107页。

②　参见《鲁迅先生于我》。

③　此为刘延陵发表于1914年第2号《学生》杂志上的习作《梦倩忆语》中的几句,当时他是上海复旦公学高等文科二年级的学生。

几为一般青年所未知……即向之好之者，亦不惜恶而沉诸渊也”，①这一描述恰与《玉梨魂》的出版曲线吻合，也与我们对于读者构成的判断相符。甚至都不必等到 1929 年，早在 1921 年魏金枝（凤兮）就指出了《玉梨魂》一时之热与转瞬之冷："当时有四六体一派小说……始作俑者，当推徐枕亚之玉梨魂。承风扇焰，几乎在世界之小说中，别创一格，不转瞬而冷落矣。"②1924 年上海明星公司将《玉梨魂》改编成电影时，反响亦不佳（当然这里面有从小说到电影文本转换的问题）。编剧郑正秋是个文艺气很重的商人，既从事创作也投资，是文明戏和无声电影的奠基人。当年徐枕亚在《民权报》供职时，郑正秋也正在《民权报》附赠的《民权画报》上撰"丽丽所戏评"。或许出于对《玉梨魂》的了解和喜爱，或许因为这个文本勾起了他对民初的缅怀，1924 年在明星公司任编剧的他将这个当时已逐渐为人淡忘的小说改编成电影，并在刚刚创刊的《电影杂志》上撰《〈玉梨魂〉本事》以宣传影片。1924 年 5 月 8 日，明星公司摄制的电影《玉梨魂》在上海夏令配克影戏院试映。当时最著名的文明戏小生王献斋饰何梦霞，明星公司的当家花旦王汉伦饰梨娘、杨耐梅饰筠倩。③ 影片试映之后又在恩派亚、虹口等影戏院公映。④ 然而影片上映后却遭致许多批评。首先，对于原著的精神和气氛，1920 年代中期的受众已经多少感到隔膜了。正如一则影评所介绍：

---

① 张恨水《〈玉梨魂〉价值堕落之原因》，原载北平《世界日报》1929 年 7 月 9 日，转引自《张恨水散文》第三卷，合肥：安徽文艺出版社 1995 年版。

② 凤兮《海上小说家漫评》，《申报·自由谈》之"小说特刊"第 4 号，1921 年 1 月 30 日。

③ 参见霞郎《评明星新片〈玉梨魂〉》，《申报》1924 年 5 月 10 日本埠增刊。

④ 参见《申报》1924 年 5 月 12 日、5 月 19 日电影广告。

　　　　剧本《玉梨魂》为十年前之时髦小说,几于人手一编,但至今日,实已成为古董……买卖式婚姻,早已举世非之,乃犹日老父寡嫂之命难拒,使一一现诸银幕,岂欲以此鼓励名节与买卖婚姻,抑欲以此东方之旧道德以骄于西方人之邪?①

　　思考婚姻自主的问题,曾是《玉梨魂》对民初社会的一个贡献。而在影片放映的 1920 年代中期,尽管婚姻不能自主的情况在民间的现实个案中仍普遍存在,但在公共领域里,婚姻自主,尤其是"寡妇再醮"的正当性已逐渐深入人心。指引原著主人公走向毁灭的悲剧原动力在新的时代里显得动力不足,悲剧氛围较原著冲淡了。当初小说用以吸引读者的"哀情",此时已不甚奏效,更有甚者,"滑稽"倒成为影片宣传的一大噱头。且看彼时报上的影讯:"霞飞路恩派影戏院自今日起,开映明星影片公司最近摄制之《玉梨魂》,为王汉伦女伶等扮演,片中多滑稽,颇能令人捧腹"。② 在《玉梨魂》公映海报上亦有这样的宣传语:

　　　　……明星公司根据书中哀情,摄成最新影片,并加许多可惊可笑、可敬可悲之好穿插,以及行军之战争状况,又有小黑姑娘与张冶儿③在内客串,全部显诸银幕,精彩更增千百倍。看一次《玉梨魂》影戏,如看许多著名爱情戏;看一次《玉梨魂》

---

① 杨泉森《〈玉梨魂〉之新评》,《申报》1924 年 5 月 12 日本埠增刊。
② 参见《本周间各电影院映新片》,《申报》1924 年 5 月 12 日本埠增刊。
③ 小黑姑娘和张冶儿都是当时上海走红的民间艺人,前者是鼓词艺人,后者是滑稽戏演员。

影戏，如看许多著名滑稽片。①

　　另一方面，原著以词华胜，线索极为单纯。改编为电影后，尽管郑正秋已经为之增加了不少穿插，情节仍显得过于稀薄。当时即有影评指出：

　　　　就说部言之，以骈俪之文，写哀艳之情，在作者固卖弄其才情，而阅者亦徒观其词句，于事迹结构，多不措意。今编为影剧，情节既简，动点又少，似乎不宜……今贸然尝试，当然不能动观众之心目，此则根本上之错误。②

　　更大的问题在于原著大量的骈句和诗句，它们曾经很受欢迎，如今却已不合时宜，且特别不适于在电影中呈现；但放弃则原著风味尽失。不知最终影片在多大程度上保留了这些辞藻，从一些影评对影片字幕过多、过雅的质疑大约能够推知，郑正秋以字幕的方式尽力保留了原著最"精华"的"形式"。可以想象，在这部外部动作很弱的默片中，大段抒情辞藻"相迫而来"③，延宕着原本就已经缓慢的节奏，同时也在摧毁着观众观影的耐心。作为"演艺商人"的郑正秋，不会不知道这一点（他在《玉梨魂》之前编写的《孤儿救祖记》就非常讨好观众）；但是这一次他作为商人的嗅觉和判断似乎让位给了文人的感触。遗憾的是，《玉梨魂》从内容到形式都是民初的，郑正秋的挽留却只让观众看到了不能欣赏的辞藻，以及他们无法共情的时代氛围。

————————

① 参见 1924 年 5 月 12 日《申报》本埠增刊上影片《玉梨魂》广告。
② 怀麟《〈玉梨魂〉之新评》，《申报》1924 年 5 月 18 日本埠增刊。
③ 王守恒《〈玉梨魂〉之新评》，《申报》1924 年 5 月 19 日本埠增刊。

1926 年,民兴社再度将《玉梨魂》改编为话剧。很遗憾,遍查当时的报刊及文明戏剧团的演出剧目,都没有找到任何与此相关的线索(从另一个角度看,这是否也间接显示了此剧在当时的影响并不大?)。不过却有间接的材料表明,徐枕亚去看了这次演出,并写下观感:

> 不是著书空造孽,误人误己自疑猜,忽然再见如花影,泪眼双枯不敢开。
>
> 我生常戴奈何天,死别悠悠已四年,毕竟殉情浑说谎,只今无以慰重泉。
>
> 今朝都到眼前来,不会泉台会舞台,人世凄凉犹有我,可怜玉骨早成灰。
>
> 一番惨剧又开场,痛忆当年合断肠,如听马嵬坡下鬼,一声声骂李三郎。
>
> 电光一瞥可怜春,雾鬓风环幻似真,仔细认来犹仿佛,不知身是剧中人。
>
> 旧境当年若可寻,层层节节痛余心,"梦圆"一幕能如愿,我愧偷生直到今。[1]

当《玉梨魂》逐渐为时代所遗忘时,徐枕亚依然沉浸在自己营造的"泪世界"中,成为自己作品的"最后一个读者"。徐枕亚一生的光焰极为短促,只在民初几年,这一点也和他的作品一样——《玉梨魂》从内容到形式都是民初的。作为一个通俗小说文本,《玉

---

[1]　参见郑逸梅《书报话旧·鸳鸯蝴蝶派典型作品〈玉梨魂〉》,《郑逸梅选集》第 1 卷第 860 页,哈尔滨:黑龙江人民出版社 1991 年版。

梨魂》似不及《啼笑因缘》流布久远;但也正因其不具备推广至任何时代、被改编为不同艺术形式的潜力,它得以在一个世纪以来始终保持本真的面目,而少被误读的可能。为它所生长的时代代言,这又何尝不是一部通俗小说的生命与意义所在呢?

第五章 《啼笑因缘》:从文人创作到民间资源

第一节 "啼笑官司"种种:《啼笑因缘》的传播

1930 年 3 月 17 日,上海《新闻报》副刊《快活林》开始连载张恨水长篇章回小说《啼笑因缘》。小说连载期间即获得很大关注,当年 11 月 30 日连载完毕后,读者的热情仍然不减。由于原著留下了一个开放式的结尾,常有读者致信《新闻报》馆,或不满结局,或要求作者续作。张恨水到上海,"上至党国风流,下至风尘少女,一见着面,便问《啼笑因缘》"[1]1930 年 12 月,严独鹤联合《新闻报》同事严谔声、徐耻痕,以三友书社名义出版《啼笑因缘》单行本,据张恨水自己回忆,第一版印了一万部,第二版一万五千部,均销售一空,[2]此外各种翻印盗版随之而来。[3]

《啼笑因缘》走红后,各种版权大战,啼笑官司也一一上演。

① 张恨水《我的小说过程》,张占国、魏守忠编《张恨水研究资料》第 233 页,北京:知识产权出版社 2009 年版。

② 张恨水《写作生涯回忆》,《张恨水研究资料》第 34 页。

③ 见《三友书社禁止侵害〈啼笑因缘〉之著作权》,《中国新书月报》1931 年第 1 卷第 5 期;《张恨水控告赵凤林等贩卖翻版〈啼笑因缘〉的判决书》,《中国新书月报》1932 年第 2 卷第 8 期。

1930 年 11 月 30 日,《啼笑因缘》结束了在《新闻报》副刊《快活林》上的连载。12 月 1 日、12 月 2 日的"谈话"栏,刊登了主笔严独鹤的《关于〈啼笑因缘〉的报告》,其中有这样一段话:

> 最近有北平某报亦刊载《啼笑因缘》小说,以此颇引起一部分人的怀疑,以为《啼笑因缘》何以同时刊载于南北两报。实则北平某报,完全未得本报同意,亦未得恨水先生同意,自行转载。现此事已由本报请恨水先生就近向之直接交涉。现该报已承认即此停止(所刊亦只八回)。关于此点,是本报和恨水先生均不能不切实声明的。①

文中所言"北平某报"不是别家,正是张恨水供职了五年的《世界日报》。1930 年 9 月 24 日,当《啼笑因缘》在《新闻报·快活林》连载至第十七回时,《世界日报》副刊《明珠》也开始连载《啼笑因缘》,到 11 月 28 日连载了八回后停止。12 月 2 日,严独鹤发表了上述文字。文中所言《世界日报》未征得《新闻报》同意多半是真,但称"未得恨水先生同意"恐怕不确。《新闻报》独家连载在前,《世界日报》连载在后,若私自转载,内容只能与《新闻报》的一致,但事实上《啼笑因缘》在两家报纸呈现出的面貌并不一致。单从回目看,如《新闻报》版第一回回目中的"哀音动弦索满座悲秋",在《世界日报》版中作"哀音动弦索满尘悲秋",第二回回目中的"蓬门访碧玉解语怜花"在《世界日报》版中作"莲门访碧玉解语怜花",但都还大体不差。自第六回开始就完全不同了,《新闻报》版作"无意过

---

① 严独鹤《关于〈啼笑因缘〉的报告》(二),《新闻报·快活林》1930 年 12 月 12 日。

香巢伤心致疾,多情证佛果俯首谈经",《世界日报》作"客去便攀龙都忘旧约,人来故藏凤蓄有机心";第七回《新闻报》版作"值得忘忧心头天上曲,未免遗憾局外画中人",《世界日报》版作"虎穴藏身难为知己死,灯窗窥影空替美人怜";第八回《新闻报》版作"谢舞有深心请看绣履,行歌增别恨拨断离弦",《世界日报》版作"微服入侯门传书引凤,绝交过旧地裂券飞蚨"。回目变化反映了内容的差异,事实上《世界日报》版《啼笑因缘》内容较《新闻报》版大为压缩:如第六回讲述沈三弦趁樊家树回南,将凤喜送到尚师长府,而这在《新闻报》版是第十回的内容,中间省去了樊家树与何丽娜的一些枝节;又如第七回关寿峰等人潜入刘将军府欲救出凤喜,这在《新闻报》上是第十三回的内容。

　　既署张恨水之名,却对原著做如此大的改动,应该不是编辑所为;而当时张恨水身在北平,《世界日报》刊登《啼笑因缘》两个月之久他焉能不知情?《世界日报》主编成舍我与张恨水甚为莫逆,二人共事于《益世报》时曾互相唱和,后来张恨水在《春明外史》中还借助杨杏园与舒九成联句的场面回顾了这一段时光,而《春明外史》正连载于成舍我创办的《世界晚报》副刊《夜光》上。1925年成舍我另创《世界日报》,张恨水不仅受邀任副刊《明珠》主编,还为《明珠》贡献了另一部长篇《金粉世家》。1935年成舍我在上海创办《立报》,张恨水再次受其邀约出任《立报》副刊《花果山》主编,并为《花果山》撰长篇《艺术之宫》。1930年2月,刚刚受邀为《新闻报》写《啼笑因缘》的张恨水同时辞去了《世界日报》、《世界晚报》的编辑职务。也许出于与成舍我的私交或对供职了五年的《世界日报》的感情,张恨水将《新闻报》上已刊出的部分略作修改交由《世界日报》二度刊出?严独鹤声明发表后不久,张恨水在一篇文章中对此事做了解释:

　　……可是发表之期，正在南北报纸隔断之日。有些朋友，以为北方报纸的读者，也许愿意看看，因之，我就将该书在本栏发表。①

　　张恨水虽然没有详述缘由，却坦承《啼笑因缘》在南北两地同时连载，他是知情的。这样的事情在今天看来当然不合乎规则的，在当年倒不是没有先例。《晨报》曾刊张恨水长篇小说《天上人间》，无锡《锡报》、上海《上海画报》都曾转载。平沪两地报纸的销售各以本地为主，所以相互转载并不造成读者的流动。1930 年《啼笑因缘》连载之时恰逢中原大战爆发，南北交通受限，两地报纸的发行越发集中在本地，即张恨水上文中所说"南北报纸隔断"，这样就更加井水不犯河水。加之《新闻报》作为与《申报》《时报》三足鼎立的海上综合性大报，刊登小说原只是聊备一格，报纸销数并不依赖于此，因此即便严独鹤一开始就知情，但于己既无甚损失，又碍于张恨水的情面，可能也就默许了。谁曾想，自从刊登了《啼笑因缘》之后，《新闻报》的销数竟然大增，不仅如此，报纸版面上越靠近小说的位置越受到广告刊户青睐。②《啼笑因缘》效应恐怕让张恨水本人和他在京沪两地的"新老东家"都始料未及。严独鹤于是想到由《新闻报》出版单行本，这样一来自然不能容忍北平读者再通过《世界日报》阅读《啼笑因缘》了，所以严独鹤才会在《世界日报》已连载了两个月后才出面干预。最终因为张恨水和双方的关系，此事件没有升级，《世界日报》停止连载，《新闻报》以三友社名义出版单行本。③

---

　　①　恨水《关于啼笑因缘》，《世界日报》副刊《明珠》，1930 年 12 月 27 日第 9 版。
　　②　张友鸾《章回小说大家张恨水》，《张恨水研究资料》第 100 页。
　　③　关于《啼笑因缘》的两个连载版本的描述，参考了石娟的叙述，见《〈啼笑因缘〉的两个版本——〈新闻报〉与〈世界日报〉之间的一段公案》，《新文学史料》，2010 年第 3 期。

在《啼笑因缘》传播中造成了最轰动效应的，非电影《啼笑姻缘》莫属；但它的轰动不在上映之后，而在拍摄之初，不在戏内，而在戏外。1931年上海明星公司与张恨水接洽，获得小说版权，将其改编为电影，片名由《啼笑因缘》改为《啼笑姻缘》。明星公司高层将张恨水接到上海，高薪聘请他与严独鹤一同改编剧本。演员阵容方面，"明星"的知名演员几乎倾巢而出为影片造势：红极一时的电影皇后胡蝶一人分饰沈凤喜、何丽娜二角，郑正秋之子郑小秋饰樊家树，萧英饰关寿峰，夏佩珍饰关秀姑，王献斋饰沈三玄，龚稼农饰陶伯和，严月娴饰陶太太，皆为一时之选。① 明星公司还斥巨资派洪深赴美购买先进的摄影器材，并聘请四位美国专家来国内指导《啼笑因缘》的拍摄和制作。此外，当时拍电影大多在摄影棚里进行，此次为了配合原著故事背景，也为了吸引观众，明星公司不惜耗费财力人力将摄制组拉到北平拍摄外景，对此片的重视程度可见一斑。

然而就在他们不惜血本紧锣密鼓筹拍《啼笑姻缘》时，陆续发生了几起题材"撞车"的纠纷。先是上海广东大舞台、天蟾大舞台等剧场演出京剧《啼笑因缘》，手握版权的明星公司要求各剧场立即停演，后经过调解广东大舞台和天蟾大舞台的京剧《啼笑姻缘》分别更名为《戚笑姻缘》、《缔笑姻缘》。这一边的事态刚刚平息，另一边，文明戏时代的健将、当时供职于大华电影社并在南京经营大世界游乐场的顾无为也看中了这部小说，并组织了一个大华话剧团，抢在明星公司之前上演了舞台剧《啼笑因缘》。除了南京大世界游乐场外，顾无为还率领剧团北上，在北平开明戏院、中央电影

---

① 参见张正《魂梦潜山——张恨水纪传》第196页，太原：山西人民出版社2000年版。

院等处日夜演出,均大获成功。明星公司眼见自己前期鼓噪的声势都为顾无为垫了场,十分恼火,一纸诉状将其告上法庭。明星公司自以为手握版权志在必得,对于顾无为私下和解的请求全然不理会;那一边,顾无为和解不成又得不到张恨水支持,正走投无路之时却意外发现明星公司虽得到张恨水首肯获得《啼笑因缘》的小说版权,却没有申请电影摄制许可证。而根据国民政府相关规定,小说改编成电影除要取得小说版权外还须呈请内政部颁发摄制电影许可证。了解到这一点的顾无为兴奋不已,马上通过他的后台大世界游乐场老板黄金荣打通关节,抢先取得了《啼笑因缘》的电影摄制许可证,并迅速登报声明。① 这样他不仅可以继续搬演舞台剧而不必担心明星公司的诉状,而且也可以筹拍电影并反告对方侵权。顾无为所在的大华电影社还真就在最短的时间内弄出剧本准备投拍了。此举让明星公司始料未及,也令其深陷窘境。然而一波未平一波又起。其时明星公司《啼笑姻缘》剧组赴北平拍摄外景,途径天津时恰逢"九·一八"事变爆发,沈阳沦陷。年底,时任广西大学校长马君武的一首诗被上海报刊争相登载:

哀沈阳二首(仿李义山北齐体)

赵四风流朱五狂,翩翩蝴蝶正当行。温柔乡是英雄塚,哪管东师入沈阳。

告急军书夜半来,开场弦管又相催。沈阳已陷休回顾,更抱佳人舞几回。②

---

① 参见张伟《前尘影事——中国早期电影的另类扫描》第99页~104页,上海:上海辞书出版社2004年版。

② 马君武《哀沈阳二首(仿李义山北齐体)》,《良友》第64期,1931年12月。

李义山(李商隐)《北齐》二首乃讽刺北齐后主高纬宠幸冯淑妃而亡国的咏史之作,马君武所谓仿"北齐体"当然意有所指。诗中所涉三位女性,赵四即赵一荻女士,朱五乃时任北洋政府内务总长、代总理朱启钤的第五个女儿朱湄筠,胡蝶正是在北平拍摄《啼笑姻缘》的影后胡蝶。原来张学良时任陆海军副司令,兼任东北边防司令长官驻节北平,"九·一八"事变当日称病在北平家中休养。马君武不知是真有实据还是妄作英雄美人的联想,以诗暗示张学良大敌当前却在北平与胡蝶共舞导致沈阳失守。此诗一出,舆论大哗,有什么比红颜一笑倾城更能激怒国人呢?胡蝶和她身后的《啼笑姻缘》剧组以及明星公司陷入了空前的压力。而正和明星公司就《啼笑姻缘》电影版权打官司的顾无为得势不饶人,借着各种舆论甚嚣尘上,临时组织他的大华剧团赶排了舞台剧《不爱江山爱美人》,在齐天舞台日夜演出,趁着国恨家仇的热度,狠赚了一笔。明星公司四面楚歌,除让胡蝶登报辟谣外,又由总经理张石川携洪深、郑小秋、龚稼农、夏佩珍等《啼笑姻缘》的主要演职人员发表共同声明为胡蝶作证,但版权纠纷仍得不到解决。因为有黄金荣坐镇后台,又意外得到舆论的帮忙,事态向着有利于顾无为和大华电影社的方向发展。明星公司前期已投入巨资,若就此放弃则损失惨重,因此只得辗转投到杜月笙门下,请出这位上海滩唯一足以与黄金荣对峙的青帮头目从中斡旋。经过几个回合的明争暗斗,最终由章士钊调停,[1]"明星"和"大华"达成和解,电影拍摄许可证转给明星公司,大华电影社得到一笔补偿款。随着明星公司《啼笑姻缘》的上映,这场牵动了平沪两地多方势力、令人啼笑皆非的闹剧也终于收场。

---

① 参见张友鸾《章回小说大家张恨水》,《张恨水研究资料》108 页。

　　然而,改编纷争刚过,伪书、续作又来。① 最初面对读者和出版商作续集的要求,张恨水的答复是九个字"不能续,不必续,也不敢续",②然而各种续作、伪书流行坊间,让张恨水坐不住了:

> 　　……已经有好几种《啼笑因缘》的尾巴出现,尤其是一种《反啼笑因缘》,自始到终,将我那故事,整个的翻案。执笔的又全是南方人,根本没过过黄河。写出的北平社会,真是也让人又啼又笑。许多朋友看不下去,而原来出版的书社,见大批后半截买卖,被别人抢了去,也分外的眼红。③

　　张恨水提到的《反啼笑因缘》是最有名的一种《啼笑因缘》"反案"作,作者徐哲身本人亦是知名作家,曾办"小说函授社",招收遥从弟子,以张恨水《啼笑因缘》为小说教材。因作《反啼笑因缘》,徐哲身和张恨水之间打了一场笔墨官司。迫于出版社的压力,也为了捍卫自己的利益,张恨水不得不自食其言,于1933年另做了十回《啼笑因缘续集》,仍由三友书社出版。也许是为了防止日后再

---

　　① 目前知道的有续书有六种,分别为惜红馆主《续啼笑因缘》(张伍《雪泥印痕:我的父亲张恨水》作"啼红馆主",疑有误)、无无室《续啼笑因缘》(载宁波出版之《大报》)、《啼笑因缘三集》(作者不详)、《啼啸因缘》(作者不详)、《啼笑再缘》(作者不详)、《恩爱冤家》(上海华新书局);"反案"三种,分别为徐哲身《反啼笑因缘》,吴承选《反啼笑因缘》(刊于《礼拜六》,后更名《啼笑皆非》)、沙不器、赵逢吉合著《反啼笑》(刊载于上海《大罗宾汉》报);又有《新啼笑因缘》两种,一在武汉《时代日报》连载,一为上海紫罗兰书局单行本,作者皆不详。另有杭州娄红薇所著之续二回《啼笑因缘》、某君所著《啼笑因缘》、曹痴公所著《啼笑因缘》、俞云牖所著《啼笑因缘》。参见张伍《雪泥印痕:我的父亲张恨水》(北京:团结出版社2006年版),范伯群《通俗小说中的"续作"和"反案"热》(收入周瘦鹃《新秋海棠》,南京:江苏古籍出版社1989年版)。

　　② 张恨水《作完〈啼笑因缘〉后的说话》,原载张恨水《啼笑因缘》三友书社1930年12月初版本,转引自《张恨水研究资料》第200页。

　　③ 张恨水《写作生涯回忆》,《张恨水研究资料》第45页。

有人做续集，这一次张恨水加了一个封闭式的结局：沈凤喜病逝，樊家树与何丽娜结为连理，关氏父女投身东北义勇军而后战死。

最初的热度之后，《啼笑因缘》的传播转入更温和、更潜在的层次——陆续被改编为各种地方戏曲，在上海，以弹词最受欢迎。各种改编中，陆澹盦的版本影响较大，1935 年上海三一公司出版陆澹盦的《啼笑因缘弹词》，1936 年上海莲花出版馆又出版了《啼笑因缘弹词续集》。从沈俭安、薛筱卿（又作薛小卿）到朱耀祥、赵稼秋，再到姚荫梅、范雪君、蒋云仙、秦纪文、邱肖鹏，《啼笑因缘》唱红了几代弹词艺人，也滋养了几代吴地听客。

第二节　北派章回的南下与鸳蝴文学的优化

作《啼笑因缘》，张恨水并非初试啼声。与之前《春明外史》、《金粉世家》等人物头绪繁多的庞然巨制相比，《啼笑因缘》未免过于小巧，线索过于单纯。然而，在张恨水多产的写作生涯中，没有任何一部作品超越《啼笑因缘》带来的轰动效应。《春明外史》、《金粉世家》都为其奠定文名，但连载数年文火慢热，与《啼笑因缘》在 1931 年的突然走红仍不可同日而语。其时某报曾刊《张恨水登龙史》一文：

> 张恨水于民十二执笔于北平《世界日报》，初无甚名声，其处女作《春明外史》问世，论者以其内容杂乱，多疵之，时故都以小说镇压文坛者，在大报为陈慎言，在小报有徐剑胆诸人，其名声皆出恨水之上，恨水非池中物，甘困处污泥，思'创新码头'，兼在上海卖稿，俾得闻名于全国。乃沪上文人门户之见甚深，外埠作者不易打入，包天笑顾明道之作品，尚把握全部

读者之注意,初出茅庐之作几无容足之地。①

　　文辞虽嫌露骨,毕竟道出了《啼笑因缘》走红的关键环节,即它的传播不像陈慎言、徐剑胆等人的作品只局限于北平一隅,而是进入到上海出版业中。京沪通俗出版物历来有各自的作家群和发行渠道,1930 年代以前二者的沟通甚少。尤其上海,出版业繁荣已久,又经历了 1920 年代通俗期刊的鼎盛时代,已经形成了非常稳固的写作圈子,北方作家不易突入。范烟桥曾言:"北方的小说作者与上海的作者很少通声气的。北方的出版商和南方的出版商虽然发行上有交易往来,但出版的取材,是各走各的路,显然是'分疆划界'的。"②可见,不仅南北作者之间少互通声气,久而久之,南北小说的路数也各不相同。1929 年 5 月,上海新闻记者团访问北平,时任《世界日报·明珠》主编的张恨水,经钱芥尘介绍,结识了随团访问的上海《新闻报·快活林》主笔严独鹤。或许出于变换一下口味的想法,严独鹤与张恨水商定合作。但据说严独鹤出于谨慎,请张恨水先做十回过目。③ 而据张友鸾回忆:"当第一部分寄去之后,似乎并未得到十分重视,被搁置五个月,才开始刊载。"④对此,张恨水的解释是《新闻报》当时正在连载另一长篇,故未能将《啼笑因缘》及时刊出。⑤ 1930 年 3 月 16 日,《新闻报·快活林》刊登严独鹤《对读者诸君的报告》,推介即将连载的《啼笑因缘》:

---

①　啦啦《张恨水登龙史》,《大地周报》1947 年第 83 期。
②　范烟桥《章回体的社会小说(下)张恨水:〈啼笑因缘〉》,原载香港《万象》第 5 期,1975 年 12 月 1 日,第 34 页,35 页,转引自范伯群《中国现代通俗文学史》》第 445 页,北京:北京大学出版社 2007 年版。
③　啦啦《张恨水登龙史》,《大地周报》1947 年第 83 期。
④　张友鸾《章回小说大家张恨水》,《张恨水研究资料》第 100 页。
⑤　张恨水《写作生涯回忆》,《张恨水研究资料》第 33 页。

　　长篇小说，自明天起，刊载张恨水先生所著的《啼笑因
缘》。张君在小说界极负声誉，长篇小说尤擅胜场。他的作品
分见于北方各大报及本埠上海画报，久为爱读小说者所欢迎。
这部《啼笑因缘》兼有"言情"、"社会"、"武侠"三者之长，材料
很丰富，情节很曲折，而文字上描写的艺术又极其神妙，预料
必能得到读者的赞许。①

　　严独鹤的上述推介证实了一点。《啼笑因缘》之前，张恨水创
作的影响主要局限于北平、天津，上海本埠唯有《上海画报》转载过
张恨水不太知名的作品《天上人间》。因此不仅上海读者对他陌
生，恐怕就连眼光毒辣的资深编辑严独鹤，对于张恨水能否胜任也
缺乏十足的把握。但张恨水本人对于海上文坛的观察还是相当准
确的："在那几年间，上海洋场章回小说，走着两条路子，一条是肉
感的，一条是武侠而神怪的"，②前者如包天笑《上海春秋》，后者则
以顾明道《荒江女侠》为代表，所以《张恨水登龙史》一文说"包天笑
顾明道之作品，尚把握全部读者之注意"。而严独鹤标榜《啼笑因
缘》兼具"言情"、"社会"、"武侠"三者优长，其实正反映了他对于张
恨水的创作风格及其能否投合海上读者的趣味心中无数，只好将
海派章回的三大噱头加诸一身，让读者各取所需。张恨水也证实，
小说原本没有武侠方面的设想，因严独鹤担心小说不对读者的胃
口，一再要求他增加，于是才有了关氏父女这一条线索。③
　　严独鹤原本或许只是希望这部带着北派章回特色的小说到了
上海不要招致水土不服，却不曾想它能够如此深入人心，未及刊

---

① 　严独鹤《对读者诸君的报告》，《新闻报·快活林》1930 年 3 月 16 日。
② 　张恨水《写作生涯回忆》，《张恨水研究资料》第 33 页。
③ 　张恨水《写作生涯回忆》，《张恨水研究资料》第 33 页。

毕,各种效应已然显现。创刊不久的上海小报《社会日报》趁热打铁,不等《啼笑因缘》登完,就打出了连载张恨水《春明新史》的广告:

> 小说巨子张恨水先生以《春明外史》一书蜚声北方,及《新闻报·快活林》刊其《啼笑因缘》后,南中人士亦无不家弦户诵,推为当代作家。今《啼笑因缘》即将结束,而各书报杂志愿出巨金一求先生之作品以光篇幅者更踵相接。惟先生笔墨自珍,俱被谢绝。本报以钱芥尘君之介,承先生允撰此《春明新史》说部以饷读者。此书内容结构实驾《春明外史》、《啼笑因缘》而上之,凡喜阅先生之新小说者,舍本报外固无处可读也。①

其实《春明新史》既非新作,亦非《社会日报》独家刊载,所谓"舍本报外无处可读"自然也是虚言。据张恨水回忆,《春明新史》系其游历东北时应沈阳《新民晚报》邀约而作,本无兴致,就随刊随写,勉强完成二十回。创作与《啼笑因缘》几乎同时,用力则远不及后者,自己也不满意。"后来这书有上海某家小报转载,干脆,我就把版权卖给他们了。"②如此看来则"上海某家小报"当为《社会日报》无疑。信笔而为的旧作也引人趋之若鹜,足见在《啼笑因缘》之后张恨水已然是上海滩炙手可热的作家了。作为率先将张恨水引进上海的严独鹤,当然迫不及待要与之续约,对此张恨水回忆道:

---

① 《新闻报》1930 年 11 月 15 日版,原文末句为"凡报阅先生之新小说者,舍本喜外固无处可读也",当为排版错误,更正为上文。

② 张恨水《写作生涯回忆》,《张恨水研究资料》第 35 页。

在《啼笑因缘》登完以后，因事前的接洽，《新闻报》又登了一篇武侠小说。但这时的武侠小说，已经不大合乎上海人的口味了。所以不等那小说登完，独鹤就再三的写信给我，要我再写一篇，而且希望长一点的。①

接着《啼笑因缘》刊出的正是顾明道的《荒江女侠》续集，这也说明严独鹤之前并没有预料到《啼笑因缘》会有如此成绩，打算尝试合作一次后仍回到武侠神怪的老路；不想《啼笑因缘》竟一炮而红，此时再欲合作，无奈与顾明道的契约在前而无法更改。看得出，张恨水对于这一番成绩是颇为得意的，虽说上海读者的口味不至于如他所言一夜之间转了风向，但《啼笑因缘》确给上海文坛吹出清新之风，无论题材或笔法都让读者颇感新鲜：

相传几百年下来的北京，而今改了北平。已失去那"首善之区"四个字的尊称。但是这里留下许多伟大的建筑，和很久的文化成绩，依然值得留恋。尤其是气候之佳，是别的都市花钱所买不到的。这里不像塞外那样苦寒，也不像江南那样苦热，三百六十日，除了少数日子刮风刮土而外，都是晴朗的天气。论到下雨，街道泥泞，房屋霉湿，日久不能出门一步，是南方人最苦恼的一件事。北平人遇到下雨，倒是一喜。这就因为一二十天遇不到一场雨，一雨之后，马上就晴，云净天空，尘土不扬，满城的空气，格外新鲜。北平人家，和南方人是反比例，屋子尽管小，院子必定大，"天井"二字，是不通用的。因为家家院子大，就到处有树木。你在雨霁之后，到西山去向下一

---

① 张恨水《写作生涯回忆》，《张恨水研究资料》第41页。

看旧京,楼台宫阙,都半藏半隐,夹在绿树丛里,就觉得北方下雨是可欢迎的了。南方怕雨,又最怕的是黄梅天气。由旧历四月初以至五月中,几乎天天是雨。可是北平呢,依然是天晴,而且这边的温度低,那个时候,刚刚是海棠开后,杨柳浓时,正是黄金时代。不喜游历的人,此时也未免要看看三海,上上公园了。因为如此,别处的人,都等到四月里,北平各处的树木绿遍了,然后前来游览。就在这个时候,有个很会游历的青年,他由上海到北京游历来了。①

这是《啼笑因缘》的开场,不见得怎样精彩,但对于习惯了洋场"肉感"气息的读者而言,此处的清淡开阔,究竟是不一样的路数与气象。很显然张恨水从一开始就立意要向上海读者展示不同于洋场的旧京风貌。以往的海上章回,主人公往往由周边城市来到上海,写来写去不外乎以上海为中心,兼及苏州、扬州、杭州等地;而樊家树却是"由上海到北京游历来了",景致气氛全然不同。透过樊家树的视角,作家常常自觉地、略显刻意地将京城的地理风物嵌在故事情节中:

……厨子送了一碟冷荤,一碗汤,一碗木樨饭来。这木樨饭就是蛋炒饭,因为鸡蛋在饭里像小朵的桂花一样,所以叫做木樨。但是真要把这话问起北京人来,北京人是数典而忘祖的。②

① 《啼笑因缘·第1回》,第19页,北京:人民文学出版社2009年版。《世界日报》版《啼笑因缘》未集成单行本刊行,本章写作参照人民文学2009年版及《新闻报·快活林》连载版。

② 《啼笑因缘·第3回》第43~44页。

的确,寓居某地者,对于周围环境较之土生土长的人常怀有更多探求的兴趣,后者倒是常常"数典而忘祖"。张恨水原籍安徽寓居北京,以南人的立场和观感打量这座城市,当地人早已浑然不觉的风物习俗,在他往往心有所感。于是住惯了上海租界洋房的樊家树,不免流连北方庭院的紫藤花架、朱漆回廊;先农坛的红墙、古柏,花枝招展的大鼓娘,什刹海的平民游艺场,都有着不同于十里洋场的另一种活泼与繁华;妙龄女郎不着罗绮而穿素朴的蓝竹布长衫,骨骼圆润健秀,这是"燕赵佳人所有的特质,江南女子是梦想不到的";①也许是厌倦了精致的苏沪茶点,粗糙的天桥杂食在他的笔下倒显得生猛可爱:

> ……一个大平头独轮车,车板上堆了许多黑块,都有饭碗来大小,成千成百的苍蝇,只在那里乱飞。黑块中放了二把雪白的刀,车边站着一个人,拿了黑块,提刀在一块木板上一顿乱砍,切了许多紫色的薄片,将一小张污烂旧报纸托着给人。大概是卖酱牛肉或熟驴肉的了。②

老舍先生曾言:"生在某一种文化中的人,未必知道那个文化是什么,象水中的鱼似的,他不能跳出水外去看清楚那是什么水"③(《四世同堂》),赵园先生认为,"闯入者"更能把握一座城市的神髓。他们都着眼于寓居者面对不同文化所自然产生的比较意识。从张恨水的小说中,我们虽然感受不到对于北京文化深层次的揭示——他也无意于此,但他客居北京、"闯入"上海的双重经验,的确让他最

---

① 《啼笑因缘·第 4 回》第 62 页。
② 《啼笑因缘·第 1 回》第 17 页。
③ 老舍《四世同堂》(上)第 95 页,北京:人民文学出版社 1998 年版。

直接地把握到了两种城市生活不同的轮廓,尽管可能粗浅,却足以激起读者对于另一座城市简单的向往。据说因为《啼笑因缘》,一度上海人到京必访天桥。① 原著中描绘的北平生活细节,有的也许只是作家信笔所至,并未细加推敲,读者反倒心细,津津乐道,其中就包括后来作《啼笑因缘弹词》的陆澹盦。他曾撰《〈啼笑因缘〉之商榷》一文,质疑原著对北平气候、北平报业、西山别墅、什刹海平民场所等方面的描绘。例如第二回中,樊家树访沈凤喜,已是五月上旬的天气,沈家的陈设却是土炕上铺着"红呢被",芦席上叠着薄棉被;第五回中,已是六月上旬,沈凤喜新居床上仍是布被褥加"小红绒毯子"。澹盦先生以南人的常识判断,以为不妥。② 其实这倒正见出南北气候的差异。北方昼夜温差大,初夏时节,正午暑热早晚微寒是最常见不过的情形,无论"薄棉被"或"绒毯子",都还算应时的装备,这一点想必北居的人都会同意吧。

北平已然和这部小说不可分割。1931 年上海明星公司投拍电影《啼笑姻缘》,首先面临的问题便是如何表现原著中的北平场景和风物。在当时中国的条件下,拍摄电影几乎都在棚内完成,但对于《啼笑因缘》而言这样做无疑失落了原著最吸引读者的部分,失去了影片拍摄的一大卖点。于是明星公司高层做出大胆的决定,将整个剧组拉到北平进行实地拍摄。1931 年的中国,刚刚经历过中原大战,又遭遇"九·一八"事变,政局动荡,交通不畅。尽管如此,明星公司仍然赴北平进行了数月的拍摄,足迹遍及北海、什刹海、中央公园、天桥、先农坛、颐和园,以及北平的大街小巷。随摄制组北上的程步高还专门写过《从〈啼笑因缘〉到北平》③一文

① 张友鸾《章回小说大家张恨水》,《张恨水研究资料》第 109 页。
② 陆澹盦《〈啼笑因缘〉之商榷》,《金刚钻月刊》,1933 年第 1 卷第 2 期。
③ 参见赵国忠《〈啼笑因缘〉:从小说到电影》,《大众电影》2004 年第 14 期。

讲述这部小说和北平的"因缘"。

在《啼笑姻缘》电影热拍的同时，《新闻报·快活林》也正连载张恨水的另一部小说《太平花》。小说以北方军阀混战为背景，为避免读者索隐，引起当局的注意，小说将时间、地点都虚化处理，但明显延续了《啼笑因缘》的北国情调。小说自 1931 年 9 月 1 日开始至 1933 年 3 月 26 日连载完毕。在这期间，张恨水又应周瘦鹃之邀，为《申报》副刊《春秋》写了以东北抗日为主题的长篇小说《东北四连长》，①自 1933 年 3 月 4 日开始至 1934 年 8 月 10 日连载完毕。由此我们可以看到，自 1930 年 3 月《啼笑因缘》登陆上海开始，在长达五年的时间里，张恨水几乎一人包办了上海、也是国内最知名的两大报的副刊长篇。熟悉上海文坛的人都知道，人称"一鹃一鹤"的周瘦鹃和严独鹤，各自支撑着上海文艺刊物的半壁江山。他们所编辑的刊物，在迎合读者的同时也在塑造着读者的趣味，引导着阅读的风尚。可以想见，在 1930 年以前，像《太平花》《东北四连长》所表现的题材、所反映的地域生活与上海的副刊文化该是多么格格不入；短短几年，它们不仅被两大副刊认可，也完全为这座城市所接纳。这风气的改变，总有几分该归功于《啼笑因缘》。

北平风味无疑是吸引上海读者的重要因素，然而《啼笑因缘》对上海读者的冲击还不限于此。以游历者的观感和行踪牵动全书是近代说部惯用的做法，但先前的做法往往是"移步换景"，写一处丢一处。刘半农曾拟了一个格式嘲笑这种叙事："老王去找老刘，半路上遇见老李，于是写老李回家，由老李回家，在街上碰到赵大和孙三打架，于是叙上了赵大，结果是红头阿三来排解，赵大孙三

---

① 《东北四连长》出单行本时更名为《杨柳青青》。

都跑了,底下就拉住红头阿三不放……结果,老王找老李的事早丢到天外去了。"①张恨水对平江不肖生的《江湖奇侠传》亦有类似批评:"正说两派之争,忽然说到某甲的学艺,由某甲又说到他师傅某乙,便又由某乙从师傅某丙谈起,某丙有一天上山打柴,遇见了老虎,打不过它,被某丁一箭将虎射死,底下就写上了某丁,由某丁说到他的妹妹某戊,而某戊又是跟老尼某己学的,某己是高僧某庚的徒弟,结果把两派之争全忘了。"②鲁迅先生评价《官场现形记》时也称其"头绪既繁,角色复夥"③

　　《啼笑因缘》以前,这种移步换景的叙事方式始终是海上章回的主流作法。张恨水对此显然有所反省。在写于 40 年代的一篇文章中,张恨水谈到他与妻子阅读海上章回巨制《广陵潮》的感受。当时有书商欲重印《广陵潮》,嘱张恨水作序。《广陵潮》卷帙浩繁,张又笔债甚多,翻弄数章后干脆嘱妻代读,再由其告以大意。然而其妻只看了几章就看不下去。问其故,答以"故事杂乱,读之如治丝愈棼。令人不受任何刺激与陶醉。书中对话,执笔者之言,多于书中人之言,绝似听一扬州人在座,为人讲扬州琐碎私家故事,而不能令读者对书中人发生情感"。④ 张恨水当时笑妻子"蚍蜉撼树",待自己再取《广陵潮》读之,却也认同了妻子的观点:

　　　　平情论之,若不就整个书言,《广陵潮》截为无数段纪事

----

① 转引自张恨水《小说的关节炎》,《张恨水散文》第 3 卷第 461 页,合肥:安徽文艺出版社 1995 年版,原载 1946 年 4 月 17 日北平《新民报》。

② 张恨水《小说的关节炎》,《张恨水散文》第 3 卷第 461 页。

③ 鲁迅《中国小说史略》,《鲁迅全集》第 9 卷第 292 页,北京:人民文学出版社 2005 年版。

④ 张恨水《广陵潮估价——时代不恕人》,《张恨水散文》第 3 卷第 362 页,原载 1946 年 5 月 18 日北平《新民报》。

文，则神来之笔，自是触目皆是。惜李氏对书中之对话未能全
力以赴，而一时以作书人之介绍文渗入，章法纷然，因之伤害
书中人神情不少。至故事方面，亦不外普通人情小说，完一事
又连一事。但又不尽如此，仍有一部分系戏剧性人物，时来时
去，极为自由。于是读者对之不发生密切关系，且亦缺乏最高
潮，使读者无爱不忍释之事。使其能如老舍，以幽默置于对
话，而不置于介绍，书亦当较为完好也。①

　　张恨水之妻周南虽有一定的文学水准，其观感仍可代表一般
读者，她认为《广陵潮》事"令人不受任何刺激与陶醉"，这是很要害
的。张恨水则从写作者的角度指出《广陵潮》叙事的两大毛病，一
是布局散漫，一事连一事，缺乏高潮，二是全知叙事下叙述者的声
音过于强烈，所导致的问题也是"读者对之不发生密切关系"。实
际上张恨水南下前的作品如《春明外史》等也没有跳脱《广陵潮》的
叙事模式，人物事件芜杂甚至连自己写作都张冠李戴起来。但《啼
笑因缘》完全改观：线索提纯，故事有发展、有高潮、有结局；人物简
化，每个人都有自己的命运，有始有终。樊家树固然还有一个游历
的身份，但他作为游历者的功能已大为弱化，他的存在不是为了贯
串种种"黑幕"或"怪现状"，而是与书中其他角色一起上演悲欢离
合。所有这一切无不为了使"读者对之发生密切关系"。这应当是
张恨水反省传统小说后的一种自觉调整。

　　叙事方式的不同，折射的是作家立意与文化理想的差异。当
年包天笑向吴趼人请教小说作法，问其何以能"目睹"如许"怪现
状"。吴趼人递给他一本手抄本，内录满道听途说的各种奇闻轶

---

① 张恨水《广陵潮估价——时代不恕人》，《张恨水散文》第 3 卷第 362 页。

事,随听随录,天长日久遂成一巨册。所谓目睹,皆从此中来。也就是说,作家立意在于呈现诸种奇闻怪象,这些事件本无联系,故以"一个贯穿之法"整合,遂成巨制。① 后来包天笑撰《上海春秋》及未完成的《留芳记》,也基本属于此种立意。《上海春秋·赘言》这样写道:

> 都市者,文明之渊而罪恶之薮也。觇一国之文化者,必于都市。而种种穷奇梼杌变幻魍魉之事,亦惟潜伏横行于都市。上海为吾国第一都市,愚侨寓上海者将及二十年,得略识上海各社会之情状。随手掇拾,编辑成一小说,曰《上海春秋》……②

包天笑此处提到了"侨寓"二字,让人不由得想起鲁迅笔下的"侨寓"概念:"凡在北京用笔写出他的胸臆来的人们,无论他自称为用主观或客观,其实往往是乡土文学,从北京这方面说,则是侨寓文学的作者。"③但与新文学作家笔下浓郁的乡土情结不同,海上侨寓的文人往往热衷于书写他们在光怪陆离的上海都市中的种种冒险体验,④久之,形成所谓"上海气"的作风。周作人认为上海气是一种"饱满颓废"的空气,他的本质不在于"饥渴",而在于"满足了欲望之犬儒的态度"。⑤ 这种态度下,笔端尽管圆熟细腻,亦

---

① 魏绍昌编《吴趼人研究资料》第 30 页,上海古籍出版社 1980 年版。

② 包天笑《上海春秋》第 1 页,桂林:《漓江出版社》1987 年版。

③ 鲁迅《中国新文学大系小说二集导言》,鲁迅编选《中国新文学大系·小说二集》(影印本)第 9 页,上海良友图书公司 1935 年版,上海:上海文艺出版社 2003 年版。

④ 范伯群先生最先将鲁迅与包天笑笔下的"侨寓"概念进行比较,并提出了"都市乡土小说"概念,用以指称《上海春秋》等描绘上海本地风俗的海上章回小说,参见范伯群《中国现代通俗文学史》第十三章。

⑤ 周作人《上海气》,《周作人自编文集·谈龙集》第 91 页,石家庄:河北教育出版社 2002 年版。

洞悉黑幕种种，却隐匿了价值尺度。包天笑《小说大观·宣言短引》云：

> 子将以小说能转移人心风俗耶？抑知人心风俗亦足以转移小说。有此卑劣浮薄、纤佻媟荡之社会，安得而不产出卑劣浮薄、纤佻媟荡之小说，供求有相需之道也。①

但实际上，读者是需要忠奸善恶的，有了忠奸善恶，才有悲欢离合，才能牵动读者，否则即如张恨水妻所言"不受任何刺激与陶醉"。胡适在《五十年来中国之文学》中曾对比北方评话与南方的"讽刺小说"，对前者的评价较低，认为"北方的评话小说，可以算是民间的文学"，但多半没有深刻的见解，缺乏深广的经验；而南方的"讽刺小说"，均可视作"社会问题小说"，作者多为有思想有经验的文人。此处胡适更加肯定南方文人小说的思想内涵，《老残游记》《二十年目睹之怪现状》《广陵潮》等都在其表彰之列。② 但我更重视胡适的另一个发现，他注意到北方评话小说作为"民间的文学"的一个特点，"性质偏向为人的方面，能使无数平民听了不肯放下，看了不肯放下"。③ 其实这种"偏向为人的方面"的性质，也正是张恨水、刘云若等北派作家带给海上章回的异数。④ 文人化的海上章回发展到三十年代，既丧失了晚清的先锋性，又暗暗与民间拉开

---

① 包天笑《小说大观·宣言短引》，《小说大观》1915 年第 1 集。

② 胡适《五十年来中国之文学》，《胡适文集》第 3 册第 214～215 页，北京：北京大学出版社 2013 年版。

③ 胡适《五十年来中国之文学》，《胡适文集》第 3 册第 214 页。

④ 刘云若的《春风回梦记》、《旧巷斜阳》等小说都以妓女为题材，却与海上狎邪小说大异其趣。他小说中的妓女往往对爱情忠贞，带有悲剧色彩。《旧巷斜阳》中璞玉的遭遇，在当时甚至引发了社会对妓女命运的讨论。

了距离,而此时《啼笑因缘》正是以其平民的哀乐与理想搅动了"饱满颓废"的上海空气,正如张爱玲所言,"张恨水的理想可以代表一般人的理想。他喜欢一个女人清清爽爽穿件蓝布罩衫,于罩衫下微微露出红绸旗袍,天真老实之中带点诱惑性"。[1]　正是这种平民理想的注入,使发展到熟烂的鸳蝴文学在三十年代出现优化的转机;也正是这一点,使得《啼笑因缘》在最初的风靡过后,又为弹词艺人所青睐,继续在苏沪等地传唱不息,鸳蝴文化唯此真正体现出作为第三种传统的潜力。

第三节　书场与无线电广播中的《啼笑因缘》

上节谈到,《啼笑因缘》中的平民理想使其具备了转化为民间资源的可能性。本节围绕《啼笑因缘》弹词的产生及传播,阐述鸳蝴文化作为中介性传统与民间小传统的亲缘关系,及其在社会文化中发挥的作用。

说到弹词,须辨明另一个与之相关的概念"评弹"。所谓评弹,是评话与弹词两种说书形式的合称,二者均敷衍故事,"尊重史料记载者,谓之评话;弹词则以儿女故事,编为韵语,有白有曲,可以按弦弹唱者也。"[2]评弹这一称谓1949年以后才逐渐流行,之前多用"说书"。评话又称"大书",多取材历史故事,演说历史兴亡、英雄侠义,《三国》《水浒》《隋唐》《英烈》《金台传》等都是传统的大书书目;弹词演说市井生活、儿女故事,故又称"小书",《白蛇传》《三

---

① 张爱玲《童言无忌》,《张爱玲文集》第 4 卷第 88 页,合肥:安徽文艺出版社 1992 年版。

② 《上海弹词大观·说书源流与佳话》第 1 页,上海:同益出版社 1941 年 6 月 28 日初版。

笑姻缘》《珍珠塔》等均历演不衰，《啼笑因缘》自然也是弹词的好材料。① 但这种题材的划分只是大体而言，好比诗词各有所长，当行本色固佳，以诗为词却也未尝不可，甚至更能一新耳目。李伯元的《庚子国变弹词》，就突破了小书的传统而表现重大政治事件。因此评话和弹词更直接的区别还在表演形式上：评话只说不弹唱，以醒木和折扇为道具；弹词边弹边唱，配以三弦和琵琶。

关于弹词的渊源，民国著名弹词演员陈瑞麟所藏《弹词溯源秘本开篇》云：

> 弹唱南词昔未成，始于南宋小朝廷，幸而两国通和议，界隔黄河不用兵，宫闱太后无聊赖，爱把稗官野史听，故此盛行江浙地，相传一直到而今；但不知，谁作内廷闲供奉，乃是戴书生与穆书生，宋朝杂事诗中考，凿凿有之尚可凭，惜乎传姓未传名，未识先生何许人；直待到，明末清初烽火急，当时四海未承平，宁南侯爵左良玉，幕有扬州柳敬亭！祭酒梅村吴伟业，有一诗一传至今存，既而天子南巡日，驾幸姑苏一座城，有一个，御前弹唱王周士，赐七品京官伴驾行，瓯北赵公全集内，题诗一首赠王君，想他们际遇何其好，一样均沾王者恩；想我生不逢辰惟嗟叹，终身白首困风尘，只落得一曲南词了此生。②

---

① 潘心伊《书坛话堕》云："评话弹词，性质不同，而其总名皆曰说书，评话系演讲侠义忠烈之事，如《三国》《水浒》等等，口讲指画，无乐器衬托者，名大书。弹词则杂以丝竹，间以唱词，述风流韵事，有乐而不淫之旨，名小书。而劝善惩恶，二者实异曲同工也"，《书坛话堕》（一）、《珊瑚》杂志1932年第1卷第4期。

② 陈瑞麟藏《弹词溯源秘本开篇之一》，《弹词画报》1941年第26期。另据周良《苏州评弹旧闻钞》，此弹词为《柳敬亭》，收入《马如飞开篇》，见《苏州评弹旧文钞》第113页，南京：江苏人民出版社1983年版。

　　弹词的兴起,上文认为源自南宋宫闱,另据宋史,弹词兴于北宋仁宗时期,"仁宗因太后年老,特设崇真殿,命说书官,演讲古今轶事以娱太后,后遂永以为例。"①至于弹词的中兴,则在明末清初无疑,与商品经济的繁荣和市民社会的发展同步。弹词流行的区域初为苏州,②后向上海及江浙吴语地区扩散。③ 与昆曲的曲高和寡不同,弹词真正雅俗共赏,既为市井深巷的民众所喜爱,也为文人士大夫所追捧。《弹词溯源秘本开篇》提到明末柳敬亭、清乾隆时期的王周士,都是当时红极一时的艺人,他们不仅在民间具有影响力,更被上层官宦引为上宾,成为幕僚,足见弹词在明末清初即广泛流行于社会各阶层。弹词的传承与传播,似乎独立于政治与文化变迁之外,稳定而持久。乾隆时期已有的《白蛇传》《三笑姻

---

　　①　《上海弹词大观・说书源流与佳话》第 2 页。

　　②　准确地讲,无论弹词、评话或评弹二字前都须冠以地域名称以示区别,因评话不仅有苏州评话,还有扬州评话、南京评话、杭州评话、福州评话;弹词除苏州弹词外,又有扬州弹词、长沙弹词、贵州弹词(参见周良《苏州评话弹词史》,北京:中国戏曲出版社 2008 年版)。但由于苏州评弹艺术的成熟,评弹经常特指以苏州为中心的吴语地区流行的评弹,《弹词溯源秘本开篇》云弹词"盛行江浙地"即说明了这一点。戏曲史家蒋星煜《"评弹"究竟是什么》(《羊城晚报》1964 年 6 月 9 日)一文说:"'评弹'最精确的涵义,还是解放以后苏州评话和苏州弹词的合称",转引自周良《苏州评话弹词史》第 4 页。本书所用"评弹"、"弹词"概念,主要指苏州、上海等吴语地区流行的评话和弹词。

　　③　潘心伊《书坛话堕》云:"苏州为说书之发源地,而上海则为说书之大本营。不论评话弹词,道众以苏人为多,盖吴侬软语,易于动听,即非苏人而习说书者,亦须以吴音出之,否则必为听客厌弃。此亦习惯使然也。"见《书坛话堕》(一),《珊瑚》1932 年第1 卷第 4 期。评弹由苏州向江浙沪扩散的原因,唐力行认为主要有两个。一是评弹艺人表演采用走码头的形式,一处说毕,另开一处,因而沿着苏白通行的线路,形成了"南抵嘉兴,北抵武进"的评弹流行区域;另一方面,太平天国战争导致苏州人口急速减少,江南绅士为躲避战乱大规模进入上海租界,形成了吴语文化的迁移,"苏州逐渐开始由江南的中心转变为上海的腹地",而评弹作为苏州和江南文化的符号寄托了新移民的思乡情绪,书场茶楼开始在上海租界宝善街、四马路一带活跃起来。参见唐力行《评弹与江南社会研究丛书・总序》,见吴琛瑜《晚清以来苏州评弹与苏州社会——以书场为中心的研究》第 3~4 页、7~9 页,上海:上海人民出版社 2010 年版。

缘》等弹词刻本至今依然在讲,依然在唱。甚至在五四新文化运动之后,在 1920 年代至 1940 年代的上海,弹词还迎来了一个全盛时期。几部深入人心的现代通俗小说为弹词提供了新的素材,《啼笑因缘》便是最具代表性的一部,其中又以陆澹盦改编的《啼笑因缘弹词》《啼笑因缘弹词续集》影响最大。

　　陆澹盦作《啼笑因缘弹词》最初的动因来自于其友人李耀亮,上海北浙江路罗春阁茶楼的老板。罗春阁附设书场,历来以弹词"响档"李伯康为号召。弹词艺人分为多种层次,绝大多数是普通艺人,他们在市井深巷自有一片天地。而在大书场挑大梁的,或是出入绅商官宦所办堂会的通常是所谓"响档"(弹词业内对名角的称谓),响档又分两个层次:"码头响档"和"上海响档"。所谓码头响档指的是在江浙中小城市出名的响档,它的声誉和价码都不及上海响档。民国艺人唐耿良在其回忆录中写道:

　　　　我说书十年,在苏州以及江浙码头也有了名气,可以称为码头响档,但这只是低层次的响档。我的奋斗目标是争取成为上海响档。因为上海是中国南方的经济文化中心,戏曲的名角、说书的响档都云集上海。一个说书人只有在上海的书场受到听众欢迎,走红了,才能称为上海响档,他到码头上去,人家会说他是"上海先生",从而号召力倍增。①

　　在上海说书与在地方码头单档演出不同,上海书场往往是四五个档合作凑一台演出,称为"花式书场"。这四五档可能都是响档,但又有微妙的等级差别。比如,唐耿良当年进入上海有赖

―――――――――――

　　① 唐耿良《别梦依稀——我的评弹生涯》第 38 页,北京:商务印书馆 2008 年版。

于夏荷生的帮忙。夏荷生是上海最负盛名的评弹艺人组织光裕社的头号响档，以唱《描金凤》出名。他在各种书场演出中经常担任分量最重的角色，行话叫作"送客"。1944年上海沧州书场的一场中秋节演出，夏荷生担任"送客"，送客以下有三档，头档是以讲《七侠五义》《水浒》评话闻名的韩士良，二档是唱《珍珠塔》弹词出名的魏含英，由于夏荷生的提携，三档的位置给了在上海尚无名气的码头响档唐耿良，他也正凭借此次亮相正式进入上海的评弹圈。①

　　因此一个书场的运营，很大程度上依赖等级最高的响档，上文提到的李伯康就是这样的角色，当年他甚至被誉为"说书界里的'托辣斯'"，②他对于罗春阁书场的重要性可想而知。然而就在1931年，李伯康被上海另一个著名书场东方书场挖走，这无疑令罗春阁损失巨大。老板李耀亮于是找到对苏州情况熟悉的陆澹盦，请他帮忙到苏州寻个能替代李伯康的角色。陆澹盦却建议他，与其寻人，不如寻书。李伯康的走红和《杨乃武》一书有直接关系。陆澹盦此言不差。评弹艺人成为响档往往就凭借一两部代表作，各大书场也往往就凭借一两个响档，一两本代表作来吸引听众。各人的代表作通常只在各自家庭内部或师承关系中口耳相传，绝不轻传外人，也鲜有演出台本流出，因此又被称作"看家书"。例如夏荷生最擅长的《描金凤》弹词，其首唱者是清咸丰、同治年间的赵湘洲，赵湘洲只将其传给两个人，其子赵鹤卿，学生钱玉卿，此后所有的《描金凤》唱者均来自赵鹤卿和钱玉卿这两个系统，夏荷生即师从于钱玉卿的儿子钱幼卿。自清代至民国，《描金凤》在赵、钱两

---

① 参见唐耿良《别梦依稀——我的评弹生涯》第九章《我的奋斗：从码头响档到上海响档》。

② 伍广庵《书坛群英会·李伯康》，《弹词画报》第2号，1941年1月18日。

个系统内共经 177 人讲唱，①久演不衰，是名副其实的"看家书"，体现了民间小传统传承的自觉和韧性。

陆澹盦寻书的提醒令罗春阁老板李耀亮深以为然。但是当时各个书场都有自己的响档和看家书，如果请其他书场的响档来当"客座"也未尝不可，终究没有自己的特色。陆澹盦又提议索性自己编一部新弹词来唱，并推荐刚刚在《新闻报》连载完的《啼笑因缘》，李耀亮一听极为赞同，编写的任务就自然地落在了陆澹盦的身上，计划由当时已经知名但不十分走红的赵稼秋演唱。这一设想在当时颇为新颖，但也需要一定勇气。30 年代上海滩唱得最热闹的弹词有哪些？倪高风说："顾历来所歌，不出《珍珠塔》《玉蜻蜓》《白蛇传》等十数种，周而复始，听者每致厌倦"。②"听者每致厌倦"的说法暂且存疑，因为不仅在 30 年代，就是到了 40 年代，《珍珠塔》《玉蜻蜓》《白蛇传》等传统弹词仍然极有市场，这从当时各大书场的演出广告即可见一斑。以 1941 年 2 月 21 日这天上海九大书场的演出书目为例（参看本章末附表），当日九大书场共 61 场演出，竟然有 60 场都是传统评话和弹词。倪高风提到的三种传统弹词，加上那出自咸丰年间流传下来经过 177 人弹唱的《描金凤》，更是书场的绝对主角：龙泉书场上演侯九霞、沈慧人讲唱的《珍珠塔》；富春楼书场上演夏荷生的《描金凤》，杨仁麟的《白蛇传》，陈雪芳、魏含英的《珍珠塔》；雅庐书场上演陈雪芳、魏含英的《珍珠塔》，周玉泉、蒋月泉的《玉蜻蜓》，夏荷生的《描金凤》；汇泉楼书场上演侯九霞、沈慧人的《珍珠塔》，杨斌奎、杨振雄的《描金凤》，

---

① 参见周良《苏州评话弹词史》第 123～124 页"附表二：部分传统书目历代传人系脉表"，北京：中国戏曲出版社 2008 年版。

② 陆澹盦《啼笑因缘弹词·倪高风先生序》（前集上册）第 27 页，上海三一公司 1935 年 8 月 1 日初版。

周玉泉、蒋月泉的《玉蜻蜓》;湖园书场上演朱耀祥、赵稼秋的《描金凤》,陈雪芳、魏含英的《珍珠塔》;南园书场上演徐云志的《玉蜻蜓》,陈雪芳、魏含英的《珍珠塔》,夏荷生的《描金凤》;玉茗楼书场上演杨斌奎、杨振雄的《描金凤》;公平书场上演侯九霞、沈慧人的《珍珠塔》。这几种传统弹词的讲唱者陈雪芳、魏含英、夏荷生、侯九霞、沈慧人等响档都是一天之内赶多个书场表演。

因此如果单从上述演出情况来看,听者对于传统弹词"每致厌倦"的说法似乎不能成立,至少在 40 年代初,传统弹词仍然是各大书场的绝对主导。不过,倪高风在讲那句话之前还提到了一个重要的情况:"年来弹词中兴,无线电中,嗜听者众"。[①] 不妨再引顾明道的一段描述:

> 弹词一道,昔日固盛行于江南,家弦户诵,堪补社会教育之不足,妇女子尤为嗜读而喜听。红楼绣园之内,往往手执一卷,曼声低诵。夜阑人静,辄无倦意。其魔力殊大,感人不可谓不深矣。今者自电台播音而后,其趋势更甚焉。惜乎弹唱者除固有旧本外,绝鲜新颖佳作,岂今不如古邪,吾尝疑之。陆君澹盒有感于此是,乃取啼笑因缘小说而编成之,曾由弹词家朱赵二君在电台播音,文妙词雅,大得听者欢迎。[②]

自明末清初至民国,弹词书目及弹唱技艺或有变化发展,但其表演的媒介始终是书场茶楼、围坐观听。但是倪高风和顾明道都指出了 1930 年代前后弹词表演和接受媒介的一个重要变化,即由

---

① 　陆澹盒《啼笑因缘弹词·倪高风先生序》(前集上册)第 27 页。
② 　陆澹盒《啼笑因缘弹词·顾明道先生序》(前集上册)第 9 页。

书场茶楼扩大到"电台播音"。1941 年同益出版社出版的《上海弹词大观》中就配有收音机的销售广告，暗示了弹词与收音机之间的关联。1930 年代以来收音机在上海及江浙地区日渐普及，成为中等家庭常见的娱乐消费品。市面上甚至出现很多专门介绍各种收音机性能的杂志。这一媒介的出现，为弹词增加了一个新的传播和接受渠道。范烟桥说："江浙之间，弹词风行，士大夫之尊，闺阃之别，不以为嫌。况无线电播音，无远弗届，无微弗至者欤。"①正因其"无远弗届，无微弗至"，弹词更深入地介入江南市民的日常生活。按照时人的描述，"每家电台的主要节目，总离不了弹词"，②还出现了《空中书场》《电台》等杂志，又有弹词唱片出售，再配合传统书场茶楼的昼夜演出，可以说弹词渗透到了上海市民生活的每个细胞中。有经济实力的弹词爱好者，不仅通过收音机收听名家弹唱，甚至自组业余弹词团体，排演书目在电台播放。如 1940 年代有一个著名的"银钱弹词组"，即为金融界人士组成的弹词爱好者团体，他们弹唱的作品曾多次在电台播放。③

如果考虑到弹词传播和接受方式的这种变化，那么传统弹词令听者"每致厌倦"就完全可能了。常言道，"听生书，看熟戏"。看戏看的是名角儿的一招一式，对戏越是熟悉欣赏起来越有味；相较而言，听书往往更希望听到新鲜的故事情节。人们到书场茶楼中听书，已不完全是听，还带着"看角儿"的心态，比如《珍珠塔》好多艺人都唱，但之所以去这个茶楼听这一场可能就是为了听陈雪芳、魏含英这一对拍档唱，之所以去那个茶楼又是为了听侯九霞、沈慧人的版本。若通过收音机或唱片收听，"看"的成分可能就淡化一

---

① 陆澹盦《啼笑因缘弹词·顾明道序》（前集上册）第 11 页。
② 智昇《弹词之今昔》（一），《弹词画报》第 3 号，1941 年 1 月 21 日。
③ 《银钱弹词组公开播音》，《弹词画报》第 2 号，1941 年 1 月 18 日。

些,转而"听生书"的需求就凸显出来。

　　编唱《啼笑因缘弹词》一事后来生出了一系列波折,恰就与此种接受方式的变化有一定关联。当时上海有一家"蓓开唱片公司"①,正在为一对弹词双档①沈俭安和薛小卿灌录弹词唱片。沈薛二人虽是上海响档,但代表作只有一部《珍珠塔》,除此外别无可唱。但这部书不仅蓓开公司,其他公司都已灌制过了,若是书场讲唱自然受欢迎,再灌录唱片则了无新意。正待蓓开公司经理田天放一筹莫展之时,恰得知老友陆澹盦有意编《啼笑因缘弹词》,自然如获至宝,便极力劝说陆将编好的弹词交由沈薛二人唱,理由是唱片与书场演唱不同,并不算违背之前与赵稼秋的约定。陆澹盦碍于交情,只好为沈、薛编写了四段唱篇,这就引起了赵稼秋的不满。但赵稼秋和他的搭档朱耀祥非常看好《啼笑因缘》的前景,不忍放弃,况且陆澹盦只给沈、薛二人写了四个片段,未做长篇,尚不足以唱红,于是赵、朱另找到姚民哀之弟姚民愚编写弹词。② 罗春阁老板李耀亮见诸事皆妥,便欢欢喜喜地挂出了牌子,《啼笑因缘》弹词在罗春阁正式开书。谁料,姚民愚一时技痒允诺编书,编了几节后

---

　　① 　与评话只一人表演不同,弹词可由一人、二人或三人表演。一人讲唱称"单档",操三弦;二人称"双档",分别操三弦和琵琶;三人称"三档",再加一打琴(即扬琴)。书场中以单档和双档较为常见。双档又分上下手,以听众视觉,上手坐于右,下手坐于左;上手操三弦,下手弹琵琶。上下手各自承担的角色不同。参见潘心伊《书坛话堕》(一),《珊瑚》杂志1932年第1卷第4期。

　　② 　关于朱、赵"罗春阁"版《啼笑因缘》弹词最初的编写者,学界定论是姚民哀,此说或来源于陆澹盦在《撰著啼笑因缘弹词的经过》一文中的说法。另据《中国曲艺志》,朱兰庵(即姚民哀)"曾应朱耀祥之请,帮助编成《啼笑因缘》五回。"参见中国曲艺志编辑委员会《中国曲艺志》(江苏卷)第770页,北京:中国 ISBN 中心 1996 年版。此处却从姚民哀本人的说法——弹词系其弟姚民愚所为,以另备一说。姚民哀在为陆澹盦《啼笑因缘弹词续集》作序时称:"会耀祥有志于创作新书,民愚乃为编啼笑因缘弹词一回,赠其尝试,居然得邀多数欢迎。然是尚为吾弟处女作,章成急就,诸多草率,余又因病未能为之删润,但责其大胆而已。民愚编仅一二节,即知难搁笔,宁贻'谋而不忠'之诮。"参见《啼笑因缘弹词续集·姚民哀先生序》第3页,上海:莲花出版馆 1936 年版。

便自感不能胜任，便不再继续，其兄姚民哀又有疾在身，无法握管。
这边赵、朱二人在罗春阁已唱了将近十天，此时无米下锅真是自砸
招牌。无奈之中，朱赵只得再请陆澹盦救火，恰好原先约定好沈、
薛双档的《啼笑因缘》录音一事因故搁置，沈、薛二人离沪，陆得以
重新为朱赵编书，双方遂和解。

　　孰料过了一段时日，沈、薛二人又由苏州返回上海，蓓开公司
旧话重提，要录那四段《啼笑因缘》片段，但此时罗春阁的《啼笑因
缘》已唱到热闹之处，在东方电台播放也大受欢迎，因而朱赵坚决
不让，双方在电台中争执不下。最终沈、薛请戚饭牛另编了一部
《啼笑因缘弹词》，与朱赵双档在电波中打擂台。也是在此前后，三
瑞堂电台与东方电台为朱赵在谁家唱《啼笑因缘弹词》发生了龃
龉，最终协商的结果是朱赵在两边都唱。经过这一番争夺，朱耀祥
和赵稼秋成为头号的上海响档，《啼笑因缘》弹词也"做了播音台上
第一等的红节目"。①

　　从小说到弹词，《啼笑因缘》的面貌发生了必然的改变。也许
有人会认为，案头读物要更加严谨，弹词脚本可能相对随意，实际
的情况正相反。张恨水原著在鸳蝴小说中以细腻见长，但不能否
认，随写随刊的生产方式，以及作家同时应付多部作品的创作方
式，都成为了小说艺术的不稳定因素。作为接受的一方，《新闻报》
副刊的读者，大多也在一种消遣的不很专注的状态下阅读。因此
连载小说吸引读者的可能是故事的总体轮廓和焦点矛盾，或某个
精彩段落。有时一个相对完整的情节段落，由于连载的关系分几
天才刊毕，对于习惯每天写到够发排即搁笔的张恨水而言，多少打
断了其创作的连贯性；对于读者而言，很可能看了后面忘了前面，

---

　　① 陆澹盦《撰著啼笑因缘弹词的经过》，《啼笑因缘弹词》(前集下册)第6页。

遇到心细的,感觉前后抵牾,又不见得再翻出之前的报纸对照,这就是连载方式下创作和接受的常态。

但是听书就很不一样。尤其是书场听书,比读报纸连载更要求提供清晰的来龙去脉,更加讲究情理分寸。有个例子,说的是苏州南城一带的听客,常听堂审一类的书,“说书者对于唱句音韵及堂审手段,稍一不合,明日早茶时,互相批评,下午即相率不来”。①读连载小说遇到不合意的地方,可能一闪即过,但是聚众听书,却可以相互间品头论足。而且这种反馈是即时的,今天听着不好,明天就不来了,或者当时就喝了倒彩。而说书者与通俗小说家的状态也决然不同,每个说书者可能在他的整个表演生涯中,主要就说一部书,那么这部书经过了多少场讲唱,根据一场场观众的反应做了多少修改,真可谓是反复磨砺,把每个角落都要打磨得圆润细滑,合情合理,每一个细节都要拿捏得恰到好处。有时听书实际也是在听不同说书人的性格与分寸。

因此从看到听,从案头到舞台,《啼笑因缘》这个文本反倒是变得更加周严细密。例如小说第四回关寿峰重病,家树前去探病,作者借秀姑之口说出父女二人“没有一个靠得住的亲戚朋友”,②待到第十三回沈凤喜被刘将军软禁,其母向关寿峰求助,关却当天召集了快刀周、江老海、王二秃子三位徒弟同往搭救凤喜。豪侠现身,虽有出其不意的效果,却亦略显突兀。这可能与张恨水原本不打算过多描绘武侠有关,后来在严独鹤的一再要求下,着意发展与武侠相关的人事、线索,前面就显得缺乏铺垫。陆澹盫显然是注意到这个问题,在弹词第二折先借关氏妇女搬家,安排王二秃子登

---

① 转引自吴琛瑜《晚清以来苏州评弹与苏州社会——以书场为中心的研究》第6页,原文出自《听书随笔》,《生报》1939年2月21日。

② 《啼笑因缘·第4回》,第59页。

场,第八折关寿峰病重时又提及快刀周、江老海,为后文伏笔,如此
似情理更通。又如小说第十九回樊家树与何丽娜已于下午在中央
公园叙谈,傍晚樊家树与关寿峰别后回陶宅,却又见桌上丽娜来
函,邀约当晚至群英戏院观剧。既欲同往看戏,何以下午见面时只
字不提,傍晚却有书信到? 弹词第三十七折改为樊与何在中央公
园见面时即约定晚上看戏,这便合理得多。①

再如,小说中关秀姑刺杀刘将军之后,樊家树到天津避风头,
回京后在西山看红叶时被土匪绑架。这段情节并没有问题,编成
弹词后内容本身也无问题,但是《啼笑因缘》的另一个编唱者姚荫
梅却在演出中发现了问题。这段情节出现在情节发展的最高点,
听客都期待悬念解决。姚荫梅通过多次演出发现,当听到刘将军
被刺、凤喜疯了、家树出走时,不少听客都以为故事结束了,因为人
物命运、事件走向都有了交待,但实际上后面还有樊家树被绑架、
获救等情节。其实这也正是小说节奏安排欠佳的地方,把最大的
悬念提前解决了。在看连载或单行本的时候,读者不自觉,或者自
觉了亦无大碍;但是在书场问题就大了,姚荫梅发现经常是听到这
里,后面的几场不少听客就不来了,因为悬念没有了,听书的行话
讲"落关子"了,而他本来想为张恨水写得很简略的"绑票"一节添
点彩也因此无从发挥。于是姚荫梅决定对情节做一些调整:

> "绑票"、"救票"是一段很好听的书,拿掉这段情节,又觉

---

① 倪高风为《啼笑因缘弹词》所作序言提及此处改动,却说陆澹盦将丽娜写信改
为打电话,则看戏为丽娜临时起意,故下午中央公园会面时不曾提及,如此亦合理,只
是与陆澹盦书中情节不符。有一种可能,"打电话"出自朱耀祥、赵稼秋的讲唱版,后来
陆澹盦成书时,又做了改动,倪高风却仍依原先所听照录。不论何种改动,都说明原先
案头小说中不够细密之处,通过讲唱被发现、修补。

得太可惜,因此,我就想找个适合的地方放进去,后来终于给我找到一个地方。原著在沈凤喜进将军府之前,樊家树曾经接到母病的电报,别凤回杭州探亲,有十多天时间。我把"绑票"的情节就放在这里,说电报是绑票匪徒伪造的,樊家树被骗,别凤离北京,到天津时被绑架。樊家树离开北京后,沈凤喜被迫进将军府,被刘将军逼婚变节。关寿峰夜探将军府,发现沈凤喜变节,很气愤地回到家中,第二天一早就从报上看到"大学生樊家树被绑架"的消息,那么设法营救。"别凤"是"关子","变节"是"关子","绑架"是"关子","关子"接"关子",波澜起伏,听众很欢迎。这一段"绑票"、"救票"书,我编得错综复杂;创造了一些票匪角色,什么"李二疙瘩"、"铁腿小张"、"唐得落"等有十几个;还安排了一些揭露当时社会官匪相通的情节。这些都是我看了野史、笔记、小说等书吸收来的。这一段"绑票"、"救票",可以说十回书。把"绑票"一段书放在前面,"刺刘"后马上就交代樊家树逃出北京,何丽娜追到天津"一家春"碰头,直要接到西山一段书,使整段书显得非常紧凑。①

对比小说与弹词,小说《啼笑因缘》作为通俗文学固然风行南北,不过它仍然有它接受的限度,最多恐怕就到粗通文墨的姨太太这个层次;改编为弹词,才真正是妇孺皆可观听。重要的是,《啼笑因缘》弹词的风行,并不在一时,从 1932 年朱耀祥和赵稼秋,沈俭安和薛筱卿开始零星在上海、苏州等地讲唱,到 1940 年代,《啼笑

---

① 姚荫梅《我是怎样编书的》,苏州评弹研究室编《评弹艺人谈艺录》第 115 页,南京:江苏人民出版社 1982 年版。

因缘》的热度始终没有减退。附表显示了,上文我们说到的 1941
年上海各大书场传统弹词与现代弹词 60 比 1 的比例,那例外的
"1",正是朱、赵的《啼笑因缘》弹词。传统弹词的绝对主导地位,说
明了民间小传统有自己一套准入和存续的机制,这一套机制可能
与精英文化大传统一样坚固,它的轮廓和演进的脉络也不是外力
可以轻易更动的。《描金凤》《珍珠塔》等作品历经时光的淘洗,证
明最具有民间能够识别的戏剧性和趣味,因而得以持久地传播。
而小说《啼笑因缘》作为当下的文人创作,能够被迅速改编为弹词
并通过艺人的弹唱稳定下来,混入诸多历经千淘万洗的传统弹词
中,化为民间的养分,成为那例外的"1",则反映了鸳蝴文化与小传
统的亲近;而且不同于传统弹词已历经几代人的传承,《啼笑因缘》
弹词展示了文人创作为民间小传统吸纳的最初瞬间。

　　由于《啼笑因缘》弹词在书场和电台中的火爆,1935 年,倪高
凤、汪仲年、戴桐秋三人组成"三一公司",向陆澹盦取得版权,出
版《啼笑因缘弹词》;随后张恨水续作《啼笑因缘》,陆澹盦又作
《啼笑因缘弹词续集》,1936 年由莲花出版馆出版。前集与续集
各四十六折,共九十二折、凡五十四万余字。倪高风言,编此书
能"使世爱听啼笑因缘弹词者,人手一编,载听载阅,益增兴
趣。"①陆澹盦言,"这部书从前编的时候,只是给朱赵登台弹唱的
一种脚本罢了,与向来流行的弹词小说,性质完全不同。如今三
一公司,拿去出版,我才把他改编了一下,按着正式弹词小说的
格式,分做若干折,每折也替他出脚色,有引子,有道白,有上场,
有下场。"②继朱耀祥、赵稼秋之后讲唱《啼笑因缘》的姚荫梅后来

---

① 陆澹盦《啼笑因缘弹词·倪高风先生序》(前集上册)第 27 页。
② 陆澹盦《撰著啼笑因缘弹词的经过》,《啼笑因缘弹词》(前集下册)第 8 页。

证实,他第一次登台表演的时候,台下一百多位听众竟带来了六、七十本《啼笑因缘弹词》",让他倍感压力。① 载听载阅,这确是个有趣的现象,不知先前书场里是否有过先例? 从小说到弹词,从弹词脚本到弹词小说,《啼笑因缘》经历了由案头到书场再到案头的顺序,人们对《啼笑因缘》的接受经历了由读到听再到读的过程。而其中,文人的全程介入令人印象深刻,这对于双方而言都是莫大的动力。其实评弹演员多少有一定的创编能力,但这种能力主要体现在对旧书做各种个性化的加工,故而同一本书不同演员能讲出不同味道。然而《啼笑因缘》毕竟是新作,无可借鉴,故姚氏兄弟、陆澹盦在此中发挥了关键的作用。其间姚民愚不复作,朱、赵二人无本可依,曾凭着自己的经验勉强编写了几段,在台上继续敷衍了六七天。台下就坐的多数听众是否察觉不得而知,但其中的一位正是陆澹盦,他本是来看姚氏兄弟是如何编写的,听罢便断言绝非姚氏所作,因为多有平仄不能谐婉者,如此方得与朱赵二人重续前约。因此对于民间弹词而言,文人经验的注入使其更为成熟。

对文人而言,与书场的结合则令其创作更为本色当行。近现代文人中与弹词关系最紧密的非姚民哀莫属。姚为南社成员,常熟人,与常熟徐枕亚兄弟为远亲。② 姚民哀曾有句云:"一支秃笔,三条弦索",③道出了他的两个身份。他最为大众所熟悉的身份是鸳蝴派小说家,以武侠党会小说为最擅长,编有《小说霸王》。但他同时又是一个拨动弦索的弹词艺人,陈啸墨《十年书场回忆录》云,

---

① 姚荫梅《我是怎样编书的》,苏州评弹研究室编《评弹艺人谈艺录》第 115 页。
② 徐枕亚编《小说丛报》,连载姚琴孙遗作《荆钗记弹词》,附枕亚前言:"此书为余表舅琴孙先生遗著",参见《荆钗记弹词》,《小说丛报》1915 年第 15 期。
③ 潘心伊《书坛话堕》,《珊瑚》1932 年第 1 卷第 6 期。

姚民哀"以朱兰庵为名,挟三弦走遍大江南北。其祖本为书香,至其父寄庵,始弃举子业,手编《西厢记》弹词,鬻艺于江湖间矣。"①其父姚琴孙又名朱寄庵,曾撰《荆钗记》弹词,以编唱《西厢记》弹词闻名,姚民哀与其弟朱菊庵(姚民愚)自幼随父学艺,成年后兄弟二人承父业,拼档演出《西厢记》弹词。时人赞曰:"五十年来,开说《西厢记》,只唱红了三档,始为朱寄庵,后为其子兰庵、菊庵,晚近则为黄异庵……能树'西厢'而推为正宗的,自非寄庵父子莫属。"②姚氏父子技艺之所以为时人推崇,在于他们不仅是艺人,更是文人,所编文辞雅驯,尤受知识分子欢迎,姚民哀更被誉为"苏州弹词梅兰芳"。但与此同时,作为文人的姚民哀,其创作又摆脱了案头的弊病,以付诸管弦为标准,对于坊间不合声律及弹词规律的案头作品亦多有批评:

> 每见坊间流行之弹词小说,有延至十余字为一句者,有一句中杂以二三接笋虚字者,皆窃非之。进言之,弹词与鼓词有别,若延至十余字,或多砌接笋,即与鼓词朦混。《贾凫西鼓词》、《庚子国变弹词》,皆为杰作,而其疵病,即在鼓词、弹词不分。盖弹词正宗,以七字为率,而上下句最妙似对非对,运用成语,如白香山之诗句然,斯为尽善尽美。时流不乏贤者,往往有长于古文辞,而其秉笔为弹词,则不堪竟读。③

---

① 转引自谭正璧、谭寻编《弹词叙录》第 254 页,上海:上海古籍出版社 1981 年版。原文见陈啸墨《十年书场回忆录》,《上海书坛》第 81 期。

② 尤光照《书国春秋(三)》,《弹词画报》第 3 号,1941 年 1 月 21 日。

③ 姚民哀《孤鸿影·序》,李东野《孤鸿影》,柯伦校点,郑州:中州古籍出版社 1987 年版。

　　除了唱句,对于弹词中的角色道白,姚民哀也非常重视:"要晓得弹词,要分出生旦丑净的角色来;表白同科白,要分出一个界限来。"①他曾作《素心兰弹词》,为了给案头弹词立一个榜样。对这部作品他十分自负,以为"就是书道中要拿去和着三弦,在书台上唱去也是可以的了"。②

　　姚民哀为人豪爽,淡泊名利,同期南社社员多身居要津,友人曾怂恿其谋官,他却一心"挥弦滞走江浙,做他的说书生涯",以此为"终身事业"。③据潘心伊述姚民哀佚事,1931 年为替上海评弹艺人与书场场东争取酬劳,姚民哀因愤极采用极端手段,先吞金戒而后至书场开书,一小时将全部《西厢记》唱完,忽长跪告别云"来生再会!"后被众人送进医院抢救脱险。此举引发了全上海评弹艺人总罢工。有弹唱《落金扇》之顾韵笙,背约单独开书,弹词艺人组织光裕社将其驱逐出社,以谢姚君。此事亦足见文人姚民哀于民间艺人中的影响力。

　　鸳蝴文人创编弹词并非个别现象。其渊源或可追溯至李伯元的《庚子国变弹词》《醒世缘》。此后程瞻庐、陈蝶仙、张丹斧、许瘦蝶、王钝根、包醒独、胡寄尘等人均有弹词作品问世。本书依据谭正璧、谭寻编《弹词叙录》、④胡士莹《弹词宝卷书目》、⑤找出《同心杞》等鸳蝴文人弹词 29 种,又翻检期刊找出《王孙梦》等二书未收入的弹词 8 种,所得如下(以首字笔画为序):⑥

---

①　朱兰庵(姚民哀)于《新声》杂志连载《素心兰弹词》时所作前言,《新声》第 1 期,1921 年。

②　朱兰庵(姚民哀)于《新声》杂志连载《素心兰弹词》时所作前言,《新声》第 1 期,1921 年。

③　尤光照《书国春秋(三)》,《弹词画报》第 3 号,1941 年 1 月 21 日。

④　谭正璧、谭寻编《弹词叙录》,上海:上海古籍出版社 1981 年版。

⑤　胡士莹《弹词宝卷书目》,上海:上海古籍出版社 1984 年版。

⑥　鸳蝴文人弹词远不止这些,然此处不录各种即兴短制和应景之作,故类朱兰庵《中秋弹词》、程瞻庐《歪弹词》等均不录。

《王孙梦》，醒独著，《繁华杂志》1914 年第 3 期起

《女拆白党弹词》，张丹斧著，1916 年上海震亚图书局铅印

《玉女恨》，醒独著，《小说丛报》1914 年第 1 期起

《同心枙》，程文栈（程瞻庐）著，《妇女杂志》1918 年第 4 卷第
1～6 期，商务印书馆 1919 年版

《自由花》，陈蝶仙著，初刊《申报·自由谈》，中华图书馆 1916
年再版

《红杏出墙记弹词》，1935 年曼丽书局排印本

《血泪碑》，胡寄尘著，广益书局排印本

《君子花弹词》，瞻庐著，《妇女杂志》1919 年第 5 卷第 1 期起

《孝女蔡蕙弹词》，程瞻庐著，《小说月报》1917 年第 8 卷第 10、
11、12 号，另有商务印书馆 1919 年排印本

《芙蓉泪弹词》，醒，《小说新报》1915 年第 1 期起

《庚子国变弹词》，李伯元著，《世界繁华报》铅印本，另有 1935
年良友图书公司排印阿英校序本

《侠女花》，宝山李方潀东野著，1915 年锦章图书局铅印本

《明月珠》，程瞻庐著，《小说月报》1918 年第 9 卷第 1～8 号，
另有商务印书馆铅印本

《法国女英雄弹词》，挽澜词人著，1904 年《小说林》铅印本

《侠举子弹词》，程瞻庐著，《红杂志》1923 年第 12 期

《孤鸿影弹词》，李东野著，上海新民印书馆排印本

《尚湖春》，许瘦蝶编，旧抄本

《林婉娘弹词》，包醒独著，《小说新报》第 3 卷（1917 年）第 1
期起

《罗霄女侠》，胡寄尘著，广益书局排印本

《咸三郎弹词》，惜华子著，《小说月报》1916 年第 7 卷第 12 号

《鸦凤缘》(范烟桥《弹词话》作《凤随鸦》),包醒独著,国华书局铅印本

《荆钗记》,姚琴孙遗著,《小说丛报》1915 年第 15 期起

《哀梨记》,程瞻庐著,《妇女杂志》1918 年第 4 卷第 7 期起,商务印书馆铅印本

《素心兰》,朱兰庵(姚民哀)著,《新声》杂志 1921 年第 1 期起①

《焚兰恨弹词》,青陵一蝶(徐枕亚)著《小说丛报》1914 年第 1 期起

《铁血美人》,胡寄尘著,《小说月报》1920 年第 11 卷第 5 号起

《桃花源弹词》,惜华,《小说月报》1916 年第 7 卷第 1 号

《桃花影》,泉唐陈蝶仙编,1900 年杭州大观报馆排印本

《恶姑鉴弹词》,西神著,《妇女杂志》1917 年第 3 卷第 11 期

《胭脂血弹词》,泣红(周瘦鹃)著,《国魂丛编》

《聂慧娘弹词》,钝根著,《游戏杂志》1913 年第 1 期起

《绵绵恨》,胡寄尘著

《啼笑因缘弹词》,陆澹盦,上海三一公司排印本

《啼笑因缘弹词续集》,陆澹盦,莲花出版馆印

《潇湘影》,天虚我生(陈蝶仙)旧著,影怜女士原评,《女子世界》1914 年第 1~6 期

《醒世缘》,讴歌变俗人著(据阿英考定讴歌变俗人为李伯元),1903 年商务印书馆《绣像小说》合订本

《藕丝缘》,程瞻庐著,《小说月报》1918 年第 9 卷第 9 号起;另有商务印书馆铅印本

---

① 《素心兰弹词》于《新声》杂志连载至第十回(上集完),第十回后附下集十回回目,但下集未见问世。

　　陆澹盦除《啼笑因缘弹词》外又编有《满江红弹词》《安邦定国志弹词》，另编有《书中乐》弹词开篇集（第 1 集）。① 姚民哀除以讲唱《西厢记》为独门绝技并著有《素心兰弹词》外，还以笔名"乡下人"在《新声》杂志撰《说书闲评》《说书闲话》《说书新评》等，讲述书坛掌故。《杭州白话报》《世界繁华报》《绣像小说》《女子世界》《妇女杂志》《游戏杂志》《小说丛报》《小说新报》，1921 年以前的《小说月报》《消闲月刊》《新声》《红杂志》《红玫瑰》《申报·自由谈》《珊瑚》《弹词画报》等刊物均有弹词作品或弹词评论登载。此外每及弹词问世，鸳蝴文人往往相互题词、作序。陆澹盦《啼笑因缘弹词》出版时，严独鹤、周瘦鹃、孙玉声、张春帆、顾明道、范烟桥、徐卓呆、郑正秋、郑逸梅、徐碧波、张舍我、刘恨我、尤爱梅、倪高风、陆澹盦十五人联合作序，包天笑、陈蝶仙等四十六人为折目题签。如研究者秦燕春所言，鸳蝴文人对弹词的关注体现了"一种同声响应、此起彼伏的'集体效应'和'公共意识'"。②

　　弹词于有清一代多出于闺阁，闺秀以之排遣抒才，文人却往往视为小道，不屑为之。然在晚清民初，鸳蝴文人却公开表现出对弹词的兴趣。这种变化或可折射出弹词在近代的中兴，但同时它也并非无迹可寻。我认为，这种文人整体性的介入，所揭示的既是民初的新景观，也是一个默默流淌的旧源流，或者说，是旧源流在民初的重新激活。民间小传统的传承，固然有可能不借助书面的文字，却仍然包含了文人所赋予的基础的审美、知识和价值框架，这一点既是历代中介性文人的趣味所在，亦是职责与价值所在。这在诸种文体中皆有表现，文人从未缺席，只不过这一次换成了

<hr>

　　①　参见房莹博士论文《陆澹盦及其小说研究》。
　　②　秦燕春《鸳蝴文人的民间情结——以案头弹词创作及评弹演出、发展为中心》，《苏州大学学报》（哲学社会科学版）2005 年 9 月第 5 期。

弹词。

　　程瞻庐是鸳蝴文人中弹词创作的多产者之一,且弹词作品以长篇为主,少即兴或应景之作,结构完整,艺术上较为成熟。他的几部作品恰能够反映出文人与小传统结合的源流是如何在民初社会中被重新激活的,尤其是,弹词怎样提供了一个价值框架,使大小传统实现沟通。其作《孝女蔡蕙弹词》,讲述康熙年间泰州贡生蔡孕琦,因得罪土豪缪器,惨遭诬陷,获罪下狱。其女蔡蕙,自幼许配同里监生缪浒,缪浒欲助蔡蕙,请求完婚,蔡蕙以“救女先须救父”辞之,并谋为父伸冤。四年后得知康熙南巡,须过扬州,蔡蕙扮婢女前往;至扬州,御驾已过境往苏、常;追抵常州,御驾又往无锡,乃追至无锡,登御舟上疏。康熙感念其孝,命重审其父案,后小人获罪,蔡孕琦无罪释放。本一家团圆之日,蔡蕙却因救父奔波染疾而亡,时二十八岁。后有司于泰州南门外建蔡孝女祠,以为纪念。此篇依据真人事迹编写,走的仍然是为孝女节妇立传的老路,如本书导论与第一章所述,这原本就是底层绅士惯于采用的路线,在民间传递儒学社会的主流价值观。而这一功能恰也是弹词等民间说书形式的题中之意。旧时刻本弹词每一部都有一篇序,说明弹词对风俗人心的作用。相传春秋屠岸贾为司寇,欲谋反,其妻贤德,请来说书人,“讲演古今功忠教孝”,屠岸贾怒以剑劈桌,一分为二,故后世说书均用半桌;半桌又名曰“桥”,“相传古时每逢朔望二日,或遇大吉之日,郡县学中辄派博古通今之士于桥上开讲忠孝节义贞烈之事”。① 又吴趼人《弹词小说》云:“弹词曲本之类,粤人谓之‘木鱼书’,此等木鱼书虽皆附会无稽之作,要其大旨,无一非陈述忠孝节义者,甚至演一妓女故事,亦必言其殉情人以死。其他如义

---

① 《上海弹词大观·说书源流与佳话》第1~2页。

仆代主受戮，孝女卖身代父赎罪等事，开卷皆是，无处蔑有，而必得一极良之结局。妇人女子，习看此等书，遂暗受其教育。"①1915 年《小说月报》刊"新体弹词"征集启事云："新体弹词者，利用言文一致与有韵之便利，排除淫亵与自大之思想，以实行通俗教育者也。"②姚民哀则干脆提出，"欲为说书升格运动"，以为弹词"与文字图画相表里，远胜揭橥于墙壁间之无谓口号标语也"，③指出了不依赖文字传播的弹词所具有的潜在深厚的力量。欲将弹词升格为"运动"，体现了鸳蝴文人对于弹词教育功能的自觉，或者说这是他们试图在启蒙的时代主题下寻求弹词创作的合法性。

不过，程瞻庐于"娜拉即将出走"的 1917 年为孝女蔡蕙立传，显然又"别有用心"。在此篇最后一段唱段中，作者写道：

（唱）目今是一般巾帼效西欧，设解文明与自由。观念不离新世界，家风拼弃旧神州。太玄覆酱同糟粕，论语烧薪等赘疣……可见得孝思到处人崇拜，不问中华不问欧。孝女弹词今唱毕，劝诸君水源木本细研求，快向那家中活佛把恩酬。④

我认为，此类弹词既显示了鸳蝴文人作为中介性传统天然的、稳定的发声位置，也包含了他们面对新的时代境遇作出的新的反应。另一例可见程瞻庐 1918 年作的《同心栀弹词》。此篇亦述真人事迹：康熙年间才女吴绛雪，嫁浙江永康诸生徐明英，其夫早亡。

---

① 转引自阿英《弹词小说评考》第 1 页，上海：中华书局 1937 年版，原载《新小说》1905 年第 2 卷第 7 号"小说丛话"栏。

② 见《小说月报》第 6 卷第 9 期"新体弹词"栏，1915 年。

③ 《啼笑因缘弹词续集·姚民哀先生序》第 3～4 页。

④ 程瞻庐《孝女蔡蕙弹词》第四回《破计》，《小说月报》第 8 卷第 12 号，1917 年。

其时靖南王耿精忠之密探于浙江民间为其寻访美色,见绛雪才貌,即归福建耿精忠处奏闻。后耿精忠起兵,绕道永康,声称若将绛雪献出,可免全城之祸,绛雪为救全城父老,主动献身,道经三十里坑,投崖而死,时二十五岁。在《同心栀弹词·弁言》中,程瞻庐提到,吴绛雪事前已有许辛楣为撰小传、黄韵珊为制传奇,应蓑园为作《同心栀图读法》,而俞樾《吴绛雪年谱》更见表章之力。那么程瞻庐的用意何在?"不过借巴人下里之词,广其传于普通社会而已。"①在最后一回下场诗中作者写道:

> (唱)我那中华巾帼著贤名,彤史流传万古馨。烈女一编刘向撰,汉书数卷大家成。其中不乏贤良女,或擅才华或守贞。惜乎私德无亏公德缺,爱夫心重爱群轻。若说那慈肠侠骨超侪辈,蹈火探汤救众生。上下古今能有几,无非是寥寥硕果与晨星。②

"上下古今能有几"?答案是古有绛雪,今有秋瑾。《同心栀》末回的开篇,作者以大段抒情唱句陈秋瑾事,名为《秋瑾女士开篇》:

> ......
> 断头台痛指古轩亭,横刀一笑向天去。千古罗兰有替身,到如今西子湖边留侠影,龙泉手握态如生。当时惨碧长弘血,竟把那两字共和点染成。华表惊魂常不散,往来过客泪纵横,凭吊那秋亭秋社与秋坟。③

---

① 程文枞(瞻庐)《同心栀弹词·弁言》,《妇女杂志》第4卷第1号,1918年。
② 《同心栀弹词》第六回《完贞》"下场诗",《妇女杂志》第4卷第6号,1918年。
③ 《同心栀弹词》第六回《完贞》"开篇",《妇女杂志》第4卷第6号,1918年。

《列女传》与《汉书》，所标定的正是千百年来中国文化大传统与小传统共同搭建的价值框架；弹词作者由此出发，却看到了"或擅才华或守贞"的局限性，呼吁从"私德"转向"公德"，从"爱夫"转向"爱群"。吴绛雪显然也"擅才华"，投崖多半也为"守贞"，却因"爱群"而与秋瑾获得了沟通。这种对既有价值所作的合乎民间逻辑的发展，既是一种简洁的启蒙，又没有脱离小传统的接受轨道；它似乎走出了精英文化的步调，却又始终在主流意识形态大传统所许可的弹性限度内——如姚民哀所言，弹词"关心时局，发言得体"。这种"得体"何其重要，它原本就是不同于精英文化大传统的另一种启蒙模式，也因此能够深入后者无法抵达的层次。

附表　1941 年 2 月 21 日上海九大书场演出书目①

书场	场次	演员	书　目	书场	场次	演员	书　目
龙泉	日场	虞文伯	《济公传》	湖园	日场	杨仁麟	《双珠球》
		庞学庭 谢汉庭	《落金扇》			朱耀祥 赵稼秋	《描金凤》
		韩士良	《水浒》			虞文伯	《济公传》
	夜场	杨仁麟	《双珠球》			顾宏伯	《狸猫换太子》
		侯九霞 沈慧人	《珍珠塔》			陈雪芳 魏含英	《珍珠塔》
		顾宏伯	《狸猫》		夜场	严祥伯	《隋唐》
富春楼	日场	唐凤春 陆建章	《方采缘》			徐云志	《三笑》
		张鸿声	《英烈》			严雪亭	《杨乃武》
		夏荷生	《描金凤》			张鸿声	《英烈》
	夜场	钟子亮	《岳传》	南园	日场	朱介人 郭介霖	《双珠凤》
		汪云峰	《金枪杨家将》			唐再良	《三国》
		杨仁麟	《白蛇传》			徐云志	《玉蜻蜓》
		陈雪芳 魏含英	《珍珠塔》			虞文伯	《封神榜》
雅庐	日场	顾宏伯	《狸猫》		夜场	莫天鸿	《金台传》
		陈雪芳 魏含英	《珍珠塔》			陈雪芳 魏含英	《珍珠塔》
		唐竹坪 邢瑞亭	《三笑》			钟子良	《岳传》
		张鸿声	《英烈》			夏荷生	《描金凤》
	夜场	唐凤春	《果报录》	玉茗楼	日场	唐竹坪 邢瑞亭	《三笑》

①　该表依据《弹词画报》1941 年 2 月 21 日第 10 期书场演出广告。

（续表）

书场	场次	演 员	书 目	书场	场次	演 员	书 目
雅庐	夜场	周玉泉 蒋月泉	《玉蜻蜓》	玉茗楼	日场	汪云峰	《金枪传》
		夏荷生	《描金凤》			唐再良	《三国志》
		汪云峰	《金枪传》		夜场	杨斌奎 杨振言	《描金凤》
汇泉楼	早场	曹仁安	《列国》			韩士良	《七侠五义》
	日场	侯九霞 沈慧人	《珍珠塔》			王绶章	《果报录》
		许继祥	《英烈》	公平	夜场	韩士良	《水浒》
		朱耀祥 赵稼秋	《啼笑因缘》			唐竹坪 邢瑞庭	《三笑》
		张鉴庭 张鉴邦	《十美图》			庞学庭 谢汉庭	《落金扇》
	夜场	虞文伯	《济公传》			侯九霞 沈慧人	《珍珠塔》
		杨斌奎 杨振雄	《描金凤》	凤鸣台	日场	张汉文	《岳传》
		周玉泉 蒋月泉	《玉蜻蜓》			韩士良	《水浒》
		韩士良	《七侠五义》		夜场	王绶章	《倭袍》
						虞文伯	《济公传》

第六章　《秋海棠》与 1940 年代话剧的"民族形式"

引　论

　　《秋海棠》是后期鸳蝴派作家秦瘦鸥的长篇小说,于 1941 年 1 月至 1942 年 2 月在《申报》的两个副刊《春秋》和《自由谈》上轮流连载,1942 年 7 月由上海金城图书公司出版单行本。小说以军阀割据和日军侵华时期的平津和上海为背景,讲述了一位京剧名伶的悲惨遭际。主人公吴玉琴是 1920 年代红透平津两地的京剧乾旦,艺名秋海棠。时任热河镇守使袁宝藩为其倾倒,秋海棠倍感屈辱,后结识了袁的姨太太罗湘绮。罗本是天津省立女子师范的高材生,被袁宝藩诓骗霸占,与秋海棠同是天涯沦落人,二人由此相爱,并生下女儿梅宝。但事情很快泄露,袁宝藩用了比极刑更为残忍的方式泄愤:用刀子在秋海棠的脸上划了一个十字。毁容后的秋海棠带着女儿梅宝隐居乡里,后因战火蔓延流落到上海。为了生计,秋海棠不得不重操旧业,昔日"色艺双绝"的花衫领袖,带着可怖的脸,拖着瘵病的躯体跑武行龙套,并因为一次空翻失手彻底抱病不起。长大成人的梅宝为救父开始卖唱生涯,不想一次卖唱中遇到的听客竟是同样流落到上海的罗湘绮。得知母女相认,秋海棠自感完成了抚养女儿的使命,又不愿以残损的面容与爱人重逢,遂赶在湘绮来前坠楼自尽。①

　　毋庸置疑,《秋海棠》从骨骼到血肉都是鸳蝴式的,无论立意还是情节线索都单纯明朗。不过这部作品的有趣之处在于,它完完全全落在鸳蝴式章回的套路之内,却又不经意地活跃着一些与现代中国思想文化息息相关的符号碎片,从而给人们提供了更多联想与阐释的空间。对《秋海棠》最近的一次重要阐释来自于王德威,他的《粉墨中国——性别、表演与国族认同》一文将《秋海棠》与另一个关乎"乾旦"话题的文本——巴金的《第二的母亲》做了新颖的对读,同时联系鲁迅对京剧"易性"表演模式的批评,来剖析现代中国文学艺术中的性别与政治表述。王德威正是抓住了浮游在《秋海棠》文本中的这些符号碎片,将他所感兴趣的文学与历史的互动,将国人常为之触动的戏与人生的比附,开掘得饱满而引人入胜。然而稍觉不能尽意的是,王德威旨在探讨"传统戏剧及其易性反串表演模式,作为现代中国'真实'或'舛误'之人格表现形式,是如何不断被时代召唤而呈现于剧院舞台的",②但他对《秋海棠》的讨论却限于小说文本而不曾放眼"舞台"。固然对于批评家而言可以意不在此,但是对于《秋海棠》本身而言,实在它的舞台文本较之小说文本在传播中发挥了更关键的作用。

----

　　①　小说《秋海棠》多个版本对结局做了不同处理,《申报》连载版结局为秋海棠病逝,秋海棠坠楼的结局出自第一个单行本即 1942 年上海金城图书公司版。本章写作所参照的云南人民出版社 2005 年版系依据 1942 年上海金城图书公司版重印。《秋海棠》小说不同版本的差异参见范伯群《通俗小说中的"续作"和"反案"热》,该文收入周瘦鹃《新秋海棠》,南京:江苏古籍出版社 1989 年版。

　　②　王德威《粉墨中国——性别、表演与国族认同》(上、下),《励耘学刊》文学卷总第六辑、第七辑,2008 年。引文见该文(上)。

我曾经费了不少功夫想从彼时报刊上寻找舆论对小说《秋海棠》的反应，然而自《申报》连载开始，至单行本问世的一年半时间里，几乎找不到相关的线索，甚至连《申报》都没有为自己推出的这部长篇做宣传。又有报章披露，小说单行本印行是由秦瘦鸥自己出资，且一度滞销，[①]这与张恨水《啼笑因缘》推出时接二连三的版权纠纷形成了鲜明的对照。这里有多方面的原因。《秋海棠》的情节固然比《啼笑因缘》更为缠绵曲折，但两部作品相隔十年，即便是通俗文学，作品和读者的水准也都在提升，脱颖而出的难度也随之增加。大体上可以判断，舆论对小说《秋海棠》并没有热烈的反应。但是到了1943年，"秋海棠"三字开始频频见诸报端，原因很显然——1942年12月24日，由费穆执导、石挥主演的话剧《秋海棠》，在上海最著名的剧场"卡尔登大戏院"公演。与人们对小说反应的平淡不同，话剧《秋海棠》的公演造成了相当的轰动。报刊资料显示，《秋海棠》第一轮在卡尔登大戏院的公演起码持续了三个月，且连演不衰，[②]"到卡尔登去"一度在意思上等同于"看《秋海棠》去"。[③] 报章评论《秋海棠》的卖座突破了中国有话剧史以来的空前记录"。[④] 时人这样

---

① 参见《话剧界》1942年11月28日"每周漫谈"栏。另据周瘦鹃回忆，连载小说的《申报》并没有出版单行本之意，秦瘦鸥想出，便请周瘦鹃帮忙向《申报》接洽取得版权。当然各是一面之词，但一定程度上也表明小说连载期间的反响没有后来那么大。

② 陈沉《剧坛近事杂感》："《秋海棠》连演三月，卖座至今尤未衰落，话剧过去一向是赔本生意，如今听到了有钱可赚，谁不眼红"，《太平洋日报》第64期，1943年4月22日；屈善照《短言:〈秋海棠〉》："上海艺术剧团的话剧《秋海棠》自去年十二月下旬起，便在上海卡尔登大戏院开始公演，直到二月末的现在，天天客满，博得全上海一致狂热的好评。这种空前的成绩，接着也许还要继续轰动许多日子"，《新影坛》第5期，1943年3月1日。

③ 离石《祭〈秋海棠〉》，《太平洋周报》第58期，1943年3月8日。

④ 池清《秋海棠及其它》，《杂志》第10卷第5期，1943年2月10日。

描述话剧《秋海棠》受到的欢迎：

> 　　记得该剧上演期间，街头巷尾的人都谈论着它，千万观众都赞叹过它；更有不少的妇女被轰（感）动地流下眼泪，乃至有一看再看而至看三次的。卡尔登的戏票两三星期后的也买不到；甚至有人囤积戏票，高价售与先睹为快的观客，以至发生了一种特有的黑市。报章杂志，争相批评，触目都是。有些人更以为谈论《秋海棠》是一种时髦。《秋海棠》无疑地风魔过上海的市民。①

　　同样对话剧《秋海棠》使用了"风魔"一词的，还有张爱玲。在写于 1943 年 11 月的《洋人看京戏及其他》一文中，张爱玲称"《秋海棠》一剧风魔了全上海"，并称赞其为"第一出深入民间的话剧。"②此前，张爱玲还以英文发表 Still Alive 一文，③文中对《秋海棠》演剧的观察完全印证了上面那段引文：

> 　　还从来没有一出戏像《秋海棠》那样激动了死水一潭的上海滩，这是一出带有感伤情调的情节剧，1942 年 12 月以来一直在卡尔登大戏院上演。这出戏改编自同名小说，虽然剧本没有出版，但大多数观众一而再，再而三地观看这出剧，以至能背诵台词，知道演员要说些什么，甚至高声复述那些激动人

---

① 熹《变成了日本戏剧的〈秋海棠〉》，《女声》第 2 卷第 4 期，1943 年 8 月。

② 张爱玲《洋人看京戏及其他》，《古今》第 34 期，1943 年 11 月 1 日。

③ 张爱玲 Still Alive 一文发表于上海发行的英文杂志《二十世纪》(The XXst Century)第 4 卷第 6 期(1943 年 6 月)，署名 Eileen Chang。该文被视为《洋人看京戏及其他》的英文版，两文所论大致相同，但非一文二版。

心的对白。一个艺名为秋海棠的京剧旦角明星的悲惨陨灭使
那些意志坚强的人也为之一掬同情之泪。①

　　因此我认为,《秋海棠》核心的戏剧基础是由小说搭建的,但
它真正的深入人心却主要不是通过"阅读"而是通过"观剧"实现
的。从小说到舞台的转换,是《秋海棠》文本传播中的关键节点。
这一接受特点既属于《秋海棠》本身,也与 1940 年代初总体的社
会环境和思想文化氛围密不可分,同时更与职业话剧在 1940 年
代的活跃息息相关。那么,1940 年代初中国现代话剧演剧的高
峰究竟是如何呈现的? 又为什么会由《秋海棠》这样一个鸳蝴文
学的文本占据了这个高峰? 话剧、文学、时代,这三者形成了怎
样的关系,鸳蝴文学又如何在其中找到位置? 这些是本章所要思
考的问题。

第一节　寻找"国剧"

　　一方面《秋海棠》造成了演剧观剧的热潮,在观众中拥有良好
的口碑;另一方面舆论对这出戏却反应不一,甚至一些评论认为其
不过是鸳蝴文学的翻新,并不能代表当时话剧的水准。但有一点
舆论达成了共识,就是这出戏体现出了鲜明的本土特征。有评论
这样概括道:"《秋海棠》以曲折离奇、哀婉动人的故事为它的中心

---

　　①　*Still Alive* 一文中有关《秋海棠》段落的译文最早见于耿德华(Edward M.
Gunn)《被冷落的缪斯——中国沦陷区文学史(1937～1945)》一书,由张泉翻译。后来
研究者对此部分的引述多转引自该书。张泉的翻译十分精准本无需另译,只是译文略
有删节,此处顾及引文的完整性,对张泉译文中的个别词句做了调整,原文见《二十世
纪》第 4 卷第 6 期(1943 年 6 月)第 432 页。

骨骼,参与惊险和侠义,在不可预测的命运的安排之下,成了一个最典型性的中国式的闹剧(melodrama)。"①(闹剧在此处可能并无贬义,因为 melodrama 更准确的译法是"情节剧")又有人将《秋海棠》与同期上演的由石华父(陈麟瑞)改编的美国戏剧《晚宴》比较,认为后者是彻底西化,《秋海棠》则体现了"道地中国味"。②

类似"中国式"、"中国味"的表述我们并不陌生。当《秋海棠》在上海沦陷区掀起盛况空前的演剧热潮时,国统区刚刚经历了一场关于"民族形式"的论争,而延安文学此刻则致力于展现"中国作风"与"中国气派"。这三个不同的政治空间在思想文化上提出了相似的问题,并互相影响。就在《秋海棠》上演的几个月前,一度被视为后期鸳蝴派阵地的上海《万象》杂志发起了"通俗文学运动"。主编陈蝶衣在《通俗文学运动》一文中宣布:"我们不希望《万象》成为有闲阶级华丽的客厅中的点缀品,反之,倒宁愿它辗转于青年学子和贩夫走卒之手。"③至于如何建设通俗文学,陈蝶衣提出应借重地方戏曲、山歌、宝卷、唱本等"旧形式",称"这些流行于民间的俗文学,虽然为士大夫阶层所不齿,但它却是民众自己的文学,具有为老百姓所热烈喜爱的中国气派和中国作风。"④陈蝶衣受到国统区和延安思潮的影响显而易见,不过在思想言论受到控制的情况下,《万象》作为沦陷区最重要的文艺杂志呼吁"中国气派"和"中国作风",又自有其根据。

"民族形式"问题固然包含了各种政治、文化力量的策略,但也反映了知识界思考现代中国文化的两条线索:一方面自"五四"输入西方思想文化以来,知识界对于中国文化全盘西化的担忧就始终没

---

① 孙保罗《〈秋海棠〉三部曲》,《文友》第 2 卷第 5 期,1944 年 1 月 15 日。

② 文逸《剧坛杂闻录》,《话剧界》第 23 期,1943 年 1 月 23 日。

③ 陈蝶衣《通俗文学运动》,《万象》第 2 年第 4 期,1942 年 10 月号。

④ 陈蝶衣《通俗文学运动》,《万象》第 2 年第 4 期,1942 年 10 月号。

有停止,各个时期总会出现一些质疑西化的声音,呼吁保存中国文化的民族特性。另一方面,在"启蒙"总主题的牵引下,民族化议题又经常性地和大众化的诉求纠缠在一起,是否放下身段借重民间形式,以及在多大程度上借重民间形式,始终困扰知识界。"民族形式"论争之前,还发生了一次关于"中国本位的文化建设"的大讨论。1935 年,上海《文化建设》杂志发表了王新命、何炳松、萨孟武等十位教授联合署名的《中国本位的文化建设宣言》。宣言开篇即以"没有了中国"为题,对中国文化现状做了一番抒情的阐述:

> 在文化的领域中,我们看不见现在的中国了。中国在对面不见人形的浓雾中,在万象蜷伏的严寒中;没有光,也没有热。为着寻觅光与热,中国人正在苦闷,正在摸索,正在挣扎。有的虽拼命钻进古人的坟墓,想向骷髅分一点光,乞一点余热;有的抱着欧美传教师的脚,希望传教师放下一根超度众生的绳,把它们吊上光明温暖的天堂;但骷髅是把它们从黑暗的边缘带到黑暗的深渊,从萧瑟的晚秋导入凛冽的寒冬;传教师是把它们悬在半空中,使它们在上不着天下不着地的虚无境界中漂泊流浪,憧憬摸索,结果是同一的失望。[1]

宣言认为中国文化正在失去自身的特色,提出要立足于"中国本位的文化建设",凸显"中国的特征"。因《文化建设》杂志由"中国文化建设协会"主办,与国民党"CC 派"(陈立夫、陈果夫兄弟)渊源深厚,故该文在当时和后世都招致了一些批评。不过,宣言对中国文化正在经历的"西化"与"复古"两条路径的不满足,也确实包含了知识分子自身

---

① 王新命等《中国本位的文化建设宣言》,《文化建社》1935 年第 1 卷第 4 期。

的体验和判断。此论题之所以在当时引发了社会大讨论,吸引了胡适、熊十力、陈序经、潘光旦等知名学者加入或批评或认同,恰说明寻找"中国的特征"、探讨民族文化的走向是诸多知识分子关心的议题。

　　具体到文学艺术领域,民族化和大众化的议题似乎经常性地落在戏剧身上。在各种文学体裁中,话剧的输入尤显艰难,这不仅因为戏剧中西差异的显豁,也因为传统戏曲的审美习惯和深厚的群众基础令中国剧人难以舍弃。而恰恰是这两点使中国现代戏剧比其他体裁怀有更内在的民族化、大众化的诉求。文明戏演员、中国话剧运动的先驱汪优游在 1921 年曾做过粗略统计,上海一家大型剧院月票房收入平均可达 15000 元,当时上海这样规模的剧院主要有七家,月票房约 105000 元,票额以平均 5 角计,则每月有 21 万观众在剧场看戏;加上两个附属在游戏场里的剧场人数,汪优游认为每月至少有 30 万看客出入剧场,平均每天 1 万左右。[①] 以 1921 年上海人口总数约 200 万计,[②]这个观剧人口比例已经相当可观了。那么这每月 30 万看客所看何戏呢? 不外乎两种:传统京剧和"海派新戏"。京剧群众基础深厚,观众稳定,不过传统京剧剧目有时也因为唱词雅、说白用中州韵等原因而给上海底层市民的观剧带来难度。海派新戏是一种介于文明戏和京剧之间的混杂剧,既搬演传统题材,也常搬演时事新闻,表演灵活并且开始注重写实布景,因而受众愈发可观。根据汪优游的观察,上海七大剧院,除了天蟾舞台坚持演传统京剧外,其他剧院都以海派新戏为主打。[③]

---

　　① 　陆明悔(汪优游)《上海的戏剧界》,《戏剧》第 1 卷第 3 期,1921 年 8 月 31 日。

　　② 　参见《上海通志》第 3 卷第 1 节,上海:上海人民出版社 2005 年版。

　　③ 　对于 1920 年代初上海流行的这种混杂剧,叫法不一,有叫"新戏",有叫"时髦戏",与民初文明戏一脉相承,但比前者体制完备,这里据茅盾《复杂而紧张的生活、学习与斗争》一文称"海派新戏"。参见《茅盾全集》第 34 卷 204 页,北京:人民文学出版社 1997 年版。

海派新戏与文明戏一脉相承,本以"文明"为号召——试看文明戏剧团的名称,进化团、移风社、醒世新剧团、社会教育团、爱群社、开明社、自由剧团、醒社、新民社、民鸣社、启民社……无一不标榜高台教化。早期海派新戏也曾编演《新茶花》《血泪碑》《黑籍冤魂》《秋瑾》等剧,但演着演着,要么演回《珍珠塔》《珍珠衫》《三笑姻缘》这些坊间流行的弹词唱本,要么就是一些当下发生的夺人眼球的社会案件。汪优游曾说:"演新剧者无真实学问,办新剧者无极大资本,新剧团体之能生存于今日者,仍持看客。新剧团既持看客而能生存,故看客心理所好何剧,则以何剧投之,固不必以社会教育四字作假面具也。"①汪优游所言不差,戏剧比任何文学体裁都更依赖"看客",每月 30 万看客的口味很大程度上左右着戏剧的面貌。或许出于对此种新戏的厌倦,这个对看客作用有充分估计的演员,大胆做了一件挑战看客的事情。1920 年 10 月,汪优游策划排演了萧伯纳名剧《华伦夫人之职业》(当时译作《华奶奶之职业》),并说服夏月珊、夏月润兄弟,在他们经营的新舞台公演。作为上海七大剧院之首的"新舞台",为这次演出斥巨资制作布景,似乎也想开风气之先。汪优游们花费三个月排练,甚至在公演前还进行了三次彩排,这在文明戏、海派新戏历史上前所未有。演出前新舞台在各大报刊刊登广告,并挑选周六日上座最好的两天为首演日。然而众所周知,这场演出最终被话剧史铭记,不是因为它的成功,而是因为它的惨败:公演时上座率极低,不少人中途离场或要求退票。②《华》剧之后,新舞台迅速改排由名妓王莲英遇刺案改编的《阎瑞生》,并最终凭借该剧挽回了观众,《阎瑞生》一剧在新

---

① 转引自马彦祥《文明戏之史的研究》,《矛盾月刊》第 5、6 期合刊,1933 年 3 月 5 日。
② 《华伦夫人之职业》一剧演出情况参见葛一虹《中国话剧通史》第 47、48 页,北京:文化艺术出版社 1990 年版。

舞台连演半年火爆不减。新舞台上这次华丽的碰壁及其转身颇具
象征意义,它将阎瑞生和华伦夫人之间的距离清晰地摆在早期剧
人的面前,暗示着改革旧戏与话剧民族化大众化之间的张力将长
久伴随着中国现代戏剧的发展。值得一提的是汪优游,策划《华》
剧的是他,主演《阎瑞生》帮助新舞台挽回观众的也是他,但他似乎
不甘于与 30 万看客握手言欢,而是从《华》剧的遭遇得出结论,话
剧要想发展须摆脱营业性的掣肘。在《营业性质的剧团为什么不
能创造真的新剧》一文中,汪优游提出应集合有志于研究戏剧的
人,"仿西洋的 Amateur,东洋的'素人演剧'的法子组织一个非营
业性质的独立剧团"。① 后来这个"Amateur"由陈大悲译成了"爱
美剧",这个译名将非营业性所指向的对艺术价值的追求表达出来
了。但我们今天却不应该忘记,这个号召非营业性演剧的提案,最
初是由最依赖营业性的文明戏演员提出的。不仅如此,汪优游还
联络文明戏演员欧阳予倩、徐卓呆诸君,又通过《时事新报》主编柯
一岑的关系,约谈新文学方面的沈雁冰,最终成立上海民众戏剧
社,出版《戏剧》月刊。沈雁冰后来回忆,《戏剧》月刊虽打着中华书
局的旗号,实际却是汪优游出钱印刷,并称:"真想不到这位被上海
市民称为'风流小生'的汪老板竟有如此进步的思想和抱负。"②

　　早期剧人试图在西化与民族化、大众化之间为中国戏剧找到
最合适的位置。如果说汪优游是在京剧、文明戏一路摸爬滚打中,
萌发了向西方学习的渴望,余上沅等人则是以美国规格的科班背
景,呼吁保存中国戏剧的民族特性。20 年代中期,留美归国的余

---

　　① 汪优游《营业性质的剧团为什么不能创造真的新剧》,转引自葛一虹《中国话
剧通史》第 48 页,原载《时事新报》1921 年 1 月 26 日。

　　② 茅盾《复杂而紧张的生活、学习与斗争》,见《茅盾全集》第 34 卷 204 页、205
页,北京:人民文学出版社 1997 年版。

上沅、赵太侔、熊佛西等人发起了"国剧运动"。他们不满"五四"新文化人一味否定旧戏的"写意"传统而追逐西方的"写实"原则,尤其不满于中国戏剧对易卜生的模仿,认为这种只有"问题"而没有"戏"的倾向是"戏剧的歧途"。① 余上沅在《国剧运动》一文中说:"政治问题、家庭问题,职业问题,烟酒问题,各种问题,做了戏剧的目标;演说家、雄辩家、传教师,一个个跳上台去,读他们的词章,讲他们的道德……即令有些作品也能媲美伊卜生,这种运动,仍然是'伊卜生运动',决(绝)不是'国剧运动'。"②1926年,余上沅在《晨报》上开辟《剧刊》副刊,刊登了一系列剧论,从戏剧美学的高度比较中西戏剧的不同特质,试图从被新文化人否定的传统旧戏中找到能够为现代话剧利用的合理因素。余上沅等人的知识背景使得他们一下子就抓住了戏剧"本体"——"国剧运动"中的讨论包括舞台布景、灯光、表演、台词诸方面,与"五四"以来习惯于从思想内容层面讨论剧本创作的思路很不一样。他们一再强调,"戏剧"不等于"剧本",戏剧是综合性的艺术。③ 正是这种对戏剧本体的自觉使他们厌倦"满纸问题"的剧本,也正是这种自觉使他们特别珍视旧戏程式的民族特征。然而,这种戏剧本体观固然可取,却难解彼时中国话剧建设之"渴",那就是亟待以一个成功演出的剧本来回答什么样的剧才是"国剧"。"由中国人用中国材料去演给中国人看的中国戏"谓之"国剧",④余上沅们给出的这个答案无疑太过笼统;实际上,恰恰因为在此期间他们没有提供成功演出的剧本,而使"国剧运动"最终流于清谈,它止于一种学术立场和姿态,而没有

① 闻一多《戏剧的歧途》,见《国剧运动》一书,新月书店1927年版。
② 余上沅《国剧运动》,《现代评论》第6卷第142期,1928年。
③ 参见赵太侔《国剧》、闻一多《戏剧的歧途》等文,见《国剧运动》一书。
④ 余上沅《国剧运动》,《现代评论》第6卷第142期,1928年。

转化为建设国剧的实践动力。

1931 年至 1935 年,曾经的"国剧运动"成员熊佛西辞去北平艺专戏剧系的教职,在河北定县进行了五年以"农民戏剧"为中心的"戏剧大众化实验"。期间,他创作并指导演出了《锄头健儿》《屠户》《牛》《过渡》等反映农村生活的戏剧。演剧中他就地取材,用高粱秆做布景,探索露天演出、观众演员混合演出,模仿传统会戏"走着演"的流动演出,甚至还着手训练农民演员。① 1930 年代正值左翼剧联倡导"无产阶级戏剧",推广"街头剧"、"活报剧"等,熊佛西的实践与左翼剧联的倡导几乎同时,但他本人与左翼剧联并无关系,甚至他在定县的活动因为不在左翼剧联的领导之下而遭到批判。熊佛西的选择一方面出自其探索"国剧"的志向,另一方面更直接地受到了晏阳初及其"定县平民教育促进会"(简称"平教会")的启发和感召。② 在绝大多数农民无法读写的情况下,平教会将戏剧作为推进平民教育的重要手段,因此设立"农民戏剧委员会",熊佛西应邀前往主持,由此开始了他在定县的戏剧活动。这样一个拥有美国戏剧科班背景的现代剧人,以自己的方式汇入了时代洪流,甚至由一开始致力于戏剧美学探索转向关注戏剧的教育功能(1930 年代熊佛西发表了《农村戏剧与农村教育》③《现代戏剧的教育功能》④等一系列论文),这从某种程度上也在提示我们,中国现代戏剧建设始终不脱高台教化的思路,或许"高台教化"这个词本身就暗示了民族化、大众化是中国戏剧的题中之意吧。

---

① 参见熊佛西《戏剧大众化之实验》,南京:正中书局 1947 年版;《〈过渡〉及其演出》,上海:正中书局 1947 年版。

② 参见熊佛西《戏剧大众化之实验·自序》。

③ 《乡村建设》第 26 期,1935 年。

④ 《江西教育》第 26 期,1937 年。

综上所述,我认为民族化与大众化的议题不仅仅和左翼或延安文学发生关联,它是基于一个更大的处境所产生的建设民族文化的诉求,这个更大的处境,就是自晚清以来中国知识界在西方世界的参照下,于政治、经济、思想文化、艺术诸方面所感受到的全方位的危机体验,这种危机体验在三、四十年代又被抗战推到顶峰。具体到戏剧领域,现代戏剧建设始终在现代化与民族化大众化的这杆天平上,寻找"国剧"的刻度。大家的共识是,"国剧"不是京剧,不是昆曲,不是"阎瑞生",也不能是"华伦夫人"。然而究竟何为"国剧",应建设怎样的"国剧"的讨论,自二十年代中期开始一直持续到四十年代仍然在进行。① "国剧"问题的悬而未决,以及与之相应的"剧本荒"问题的不断被提出,反映了中国剧人一直在寻找和想象一个现代话剧的"民族形式",但这个"范式"似乎总没有出现。

第二节 "道地中国味":话剧"民族形式"之一例

由于舞台、灯光、布景等技术的完善,话剧的吸引力逐渐增强,三、四十年代一些剧院甚至停演电影而专门经营话剧。② 1941 年孤岛沦陷,美国电影被禁止输入,电影市场缩水留出的空间自然地由话剧填补。这一情况也吸引了其他行业有实力的投资者加入进来,从而催生了不少职业话剧团。除了三十年代率先职业化的中

---

① 《万象》第 1 年第 1 期(1941 年 7 月号)曾刊登讨论专题"哪一种戏剧是我们的国剧",赵景深、周贻白等人加入讨论。

② 据欧阳予倩主编《戏剧时代》第 1 卷第 2 期第 355 页"剧坛动态"栏(1937 年 6 月 16 日出版):"上海卡尔登大戏院在六七年前本为上海第一流之电影院……最近该院当局以话剧运动日渐兴盛,营业纪录,甚且超过电影,因决将该院更名为上海艺术剧院,今后将专演话剧,不演电影。"

国旅行剧团(简称"中旅")外,费穆的上海艺术剧团(简称"上艺")、黄佐临的苦干剧团、李健吾所在的由建筑商傅如珊投资的"CZC娱乐公司"、艺光剧团等,都已成为较成熟的职业剧团。职业剧团的成立改变了业余演剧时代剧场不固定、演剧不固定的情形,1942年各职业剧团都有相对固定的演出场所,例如上艺与卡尔登剧院、美艺与辣斐剧院、中旅与皇后剧院、中中与丽华剧院等等;各剧院与剧团签订合约,剧院要正常运转,剧团也必须保证定期、连续的演出。整个话剧市场被带动起来,1942年也因此被称作"话剧年"。① 时人曾比较1942年两大职业剧团上艺和艺光的不同风格:

> 以戏路言两方亦为异途。自艺光成立时,上艺演马戏(即《大马戏团》),虽改编戏而有浓重之中国风,艺光之《云彩霞》虽创作剧,而有法国浪漫戏意。后,上艺及艺光各上喜剧,卡尔登之《男女之间》纯粹上海本地风趣,而《甜姐儿》则全部美

---

① 三四十年代的上海,有两个年份被人们称为话剧年,分别是1942年和1937年。学界一般认为,自1937年开始话剧实现了职业化,但是通过对比这两个年份演剧市场的状况,我认为1942年中国话剧才真正显露出职业化的特征。1937年戏剧界对于"爱美剧"转向"职业剧"的呼声的确很高,演剧数量猛增。但不能不承认,外部的抗战环境给了话剧一个空前的发展机遇,换言之,1937年倡导职业演剧的背后动力与其说来自于话剧本身,不如说更主要地来自于抗战宣传的需要——"爱美剧"由于长期依赖学校业余演剧而无法在更大的范围内发挥抗战宣传的功能,于是文明戏时代的职业模式被重新提出。无论是将职业化与通俗化、大众化并举,或是将露天演剧、街头演剧视为职业化的发展方向,都说明了职业话剧的大气候尚未形成;而"剧运"一词的高频率使用也说明话剧在1937年尚缺乏自身运转的足够动力。1937年上海、南京两地演剧市场仍主要延续了爱美剧时代的演剧方式,虽然有如"业余剧人协会"者,宣布改制为职业剧团,但真正以职业剧团方式运作的仍只有中旅一家,各学校剧团的不定期演出仍是1937年话剧演剧的主体,所演剧目也遵循爱美剧的传统,以外来改编剧为主。当年春季公演的剧目,除中旅演出阿英的《春风秋雨》外,其余均为外来改编剧。

国噱头。及最近之新年演出,《秋海棠》是道地中国味,《晚宴》
无论剧本导演及装置均外国气氛。故有人曰:上艺是民族形
式,艺光是欧美传统。①

艺光的前身是 1938 年成立的业余剧团上海剧艺社,李健吾、
于伶是主要成员。剧艺社最初通过中法联谊会接洽成立,当时给
出的条件是要多上演法国剧目,②故艺光也一度延续了此种传统。
上艺的核心是话剧、电影两线作战的费穆,他导演的电影《小城之
春》被公认为中国诗意的典范,话剧方面也倾向此种风格。"欧美
传统"与"民族形式"不仅是两个剧团的特色,实际也道出了 1942
年上海话剧演剧的两大主潮。这一年上海剧场中上演最多的即为
传统古装剧和外来改编剧。值得注意的是,外来改编剧中像战前
常演的《少奶奶的扇子》《娜拉》《钦差大臣》《罗密欧与朱丽叶》这样
原汁原味的演出几乎绝迹,绝大多数都穿上了中国的外衣,大背景
挪到中国,"约翰玛丽"化为"张三李四","公爵贵族"变成"蒙古王
子"。这种普遍的改译体现了 1942 年剧坛强烈的"中国化"诉求,
同时也反衬出本土作品的匮乏。正如时人所评论:"关于'中国化'
这口号的原意,大概是因为中国土产的剧作闹恐慌,于是想到外国
剧本的上演,但'外国'究系'外国',无论剧情、内容、意识,总觉得
与中国国情不合……"③再看古装剧,这些古装剧显然已不是抗战
初期和孤岛时期历史剧的延续,由于沦陷区的政治环境,诸如《明

---

① 文逸《剧坛杂闻录》,《话剧界》第 23 期,1943 年 1 月 23 日。

② 参见耿德华(Edward M. Gunn)《被冷落的缪斯——中国沦陷区文学史
(1937～1945)》第 111 页,张泉翻译,北京:新星出版社 2006 年版。

③ 李奥《论翻译与改译——关于外国创作的中国化问题》,《太平洋周报》第 56
期,1943 年 2 月 15 日。

末遗恨《李秀成之死》《正气歌》这些借古讽今、明显表达救亡主题的剧目已难以上演了,《刁刘氏》《潘金莲》《三笑》《王宝钏》等1942年的古装剧某种程度上演回了文明戏、传统戏曲的套路,故在当时又被称作"民间剧"。

　　无论是借重于披着中国外衣的外国故事,或是依赖被讲唱得熟烂的民间素材,二者共同反映了现代话剧对"民族形式"的渴求,也共同凸显了原创剧作的匮乏,由此"话剧年"与"剧本荒"往往并提。1942年原创的反映当下生活的剧本十分有限,且缺乏新作,三十年代受到欢迎的曹禺"三剧"1942年仍在各剧场循环演出,它们和巴金的"三部曲"一道,构成了1942年上海现代题材演剧的中坚。曾经因成功演出曹禺"三剧"而闻名的中旅剧团,此时分裂成中国剧团、新华剧团和中中剧团,三剧团新排演的剧目不多,在现代题材演剧方面仍然主要依赖曹禺"三剧"。如何能有一个剧本,既是本土的,又是全新的;既是西洋规格的现代话剧,又是"道地中国味",《秋海棠》扮演了这个角色。

　　"道地中国味",时人对《秋海棠》的这一评价最中肯綮。《秋海棠》首先有着民间故事的胚胎。借重民间故事向来是文明戏的常规手段,因为民间故事经过千百年的时光检验,必然具有为民间所认可的戏剧性。汪优游曾回忆少年时代看过的一出时装戏,讲一个乡下土财主,去城中缙绅人家祝寿,看到人家排场阔绰,便中了官迷,设法捐了一个知县。由于不懂官场礼节,便请人指导演习,谁知上任不久就错断了一桩"老少换妻"的案子,结果官职被革,卷铺回家。这个戏我们看起来乏味得很,当年却大受欢迎,尤其很打动少年汪优游,令他动了投身戏剧的念头。实际上这个戏套了三个戏曲故事,在民间流传甚广——《送亲演礼》《人兽关》(演官)和《老少换妻》,我们感到乏味,多少因为我们不熟悉这套语码。李健吾在《文明戏》一文中提到自己的母亲,"几乎没有一出老戏,她说不出它的故事",[①]在民间有千百万像她这样的观众,他们能够识别并乐于接受这样的戏剧性。《秋海棠》也充满着这种大众很容易识别的戏剧性——秋海棠与罗湘绮之间"缘色起慕"、"私订终身",是典型的"某生某女体";袁宝藩霸占民女、季兆雄设计陷害,袁绍文暗中相助、赵玉昆行侠仗义,均为此类故事中经常设定的正反两类功能性角色;赵玉昆用调包计换出秋海棠和罗湘绮的孩子梅宝,亦是民间故事中常见的关目。但是汪优游同时也指出,当年那出时装戏之所以吸引人还在于,当时戏台上尚无"这种描写官场怪现状的材料入戏",因而"觉得很是新鲜"。[②] 可见,文明戏打动观众,往往因为它包含了观众容易识别的民间戏剧的内核,却又被赋予一个全新的外形,如是方能常演常新。而 1942 年盛行的民间剧,恰恰缺乏这样一个全新的外形;它们能稳定地受到欢迎,却终归难以激起更大的兴奋。

《秋海棠》则不同。小说的背景选择在当下,传统的某生某女,置换成军阀、伶人和姨太太,这一置换没有突破才子佳人的格局,却更具现实感。再则,《秋海棠》故事与民国一桩著名的社会案件极为相似:上海的京剧老生刘汉臣到北京演出,与军阀褚玉璞的姨太太发生感情,事情败露后褚玉璞将刘汉臣枪杀,又用刀划开刘的尸首泄愤。于是,人们很自然地将此视为《秋海棠》"本事",增添了不少窥探的兴趣,也就是说,《秋海棠》从根本上走的还是《阎瑞生》的路子。对比小说与刘汉臣案,作者秦瘦鸥把"老生"改为"男旦",把"十字"从死人的尸体移到了活人的脸上,这是作家的手腕,它的

---

① 李健吾《文明戏》,《李健吾戏剧评论选》第 17 页,北京:中国戏剧出版社 1982 年版。

② 汪优游《我的俳优生活》,《社会月报》1934 年第 1 期。

确比现实更像"戏";同时作者又将伶人和姨太太间可能只是露水情缘的一段纠葛,写成了同是天涯沦落人的一双好儿女惨痛的恋爱悲剧,为小说奠定了人伦的基调。

如果说民间故事的深层结构、社会案件的互文效应,构成了《秋海棠》具有流行潜力的戏剧质素,那么,从军阀割据的平津到日据时代的上海这样一个时空跨度的设置,以及秋海棠悲剧人生与正在发生的民族劫难所构成的隐喻关系,则使其真正"激动了死水一潭的上海"。"秋海棠"在民国有着特定的文化意涵,即象征中华版图,这甚至作为明确的所指出现在文化普及的读物中。例如民国小学教科书中就有《秋海棠》一课:"……其叶状,恰似吾国之疆域,叶柄为渤海,叶尖为葱岭,叶脉则类于山川"。① 小说中,吴玉琴自惭于旦角的身份,不满于"玉琴"这个香艳的名字,遂改名"秋海棠":

> 中国的地形,整个儿连起来恰像一片秋海棠的叶子,而那些野心的国家,便像专吃海棠叶的毛虫,有的已在叶的边上咬去了一块,有的还在叶的中央吞啮着,假使再不能把这些毛虫驱开,这片海棠叶就得给它们啮尽了。②

吴玉琴改名"秋海棠",既是欲伸张男儿气概,亦是以民族所受的屈辱自况。在一篇文章中,作者秦瘦鸥表达了他的意图:"为什么我要写秋海棠被刺刀在脸上划了一个十字? 为什么我写孩子回到母亲身边来? 母亲是象征什么的呢? 我可以说,秋海棠是中华民族的韧性。"③沦陷区无法如孤岛时期那样自由发声,故无论小说还是作家的

---

① 《实用国文教科书》第四册,商务印书馆北京教育图书社 1915 年版。
② 《秋海棠》第 14 页,昆明:云南人民出版社 2005 年版。
③ 秦瘦鸥《从小说到编剧》,转引自离石《祭〈秋海棠〉》,《太平洋周报》第 58 期,1943 年 3 月 8 日。

夫子自道都显得含混。为了模糊背景,小说将最大的矛头指向军阀,吞噬中华的元凶成了"那些野心的国家",所欲表达的也仅是"中华民族的韧性"而已。但是在 1942 年的上海,不需要任何刻意的挑明,人们很自然地就将一个优伶的遭际和国土的残破、城市的沦陷联系在一起。而军阀割据时代的平津到日据时代的上海,又提供了一个足够长的呈示民族创伤的时空跨度,人们于是在剧院中安全地、集体性地回顾和凭吊民族、城市和自己的历史,也想象着一种"中华民族的韧性"。

小说转换到舞台的成功,不能不提到原著京剧气氛在舞台上的成功展现。四十年代的上海,尽管话剧非常受欢迎,但京剧在人们娱乐生活中的位置仍然不可替代。话剧票价一涨再涨,仍然不及京剧票价的水平。① 当《秋海棠》在卡尔登大戏院连月上演的时候,黄金大戏院、天蟾舞台里的京剧表演同样一票难求。当初小说《秋海棠》被费穆看中,很重要一个原因是小说中描绘了梨园往事,伶人生活,对于这些,无论是创作者还是受众,似乎都有着持久的兴趣。小说改编为话剧后,原著中的京剧气氛通过舞台的渲染变得更为浓厚。例如,费穆给话剧增加了一个原著所没有的序幕:某夜,天津某舞台,京剧《恶虎村》正唱至尾声,接下来该是秋海棠的《玉堂春·起解》,观众席阵阵骚动,军阀袁宝藩、姨太太罗湘绮、袁宝藩的侄儿袁绍文、马弁季兆雄依次入座,大家都在期待"色艺双绝青衣花衫"压轴出场。先是一句"苦啊……",又一句"忽听得唤苏三魂飞魄散……"全场引爆,秋海棠扮演的苏三穿着大红囚衣,袅袅婷婷地登场:"酒逢知己千杯少,话不投机半句多;远远望见太原城……此一去有死无生……"②这场精心设计的序幕不仅于叙

---

① 《为话剧增座价进一言》,《话剧界》第 17 期"每周漫谈"栏,1942 年 12 月 11 日。

② 话剧《秋海棠》(秦瘦鸥、顾仲彝、费穆、佐临改编),《中国话剧百年剧作选》第 5 卷,引文见第 9 页,北京:中国对外翻译出版公司 2007 年版。另参见秦瘦鸥《我评〈秋海棠〉》,《杂志》1943 年第 10 卷第 5 期。

事上起到关键的交代作用,为剧中各色人物的亮相提供了最佳的
场合;并且充分发挥了京剧对观众的吸引力,以"戏中戏"的方式,
沟通了戏台内外,秋海棠登场的那一刻,相信台上的假戏园和台下
的真剧院、戏剧情境与现实环境都连成一片难以剥离了。在真剧
院中为秋海棠的亮相所陶醉,为"酒逢知己千杯少"的唱腔所痴迷
的观众里,就有张爱玲:

> 《秋海棠》里最动人的一句话是京戏的唱词,而京戏又是
> 引用的鼓儿词:"酒逢知己千杯少,话不投机半句多。"烂熟的
> 口头禅,可是经落魄的秋海棠这么一回味,凭空添上了无限的
> 苍凉感慨。①

　　将京剧引入话剧,并不自《秋海棠》始,此前阿英的《牛郎织女
传》、周贻白的《绮丽芳华》等都有京剧穿插,却往往因为京剧的植
入与剧情结合不甚紧密而无法特别出彩。《秋海棠》的题材决定了
它可以让京剧在其中几乎无所顾忌地自由穿插,而精心选择的唱
段又能恰到好处地推进剧情,渲染气氛。小说原著和话剧中都有
一出《罗成叫关》,在秋海棠与罗湘绮私订终身时和罗湘绮与梅宝
母女相认时,一首一尾两次出现。第一次出现的情形,话剧与小说
略有不同。小说里,湘绮主动提出要听小生戏,秋海棠遂唱《罗成
叫关》;话剧中,罗湘绮因爱慕秋海棠,收藏了他的看家戏《玉堂
春》,并请求他当面唱给自己听,却遭到了秋海棠的拒绝,秋海棠不
愿在心爱的女子面前再扮女人,而是为其演唱了自己在舞台上从
来不曾唱过的小生戏,慷慨悲凉的《罗成叫关》。细微的调整,更凸

---

① 　张爱玲《洋人看京戏及其他》,《古今》第 34 期,1943 年 11 月 1 日。

显了秋海棠对自身舞台性别身份的拒斥,这个以色艺取悦于人、被人热捧也受尽凌辱的乾旦,终于在心爱的女子面前显示了难得一见的雄性气质。这出戏在十八年后又出现了,沦落为卖唱女的梅宝给来听唱的太太湘绮唱了这出《罗成叫关》,而后母女相认。类似这样的段落,京剧的穿插与剧情的起伏可以说水乳交融了。扮演秋海棠的石挥原本就练过身段,为演此剧又向梅兰芳、程砚秋学艺。① 《秋海棠》彩排时,据说正在蓄须明志的梅兰芳曾前往观看,潸然泪下。② 当蓄了须的梅兰芳与脸上刻着十字的秋海棠相遇时,个中的戏剧性与悲怆已使作品的表达溢出了剧情的空间,在戏外得到延伸。

关于话剧《秋海棠》借重京剧,张爱玲在《洋人看京戏及其他》中做了如下总结:

> 《秋海棠》一剧风魔了全上海,不能不归功于故事里京戏气氛的浓。紧跟着《秋海棠》空前的成功,同时有五六出话剧以平剧的穿插为号召。中国的写实派新戏剧自从它的产生到如今,始终是站在平剧的对面的,可是第一出深入民间的话剧之所以得人心,却是借重了平剧——这现象委实令人吃惊。③

张爱玲一针见血地指出了现代话剧与传统戏曲的微妙关系。固然话剧从其诞生的那一刻起就试图另起炉灶,努力摆脱戏曲这

① 石挥《〈秋海棠〉演出手记》(之一、之二),《杂志》1943 年第 10 卷第 5 期、第 6 期。

② 据《话剧界》第 20 期(1943 年 1 月 5 日)"剧坛漫笔":"《秋海棠》于上星期四二时彩排时,到有梅兰芳、周信芳、赵景深等,据称梅兰芳观完时曾泪下……"

③ 张爱玲《洋人看京戏及其他》,《古今》第 34 期第 25 页,1943 年 11 月 1 日。

个极端成熟、成熟到近乎沉重的传统，但通过《秋海棠》的成功，人们蓦然发现现代话剧对于传统戏曲依然怀有深厚的感情，中国话剧内在地怀有民族化的诉求。无论作为外部的穿插，还是作为内在的结构模型，话剧"民族形式"的探索都可以从戏曲中获得灵感。不知张爱玲所说继《秋海棠》之后"以平剧的穿插为号召"的五六出话剧确指哪些，但可知《花信风》（李健吾编、吴仞之导）《秦淮月》（方君逸编、魏于潜导）《锦绣天》（陶秦编，江泐、钟廉导）《秋窗梦》（一名《女伶外传》）《满江红》（李健吾编、吴仞之导，张恨水原著）《啼笑因缘》（李健吾编导，张恨水原著）《风雪夜归人》（吴仞之导演，吴祖光原著）等几部稍后演出的话剧，都以伶人、歌妓、鼓书艺人的生活为题材。其中《风雪夜归人》讲述了乾旦魏莲生与法院院长苏弘基的四姨太玉春相恋，二人谋划出走，不料遭小人王新贵告密，苏弘基将玉春捉回，莲生则被驱逐出境，二十年后莲生返回故园，死在风雪之夜。虽然吴祖光曾声明《风雪夜归人》与《秋海棠》的着眼点完全不同，[①]但情节的惊人相似使时人总将二者相提并论。[②] 而李健吾、吴仞之领导的上海同茂剧团在"上艺"的《秋海棠》刚刚取得票房成功的情况下排演《风雪夜归人》，也很难说完全没有跟风的成分。[③]

---

① 《风雪夜归人》创作于 1942 年，其时《秋海棠》已在《申报》副刊连载完毕。吴祖光在《〈风雪夜归人〉前前后后》一文中提到："……那个时候写戏子跟姨太太谈恋爱的故事，除了我写的《风雪夜归人》之外，另外在上海还有个作家写了一个剧叫《秋海棠》，作者叫秦瘦鸥，他是上海作家，写小说也写剧本。他写的《秋海棠》和我写的戏，有点巧合，也是戏子跟姨太太恋爱的故事，但两个作品的着眼点和处理方法全不一样。"参见《吴祖光自述》第 129 页，郑州：大象出版社 2004 年版。

② 参见刘西渭《风雪夜归人》，《万象》1943 年第 4 期；兰《风雪夜归人》，《女声》1944 年第 10 期；赛德尔《风雪夜归人》，《文友》1944 年第 6 期。

③ 《风雪夜归人》于 1943 年初由中华剧艺社首演于重庆，导演贺孟斧；在上海则由同茂剧团首演，导演吴仞之。

　　《秋海棠》在 1942～1943 年的上海,的确造成了一种"《秋海棠》效应",提供了可供仿效的"《秋海棠》模式"。但是更令人吃惊的是,这部隐晦地凭吊民族创伤的作品,竟然也引起了日本人的浓厚兴趣。根据当时报章记载,《秋海棠》在卡尔登上演时,日本映画公司的服部氏前往观看并深受震动。后来日本作家乡田惠洲氏从服部氏那里听到了《秋海棠》故事,创作了歌舞伎作品《花桐伊吕波》:花桐伊吕波是日本宽政年间上方地区的歌舞伎女形演员(相当于乾旦),他与酒馆少女 OSAYO 相恋,后被拆散,背井离乡来到江户。多年之后,伊吕波成为当红的歌舞伎演员,衣锦还乡回到上方演出,发现了观众席中已嫁作人妇的昔日恋人 OSAYO,后又得知当初出走时 OSAYO 已怀有自己的孩子小梅。伊吕波前往与 OSAYO 母女相认,被知道内情的三四郎砍伤面部,留下永久的伤痕。在友人德三的帮助下,伊吕波带着女儿小梅逃到但马,隐姓埋名。十四年后,OSAYO 寻到伊吕波演出的舞台,但伊吕波却当场死去,被晚春的桐花所覆盖。①

　　这个日本故事几乎完全脱胎自《秋海棠》,人物、情节甚至细节都与《秋海棠》一一对应:伊吕波即秋海棠、OSAYO 即罗湘绮、小梅即梅宝、三四郎即季兆雄、德三即赵玉昆;伊吕波在舞台上与妻儿相会并最终死于妻儿怀抱的结局也与话剧《秋海棠》如出一辙。② 正如话剧《秋海棠》在上海引起了轰动,《花桐伊吕波》在大阪的演出也大获成功;同时也可以想见,正如一出《起解》、一出《叫关》,为《秋海棠》平添了"无限的苍凉感慨",《花桐伊吕波》也一定借助歌舞伎的

---

① 熹《变成了日本戏剧的〈秋海棠〉》,《女声》第 2 卷第 4 期,1943 年 8 月。
② 费穆导演话剧版的结尾是罗湘绮和梅宝赶到剧场与秋海棠相见,秋海棠死在母女怀中,此结局与最初的《申报》连载版接近。

气氛增添了日式的感伤情调。另据邵迎建研究发现,1943 年 4 月话剧《秋海棠》余波未平、马徐维邦导演的电影《秋海棠》①刚刚上映之时,日语月刊《上海》也开始连载《秋海棠》;连日本国内的杂志《新映画》也对话剧、电影《秋海棠》做了介绍;1943 年 12 月"华影"(伪中华电影联合股份有限公司)②高层日本人筈见恒夫看过电影《秋海棠》之后撰文称:"我觉得触到了狂热的汉民族的肌肤"。③ 由于没有找到原文,无法断定这个日本影人所触摸到的所谓"狂热的汉民族的肌肤"指的是什么;在另一篇文章中,筈见恒夫称他从电影《秋海棠》中感受到了"现实精神和浪漫精神的交错"、"凄怆的宿命观"和对宿命的反抗,并认为这是经由"中国艺术"所传递出的"中华民族底本质的性格"。他特别提到了《秋海棠》中的京剧元素,认为"这种中国独自的形式"恰好就体现了现实与浪漫交错的民族审美性格。④ 另一个日本人辻久一对《秋海棠》的感受与筈见恒夫十分相似,他认为作品是以秋海棠这个人物象征中国的性格和命运;他尤其关注这个故事的"长度"——《秋海棠》话剧、电影都长达三四个小时,辻久一认为这种"长度"不是无谓的冗长,而是"有着某种意味的":非如此的长度,不足以展现残酷的人间,若为了结构的

---

① 作为拍摄过《古屋行尸记》、《麻疯女》、《夜半歌声》的著名导演,马徐维邦对于"毁容"有特殊的兴趣,经常塑造面容残损、被现实世界抛弃的"活鬼"。他的影片在中国较早地形成了恐怖片的类型风格。实际上马徐维邦筹拍电影《秋海棠》更早,并带动了人们对小说原著的关注,但由于制作周期的原因,让话剧《秋海棠》抢先上演。电影《秋海棠》上映后反响亦很热烈,本书因着重关注职业话剧演剧的情况,故对此不作讨论。

② 1942 年 4 月,在日本的操纵下,张善琨的新华影业公司收购了"新华"、"艺华"等 12 家电影公司合并成立了伪中华联合制片股份有限公司;1943 年 5 月,又并进伪上海影院公司,成立了伪中华电影联合股份有限公司,简称"华影"。

③ 邵迎建《张爱玲看〈秋海棠〉及其他——没有硝烟的战争》,《书城》2005 年 12 月号。

④ 筈见恒夫《中国电影我见》,《新影坛》1944 年第 3 卷第 1 期。

精巧而删削,则"中国的气息就会感觉到淡薄了"。① 很显然,这样一个通俗的情节剧在日本人看来已然具有了史诗的容量;借助日本人的视角,《秋海棠》以其"道地的中国味"成为了一种名副其实的"民族形式"。

第三节 "诗与俗的化合":爱美剧与
文明戏的中间地带

《秋海棠》的走红得益于话剧市场的繁荣。在 40 年代,话剧无疑是上海最时尚的娱乐方式,而且这种时尚普及到了每一个阶层。这表现在演出话剧的场所,不仅有像卡尔登、璇宫、兰心这样设施齐备的大型剧院,也有小到依附于各种中下等游乐场的小剧院。即便是大剧院,也有为底层市民设置的低价座,如与上海艺术剧院联合演出《秋海棠》的苦干剧团,就将剧场最末一排设为"苦干座",票价低至三轮车夫都看得起,剧团还将星期日早场设为学生场,票价也十分低廉。② 可以说在三十年代末四十年代初的上海,话剧是最大众化的艺术形式。从上流社会到最底层的大众,从知识阶层到目不识丁的妇孺,都有机会在话剧中寄托情感。

话剧的热度,使诸多资源自然而然地被吸纳到话剧周围:一方面包括左翼、自由主义、通俗作家在内的各种力量派别纷纷投入到话剧领域;另一方面,其他文类或艺术形式的作品,要想迅速地被传播,最好的方式就是改编成话剧。1940 年代初,与话剧《秋海棠》享受了类似瞩目的另一部作品是根据巴金小说《家》改编的话

---

① 辻久一《马徐维邦与〈秋海棠〉》,《新影坛》1944 年第 2 卷第 4 期。

② 参见白文:《佐临氏在"苦干"时期的若干艺术活动》,上海艺术研究所话剧室编《佐临研究》,北京:中国戏剧出版社 1990 年版,第 384 页。

剧。这部新文学作品因为具备了通俗文学的情节元素而几乎同时被几个剧团改编为话剧，并且戏未开演，先上演了一出"搬家"的好戏：李健吾、于伶、吴仞之领衔的上海剧艺社精心筹备在辣斐剧场搬演《家》，结果这边戏未开锣，那边绿宝剧场已抢先将《家》搬上了舞台，令剧艺社十分恼火，双方为首演权在报上争吵不休。绿宝在《申报》发表声明否认剽窃剧艺社剧本，称编演《家》征得了巴金的同意，且公演启事已在报章发布一月之久，剧艺社此前并未提出异议，至绿宝已首演成功再以侵权相加似有不妥。① 剧艺社方面则回应称得到巴金的唯一授权，绿宝首演为侵权无疑；针对绿宝"对于同业素极敦睦"的说法则回应道："该剧场又称对于同业素极敦睦等语，是否指敝社为'同业'？有识之士当深知文明戏与话剧之显然不同也。"②

　　原来，这个绿宝剧场的"出身"不佳，它由上海四大百货公司之一的新新公司投资创办，商业味道较浓；绿宝的编导、演员中有鸳蝴派旧将，亦不乏文明戏元老，③所演剧目投合市民趣味，讲究"噱头"，有人称其为"改良文明戏"或"通俗话剧"，剧艺社以"正统"自居，故不承认其为"同业"。④ 其实绿宝对新文学作品一向有兴趣，曾将曹禺的《原野》改编为《虎子复仇记》，把田汉的《湖上的悲剧》改编为《怨女离魂》，⑤都是典型的绿宝式的剧名。像《原野》这样

---

① 《绿宝剧场启事》，《申报·春秋》1941 年 1 月 13 日。

② 《上海剧艺社紧要启事》，《申报·春秋》1941 年 1 月 13 日。

③ 绿宝剧场虽名曰"剧场"，但却有自己固定的编导演队伍，相当于一个"剧团"。

④ 徐半梅在其回忆录中提到绿宝剧场和剧艺社的一场纷争，或可与此互相印证："其时绿宝又拟演某著名小说，这作者亦派代表告绿宝，不许上演此剧，绿宝当局即问：'为何人家可以演，而独我们不许演？'那代表答到：'他们是话剧，你们是文明戏。'"见徐半梅《话剧创时期回忆录》第 125 页，北京：中国戏剧出版社 1957 年版。

⑤ 参见紫虹《绿宝最先上演〈家〉》，《申报》1941 年 1 月 10 日第 4 张。

的心理剧,一般观众接受起来有困难,编者就将原著中作为背景的焦、仇两家上一代的仇恨都作为现实的场景交代清楚。① 往往经过一番简化、俗化,此类作品更易于观众接受。最终,绿宝抢在上海剧艺社之前首演由嘉其改编的《家》;吴天改编、李健吾、于伶等校对的"剧艺社"版《家》紧随其后,二者均大获成功;而后荣记游乐场日夜场不间断连续演出由方一改编的"联友剧团"版《家》,把《家》的观剧潮进一步推到了游乐场的层次;随后,曹禺也加入到改编行列,他改编的《家》在重庆、上海两地都进行过演出,这是 1945 年以前最后一个重要的版本。由此看出,《家》通过话剧改编和上演,已然进入到大众文化传播和接受的轨道中,和《秋海棠》一样作为轰动一时的时髦剧被人津津乐道。《家》率先被绿宝搬演,最终由曹禺收官,体现了大众文化的驱动力,呈现出 1940 年代雅俗互动的一隅。

此外,"搬家"纠纷中体现出的所谓"正统"之争,也颇耐人寻味。当时上海文坛出现维护正统的声音,"鸳鸯蝴蝶派"、"文明戏"等沉寂已久的概念被重新提出,人们似乎看到它们在所谓"改良文明戏"、"通俗话剧"身上借尸还魂。《秋海棠》风靡一时,但舆论的反应很谨慎,对其"鸳蝴出身"显得十分警惕。著名剧评人麦耶(董乐山)就说"始终感到《秋海棠》并不是一部怎么了不起的'作品'(称它为'说部'则更确当)",唯一可取只在"戏剧性"。② 他提出要建立"正统派戏剧",对上艺剧团与苦干剧团合作演出的《大马戏团》(师陀改编自安特列夫《吃耳光的人》,黄佐临导演)十分赞许,以其为"正统派戏剧"的模板,而对这两个剧团紧接着就演出《秋海

---

① 参加赵骥《一条由文明戏摆渡至话剧的渡船——记绿宝剧场》,《上海戏剧》2011 年第 12 期。

② 麦耶(董乐山)《秋海棠》,《太平洋周报》第 1 卷第 51 期,1943 年 1 月 12 日。

棠》表示担忧，呼吁"上海文艺从新风花雪月，鸳鸯蝴蝶派的圈子脱离出来而重建"。①

其实，"正统"的提出，恰反映了"正统"的焦虑，反映了"正统"与"非正统"边界的模糊。上艺和苦干演了一出《大马戏团》，但紧接着就演《秋海棠》；绿宝可以演传统文明戏，也可以演《家》这样的所谓改良文明戏。早前李宗绍评论孤岛演剧时曾专门论及绿宝剧场："绿宝剧场一成立就抱着改良文明戏的宗旨，同时话剧界的顾梦鹤也加入绿宝从事这种改良工作……据说魏如晦、周贻白等全有从事编文明戏剧本的打算。"②所谓改良文明戏，较之文明戏最大的区别在于，它抛弃了后者的"幕表制"（即不重视案头，只列简单的幕表），建立了完善的"剧本制"。李宗绍提及的顾梦鹤，与李君磐、徐半梅（卓呆）等人一道，都是绿宝的资深剧人，均有长年演剧、电影的经验，加之有完善的剧本，因此所排演的作品倒常常在水准之上。事实上，并不只绿宝一家，总体而言四十年代的"改良文明戏"或"通俗话剧"都趋于健全成熟，甚至这两个概念的出现本身就反映了这种成熟所带来的指称困难，对雅俗双方而言，这是一种权宜的命名与妥协。正如时人指出，话剧与文明戏之间本来是有"鸿沟分隔"的，此时却"浑浑淘淘"，难分彼此；更有甚者，非正统的"默默不作声的埋头在干，虽占了文明戏的据点，却也居然干得相当出色"，而"正统的戏剧家们却在干着文明戏玩意儿"。③ 李宗绍提到的魏如晦（阿英）、周贻白并非仅有的对文明戏感兴趣的"正

---

① 麦耶《一年来上海剧运杂感》，《太平洋周报》第 1 卷第 50 期，1943 年 1 月 5 日。

② 李宗绍《一年来孤岛剧运的回顾》，《戏剧与文学》第 1 卷第 1 期，1940 年 1 月 25 日。

③ 鹰贲《文明戏》，《上海影坛》1943 年第 1 卷第 2 期。

统"剧人;之前剧艺社不承认绿宝为同业,声明话剧与文明戏不可混淆,但剧艺社的领袖李健吾对文明戏却不无感情。他在 1938 年的《文明戏》一文中写道:

> 上月我翻开《大美画报》,里面有一张绿宝剧场的广告,上面赫然印着秦哈哈的名姓。什么!他还健在!那副逗人笑的怪模样!可不是,都还在。经过了将近二十年的潮汐,在政治的剧烈变动之下,文明戏照样撑持着它的生命。
>
> 什么都变了,我变了,只有文明戏没有变。它迷了我一年的辰光,我终于把它甩开,无情地、反感地,把它甩开了。我发现了一个真的、一个切近真实的人生,而又满足我模仿本能的更好的东西。我打进话剧。但是,没有文明戏这个摆渡,我怎么过到河这边、过到话剧这边,实在是一个疑问。我应当谢它一声才是。它让我晓得人世有一种东西,可以叫一个小孩子在舞台上表现自己。
>
> ……
>
> 文明戏本身没有变。它也许采用写生一样的布景,五颜六色的台灯,甚至于词句,受了时代的感染,偶尔掺上若干流行的口头禅。然而,它不肯更动它的本质,因为说实话,一更动,它就怕要失掉它的生命,至少它的吸力。一件东西能够延续生命,不管外面是雨是晴,已然活了下来,一定有它存在的道理。这不是纸扎人,三言两语可以吹倒。[①]

可以看出,李健吾对于文明戏的感情是复杂的:他痛恨文明戏

---

① 李健吾《文明戏》,《李健吾戏剧评论选》第 15~16 页。

不变的本质,却也坦承它曾经给过自己心灵的慰藉,并承认它在二十年的潮汐中持久地保持着生命力。我始终认为,在话剧蓬勃发展的1938年,作为话剧潮头的健儿,李健吾撰此文绝不仅仅为了对文明戏做一番清算或凭吊,更是为了给话剧提供一个参照。李健吾对文明戏有着非常准确的体认,他实际上指出了内在于文明戏的一个深刻的矛盾——文明戏不可能也无须改变它的本质,倘若改变了,就同时失掉了它的生命力;但与之对照的是,话剧却具有更大的容量与可能性,它完全可以从文明戏中吸收富有生命力的因子,而不改其指向"更切近、真实的人生"的本质,这或可视为李健吾此文的弦外之音。

实际上李健吾确如其所言,经过文明戏的摆渡抵达了话剧的彼岸;但对于文明戏,却未必完全如其所想"无情地、反感地,把它甩开了"。他称文明戏生命力的源泉在于"爱好故事的心情",文明戏"擒住了这个线索",从而成为"儿童的魔术,农工的安慰,妇女的糇粮。"①不知是否受此感染,他在1942年一度加入到民间剧的编导行列,《梁山伯与祝英台》甚至成为他的导演处女作。麦耶曾对该剧和其他民间剧提出批评:

> 这一年上海剧坛配合着整个上海文化的低级趣味化……开始出现了"民间戏剧"。当时上演的有《鸳鸯剑》、《梁山伯与祝英台》、《潘金莲》、《刁刘氏》四个戏……
>
> "民间戏剧"正如"民间电影",在起始徒然给观众尝个新鲜,但观众的日常生活与"民间戏剧"所表现的生活相去究属甚远,日子一久,观众自然会感到厌倦。有人以为"民间戏剧"

---

① 李健吾《文明戏》,《李健吾戏剧评论选》第17页。

是"旧瓶装新酒",但是在《鸳鸯剑》以及《梁山伯与祝英台》两个"民间戏"里我并没有看到"新酒"的内容。①

　　除《梁山伯与祝英台》外,《鸳鸯剑》由姚克编剧,《潘金莲》由欧阳予倩编剧,②这几位在上海极有声望的剧人都投入了民间剧的创作和编排。他们有可能受到"民族形式"话语的影响,上文中所谓"旧瓶装新酒"的说法也提示我们,沦陷区剧坛试图用"民族形式"来阐释民间剧创作。然而毋庸置疑的是,"民族形式"问题只是外部的刺激和关联,沦陷区"民间剧"创作根本上孕育于戏曲、文明戏(海派新戏)的母腹中。上海的沦陷在削弱了话剧抗战色彩的同时,也使文明戏这一在救亡主题下暂时隐去的戏剧自身的脉络重新浮现出来。李健吾等人的尝试汇入了沦陷区民间剧演剧的潮流,或者从更深广的层面看,汇入了文明戏的传统中,与民间资源碰撞出了火花,成为探索现代话剧民族形式的一种尝试。《梁山伯与祝英台》导演手法的细腻、"清丽而纯朴的气氛"都得到舆论的认可。③

　　1943 年,李健吾把注意力转向现代题材,先后将张恨水的《满江红》和《啼笑因缘》改编为话剧,此举被认为是借《秋海棠》的余温吸引观众,因为它们同为悱恻缠绵的鸳蝴小说,且都讲述传统艺人的生活。改编后的《啼笑因缘》易名为《沈凤喜和关秀姑》,或许,李健吾把这个情节剧当作探讨两个娜拉命运的问题剧来结构了。更为大胆的是,他还在其中实验"诗化的独白",把通俗剧

---

　　① 麦耶《一年来上海剧运杂感》,《太平洋周报》第 50 期,1943 年 1 月 5 日。
　　② 《潘金莲》另有一个徐碧波、姜明编导的版本。
　　③ 参见唐突《梁山伯与祝英台评》,《话剧界》1942 年 9 月 26 日,孟朗《从〈梁山伯与祝英台〉说到李健吾的编、导、演》,《话剧界》1942 年 9 月 26 日。

按照"诗剧"来经营。对此,他解释道:"我们如今生活在一个散文的时代,然而时代果真就完全属于散文吗?……一个没有诗的国家真还不配在宇宙之间永生。"①这不由让人想到李健吾对于伶创作的一段评价。孤岛时期,于伶创作了《夜上海》《女子公寓》《花溅泪》等几个时装剧。尤其是《女子公寓》,以舞女、交际花生活为题材,演出中又常有噱头穿插,因此颇为卖座。对此夏衍等左翼人士提出了含蓄的批评,认为于伶受上海商业演剧的影响过分迎合观众,剧作有低俗的倾向。② 而李健吾则对于伶的成功很感兴趣,评论道:

> 他懂得日常生活,熟悉他的材料,人情地熟悉。也就是这种奇怪的聚拢:诗与俗的化合,让我们不时感到一种亲切的情趣,为一般中小产阶级所钟爱。③

"诗与俗的化合",我认为这六字正好也可以概括李健吾等一部分剧人在四十年代的创作倾向,乃至整个话剧演剧的倾向。外来改编剧和民间剧作为 1942 年上海剧坛的两根支柱,清晰地呈现了爱美剧和文明戏两个传统的并行;而李健吾等现代剧人的加入则显得富有新意,试图在两个传统之间再发展出一个中间地带。《秋海棠》以一个民间故事的胚胎,文明戏的骨骼,经过严格的舞台化和艺术呈现,而与《阎瑞生》拉开举例,展现了这个中间地带的可

---

① 转引自史蒂华(董乐山)《啼笑因缘》,《太平洋周报》第 71 期,1943 年 7 月 1 日。
② 参见夏衍《于伶小论》,《夏衍论创作》第 501 页,上海:上海文艺出版社 1982 年版。
③ 李健吾:《〈夜上海〉和〈沉渊〉》,《上海剧艺社公演特刊》1939 年 8 月。

能性。爱美剧的高高在上与文明戏的粗糙简陋,爱美剧的西洋规格与文明戏的中国味道,在 1942 年经过现代成熟剧人的调配达到某种中和,从而勾画出"民族形式"的轮廓。

主要参考文献

专著

阿英《弹词小说评考》,上海:中华书局1937年版。

赵景深《弹词考证》,上海:商务印书馆1938年初版,1939年再版。

谭正璧、谭寻编《弹词叙录》,上海:上海古籍出版社1981年版。

吴仞之《导演全程经纬录》,上海:上海文艺出版社1984年版。

普实克《普实克中国现代文学论文集》,长沙:湖南文艺出版社1987年版。

袁进《张恨水评传》,长沙:湖南文艺出版社1988年版。

范伯群《礼拜六的蝴蝶梦》,北京:人民文学出版社1989年版。

魏绍昌《我看鸳鸯蝴蝶派》,香港:中华书局有限公司1990年版。

葛一虹《中国话剧通史》,北京:文化艺术出版社1990年版。

张仲礼《中国绅士:关于其在19世纪中国社会中作用的研究》,李荣昌译,上海:上海社会科学出版社1991年版。

袁进《鸳鸯蝴蝶派》,上海:上海书店1994年版。

吴福辉《都市漩流中的海派小说》,长沙:湖南教育出版社1995年版。

刘扬体《流变中的流派——"鸳鸯蝴蝶派"新论》,北京:中国文联出版公司1997年版。

茅盾《我走过的道路》,北京:人民文学出版社1997年版。

安东尼·吉登斯《现代性与自我认同》，赵旭东、方文译，北京：生活、读书、新知三联书店1998年版。

范伯群《中国近现代通俗文学史》，南京：江苏教育出版社1999年版。

栾梅健《通俗文学之王包天笑》，上海：上海书店1999年版。

熊月之主编《上海通史》，上海：上海人民出版社1999年版。

斯图亚特·霍尔，《文化身份与族裔散居》，罗钢、刘象愚主编《文化研究读本》，北京：中国社会科学出版社2000年版。

查尔斯·泰勒《自我的根源：现代认同的形成》，韩震等译，南京：译林出版社2001年版。

张元卿《民国北派通俗小说论丛》，太原：山西古籍出版社2001年版。

李今《海派小说与现代都市文化》，合肥：安徽教育出版社2001年版。

菲利普·勒热讷《自传契约》，杨国政译，北京：北京大学出版社2013年版。

皮埃尔·布迪厄著、刘晖译《艺术的法则——文学场的生成和结构》，北京：中央编译出版社2001年版。

赵孝萱《"鸳鸯蝴蝶派"新论》，宜兰：佛光人文社会学院，2002年版。

朋尼维兹著、孙智绮译《布赫迪厄社会学的第一课》，台北：麦田出版2002年版。

余英时《士与中国文化》，上海：上海人民出版社2003年版。

高宣扬《布迪厄的社会理论》，上海：同济大学出版社2004年版。

顾德曼（Bryna Goodman）《家乡、城市和国家——上海的地缘网络与认同1853～1937》，上海：上海古籍出版社2004年版。

杨联芬《晚清至五四：中国文学现代性的发生》，北京：北京大学出版社2003年版。

陈平原《中国现代小说的起点——清末民初小说研究》，北京：北京大学出版社2005年版。

王德威《被压抑的现代性——晚清小说新论》，北京：北京大学出版社2005年版。

费孝通《中国绅士》,惠海鸣译,北京:中国社会科学出版社 2006 年版。

李楠《晚清民国时期上海小报》,北京:人民文学出版社 2006 年版。

戴维·斯沃茨著、陶东风译《文化与权力》,上海:上海译文出版社 2006 年版。

耿德华(Edward M. Gunn)《被冷落的缪斯——中国沦陷区文学史(1937～1945)》,张泉译,北京:新星出版社 2006 年版。

马俊山《话剧职业化运动研究》,北京:人民文学出版社 2007 年版。

皮埃尔·布迪厄著、谭立德译《实践理性——关于行为理论》,北京:生活·读书·新知三联书店 2007 年版。

王晓渔《知识分子的“内战”——现代上海的文化场域(1927～1930)》,上海:上海人民出版社 2007 年版。

杨妍《地域主义与国家认同:民国初期省籍意识的政治文化分析》,天津:天津人民出版社 2007 年版。

周蕾《妇女与中国现代性》(蔡青松译),上海:上海三联书店 2008 年版。

周良《苏州评话弹词史》,北京:中国戏剧出版社 2008 年版。

许纪霖《近代中国知识分子的公共交往(1895～1949)》,上海:上海人民出版社 2008 年版。

包天笑《钏影楼回忆录》,北京:中国大百科出版社 2009 年版。

王德威《抒情传统与中国现代性》,北京:生活·读书·新知三联书店 2010 年版。

吴琛瑜《晚清以来苏州评弹与苏州社会——以书场为中心的研究》,上海:上海人民出版社 2010 年版。

李涛《大众文化语境下的上海职业话剧:1937～1945》,上海:上海书店出版社 2011 年版。

夏志清《中国文学纵横》,上海:上海人民出版社 2019 年版。

资料汇编

樽本照雄编、贺伟译《新编增补清末民初小说目录》,济南:齐鲁书社 2002

年版。

　　赵家璧主编《中国新文学大系》(影印本)，上海良友图书公司 1935 年版，上海:上海文艺出版社 2003 年版。

　　《上海弹词大观》，上海:同益出版社 1941 年 6 月 28 日初版。

　　魏绍昌编《鸳鸯蝴蝶派研究资料》，上海:上海文艺出版社 1962 年版。

　　魏绍昌编《鸳鸯蝴蝶派研究资料》，香港:生活·读书·新知三联书店香港分店 1980 年版。

　　魏绍昌编《吴趼人研究资料》，上海:上海古籍出版社 1980 年版。

　　舒新城《中国近代教育史资料》，北京:人民教育出版社 1981 年版。

　　芮和师、范伯群主编《鸳鸯蝴蝶派文学资料》，福州:福建人民出版社 1984 年版。

　　胡士莹《弹词宝卷书目》，上海:上海古籍出版社 1984 年版。

　　张占国、魏守忠编《张恨水研究资料》，北京:知识产权出版社 2009 年版。

　　王智毅编《周瘦鹃研究资料》，天津:天津人民出版社 1993 年版。

　　季进主编《鸳鸯蝴蝶派散文大系(1909～1949)》(8 册)，上海:东方出版中心 1997 年版。

作家作品、文集

　　徐枕亚《玉梨魂》，上海:民权出版部 1913 年 9 月版。

　　徐枕亚《雪鸿泪史》，上海:清华书局 1916 年版。

　　包天笑《馨儿就学记》，《教育杂志》1909 年第 1 卷第 1 期～第 13 期。

　　亚米契斯(Amicis, E. D.)著，夏丏尊译《爱的教育》，上海:开明书店 1924 年版。

　　刘半农《瓦釜集》，北京:北新书局 1926 年 4 月初版。

　　余上沅编《国剧运动》，新月书店 1927 年版。

　　陆澹盦《啼笑因缘弹词》，上海:上海三一公司 1935 年 8 月 1 日初版。

　　陆澹盦《啼笑因缘弹词续集》，上海:莲花出版馆 1936 年 6 月 1 日初版。

　　李健吾《李健吾戏剧评论选》，北京:中国戏剧出版社 1982 年版。

张恨水《张恨水选集》,合肥:安徽文艺出版社 1985 年版。

包天笑《上海春秋》,桂林:漓江出版社 1987 年版。

姚鹓雏《姚鹓雏剩墨》,杨纪璋编,北京:社会科学出版社 1994 年版。

张恨水《张恨水散文》(共 4 卷),合肥:安徽文艺出版社 1995 年版。

周作人《周作人自编文集》,石家庄:河北教育出版社 2002 年版。

胡适《胡适全集》,安徽:安徽教育出版社 2003 年版。

叶圣陶《叶圣陶集》,南京:江苏教育出版社 2004 年版。

鲁迅《鲁迅全集》,北京:人民文学出版社 2005 年版。

秦瘦鸥《秋海棠》,昆明:云南人民出版社 2005 年版(该版依据 1942 年上海金城图书公司版重印)。

郑逸梅《文苑花絮》,北京:中华书局 2005 年版。

郑逸梅《近代名人丛话》,北京:中华书局 2005 年版。

郑逸梅《清末民初文坛轶事》,北京:中华书局 2005 年版。

郑逸梅《南社丛谈》,北京:中华书局 2006 年版。

刘厚生、胡可、徐晓钟主编《中国话剧百年剧作选》第 5 卷,北京:中国对外翻译出版公司 2007 年版。

张恨水《啼笑因缘》,北京:人民文学出版社 2009 年版。

胡适《胡适文集》,北京:北京大学出版社 2013 年版。

论文

周作人《日本近三十年小说之发达》,《新青年》第 5 卷第 1 号,1918 年 7 月 15 日。

沈雁冰《自然主义与中国现代小说》,《小说月报》第 13 卷第 7 号,1922 年 7 月。

鲁迅《上海文艺之一瞥》,收入《二心集》,见《鲁迅全集》第 4 卷,原刊《文艺新闻》1931 年 7 月 27 日、8 月 3 日。

阿英《上海事变与鸳鸯蝴蝶派文艺》,《北斗》1932 年第 2 期。

沈从文《文学者的态度》,《大公报·文艺》1933 年 10 月 18 日。

沈从文《论"海派"》,《大公报·文艺》1934 年 1 月 10 日。

郑振铎《中国新文学大系·文学论争集·导言》,上海良友图书公司 1935 年版。

陈蝶衣《通俗文学运动》,《万象》第 2 年第 4 期,1942 年 10 月号。

麦耶(董乐山)《一年来上海剧运杂感》,《太平洋周报》第 50 期,1943 年 1 月 5 日。

张爱玲《洋人看京戏及其他》,《古今》第 34 期,1943 年 11 月 1 日。

茅盾《革新〈小说月报〉的前后——回忆录[三]》,《新文学史料》1979 年 5 月第 3 辑,收入《我走过的道路》,《茅盾全集》第 34 卷,北京:人民文学出版社 1997 年版。

茅盾《复杂而紧张的生活、学习与斗争——回忆录[四]》,收入《我走过的道路》。

江苏师院现代文学教研室集体研究,范伯群执笔《试论鸳鸯蝴蝶派》,《中国现代文学研究丛刊》1981 年第 2 期。

夏志清《〈玉梨魂〉新论》,香港《明报》月刊 1985 年第 9、10、11 期,收入《中国文学纵横》。

龚鹏程《民初的大众通俗文学鸳鸯蝴蝶派》,台湾《文讯月刊》1986 年 10 月第 26 期。

龚鹏程《论鸳鸯蝴蝶派》,收入《文化、文学与美学》,台北:时报出版公司 1988 年版。

余斌《鸳鸯蝴蝶派小说概论》,叶子铭指导,南京大学博士论文 1989 年。

李泽厚、王德胜《文化分层、文化重建及后现代问题的对话》,《学术月刊》1994 年第 11 期。

旷新年《现代文学发生中的现代性问题》,《中国现代文学研究丛刊》1996 年第 1 期。

贺麦晓《布尔迪厄的文学社会学思想》,《读书》1996 年 11 期。

汤哲声《中国近现代通俗文学期刊史论》,苏州大学博士论文,1997 年。

韩毓海《春花秋月何时了——鸳鸯蝴蝶派与文化生产的近代兴起》,收入韩毓海《从"红玫瑰"到"红旗"》,上海:上海远东出版社 1998 年版。

贺麦晓《二十年代中国的"文学场"》,《学人》第十三辑,南京:江苏人民出版社 1998 年版。

河清《文化个性与"文化认同"》,《读书》1999 年第 9 期。

袁进《试论晚清小说读者的变化》,《明清小说研究》2001 年第 1 期,总第 59 期。

吴福辉《海派的文化位置及与中国现代通俗文学之关系》,《苏州科技学院学报》(社会科学版),第 20 卷第 1 期,2003 年 2 月。

陈建华《〈申报·自由谈话会〉:民初政治与文学批评功能》,《二十一世纪》第 81 期,2004 年 2 月。

夏志清(C. T. Hsia)Hsü Chen-ya's *Yü-li hun*:An Essay in Literary History and Criticism(《徐枕亚的〈玉梨魂〉:一篇关于文学史和文学批评的文章》), C. T. Hsia on Chinese literature(2004 Columbia University Press)。

杨剑龙《论鸳鸯蝴蝶派侦探小说的叙事探索》,《中国现代文学研究丛刊》2005 年第 4 期。

胡晓真《新理想、旧体例与不可思议之社会——清末民初上海文人的弹词创作初探》,收入李孝悌编《中国的城市生活》,台北:联经出版公司 2005 年版。

秦燕春《鸳蝴文人的民间情结——以案头弹词创作及评弹演出、发展为中心》,《苏州大学学报》(哲学社会科学版)2005 年 9 月第 5 期。

汤哲声《鸳鸯蝴蝶派与现代文学的发生》,《中国现代文学研究丛刊》2006 年第 1 期。

王进庄《二十年代旧派文人的上海书写——以〈礼拜六〉、〈紫罗兰〉、〈红杂志〉为中心》,华东师范大学 2007 年博士论文,陈思和指导。

吴福辉《〈家〉初刊为何险遭腰斩》,《书城》2008 年第 2 期。

王德威《粉墨中国——性别、表演与国族认同》(上、下),《励耘学刊》文学卷总第 6 辑、第 7 辑,2008 年。

李丹《一个关键词的前世今生——陈思和的"民间"概念的理论旅行与变

异》,《文艺争鸣》2009 年第 7 期。

石娟《〈啼笑因缘〉的两个版本——〈新闻报〉与〈世界日报〉之间的一段公案》,《新文学史料》,2010 年第 3 期。

陈建华《"诗的小说"与抒情传统的回归——周瘦鹃在〈紫罗兰〉中的小说创作》,《苏州教育学院学报》2011 年第 2 期。

陈建华《民国初期周瘦鹃的心理小说——兼论"礼拜六派"与"鸳鸯蝴蝶派"之别》,《现代中文学刊》2011 年第 2 期。

胡安定《鸳鸯蝴蝶派的形象谱系与自我认同》,《文学评论》2011 年第 4 期。

陈建华,《抒情传统的上海杂交——周瘦鹃言情小说与欧美现代文学文化》,《中山大学学报》社会科学版 2011 年第 6 期。

报刊

《新小说》

《月月小说》

《小说丛报》

《余兴》

《小说大观》

《春声》

《妇女时报》

《妇女杂志》

《晶报》

《申报》

《新闻报》

《时报》

《民权报》

《民权素》

《新青年》

《北京大学日刊》

《歌谣》周刊

《小说月报》

《文学旬刊》

《红》

《珊瑚》

《弹词画报》

《太平洋周报》

《话剧界》

《戏剧》

《戏剧时代》

《新影坛》

《杂志》

《女声》

图书在版编目(CIP)数据

在大小传统之间:鸳鸯蝴蝶派研究论稿/柯希璐著.
—上海:上海三联书店,2022.
ISBN 978-7-5426-7739-6

Ⅰ.①在… Ⅱ.①柯… Ⅲ.①鸳鸯蝴蝶派—文学研究

Ⅳ.①I209.6

中国国家版本馆 CIP 数据核字(2022)第 114324 号

在大小传统之间
——鸳鸯蝴蝶派研究论稿

著　　者　柯希璐

责任编辑　钱震华
装帧设计　陈益平

出版发行　上海三联书店
　　　　　中国上海市威海路 755 号
印　　刷　上海新文印刷厂有限公司

版　　次　2024 年 2 月第 1 版
印　　次　2024 年 2 月第 1 次印刷
开　　本　700×1000　1/16
字　　数　228 千字
印　　张　19.5
书　　号　ISBN 978-7-5426-7739-6/I·1772
定　　价　88.00 元